MAR IN TERNO

LIVRO UM

MARÉ DE MENTIRAS

de
ROBERTO CAMPOS PELLANDA

2023

Copyright © 2023 Roberto Campos Pellanda
Todos os direitos desta edição reservados ao autor

Nenhuma parte desta publicação poderá ser reproduzida, seja por meios mecânicos, eletrônicos ou em cópia reprográfica, sem a autorização prévia da editora.

PUBLISHER	Artur Vecchi
REVISÃO	Fabio Brust – *Memento Design & Criatividade* Kyanja Lee
LEITURA CRÍTICA	Duda Falcão
LEITURA SENSÍVEL	Camila Medeiros Isabelle Mohamed
CAPA, PROJETO GRÁFICO, DIAGRAMAÇÃO E MAPA	Fabio Brust – *Memento Design & Criatividade*
ILUSTRAÇÃO DE CAPA	Chris Rawlins

Dados Internacionais de catalogação na Publicação (CIP)

P 385

Pellanda, Roberto Campos
     Mar interno : maré de mentiras / Roberto Campos Pellanda. – Porto Alegre : Avec, 2023.

     ISBN 978-85-5447-152-1

     1. Ficção brasileira   I. Título

CDD 869.93

Índice para catálogo sistemático:
1.Ficção : Literatura brasileira 869.93

Ficha catalográfica elaborada por Ana Lucia Merege – 4667/CRB7

1ª edição, 2023

IMPRESSO NO BRASIL │ PRINTED IN BRAZIL

AVEC EDITORA
CAIXA POSTAL 6325
CEP 90035-970 │ INDEPENDÊNCIA │ PORTO ALEGRE – RS
contato@aveceditora.com.br │ www.aveceditora.com.br
Twitter: @aveceditora

AVISO DE GATILHO
Violência
Tentativa de estupro

Este é para você que perdeu alguma coisa importante.
Este é para você que sempre achou que o melhor lado era lado nenhum.
E este também é para você que sempre achou que nunca tinha
feito e nem jamais faria nada de importante.
Para vocês todos, este é para mostrar que estavam enganados.

Theo pensou pela milésima vez: era muito bom ser rico.

Com os olhos bem fechados, sentiu o calor do sol aquecer a pele nua enquanto a brisa perfumada com o cheiro de peixe fresco e azeite de oliva agitava os cabelos. Soltou um suspiro preguiçoso, ergueu o tórax do telhado sobre o qual repousava e abriu os olhos para admirar mais uma vez os tesouros.

Arrumados sobre as telhas vermelhas estavam dois grandes pedaços de pão, uma travessa de lagosta recém-preparada (agora quase toda devorada) e um par de sapatos novos, grandes o suficiente para servi-lo (o que era uma raridade). Em dias normais, isso já seria mais do que extraordinário, mas ainda havia uma lua de prata, o metal da moeda reluzindo à luz do sol e, ainda mais inacreditável, uma torta de limão.

Ao lado do tesouro, esparramada sobre as telhas, Raíssa jazia imóvel, entorpecida pelo banquete. Theo nunca a tinha visto comer tanto e não imaginava que o corpo miúdo da garota comportasse tamanha quantidade de comida.

Dirigiu o olhar para a frente e lembrou-se, mais uma vez, do quanto gostava de Valporto. Lá embaixo, os telhados se acotovelavam de forma desordeira até o porto, fervendo sob o sol do meio-dia.

Bagunçado, como tudo nesta cidade.

Acima, o céu era de um azul perfeito. E, entre os dois, despontava uma miríade de mastros dos navios que abarrotavam o porto. Mas o melhor era o calor; amava o calor que fazia ali.

Apesar da idade, Theo já visitara a maior parte das grandes cidades do Mar Interno, e as recordações que guardava delas eram muito mais ruins do que boas. As lembranças mais antigas eram também as piores e o levavam a Navona e aos mosteiros dos Jardineiros. Depois veio Tássia, violenta e cruel, seguida por Sobrecéu. A Cidade Celeste era próspera e organizada demais para os golpes que eram o seu meio de vida.

Depois de muitas idas e vindas, acabou chegando em Valporto e dando início ao segundo melhor período da sua vida. Theo gostou da cidade desde o princípio. Era grande e rica o suficiente, mas também contava com governantes corruptos e habitantes indiferentes, que faziam do lugar o paraíso dos larápios de todos os tipos. E também, lembrou-se mais uma vez, havia o calor. Theo jurou para si mesmo que jamais sentiria frio outra vez.

Raíssa acordou da sesta com um gemido; depois se espreguiçou e, aos poucos, se sentou. Com o rosto amassado, ela sorriu para Theo antes de perder o olhar no porto cravejado de embarcações que se esparramava à distância.

Graças aos seus tempos nos mosteiros de Navona, ele sabia bastante sobre crianças. Mesmo que a princípio ela pudesse parecer pequena para a idade, Theo não se deixava enganar: Raíssa era esperta demais para ter menos do que cinco anos. Apesar da inteligência e de ser velha o suficiente para falar, ela nunca pronunciara sequer uma palavra desde a primeira vez em que tinham se encontrado nas ruas de Valporto, um ano e meio antes.

De algum modo que não compreendia, porém, a mudez da menina nunca o impedira de entender com perfeição o que ela queria dizer.

De qualquer forma, Raíssa era perfeita para o golpe: parecia uma boneca, com cabelos cacheados despenteados, o rosto angelical com as bochechas sujas e um par de olhos suplicantes que partiam qualquer coração. Se ainda houvesse alguma dona de casa que resistisse ao apelo da menina abandonada estacada na porta de sua casa, ainda havia uma boneca de verdade: Mo, como Theo a chamava, era uma boneca de pano sem cabeça que Raíssa costumava ninar contra o peito durante a sua performance. Enquanto a compaixão diante da pedinte esfarrapada fazia em pedaços a atenção da vítima, Theo entrava por alguma janela ou porta dos fundos e punha as mãos em tudo o que encontrasse, no tempo de que dispusesse.

Naquela manhã tinham tirado a sorte grande em uma residência do bairro mais rico de Valporto. A senhora que abriu a porta encantou-se tanto com a menina que o golpe quase foi por água abaixo pela sua insistência em acolher Raíssa dentro da casa. Theo teve tempo mais do que suficiente para apanhar todos os tesouros que estavam à vista.

Depois dos golpes, Raíssa sumia no labirinto de ruas da cidade para retornar apenas dias depois para uma nova investida. Theo não fazia ideia de como ela sobrevivia e já havia sugerido que ela ficasse com ele. Tinha um abrigo e, embora a vida não fosse fácil, não era comum que passasse fome. Apesar disso, quando insistia, a menina apenas sorria, sem nunca dizer nem uma palavra, e ia embora mais uma vez. Mas, de algum modo, ela sempre voltava.

O ruído de passos sobre as telhas despertou a atenção de Theo. Olhou para trás e viu um homem grisalho aproximando-se com passos decididos. Em Valporto não havia nada de extraordinário em passar o tempo sobre os telhados. Nas noites quentes de verão era comum que as pessoas dali optassem por trocar o calor sufocante de suas casas pelos telhados, onde podiam tentar dormir embaladas pela brisa do mar. Ao que parecia, não eram os únicos na zona portuária que conheciam o telhado daquele armazém abandonado.

Theo estudou a figura que se aproximava: o homem tinha um rosto amigável e usava vestes de marinheiro que estavam mais limpas do que a maioria. Em um dos ombros trazia uma bolsa de couro presa por uma tira de tecido. Pelo aspecto, devia ser um oficial de alguma galé mercante ou até mesmo um capitão.

— Olá, rapaz. Desculpe a intromissão, não pretendia incomodar.

O recém-chegado foi pego de surpresa quando Theo se pôs em pé. O homem o mediu com os olhos e disse:

— Você deve estar com a Guarda da Cidade.

Theo sacudiu a cabeça.

— Ainda não tenho dezoito anos — respondeu. Ou, pelo menos, achava que não tinha, embora fosse impossível ter certeza.

— Rapaz, você já seria forte como um touro se tivesse uns dezoito anos... Se tem ainda menos... — disse o estranho, espantado. — Bem, sorte a minha. Você é perfeito. Sou Alfeu — completou ele, oferecendo a mão para Theo.

Depois do aperto de mãos, ele concluiu:

— Tenho uma oferta de trabalho irrecusável para lhe oferecer. — Alfeu inclinou o tronco e olhou para Raíssa. — Quem é a menina?

Theo cruzou os braços e se interpôs entre ambos.

— Minha irmã.

— Ótimo. Tem lugar para ela também.

— Não estamos interessados. Já temos trabalho.

Alfeu coçou a barba descolorida pelo sol e pela idade e disse:

— Olha, rapaz, sei que vocês vivem na rua. E essas coisas ali... também sei que são roubadas.

Theo estreitou os olhos.

— Não vou causar problemas. Apenas quero que escute a minha oferta.

Theo não podia estar mais desconfiado. Ninguém nunca oferecia nada para gente como ele.

— Tudo que tem de fazer é embarcar em uma galé. Partiremos com uma grande frota mercantil, passamos duas ou três noites em Ilhabela e, depois, retornamos a Valporto.

— Não faz sentido — disse Theo. — O que faremos em Ilhabela?

— Essa é a melhor parte: nada — respondeu Alfeu. — Apenas ir a bordo, fazer a viagem e retornar para Valporto. Vai ser como sair de férias.

— Não estamos interessados.

— Espere um pouco, rapaz — disse Alfeu, enfiando a mão na bolsa de couro. — Este é o soldo. Cinco luas de prata — completou ele, exibindo as moedas reluzentes sobre a palma da mão.

Theo nunca vira tanto dinheiro antes, mas não era idiota para cair naquela conversa. Havia algo fora de lugar. Ninguém oferecia dinheiro assim para gente de rua, ainda mais a troco de nada.

— Já temos trabalho na cidade — mentiu Theo.

Alfeu deu de ombros, contrariado.

— Uma pena. Se mudarem de ideia, partiremos hoje com a maré do fim da tarde.

Theo não respondeu. Apenas observou o marinheiro se afastar. Alguns instantes depois, ele se foi e o telhado ficou outra vez silencioso.

Retornou para o lado de Raíssa. A menina o observou por um momento e sacudiu a cabeça de forma quase imperceptível.

— Você está maluca?

Raíssa estreitou os olhos, fez um gesto de contar moedas com os dedos e, em seguida, abriu as mãos com as palmas para cima em perplexidade.

— Eu sei que é muito dinheiro — disse Theo, deitando-se outra vez. — Esqueça. Não vamos. Ponto final — concluiu fitando o azul profundo do céu de Valporto.

Mas dentro de si a semente da dúvida crescia e se ramificava. Cinco luas de prata era mais dinheiro do que jamais poderia sonhar. Theo viu-se imaginando o que faria com toda aquela quantia: poderia alugar um quarto de pensão por dois ou três meses e ainda teria o suficiente para garantir uma refeição por dia pelo mesmo período. Seria uma pausa bem-vinda nos golpes. Vinham fazendo um rodízio entre as vizinhanças da cidade, mas, mesmo assim, em alguns locais já começavam a se tornar conhecidos.

Outra parte de si, aquela que aprendera a sobreviver por conta própria desde sempre, dizia que a oferta cheirava mal, muito mal. Aprendera muitas lições, cada uma de um jeito, a respeito de como se virar nas ruas e de como ficar longe de problemas. No fim, porém, tudo se resumia a uma coisa. Era a regra dourada de quem vivia na rua: nunca se envolver e nunca tomar partido.

Nas duas ocasiões em que Theo tomara partido — uma voluntária e a outra, involuntariamente, a sua vida mudara para sempre.

Na primeira vez, ainda criança, em Navona, participara de um plano de fuga. A ideia fora de Soluço e Fininho, o que na época, para Theo, significava que não havia chance de dar errado. Os dois meninos mais velhos eram o mais próximo que Theo — e todos os outros — jamais tivera de pais de verdade. Nenhuma das crianças menores cogitava a possibilidade de que os dois estivessem errados. Mas estavam. Durante a fuga, foram todos apanhados. Alguma das crianças, Theo nunca soube quem, os havia delatado. Na saída da passagem secreta, no lado de fora da congregação, os sacerdotes os aguardavam.

Como lição, Soluço foi espancado até a morte na frente de todos. Fininho não morreu, mas apanhou tanto que nunca mais falou ou se levantou da cama. Todos os demais também foram castigados, e foi naquela ocasião que Theo conheceu o frio.

O ensinamento que Theo extraiu do episódio havia sido que não se enganara por tentar fugir. Estivera errado por não o fazer sozinho; por ter se envolvido no plano dos outros. Um ano mais tarde, acabaria por conseguir fugir do mosteiro. Sozinho.

Na segunda vez em que se envolveu com alguma coisa, foi contra a sua vontade. Depois de vaguear por várias cidades, Theo arranjou trabalho como ajudante de convés na galé mercante *Tsunami*. Na companhia dos marujos, os únicos tipos com os quais achava que tinha alguma afinidade, conheceu meia centena de portos diferentes. Adorava a vida em alto-mar e a ideia de que, na semana seguinte, sempre estaria em um lugar diferente.

O problema acabou surgindo em uma parada em Valporto. Na época, algum conflito acabara de eclodir no Oriente e, ainda no porto, os tripulantes se depararam com o discurso inflamado de um Jardineiro conclamando os fiéis a pegar em armas para defender a fé. O capitão do *Tsunami* considerou que, como homem temente a Deus, deveria obedecer a convocatória dos religiosos de Navona. Theo fizera o máximo que podia para convencer o capitão e os outros tripulantes para não tomar parte, mas como mero ajudante que era, a sua opinião valia quase o mesmo que nada. No fim das contas, o *Tsunami* partiu junto com uma grande frota de voluntários em direção ao leste. Seguindo seus princípios, Theo ficou para trás em Valporto.

A decisão, ao mesmo tempo, pôs um fim na melhor época da sua vida e o salvou da morte certa. Alguns meses depois, encontrou por acaso um antigo tripulante do *Tsunami*. Pelo companheiro, ficou sabendo que a frota de voluntários havia sido trucidada em uma batalha feroz no Oriente longínquo. O marujo com quem falara tinha quase certeza de que era o único sobrevivente da tripulação.

Relembrar tudo aquilo reforçava a sua convicção: ficaria longe do tal Alfeu, com a sua estranha viagem e dinheiro fácil.

Nessa vida, é cada um por si.

Deixou a mente vaguear e, antes que pudesse pensar em qualquer outra coisa, acabou cochilando.

Quando acordou, percebeu que o sol iniciara o mergulho em direção ao oeste. As sombras se alongavam, a cidade ganhara um tom avermelhado e o mar passara a um azul-escuro. Raíssa estava em pé, pronta para ir embora.

Theo guardou a moeda para si e deixou que a menina escolhesse o que queria levar do restante do tesouro. Ela pensou por um momento e optou apenas pelo pequeno embrulho com o que sobrara da torta de limão. Desceram do telhado, serpentearam por algumas ruelas vazias e entraram na via movimentada que levava ao cais do porto.

As ruas estavam cheias de gente, mas a aglomeração não se comparava ao que seria dali a alguns dias, quando os navios aportariam vindos das rotas de comércio. Aquela era a melhor época do ano em Valporto: a cidade transbordava de dinheiro e de gente estranha, ambos trazidos pelas galés mercantis.

Antes de se despedir de Raíssa, como sempre fazia, insistiu para que a menina fosse com ele, e ela, também como sempre, apenas sorriu e sacudiu a cabeça em resposta. Em questão de segundos, a forma pequenina se perdeu no mar de gente. Theo aguardou mais um instante e se virou na direção oposta para rumar ao seu abrigo, que ficava em outro telhado mais próximo do porto.

Dez passos à frente, porém, ele se deteve. Se o acaso havia lhe chamado a atenção ou se alguma outra força o fez parar, não saberia dizer, mas parou. E, após um instante de reflexão, deu meia-volta e caminhou para o ponto onde tinha se despedido de Raíssa.

Ao longe, por entre as incontáveis formas humanas em movimento, a avistou. De cada lado dela havia um Jardineiro. Os sacerdotes eram jovens, e cada um agarrava um dos braços da menina de forma discreta, que não chamava a atenção. Mas Theo via os profundos sulcos que os dedos deixavam na pele e a maneira como a arrastavam rua abaixo. Seguravam-na com força.

Theo passou a se mover como uma sombra, da forma como apenas os ladrões sabem fazer. Movido por alguma estranha força, sentiu a mente se afiar, os olhos tudo vendo e os ouvidos sensíveis a qualquer ruído. Em instantes já podia escutar as vozes arrastadas dos sacerdotes.

— Você vem com a gente, pequena — disse um deles. — Uma coisinha como você não devia andar sozinha. Esta cidade está cheia de perigos.

Raíssa puxou um braço, mas a mão que a agarrava era muito mais forte do que ela jamais seria. O Jardineiro a puxou de volta com violência, erguendo seus pés do chão por um instante.

— Ela não quer ir — disse o outro.

— Vamos cuidar muito bem de você — completou o primeiro, umedecendo os lábios com uma língua carnuda.

O outro riu.

— Vamos ensinar disciplina a você. Como fazemos com os outros.

Theo sentiu o corpo se incendiar. Uma onda de fúria veio queimando tudo o que havia dentro de si. Sabia muito bem o tipo de disciplina que os Jardineiros ensinavam.

Mais alguns passos; menos algumas formas a bloquear a sua visão. Agora via as três silhuetas com clareza: os dois sacerdotes, suas passadas nervosas e apressadas, e Raíssa, suspensa pelos braços.

Quando se aproximou o suficiente, Theo não gritou como forma de drenar o ódio que fermentava. Apenas se lançou sobre os mantos cinza-esverdeados com tudo o que tinha. Forçou o que estava mais próximo a uma meia-volta e prendeu entre as mãos uma cabeça que o fitava com olhos que nem tiveram tempo de estampar perplexidade. Assim que o imobilizou, deu uma cabeçada violenta. Sentiu o ruído de osso se partindo e o escorrer tépido do sangue pela testa. Ao tornar a olhar o rosto que tinha entre as mãos, viu apenas uma ruína vermelha e um nariz pendurado num fiapo de carne.

Nesse ponto, Raíssa se livrara do outro captor, que, estupefato demais com o ocorrido, apenas a soltou. Theo partiu para cima do homem, enquanto o Jardineiro com o rosto partido cambaleava, deixando um rastro vermelho por onde passava.

O segundo sacerdote mal batia em seus ombros, mas Theo não moderou a força. Golpeou o tórax, o abdome e a cabeça repetidas vezes, até que o Jardineiro caiu. Cego e surdo para o mundo, apenas continuou chutando. Aquela explosão de fúria, de algum modo, trazia uma estranha paz.

Parou apenas com um puxão em um dos braços. Era Raíssa.

Olhar para a menina o trouxe de volta à realidade num piscar de olhos. Uma multidão havia se formado e observava a cena, chocada. No chão, o Jardineiro se contorcia.

As lições que aprendera ao longo dos anos afloraram de uma só vez: *Neste mundo só sobrevive aquele que usa a cabeça... O que foi que eu fiz...*

Mas o tempo para pensar se fora, engolido um minuto antes pelo acesso de ira. Agora só restava fazer a outra coisa que fazia tão bem quanto roubar: fugir. Em meio ao disparar do coração e ao arfar desesperado do peito por ar, Theo estudou os rostos que o cercavam. Os olhares furiosos, carregados de reprovação, proferiam a sentença: seus dias em Valporto estavam terminados. Para aquela gente crente, agredir um Jardineiro era um crime inaceitável.

Theo levou as mãos à cabeça e tentou colocar os pensamentos em ordem. Olhou mais uma vez para Raíssa, mas apenas encontrou a menina aterrorizada demais para raciocinar. Sem que tivesse tempo para pensar em qualquer outra coisa, correu para a única alternativa que a sua mente atordoada insistia em lhe apresentar. Era isso ou a morte.

Apanhou Raíssa e a jogou sobre o ombro. Em seguida, com um violento encontrão, derrubou dois dos curiosos, rompendo o círculo de gente que os cercava. Precisava correr em direção ao porto e torcer para que ainda desse tempo.

Chegaram minutos depois aos cais sem que Theo tivesse diminuído o ritmo da disparada. Com o coração prestes a sair pela boca, colocou

Raíssa no chão e varreu com os olhos as embarcações atracadas. Havia um grande número de galés deixando o porto. Presumiu se tratar do grupo que Alfeu mencionara. Andou de um lado para o outro, os olhos sempre vidrados nos rostos dos marinheiros. Quando estava prestes a entrar em desespero, certo de que havia chegado tarde demais, avistou Alfeu ao lado da prancha de embarque de uma galé prestes a zarpar.

Theo ergueu Raíssa mais uma vez e correu ao seu encontro.

— Mudaram de ideia, hein? — gritou Alfeu.

— Mudamos — ofegou Theo, vencendo a prancha de embarque com dois largos passos que mais pareciam saltos. — Podemos ir agora?

Já a bordo, observou ansioso enquanto Alfeu o seguia sem pressa e outros marinheiros erguiam a prancha de madeira.

— Podemos — respondeu ele. — Vocês chegaram bem na hora.

Levou ainda dez minutos até que a galé tivesse as amarras soltas, as velas desfraldadas e fosse manobrada em direção ao mar aberto. Foi a espera mais longa de que Theo se lembrava.

Mas sabia que haviam conseguido. Enquanto o coração voltava ao ritmo normal e a sensação de ter sido ele a levar uma surra tomavam conta do corpo, o navio ganhava velocidade, afastando-se de Valporto. Theo foi até a popa observar os telhados coloridos da Cidade do Sol se afastarem e perderem a cor à medida que a última luz do dia se extinguia. Ao redor deles navegava a frota mais estranha que já vira: talvez meia centena de barcos pesqueiros e galés mercantis caindo aos pedaços os acompanhava rumo ao norte.

Theo olhou para Raíssa e viu um mundo de gratidão nos olhos assustados da menina. Respirou fundo, cansado, ajeitou os cabelos oleosos de suor e se debruçou sobre a amurada. Lembrava-se da superstição: dava azar viajar em um barco e não saber o seu nome.

Assim que leu, soltou um suspiro de desânimo. Dominado por um péssimo presságio, disse em voz baixa o nome da galé, para que Raíssa pudesse escutar:

"Mentirosa"

Anabela Terrasini decidiu que já havia chorado o suficiente.

Alguns passos antes de penetrar no seu recanto favorito nos Jardins do Céu, assegurou-se de que o rosto estava seco e a visão, clara.

Desde que recebera a notícia da morte do pai, três semanas antes, Anabela, sempre que podia, buscava o refúgio silencioso e tentava dar um sentido à dor que a consumia. As tentativas eram sempre infrutíferas e terminavam num soluçar sem fim; o pesar tão intenso, como se a coisa toda não fosse real.

Mesmo sem obter nenhum consolo, ela retornava. Todo dia

depois do almoço, quando a Fortaleza Celeste se tornava preguiçosa, percorria os caminhos ajardinados e se embrenhava nas folhagens exóticas trazidas pelo pai em suas viagens pelo mundo. As idas e vindas a conduziam a um canto perdido, na periferia dos Jardins, que tinha quase certeza de que era conhecido apenas por ela e pelo pai.

O local não passava de uma clareira escondida por arbustos, com o chão de pedra clara delimitando um pequeno círculo em cujo centro repousava uma fonte de mármore. Sobre ela erguia-se uma escultura estranha, um anjo-folha que o pai trouxera do Oriente. Em uma das extremidades havia um banco de ferro trançado e, na outra, um alto parapeito, que ocultava uma visão vertiginosa da cidade de Sobrecéu, que se esparramava lá embaixo.

Anabela rumou para o parapeito. Colou o corpo no muro, repousou os braços sobre a pedra fria e deixou a vista se perder com tudo aquilo que se abria diante de si.

Contemplou a Cidade Celeste e os seus degraus: Terra, junto da baía, à beira do mar, era um amontoado distante de telhados vermelhos pontiagudos. Céu, mais acima, também tinha telhados avermelhados que reluziam à luz do sol, mas eles pertenciam a grandes mansões retangulares, com pátios internos bem cuidados: o lar de famílias mercadoras importantes. E, acima de tudo aquilo, mas, ainda assim, abaixo dos Jardins do Céu, impunha-se Sobrecéu, o platô que abrigava a Fortaleza Celeste.

Retornou o olhar para Terra. A maré da madrugada tinha empurrado para a baía centenas de barcos mercantes que agora preenchiam cada espaço disponível nos atracadouros e no próprio mar calmo da enseada. Vistos de longe, os mastros com as velas recolhidas pareciam os espinhos de um enorme ouriço-do-mar. Pela época do ano e pela aglomeração incomum de embarcações, sabia que a maior parte eram galés que percorriam a Rota da Seda e que agora retornavam para casa, enchendo de riquezas a Cidade Celeste.

Os tesouros recém-desembarcados podiam ser sentidos no ar: a brisa suave trazia a mistura de odores das especiarias que iam encontrando o caminho das cozinhas por toda a cidade. Das tabernas baratas em Terra vinha o cheiro de peixe frito com alho e cebola; das casas em Céu e da Fortaleza em Sobrecéu sentia o aroma dos camarões e das lagostas preparadas com açafrão e cominho e das batatas assadas com alecrim.

Desde pequena, Anabela sonhava em embarcar em um daqueles navios e ver com os próprios olhos todas as maravilhas do mundo. Tudo que sabia sobre o universo que existia lá fora vinha das histórias dos viajantes, especialmente do pai, e dos muitos livros que lera. Por isso, enchia-se de excitação ao percorrer cada etapa da fantasia: imaginava-se vestindo roupas simples, esgueirando-se pelos portões da Fortaleza e depois caminhando pelas ruas como uma pessoa comum. Chegaria ao labirinto de ruelas de Terra e arranjaria uma forma de se alistar como ajudante em uma galé mercantil. Sonhava com o mar aberto, o horizonte sem fim e as surpresas que o dia seguinte guardaria.

Mas é claro que nunca levara o plano adiante. O pai era obcecado com a segurança da família e iria à loucura se sequer imaginasse a possibilidade de uma das filhas circular pela cidade sem a presença de uma escolta.

Com olhos ainda perdidos nas águas da baía, avistou as pequenas formas das crianças empoleiradas nos penhascos que fechavam a enseada. De tempos em tempos, uma das minúsculas formas se lançava do alto de um promontório em direção ao mar. Anabela prendia a respiração a cada queda livre que se iniciava e só a soltava quando via a pequena explosão de espuma do corpo que mergulhava no mar. Por mais que se espantasse com a liberdade daquele gesto, o que realmente a fascinava era a inconsequência que havia naquilo. Para cada rocha que despontava das águas azuis havia meia dúzia submersa, logo abaixo da superfície. Bastava atingir uma delas e estaria tudo terminado. Mesmo assim, ao longo de todo o dia as pessoas se atiravam dos penhascos, em uma coreografia que só terminava com o pôr do sol. Imaginou como seria viver assim, indiferente ao que poderia acontecer no segundo seguinte.

Anabela escutou o farfalhar suave das folhagens atrás de si. Dirigiu o olhar para uma pequena abertura na parede verde dos arbustos. Sem fazer nenhum som, a irmã emergiu da passagem.

Júnia tinha os pés descalços e, apesar da hora, ainda vestia a camisola usada para dormir. Aproximou-se aos poucos, passo por passo, fitando o chão. Anabela a pegou pela mão; depois, a conduziu até o banco e a colocou no colo. Os cabelos cor de mel da irmã estavam despenteados, mas não escondiam o rosto inchado, cansado de tanto chorar. Anabela a apertou firme contra o peito e sentiu o corpo frágil se aninhar contra o seu.

Percebeu que Júnia tinha um pedaço de papel amassado preso na mão fechada.

— O que é que você tem aí? — Anabela afastou com cuidado os dedos da irmã.

Júnia separou-se do abraço e sentou-se em seu colo enquanto Anabela alisava o bilhete para examiná-lo: era uma lista escrita com a caligrafia de traços fortes e decididos do pai que detalhava coisas que fariam juntos, incluindo passeios e lugares a visitar.

Anabela sentiu o coração partindo-se em dois no peito. Por mais devastada que estivesse com a perda do pai, tinha vivido muitos anos em sua companhia e isso incluía toda a sua infância. Júnia, por outro lado, tinha apenas cinco anos de idade; no futuro, por mais que ela se esforçasse, teria muito pouco para se lembrar do pai.

Um farfalhar de folhas fez com que os arbustos criassem vida mais uma vez. A estreita passagem emoldurou o corpo esbelto da mãe. Ela usava um vestido longo azul-celeste sobre o qual repousava um manto da mesma cor. Era uma das melhores peças de roupa que tinha.

— Achei vocês! — disse a mãe, batendo palmas e abrindo um amplo sorriso. — Júnia, minha filha, coloquei metade da Fortaleza atrás de você... mais alguns minutos e juro que teria convocado a Guarda Celeste.

Pelo jeito de sorrir e gesticular, sabia que a mãe estava em um dia de Sol. Elena Terrasini tinha dias de Sol e outros de Lua. Nos primeiros, a mãe queria fazer tudo ao mesmo tempo, sempre achava graça das coisas — mesmo quando não tinham — e dormia muito pouco. Já nos de Lua, ela ficava em um estado de letargia em que nada a agradava. Nesses dias, ela muitas vezes optava por passar o tempo todo na cama. Desde muito pequena Anabela guardava as lembranças dos dias de Sol e Lua da mãe. Normalmente eram várias semanas ou meses de cada um, mas, depois da morte do pai, Sol e Lua estavam chegando a trocar de lugar de um dia para o outro.

— Júnia precisa tirar essa camisola e comer alguma coisa. Pelo que sei, ela não almoçou — disse a mãe, o olhar dividido entre Anabela e o anjo-folha, como se não soubesse ao certo se deveria pegar Júnia no colo ou deixá-la onde estava. — Eu tenho uma reunião da Junta Comercial, você quer vir comigo?

Anabela abriu bem os olhos e se levantou; o convite a pegou de surpresa.

— Eu sempre quis assistir, mas o pai nunca deixou.

A mãe fez uma careta, confusa.

— Ele dizia que as reuniões eram muito chatas e que apenas ele tinha a obrigação de suportar aquilo — esclareceu Anabela.

O rosto da mãe se encheu de dúvidas.

— Você tem razão: elas são mesmo muito chatas. Hoje imagino que os membros da Junta trarão questões pouco importantes e depois se revezarão entre amenidades e gentilezas. Farão o possível para me agradar. Mesmo assim, quero que você vá: você me faz companhia e mostramos que a família permanece unida. Seu irmão estará lá.

Anabela assentiu, ajeitou Júnia no colo e se levantou.

Percorreram juntas o caminho de volta. No portão que conduzia ao pátio interno da Fortaleza, Anabela deixou Júnia com Helga, a senhora que chefiava o grupo de serviçais que cuidava da irmã.

Depois de se despedirem, Anabela e a mãe desceram as longas escadarias em espiral que conduziam ao interior do castelo.

A reunião da Junta Comercial de Sobrecéu, assim como todos os outros eventos importantes — festivos ou não —, ocorria no Salão Celeste, no topo abobadado da Fortaleza. O amplo ambiente tinha formato circular e se abria em uma das extremidades para uma sacada. Dali os convidados costumavam a se embasbacar com a vista que se descortinava, mas isso era apenas porque não conheciam o mesmo panorama a partir dos Jardins do Céu, que ficavam ainda mais acima.

No centro do recinto, a grande mesa retangular contava apenas com a presença de Ricardo Terrasini. O irmão sentava-se ao lado da cabeceira, próximo ao trono reservado à duquesa e que, antes, fora ocupado por tanto tempo pelo pai.

— Olá, Ana — cumprimentou o irmão com uma piscadela.

Anabela acomodou-se na extremidade da mesa, junto à mãe e de frente para o irmão.

— A hora certa de se chegar é nem tão cedo que pareça que não somos importantes e nem tão tarde que pareça que somos mal-educados — disse Anabela.

Ricardo assentiu com um gesto quase imperceptível da cabeça. Era uma frase do pai que, assim como tantas outras, ambos conheciam.

Os membros da Junta chegaram todos ao mesmo tempo. O pai podia muito bem proibi-la de ir às reuniões, mas isso não impedia Anabela de interrogá-lo a respeito de cada detalhe do que havia sido discutido. Por isso, conhecia muito bem cada um dos membros da Junta: sabia quanto poder e dinheiro tinham e, mais importante, quanto mais almejavam.

Eram seis: três representavam as nove famílias mercadoras que formavam a elite de Sobrecéu. Os demais eram o líder da Ordem dos Banqueiros, dando voz aos poderosos bancos celestes; o comandante da Frota Celeste, responsável por assuntos militares; e o Grão-Jardineiro, que falava pela fé.

Anabela os reconheceu um por um de jantares e recepções em que estivera presente nesse mesmo salão. Do seu lado da mesa sentavam-se Marcus Vezzoni, o banqueiro; Cornélius Palmi, o Grão-Jardineiro; e Máximo Armento, o comandante da Frota Celeste. Ao lado de Ricardo estavam os mercadores Carlos Carolei, Dario Orsini e Andrea Terrasini — o tio que cuidava dos interesses da família, já que a mãe estava presente como duquesa e não como conselheira.

A mãe os saudou com um sorriso despreocupado:

— Obrigado por virem, meus amigos. Sei que as galés mercantes da Rota da Seda aportaram com a maré da madrugada. Imagino que tenhamos de planejar a festa de boas-vindas.

— Desculpe-me, senhora, mas temos um problema muito sério para tratar — interveio Carlos Carolei. O mercador sentado ao lado de Ricardo era um dos homens mais ricos de Sobrecéu.

A mãe foi pega de surpresa, mas manteve o sorriso no rosto, apesar de todos os semblantes sérios no restante da mesa.

— Acabo de receber notícias perturbadoras. Fui informado por batedores a serviço dos Carolei da existência de uma grande concentração de embarcações junto a Ilhabela.

— Isso é estranho — observou Máximo Armento. — Ilhabela fica a apenas um dia de viagem da Cidade Celeste. Nossa rede de sentinelas nada me informou.

— Senhor Carolei, essas são mesmo notícias estranhas — disse a mãe. — Esta informação é confirmada?

Ele assentiu.

— Sim, senhora. Foram avistados à primeira luz da manhã de hoje. Trata-se de pelo menos cinquenta embarcações ocultas pelo relevo da ilha. Foram estudadas desde muito longe, mas foi possível constatar que há homens armados nos converses. Também foi observado que os navios não ostentam nenhuma bandeira.

— Corsários — concluiu Dario Orsini.

— Evidentemente hostis — completou Carolei.

Máximo ajeitou-se, desconfortável na cadeira.

— Sabemos que bandos de corsários proliferam por esses dias, mas nunca tivemos notícias de um grupo desse tamanho. Não faz sentido. Uma frota tão grande... como foi reunida debaixo do nosso nariz?

— Não importa, comandante — respondeu Carolei. — Estão lá e precisam ser rechaçados.

— Senhor Carolei, a Cidade Celeste não tem inimigos — observou a mãe.

Carolei voltou-se para a duquesa com o rosto muito sério:

— Quando se está no topo, todos os que estão abaixo são seus inimigos. Nossa frota mercante partirá de volta para a Rota da Seda em duas semanas. Acredito que esses piratas tencionem atacar as galés mercantis assim que elas zarparem.

Antes que pudesse pensar no que estava fazendo, Anabela já tinha falado:

— Desculpe, senhor, mas não faz sentido. Os navios acabaram de desembarcar seus tesouros na cidade. Quando partirem, estarão com os porões vazios.

Anabela foi fuzilada pelos olhares que estavam no seu campo de visão: Carolei e a mãe. Devia também estar sendo repreendida pelos demais, mas não ousou passear com os olhos pelo restante da mesa.

— A senhora tem razão. — A voz que tinha se erguido em sua defesa era do sisudo comandante da Frota Celeste. — Ninguém reúne uma frota deste tamanho para assaltar navios vazios.

— Não importa o que pretendem — disse Carolei, elevando o tom de voz. — Estão lá e precisamos fazer alguma coisa.

— Nossos navios mercantes partem escoltados. Dobramos a escolta — sugeriu o tio Andrea.

— Isso resolve a questão — concordou Dario Orsini.

— É claro que não — insistiu Carolei. — Senhora Elena, a presença desses corsários é uma afronta. É nosso dever mostrar que a cidade-estado de Sobrecéu defende os seus interesses com braços fortes.

O tilintar das correntes de ouro do banqueiro Marcus Vezzoni precedeu a sua voz quando ele falou pela primeira vez:

— Se a existência desses corsários chegar aos ouvidos dos meus colegas banqueiros, garanto que muitos insistirão em dobrar ou triplicar o valor do seguro das embarcações. Pode ser uma despesa que os senhores operadores da Rota da Seda consigam absorver, mas sem dúvida não será o caso de outros mercadores menores, concessionários das Rotas do Gelo e do Mar Externo, por exemplo. Um boato assim, circulando pelas ruas, pode muito bem paralisar negócios importantes.

Depois de um instante de silêncio, Ricardo disse à mãe:

— O senhor Carolei não deixa de ter razão. Essa reunião de piratas não deve ser tolerada.

A mãe pensou por um momento antes de falar:

— O que o senhor propõe?

— Convocamos a Frota Celeste e partimos para uma ofensiva o quanto antes — respondeu Carolei.

— Não estamos em guerra — observou Máximo.

Carolei o ignorou:

— Sugiro ainda que o nosso jovem Ricardo Terrasini lidere a força de ataque, como manda o estatuto.

A mãe ficou horrorizada.

— Ricardo tem apenas dezessete anos.

— Em menos de um ano ele se tornará o duque de Sobrecéu — arguiu Carolei. — Além disso, ele lembrará aos homens que, de certo modo, Alexander Terrasini ainda permanece conosco.

O irmão sabia bem como se comportar diante daqueles homens importantes e, por isso, apenas Anabela percebia o seu desconforto com a situação. Ricardo olhou sério para Carolei e disse apenas:

— Eu só posso agradecer pela confiança.

A mãe tinha o olhar perdido no vazio. Anabela via de forma cristalina que ela não sabia o que fazer.

— Preciso pensar melhor sobre isso.

Carolei franziu a testa e encarou a duquesa:

— Senhora, é hora de agir, não de pensar.

— Receio concordar com o senhor Carolei — disse Marcus Vezzoni.

— A duquesa já disse que vai pensar — disparou Máximo.

— É uma irresponsabilidade não fazer nada — Carolei tinha as feições rígidas.

Anabela deu um pulo na cadeira quando Máximo esmurrou a mesa com o punho cerrado.

— O senhor trate de moderar a linguagem.

Por alguns segundos que pareciam não ter fim, os dois homens se mediram de cada lado da mesa. Quando a tensão se tornou insuportável, a mãe, enfim, interveio:

— Nada disso é necessário. Somos todos amigos aqui. Senhor Carolei, aceito os seus argumentos. Reúna a força que considerar necessária e enfrente esses fora da lei. Quanto ao comando, prefiro que seja delegado a alguém mais experiente. Ricardo ainda está de luto pelo pai.

— Eu estou pronto para ir — disse Ricardo, com a voz calma.

A mãe suspirou, contrariada, mas por fim cedeu:

— Tome cuidado, então.

Ricardo assentiu.

— Acho que deve ser tudo por hoje — disse a mãe.

Anabela sentia o peso da tensão que pairava no ar e estava pronta para agradecer que a reunião tinha acabado quando escutou a voz do frágil octogenário Grão-Jardineiro. Cornélius Palmi, que até então escutara a toda a discussão impassível, pediu a palavra:

— Senhora duquesa, receio ter outro assunto importante a tratar.

Elena o estudou com um semblante que exprimia um misto de incredulidade e cansaço. O religioso prosseguiu:

— A fé tem acompanhado com preocupação as notícias que chegam do Oriente. Existem relatos de que os infiéis, sob uma nova liderança, reúnem um grande exército e avançam para a cidade sagrada de Astan.

Dario Orsini, que vinha de uma das famílias mais religiosas da cidade, apressou-se em concordar:

— Essas notícias também chegaram aos meus ouvidos. Valporto e Navona estão reunindo uma frota em conjunto e até mesmo os tassianos planejam enviar homens. Todas as cidades marítimas estão mandando forças para combater os infiéis que creem em mais de uma Árvore.

— Que Deus, o Primeiro Jardineiro, os perdoe por isso — concordou Palmi. — Senhora duquesa, se houver outra guerra santa, a Cidade Celeste não deve ser a única a não enviar reforços para lutar em nome de Deus.

— A única religião de lorde Valmeron é o dinheiro. Se os tassianos estão colaborando, é porque veem nisso uma forma de lucrar — ponderou Máximo.

Marcus Vezzoni cruzou os braços sobre a mesa, projetando-se para a frente antes de falar:

— Como todos sabem, Astan é o coração da Rota da Seda, o local onde convergem as caravanas vindas do oriente. Com a graça de Deus e com a guerra que vencemos, controlamos todos os entrepostos comerciais da Cidade Sagrada. Se houver uma guerra santa, precisaremos nos assegurar de que a nossa força na região seja suficiente para garantir a manutenção dos nossos interesses.

— Eu não tinha ideia de que havia algo assim acontecendo... — A mãe parecia ainda mais confusa. — Preciso saber mais a respeito do assunto antes de tomar qualquer decisão.

— Senhora Elena, até mesmo os tassianos estão mandando ajuda — repetiu Palmi.

— Eu já ouvi... e já disse que preciso pensar mais a respeito.

Anabela surpreendeu-se com a reação da mãe. O religioso encolheu-se, contrariado.

— Creio que já debatemos o suficiente por hoje — completou a mãe.

Os conselheiros se levantaram e se despediram da duquesa com graus variados de cortesia gelada, que iam da formalidade de Máximo Armento até o franco descontentamento do Grão-Jardineiro e de Dario Orsini.

Em instantes, ficaram apenas os três no Salão. Anabela sentia-se como se tivesse levado uma surra; esses homens eram seus aliados e, se o pai estivesse presente, teriam tido o máximo de cuidado para expor um ponto de vista divergente. Carlos Carolei havia até mesmo levantado a voz para a mãe!

Para onde foram as amenidades e as gentilezas?

— Estavam todos num mau dia, mãe.

Elena sorriu cansada.

— É verdade. Vamos nos arrumar, querida.

Naquela noite seria oferecido um banquete em homenagem a Alexander Terrasini. Convidados de todos os cantos do Mar Interno estariam presentes. Anabela não tinha cabeça para nada disso, e a última coisa que queria nesse momento era participar e ser obrigada a conversar sobre assuntos que não lhe interessavam e sorrir sorrisos de uma alegria que não sentia.

— Anime-se. Teremos convidados interessantes em meio às caras de sempre.

Anabela ergueu uma sobrancelha.

— Há um grupo chegando de Astan. Eles viajaram como passageiros em um dos navios mercantes que vieram pela Rota da Seda. Entre eles há uma estudiosa do corpo humano, desses que estão sendo treinados na Cidade Sagrada. Como os orientais os chamam, mesmo?

Uma faísca de curiosidade espantou um pouco do desânimo que sentia: naquele exato momento havia gente de Astan na Cidade Celeste.

— Médicos. Por que eles vieram?

— Foram convidados pelo seu pai, antes de ele partir em sua expedição.

— Vieram examinar a Júnia.

A mãe assentiu.

Anabela recolheu-se em seus próprios pensamentos. A irmã tinha cinco anos e ainda não havia falado nem uma única palavra.

Ela sorriu. Encontraria uma médica vinda de Astan. Era, sem dúvida, bem mais do que o necessário para sobreviver a mais um jantar.

Asil Arcan abriu os olhos para a escuridão.

A primeira coisa que sentiu foi a superfície úmida e fria do calçamento de pedra colada ao corpo. Inspirou com dificuldade e sorveu o ar viciado com o odor de esgoto e putrefação. O hálito rançoso de vinho barato misturado com o queijo forte era ainda tão intenso e espesso que parecia capaz de impedi-lo de abrir a boca. Os músculos rígidos demoraram a obedecer, mas, aos poucos, gesto por gesto, conseguiram pôr o corpo dolorido em pé.

A viela estava coberta de lixo e assombrada por ratazanas. Acima das sombras das casas, uma fraca claridade pintava de cinza o breu da noite, anunciando a aurora. Com alguns passos cambaleantes, Asil deixou o beco e saiu para a rua onde ele desembocava. O ar ameno do verão, que resistia às investidas do outono, tocou-lhe o rosto e o trouxe de volta ao mundo dos vivos.

O que foi que eu fiz...

Ajeitou os cabelos que caíam sobre as orelhas e alisou o tecido das vestes. Endireitou o corpo, respirou fundo mais uma vez e só então seguiu pela via adormecida.

As casas amontoadas, com seus telhados cinzentos, pareciam se debruçar umas sobre as outras, lançando olhares de reprovação à medida que ele passava. Asil as observava em silêncio enquanto avançava na direção do porto. As fachadas eram tristes e malcuidadas. Pedaços de reboco faltavam aqui e ali, deixando entrever os tijolos vermelho-claros que deviam encobrir. As janelas e esquadrias, desbotadas pela exposição à maresia, havia muito que tinham perdido as cores e agora se pareciam todas iguais. Tal como a todo o resto da cidade. Aos olhos de um homem que viajara meio mundo, Tássia nunca fora um lugar bonito. Mas também nunca fora pobre como agora.

Apesar da noite ao relento, decidiu que não estava preparado para a sobriedade; não estava pronto para enfrentar Mona. Ainda não. Apertou o passo em direção à orla, percorrendo ruas que iam se enchendo de gente à medida que a cidade despertava.

Quando Asil chegou à zona portuária, o céu já havia terminado de se transformar em um manto cinzento. A cidade-estado de Tássia não contaria com o conforto do sol naquele dia. Encontrou o local ebulindo em franca atividade. Ainda era cedo, mas o relógio que marcava a vida no porto era outro: ali, o que importava era o jogo das águas, e a maré cheia da madrugada tinha ajudado mais de uma centena de embarcações a chegar à baía. Os navios recém-atracados agora despejavam, todos ao mesmo tempo, tripulantes e mercadorias. Como resultado, a faixa de terra úmida e lamacenta que ficava entre os atracadouros e a via costeira estava tomada pelas barracas de madeira e as tendas de lona dos mercadores. No pouco espaço disponível entre elas, uma multidão barulhenta se acotovelava. O ar recendia a peixe e a suor de marujos que tinham ficado tempo demais no mar.

Em meio à cacofonia que convulsionava o lugar, Asil reconheceu os sons inconfundíveis de uma briga. Entre o mercado e a rua costeira, meia dúzia de homens maltrapilhos trocavam socos e pontapés. A pouca distância, outra meia dúzia de guardas da cidade observava indiferente a cena.

Como amam uma briga esses tassianos...

Mesmo vivendo há tanto tempo em Tássia, Asil ainda se surpreendia com a naturalidade com que os tassianos recorriam à violência. Desde pequenas, as crianças eram ensinadas a recorrer à força para arbitrar os conflitos. Naquela cidade não havia espaço para a misericórdia. Tássia não era um lugar para os fracos.

Asil percorreu a via costeira sem penetrar na confusão do mercado que se perdia para a sua esquerda. Decidiu que entraria na primeira taberna que encontrasse, não importando o quão decrépita fosse.

Apenas o pior para o velho comandante...

A Serpente do Mar surgiu à sua direita logo depois. O letreiro desbotado acima da entrada rangia enquanto oscilava ao vento, como se convidasse os passantes a entrar. Era uma espelunca de dois andares, quase idêntica a todas as outras que se espalhavam pela vizinhança.

Dentro da taberna, a fraca luminosidade de lampiões se filtrava através do ar enevoado pela fumaça de cachimbos. Apenas três das mesas estavam ocupadas: sobre a primeira, um homem desacordado roncava, a cena familiar demais; na segunda, dois marinheiros conversavam em uma língua estrangeira; na última, um trio jogava cartas em silêncio. Ignorou a todos e rumou direto para os fundos.

Atrás do balcão, um velho franzino secava com um pano copos que tirava de um balde de água turva.

— Vinho ou cerveja? — perguntou ele sem erguer o olhar.

— Bom dia. Vinho, por favor.

O velho interrompeu a tarefa e o examinou com a testa franzida.

— Não vendo fiado. Suma daqui.

Antes que Asil pudesse responder, um relâmpago de espanto percorreu o semblante do velho. Com os olhos bem abertos, ele disse:

— Mil perdões, senhor. Não o reconheci... — ele secou-se com o pano e estendeu a mão úmida para Asil apertar. — Sou Ahmat, o dono deste estabelecimento. Perdoe-me mais uma vez. Sou um velho desastrado.

Asil soltou a mão do cumprimento e sentou-se em um banco alto. Cruzou os braços sobre a madeira do balcão e perguntou:

— Você não é da cidade.

Ahmat anuiu.

— Venho do Oriente — respondeu ele, acrescentando com cautela: — Assim como o senhor.

Asil assentiu de volta, mas permaneceu em silêncio.

— Tássia não é um lugar bom para estrangeiros, todos sabem. Apesar disso, não tenho do que me queixar.

Tássia não é um lugar bom para ninguém.

— Vou buscar algo especial para o senhor. Com licença — completou Ahmat.

Ele desapareceu por uma porta nos fundos, deixando a taberna entregue aos fregueses.

A porta da frente se abriu quase sem ruído. Um homem entrou e, por pura falta de sorte, cravou os olhos no balcão. Asil virou-se, dando as costas à entrada, mas era tarde: o recém-chegado o reconhecera.

O homem que se aproximou era largo como uma muralha; tinha longos cabelos negros oleosos, que escorriam sobre um rosto coberto por incontáveis pequenas bolhas.

— O grande Asil Arcan.

Asil foi forçado a encará-lo.

— Hasad...

— É uma surpresa encontrá-lo em um buraco de merda como este. Posso me sentar?

Asil não respondeu; Hasad sentou-se mesmo assim. No mesmo instante, Ahmat retornou e colocou sobre o balcão uma barrica.

— Aqui está, senhor. Prove, por favor. É muito, muito especial.

Ahmat deixou dois copos ao lado da bebida e voltou para o seu balde de louça suja.

Asil encheu os dois copos até a borda. O vinho era de um vermelho-escuro tão intenso que parecia quase negro. Fez um brinde silencioso e tomou um longo gole. A bebida desceu queimando a garganta e ardeu quando chegou na barriga vazia. Era encorpada e Asil sentiu a cabeça girar por um momento: lembrou-se de como estava com fome. Tirando isso, era provável que fosse a melhor que já havia experimentado.

— Então, quando foi a última vez que nos encontramos?

Hasad esvaziou o copo num só gole.

— Navona.

Asil sentiu uma pontada nas têmporas; conhecia essa dor de cabeça e sabia que ela tinha vindo para ficar.

— Devia estar morto depois de Navona. Estou vivo graças a você — completou Hasad.

Asil encarou o rosto desfigurado de Hasad.

— Como assim?

— Qualquer um que tenha lutado na guerra e não seja um completo idiota sabe das coisas que você fez.

— Nós perdemos a guerra. *Eu* perdi a guerra.

— Mas você impediu que Tássia estivesse de joelhos quando a coisa desmoronou. E isso fez com que Alexander Terrasini tivesse de propor ao lorde Valmeron um acordo de paz.

Asil sabia que aquilo era verdade. Mesmo no final do conflito, depois de tantas derrotas, ainda restava alguma força aos tassianos, e isso forçou o duque de Sobrecéu a negociar um armistício. O acordo que selou a rendição de Tássia ficaria conhecido como "Tratado de Altomonte". Os celestinos também estavam cansados da luta e só teriam continuado se isso fosse lhes custar quase nada. Asil tinha se assegurado de que a coisa não tomasse aquele rumo — cedera muitas vitórias, era verdade, mas em quase todas o inimigo tinha pagado um preço elevado. Todas, menos em Navona...

— Centenas de barcos queimaram em Navona. Não salvei ninguém.

Hasad esvaziou o copo e tornou a enchê-lo até a borda.

— Eu sei que você sabia que era uma armadilha. Avançou apenas porque o seu senhor ordenou.

Sim... a obediência sempre viera antes de tudo... e Valmeron não estava lá para vê-los queimar.

— Como você está aqui, agora? — perguntou Asil.

— Eu ia comandar uma galé na vanguarda. Ainda no ponto de reunião, um dos meus rapazes ouviu um rumor de que você achava que era uma cilada... não importa. Demos meia-volta durante o avanço. Nunca participamos do combate.

Asil não queria escutar nada daquilo, mas Hasad estava determinado a prosseguir com o monólogo:

— Há algum tempo, ouvi os rapazes falando sobre você. Não pude acreditar: o grande Asil Arcan passando seus dias em terra, com uma esposa, dono de uma galé mercante que percorre a Rota da Areia.

— A Rota da Areia é tudo que temos, e a galé recebi como pagamento pelos serviços prestados.

Hasad cuspiu para o lado.

— Rota da Areia... Olhe lá para fora: a Rota da Areia transformou Tássia num grande balde de merda.

Asil perdeu o olhar na barrica de bebida. Queria encontrar alguma indicação de onde tinha vindo. Girou-a até que localizou, na parte de baixo, o brasão da âncora entrecruzada com a espada gravado na madeira.

— Desde quando temos produtos celestinos em Tássia?

— Desde que o duque de Sobrecéu morreu — respondeu Hasad com a voz reduzida quase a um sussurro. — Você não sabia? Em que mundo anda vivendo?

É claro que Asil sabia, mas, mesmo assim, não gostou do que vinha implícito nessa observação.

— Não vejo como isso explique por que agora temos vinho celestino.

Hasad deu de ombros.

— Alexander Terrasini era um bom guerreiro e um governante ainda melhor. Mas o seu forte mesmo era o malabarismo.

— Malabarismo?

— Sim, isso mesmo. No Oriente, ele manteve Astan em paz, mesmo sendo um conquistador estrangeiro que crê em um Deus diferente. Os Jardineiros de Navona, que todos sabem que ele desprezava, rezavam por ele. Por quê? Pois o duque lhes concedeu uma parte dos lucros da Rota da Seda, e os sacerdotes adoram dinheiro, como todos também sabem. Já os banqueiros, ele os domou simplesmente isentando de impostos todas as transações bancárias desde que elas ocorram na Cidade Celeste. Da noite para o dia, Sobrecéu virou o paraíso dos banqueiros e, de quebra, ficou ainda mais rica. Agora, não podemos nos esquecer dos seus maiores rivais, ou seja, nós. Tássia ele decidiu empobrecer, afinal, perdemos a guerra. Mas optou por fazê-lo de forma que não nos deixou à beira do caos. Ou você acha que ele nos deu a Rota da Areia porque era bonzinho? Não. Alexander Terrasini nos deixou ficar com uma única rota porque sabia que ela seria suficiente para nos manter apenas com a cabeça para fora d'água. Lembre-se: um inimigo que não tem nada a perder é sempre o mais perigoso... Agora, o malabarista se foi, e as bolas que ele mantinha no ar não tardarão a cair. Ah... e como elas vão cair rápido, meu amigo.

Asil sabia que ele tinha razão mais uma vez. Ouvira dizer que um líder surgira no Oriente e que uma nova guerra santa era iminente. Além disso, ao que parecia, os dias de Tássia como uma dócil perdedora também podiam estar terminando.

— O que você quer dizer com tudo isso?

— Quero dizer que, com tantas mudanças, talvez as antigas regras já não valham mais da mesma maneira.

— E?

— Enfim, conheço pelo menos uma dúzia de capitães que têm barcos que passaram a navegar por rotas menos... oficiais.

Asil largou o copo. A sede ia diminuindo à mesma medida que a conversa o desagradava. Com os sentidos entorpecidos pela bebida e pela noite mal dormida, apenas nesse instante parou para estudar de verdade o seu interlocutor. O veterano chamado Hasad usava vestes comuns de marinheiro, mas, no pescoço e nos pulsos, grossas correntes e pulseiras de ouro tilintavam. Aquele não era um homem que tirava o sustento da Rota da Areia. Sabia muito bem o que ele era: um corsário.

Asil já ouvira muitas histórias de mercadores que, insatisfeitos com os lucros pífios da Rota da Areia, tinham passado a explorar outros meios de vida. Percorrer rotas de comércio proscritas aos tassianos pelo Tratado de Altomonte e praticar a pirataria eram as atividades preferidas daqueles fora da lei. Muitos veteranos da guerra haviam aderido àquele estilo de vida e suas habilidades eram sempre bem-vindas nas tripulações.

— Existe um Tratado...

Hasad esvaziou o copo.

— Eu não tenho medo da Frota Celeste. Além disso, o que é uma guerra senão um mar de novas possibilidades de negócio? Pode facilmente se transformar em uma coisa muito boa.

Como outra guerra poderia ser boa para alguém?

Asil o encarou com preocupação.

— É uma estupidez. Lutamos na mesma guerra. *Perdemos* a mesma guerra. Você sabe do que estou falando.

— Entendo — disse ele, levantando-se. — Mesmo assim, tenho uma oferta para fazer. — Hasad aproximou-se um passo. — Junte-se a nós. Na última viagem, capturamos uma galé. É um bom barco e precisa de um capitão. Como disse, muitos dos rapazes estiveram em Navona. Ficarão felizes por estar sob seu comando. Fariam qualquer coisa que pedisse. Além disso, descobrimos um novo negócio... muito lucrativo.

— Novo negócio?

Hasad baixou o tom de voz ainda mais.

— Cargas vivas.

Asil sentiu o sangue subir à cabeça.

— Escravos?

— Não são quaisquer escravos.

— Como assim?

— Crianças.

— Quem as quer dessa vez?

— Os Servos Devotos de Navona. Eles estão buscando um tipo muito específico de crianças e estão pagando muito bem por isso.

Asil fez uma cara de quem não entendeu.

— Não me pergunte, também não entendemos o que os sacerdotes querem — respondeu Hasad. — Só sabemos que estão procurando desesperadamente por crianças mudas.

— Crianças mudas? Que bobagem é essa?

Hasad deu de ombros.

— Bobagem ou não, estão oferecendo como pagamento por uma criança muda o seu peso em ouro.

Asil mal acreditou no que ouvia. Sabia que os Servos Devotos eram ricos, mas não imaginava que fossem tanto.

— Esse é o negócio do momento — prosseguiu Hasad. — O problema é que crianças mudas são difíceis de se achar. No desespero pelo pagamento, muitos têm levado bandos de crianças sequestradas para Navona, mesmo que elas não sejam mudas como os sacerdotes querem. Enfim, precisamos de outro barco no negócio para poder ampliar a nossa área de atuação.

Traficante de crianças... um homem que rouba crianças de suas famílias e assassina seus pais... Se ainda me restasse alguma honra, eu mataria esse mercenário agora mesmo, com as minhas próprias mãos.

Mas em vez disso, respondeu apenas:

— Agradeço, mas não. — E deu as costas ao veterano.

Asil sentiu uma mão pousar em seu ombro.

— Eu compreendo. Uma pena. Mas fica uma dica, pelos velhos tempos. — Asil permaneceu imóvel, os olhos fixos no copo vazio. — Ouvi dizer que lorde Valmeron o procura. Cuidado com essa atitude, comandante. Não vá dar lá na Fortaleza o mesmo tipo de respostas que ouvi aqui.

Sentiu como se tivesse levado um soco no estômago. De uma só vez, o efeito da bebedeira sumiu e a dor de cabeça explodiu. A guerra tinha terminado duas décadas antes e durante todo esse período o senhor de Tássia nunca o havia procurado.

Levantou-se num ímpeto e procurou Hasad, mas o veterano já havia partido. Deixou a taberna aos tropeções, o mundo girando e a sua cabeça ainda mais.

Theo teria arrebentado de tanto rir se a cena não cheirasse tão mal.

A mulher gorda e desdentada dançava de forma alucinada, suas pegadas deixando marcas na areia branca da praia que fora deserta antes da chegada deles. Nas mãos tinha uma haste de ferro que fazia as vezes de uma lança. A arma de mentira era brandida de forma enlouquecida, os movimentos seguindo o ritmo da maior bebedeira coletiva que Theo já vira.

Theo a conhecia. Era a cozinheira de uma espelunca na área portuária de Valporto. Junto dela, enchendo a praia até onde a vista alcançava, havia centenas de tipos semelhantes: cozinheiros, estivadores, carregadores, gente de rua. Todos haviam recebido a mesma proposta do enigmático Alfeu.

Na aurora daquele dia, o *Mentirosa* tinha fundeado ao largo de Ilhabela, acompanhado por dezenas de outras embarcações de todos os tipos. Segundo Alfeu e seus ajudantes, o papel que deveriam desempenhar ocorreria nesse momento. Os tripulantes, entre eles Theo, receberam pedaços de paus, barras de ferro, placas de metal e outros apetrechos semelhantes para usar. Depois, foi ordenado que permanecessem em pé, sobre os conveses. Ficaram boa parte da manhã fantasiados com as armas e armaduras de mentira. Raíssa não precisou participar porque era muito pequena. Ninguém a veria de longe, tinha afirmado um dos ajudantes de Alfeu.

Ao escutar aquela observação, Theo teve certeza de que faziam parte de uma encenação. Manteve os olhos cravados no horizonte, mas nada enxergou que não fosse o mar que se agitava com as rajadas de vento cada vez mais intensas.

Theo sabia um pouco a respeito de Ilhabela graças a seus tempos como ajudante no *Tsunami*. A ilha era desabitada por conta de seu relevo acidentado, que impedia qualquer tipo de cultivo da terra. Havia várias enseadas, mas todas de difícil acesso e que dependia do conhecimento das marés e de correntes locais. Por isso, apesar de não estar distante da península de Thalia e da Cidade Celeste, o lugar era ignorado pelos navios. Além disso, também ouvira falar que Ilhabela fora palco de uma importante batalha durante a guerra entre Sobrecéu e Tássia.

Quando terminaram o papel que deveriam cumprir, os navios foram conduzidos para uma das baías. Os viajantes foram desembarcados em botes e levados a uma praia. Uma vez todos em terra, os ajudantes de Alfeu começaram a montar um acampamento e preparar um banquete. Havia muito mais cerveja do que comida, mas a maior parte das pessoas estava tão bêbada que não chegou a reparar nisso. Bastou surgir o som de um alaúde e logo estavam todos cantando e gritando.

Theo sentou-se na areia ao lado de Raíssa e observou a cena ao seu redor com uma inquietação crescente. Parecia uma celebração, era verdade; estavam todos felizes e seus anfitriões eram gentis. Até ali, também era verdadeiro, tinha acontecido tal como Alfeu dissera: viajar, não fazer nada e depois voltar a Valporto. Theo o questionara sobre o retorno e obtivera como resposta que iniciariam a viagem de volta na manhã seguinte, à primeira luz do dia.

Tudo parecia em ordem. Mas então havia os sinais.

Durante toda a viagem, Theo estudou com atenção os ajudantes de Alfeu. Eram meticulosos e disciplinados. Homens com treinamento militar, supôs. E estavam armados. Vira, entre os mantos e as vestes comuns, o cintilar das lâminas afiadas.

Percebeu que nem todos os navios que haviam participado da encenação tinham ido para a enseada. Parte deles havia sumido, assim como muitos dos ajudantes e o próprio Alfeu.

Finalmente, os ajudantes que restaram pareciam muito ansiosos em se assegurar de que todos estivessem bebendo a cerveja até não aguentar mais. Logo a praia estava repleta de trôpegos, semiconscientes, colidindo uns contra os outros. Mas o som do alaúde nunca cessava. Theo se sentia como se estivesse tomando parte no sonho de um bêbado.

O céu se tornou cinzento e fora da baía podia ver as ondas avolumando-se, encimadas por grandes coroas de espuma. Estavam abrigados do vento ali, mas o ar cheirava a tempestade. Apesar disso, as barracas tinham sido erguidas na areia da praia.

O homem que se sentou ao lado deles na areia era diferente dos tipos que enchiam o lugar. Era jovem, tinha o rosto sério e não estava bêbado. Estudava a cena com os olhos semicerrados e a testa franzida. Tal como Theo fazia.

— Você não está bebendo — disse ele.

— Você também não.

— Verdade. Acho que somos os únicos.

Theo assentiu e olhou novamente para as pessoas na praia. Junto da água, dois homens vomitavam um sobre o outro.

— Deixa eu adivinhar: vocês também vieram pelas cinco luas de prata, mas se arrependeram no momento em que deixaram Valporto.

É isso mesmo. Mas não poderíamos ter voltado, de qualquer forma...

— Isso aqui está errado — disse o estranho, vasculhando a praia com os olhos. Depois voltou-se para Theo, estendeu a mão e disse: — Sou Próximo.

— Sou Theo — disse, apertando a mão que lhe fora oferecida. — E esta é minha irmã.

Raíssa lançou um olhar desconfiado para Próximo.

— O que você acha disso tudo? — perguntou Theo.

Próximo sacudiu a cabeça e examinou a cena mais uma vez.

— Participamos de uma encenação. Não sei quem estava encenando e nem para quem — respondeu ele.

— Simulamos uma armada de guerra, parados nos conveses usando armas de mentira — disse Theo. — Mas é uma estupidez. Nenhum batedor tomaria cozinheiras, bêbados e gente de rua por guerreiros.

— Você está enganado. Tudo depende da distância que estão esses batedores.

— Você avistou alguém?

— Não. Mas estamos a um dia de viagem de Sobrecéu. É bem possível que alguma sentinela nos tenha visto de longe.

Theo mergulhou em seus próprios pensamentos. Próximo baixou o tom de voz:

— Mas de uma coisa eu sei: os atores não devem sobreviver para contar a respeito da farsa. Cedo ou tarde, enganadores ou enganados virão atrás de nós.

Theo já vinha pensando nessa possibilidade.

— Vocês veem as pequenas bolsas de couro que eles entregaram para as pessoas com as moedas do pagamento?

Theo tinha recebido uma contendo as cinco luas de prata; até mesmo Raíssa ganhara uma.

— O que tem elas?

— Serão muito práticas na hora de... — ele fez uma pausa — recuperar as moedas dos mortos.

Ele estava exagerando. Ou não.

— Vou dizer o seguinte: vamos sumir enquanto é tempo.

— Por que nos convidou? — perguntou Theo.

— Você é um rapaz forte e montar um acampamento sozinho é sempre mais difícil.

Theo achou que ele tinha razão. Se precisasse passar a noite escondido na mata, era melhor que não fosse sozinho com Raíssa. Além disso, o estranho chamado Próximo parecia mais do que capaz de cuidar de si mesmo. Olhou para Raíssa e viu que a menina também estava ansiosa para sumir dali.

— Se precisamos fugir, que seja agora — sugeriu Theo. — Temos menos de uma hora de luz do dia para arranjar um lugar para passar a noite.

— Ótimo — disse Próximo. — Fiquem onde estão. Volto num minuto.

Próximo sumiu entre a multidão num piscar de olhos. Theo olhou para Raíssa e, juntos, começaram a se arrastar em direção aos arbustos fechados que marcavam o perímetro da faixa de areia.

A chuva começou a cair minutos depois, no mesmo momento em que Próximo retornou. Ele trazia debaixo do braço um grande embrulho contendo uma barraca desmontada. Ele sinalizou com um aceno e, sem dizer nem uma palavra, desapareceu na vegetação. Theo olhou para um lado, depois para o outro, à procura de algum olhar vigilante, mas não encontrou. A praia seguia entregue ao caos. Levantou-se, deu as mãos a Raíssa e penetrou na mata espessa.

O avanço através da vegetação fechada que cobria Ilhabela foi lento e cansativo. Logo que deixaram a orla, o relevo tornou-se irregular, com encostas íngremes cortadas por pequenos vales estreitos onde corriam regatos apressados. Para onde quer que se olhasse, não havia local adequado para acampar. Por isso, decidiram passar a noite em uma clareira apertada, mas que pelo menos parecia distante o suficiente da praia.

Quando iniciaram a montagem da barraca, a luz do dia já havia se extinguido. Theo ajudou Próximo a erguer o abrigo improvisado da melhor forma que conseguiram, mas não fora o suficiente. Assim que a chuva se tornou mais intensa, pouco tempo depois, a água começou a se infiltrar por pelo menos uma dúzia de aberturas. Logo estavam ensopados, além de com fome e com frio. No ímpeto de deixar a praia, nenhum deles conseguira apanhar comida ou água.

Lá fora, a tempestade rugia com toda a sua fúria. As rajadas açoitavam as copas das árvores acima, os galhos gemendo e estalando em resposta. A torrente de água caía em grossos pingos que pareciam se precipitar quase na horizontal, pois entravam mais pela abertura da porta da barraca do que pelo teto.

Durante horas acompanharam em silêncio os sons da tormenta, tendo como companhia apenas um lampião que Próximo conseguira surrupiar com a barraca. Theo cochilou por alguns instantes, mas acordou sobressaltado, com a impressão de que outros sons haviam se misturado à cacofonia de vento, chuva e vegetação em movimento. Parecia escutar gritos, muito ao longe, talvez também acompanhados por notas metálicas, repetitivas. Aguçou os ouvidos, mas dessa vez nada percebeu de diferente. Havia provavelmente sonhado com alguma coisa e isso o confundira.

Quando a chuva amainou, Theo calculou que devia ser próximo do amanhecer. Raíssa dormia profundamente, mas Próximo estava sentado, com os olhos bem abertos. Theo se sentou, tentando acomodar o corpo da melhor forma que podia no espaço apertado.

— Achei que você não ia conseguir dormir, todo espremido desse jeito. Essas barracas não foram feitas para gente do nosso tamanho — observou Próximo em voz baixa.

— Passei boa parte da minha vida na rua. Durmo em qualquer lugar — disse Theo, o olhar passeando pela barraca. A chama do lampião ainda resistia, mas o óleo não duraria muito mais tempo. — É uma barraca de bom tecido branco... E eram todas iguais.

Próximo assentiu.

— Sim. Equipamento militar.

— Você tem alguma ideia de onde são?

— Escutei alguns dos rapazes do tal Alfeu conversando. Todos falavam o tálico, mas o estranho é que não tinha só um tipo de sotaque. Alguns deles, pelo menos, garanto que são de Tássia. Conheço aquele jeito de falar bem melhor do que gostaria.

Theo teve um mau pressentimento. Esperava que não fosse verdade.

— Você parece alguém que já viajou bastante.

Próximo assentiu.

— O que você fazia em Valporto? — arriscou Theo.

— Você sabe o que é um Contrato de Troca?

Theo fez que sim.

— Os contratos costumam funcionar bastante bem. Se você precisar receber por algo que vendeu em determinado lugar, por exemplo, a pessoa que deve pagá-lo em outro, normalmente, honrará a sua dívida por meio do banqueiro local.

— Normalmente?

— De tempos em tempos, alguém fica sem dinheiro ou sem vontade de pagar o que deve. Quando isso acontece, o banco que deve honrar aquela ponta do Contrato de Troca fica numa situação difícil. Por um lado, não pode ignorar o contrato, porque isso devastaria a sua imagem perante os outros bancos; por outro, também não pode arcar com o prejuízo, pois isso, com o tempo, acabaria falindo o próprio banco.

— Você cobra dos devedores.

— Sou um cobrador.

— E por que motivo você fugiu de Valporto?

Próximo o estudou com o rosto impassível. Depois de algum tempo, respondeu:

— Como você sabe que fugi?

Theo sorriu.

— Ninguém embarca numa viagem dessas se não estiver fugindo. Cinco luas de prata são bastante dinheiro, mas não tanto assim.

Próximo sorriu de volta.

— E vocês, do que estão fugindo?

Theo não viu motivos para não responder.

— Uns Jardineiros queriam pegar a minha irmã. Parti para cima deles e...

Próximo o estudou por mais um momento.

— Você fez o que era certo. Ninguém merece o que eles fazem, muito menos uma criança.

— Mas aquela gente os ama — observou Theo, desanimado. Sentiria falta de Valporto.

— E como amam — concordou Próximo. — Rezam tanto que não enxergam mais nada. Maridos traem as mulheres, sócios trapaceiam sócios, governantes roubam de todos, e ninguém na Cidade do Sol vê. Estão todos ocupados rezando.

— E quanto a você?

Próximo suspirou.

— Uma semana atrás, o Banco do Sol, de Valporto, me enviou para cobrar o contrato de um mercador. Na casa do tal comerciante fui recebido por uma senhora de idade, junto com duas meninas pequenas, pouco maiores do que a sua irmã. Por meio dela, descobri que o mercador era dono de uma pequena galé que percorria a Rota do Mar Externo.

— Percorria?

Próximo assentiu.

— A galé foi atacada por corsários na viagem de retorno. O mercador e metade da tripulação foram passados na espada e a carga foi roubada. Segundo a senhora me explicou, ela cuidava das meninas sozinha, já que a mãe morrera muitos anos antes no surto de Febre Manchada. O navio era o sustento da família e, como ele se fora, não havia meio de pagar o contrato.

— E o que você fez?

— Decidi que estava farto de cobrar de gente como aquela velha para dar aos banqueiros, que não têm mais onde guardar tanto dinheiro — respondeu Próximo. — Evidentemente, o Banco do Sol tomou conhecimento do ocorrido e enviou outro cobrador no meu lugar. Antes de deixar Valporto, fiquei sabendo que a velha teve de entregar a casa como pagamento e que as meninas foram encaminhadas a um orfanato dos Jardineiros.

— E você?

— Os banqueiros levam a cobrança muito a sério. Cobradores de coração mole são uma ameaça ao sistema bancário, e isso é uma coisa que não pode ser tolerada — respondeu Próximo. — Tenho muitos conhecidos espalhados no submundo de Valporto e sou bom em colher informações. Fiquei sabendo que havia um prêmio pela minha cabeça. Você sabe quanto vale a vida de um homem comum no porto da Cidade do Sol?

Theo fez que não.

— Três luas de prata. Menos do que o tal Alfeu nos ofereceu.

Theo se preparava para fazer outra pergunta quando escutou o ruído irregular de tecido sendo rasgado. Uma lâmina comprida se interpôs entre eles, correndo pela barraca de um lado a outro. O tecido inerte tombou e por um instante nada pôde ver. Rastejou para trás sem se levantar e se livrou da parte da barraca que o sepultara. Raíssa se ergueu com um salto em meio ao abrigo arruinado; Theo podia ver o contorno do seu corpo impresso no tecido colapsado.

Quando Theo olhou ao redor, viu-se no centro de um círculo formado por soldados com armaduras e espadas desembainhadas.

Raíssa e Próximo se libertaram do emaranhado de tecido ao mesmo tempo. O rapaz permaneceu com o rosto impassível, mas a menina tinha o terror estampado nos olhos.

MAR INTERNO | MARÉ DE MENTIRAS

Um dos homens avançou por entre os demais. Theo quase não o reconheceu: Alfeu agora vestia aço da cabeça aos pés.

— São esses os três que faltavam — disse Alfeu a um dos soldados.

— Quais são suas ordens, meu senhor? — perguntou o soldado.

— Matem os dois e preparem a menina para a viagem — respondeu Alfeu. — Rápido! Temos uma batalha a vencer.

Theo olhou ao redor: havia ao menos uma dúzia deles. Não tinham a menor chance.

Venho tentando não morrer desde o dia em que nasci... Mas era óbvio que em algum momento iria falhar naquilo. Ao que parecia, aquele momento acabara de chegar.

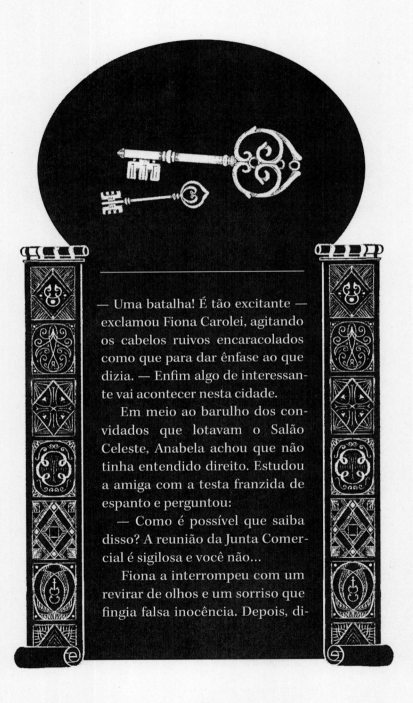

— Uma batalha! É tão excitante — exclamou Fiona Carolei, agitando os cabelos ruivos encaracolados como que para dar ênfase ao que dizia. — Enfim algo de interessante vai acontecer nesta cidade.

Em meio ao barulho dos convidados que lotavam o Salão Celeste, Anabela achou que não tinha entendido direito. Estudou a amiga com a testa franzida de espanto e perguntou:

— Como é possível que saiba disso? A reunião da Junta Comercial é sigilosa e você não...

Fiona a interrompeu com um revirar de olhos e um sorriso que fingia falsa inocência. Depois, dirigiu o olhar por um instante para a entrada do Salão Celeste, onde dois soldados montavam guarda, imóveis.

Anabela sacudiu a cabeça e surpreendeu-se mais uma vez com a filha de Carlos Carolei.

— Você tem que parar com isso. E se o seu pai descobre?

Fiona deu de ombros.

— Acho que ele desconfia. Não me importo, e ele também não. Está sempre muito ocupado; aliás, nesses dias mais do que nunca — respondeu Fiona. — Gosto de me deitar com os soldados e não vou parar por causa dele ou de ninguém. Eles me contam coisas que você nem imaginaria.

— É errado, Fiona.

— O quê? Eu me deitar com eles ou eles me contarem coisas que não eram para os meus ouvidos?

— As duas coisas.

Fiona sorriu, aproximou-se, ficou nas pontas dos pés e, com a boca quase colada ao ouvido de Anabela, sussurrou:

— Você tem que começar a viver a sua vida, amiga.

E com isso ela partiu, os cabelos vermelhos esvoaçando e sobressaindo-se em meio aos convidados. Não fosse por esse contraste, em instantes Anabela a teria perdido de vista em meio à multidão.

Estava claro para Anabela que, a cada dia que se passava, tinha menos em comum com a amiga com quem compartilhara a maior parte de sua infância. Mas, então, dava-se conta de que o sentimento se estendia às demais pessoas que a rodeavam. Depois que o pai morrera, sentia-se quase como uma estranha em plena Fortaleza Celeste. As únicas exceções eram o irmão e Júnia; os dois eram a família que lhe restava.

Forçou-se a avançar pelo salão cumprimentando a todos por quem passava. Primeiro, cruzou com Aroldo Nevio, duque de Rafela, com sua esposa. Logo adiante, Giancarlo Ettore, de Altona, também na companhia de sua família. Depois deles, enfrentou um mar de celestinos, todos com sobrenomes importantes: Carissimi, Grimaldi e Silvestri da Rota do Mar Externo; Guerra, Mancuso e Rossini, que operavam a Rota do Gelo.

Depois de escutar mais de duas dezenas de condolências, enfim conseguiu chegar à longa mesa que fora montada no centro do recinto. Na cabeceira estava Elena Terrasini, ao lado da cadeira vazia do pai. Perto dela estavam Carlos Carolei e o banqueiro Marcus Vezzoni; os três conversavam animadamente, a prosa interrompida de tempos em tempos pelo som de suas risadas. Ao que parecia, o vinho e a ocasião haviam dissipado o clima tenso da reunião daquela tarde.

Próximo à cabeceira, ainda em um lugar de honra, estavam Ricardo Terrasini, que conversava com Una Carolei, e os Orsini. Dario sentava-se entre a esposa e os filhos gêmeos. Junto deles, como não poderia deixar de ser, acomodava-se o Grão-Jardineiro, Cornélius Palmi. Os Orsini eram considerados a família mais devota de toda a Cidade Celeste, e o casal Orsini nunca perdia a oportunidade de estar ao lado do velho Jardineiro.

Anabela identificou o lugar reservado a ela, entre Palmi e a cadeira vazia que deveria ter sido ocupada por Fiona, se ela tivesse retornado à mesa.

Durante o jantar, como não havia ninguém à sua direita, foi obrigada a escutar a pregação do Grão-Jardineiro:

— São tempos preocupantes, esses que vivemos — disse Palmi durante a refeição. — Os bárbaros estão sendo reunidos sob uma única liderança. Juntas, as nações infiéis serão um perigo real para a Fé e para a segurança dos povos do Mar Interno.

Dario Orsini fez uma pausa entre as garfadas, breve o suficiente apenas para perguntar:

— E quem é esse novo líder, meu caro?

Palmi baixou o tom de voz, como se estivesse falando algo impróprio:

— Usan Qsay é seu nome. Se pelo menos metade das histórias que nos têm chegado pelos viajantes e mercadores for verdadeira, trata-se de um monstro, um demônio em carne e osso.

O casal Orsini soltou grunhidos de apreensão.

— Dizem que o bárbaro é um canibal, que arranca bebês do ventre das mães e os come ainda banhados pelo líquido amniótico. Dizem que nunca dorme, pois à noite conjura com espíritos malignos que consomem sua alma em troca de fortalecer seu corpo — prosseguiu Palmi. — Essa abominação reúne um exército e não irá parar enquanto não tomar a Cidade Sagrada.

— A Cidade Celeste fará a sua parte para conter tal ameaça, isso eu lhe garanto — disse Dario. — Os infiéis que creem em mais de uma Árvore conhecerão a fúria das espadas de Deus.

— O senhor tem razão. Deus, o Primeiro Jardineiro, plantou a Árvore da vida no Jardim da Criação. Apenas uma árvore foi plantada, e ela simboliza a vida e a fé dos homens — disse Palmi. — Fico feliz que tenhamos um homem devoto como o senhor na Junta Comercial. Sei que não deixará a vontade de Deus em segundo plano nas discussões vindouras.

Anabela escutou em silêncio e resistiu à tentação de fazer perguntas. Até onde sabia, ano sim, ano não, surgia uma nova liderança entre os orientais. Os Jardineiros sempre insistiam que o líder em ascensão era mais perigoso que os anteriores e que todos deviam reunir exércitos e correr para combatê-lo. No fim das contas, porém, as nações do Oriente sempre acabavam lutando umas contra as outras e o tal grande líder era logo esquecido. Por que esse Usan Qsay seria diferente?

Depois de terminada a ceia, a mãe ofereceu um brinde em homenagem ao duque Alexander Terrasini e perguntou se Ricardo gostaria de dizer algumas palavras. O irmão fez que sim. Anabela percebeu que aquilo o pegara de surpresa e viu-se receosa do que o irmão diria. Estariam todos observando e avaliando o futuro duque de Sobrecéu.

Ricardo Terrasini se levantou e ergueu a taça de vinho diante de si. Todos os presentes fizeram o mesmo.

— Todos os homens sonham. Grandes ou pequenos, são eles que pautam a vida que vivemos, os caminhos que trilharemos, as batalhas que travaremos. Alexander Terrasini via o seu sonho todo dia de manhã, quando acordava. Seu sonho era Sobrecéu. A nossa cidade, sua grandeza e suas conquistas, são a grandeza e as conquistas de meu pai.

Anabela espantou-se com as palavras de Ricardo. Eram precisas e verdadeiras. Os dizeres de um líder.

Enquanto as pessoas se levantavam da mesa para cumprimentar Ricardo, Anabela viu a oportunidade de fugir daquele suplício. Recuou para junto de uma das aberturas que conduzia às sacadas, afastando-se da aglomeração de gente. Varreu o salão com os olhos e só então identificou o grupo de Astan, sentado no extremo oposto da longa mesa. Eram três: dois homens, um completamente calvo, cujo rosto nada dizia a respeito da sua idade, e um corpulento, com o rosto sério coberto por uma barba negra espessa. A terceira era uma mulher, que estava olhando diretamente para ela.

A mulher se levantou e caminhou a passos decididos, mas não apressados, na sua direção. A figura que vinha ao seu encontro era jovem, de cabelos negros compridos que enquadravam um rosto que não era bonito, mas carregava em si uma estranha luminosidade. Havia ali a complexidade de quem já vira muitas coisas; um pesar que só o muito saber trazia.

Um olhar assim nada perde.

— Olá, minha senhora — disse a mulher assim que se aproximou o suficiente.

— Olá — respondeu Anabela enquanto apertava as mãos da visitante.

— Lyriss Eser, de Astan. É um prazer conhecê-la, Anabela.

Anabela sorriu.

— Então você é a visitante da Cidade Sagrada.

Foi a vez de Lyriss sorrir.

— Caminha comigo?

Anabela fez que sim e a conduziu através da abertura para a sacada. Havia uma certa tensão no ar que a mais suave das brisas poderia ter afastado. Mas não havia nenhuma. A noite que cobria a Cidade Celeste era como um manto pesado e quente. Ao menos o ruído das conversas transformara-se num burburinho tolerável ali.

— Então, o que você achou da cidade? — perguntou Anabela, encostando-se na balaustrada. Lá embaixo, Terra e Céu eram um pontilhado de luzes que se esparramavam em direção ao porto; além delas havia apenas a escuridão do oceano.

— Sobrecéu é uma cidade muito bonita — respondeu Lyriss, postando-se ao seu lado. Seu olhar mantinha-se fixo nela, sem desviar ou perder a intensidade. — As pessoas vivem em paz e são felizes aqui, e essa é a verdadeira beleza que uma cidade tem para mostrar.

— Como foi a sua viagem?

— Cansativa. Não sou muito do mar, sabe — respondeu ela. — Mas fomos muito bem tratados a bordo e a tripulação fez o que pôde para que nos sentíssemos à vontade.

Anabela sabia que o grupo tinha vindo de Astan a bordo de uma galé mercantil pertencente aos Terrasini que retornava pela Rota da Seda.

— Seu pai escolheu pessoalmente o navio — completou ela.

Anabela estudou a mulher estrangeira com interesse.

— Você se encontrou com meu pai?

Lyriss fez que sim com um aceno suave da cabeça.

— Nos encontramos em Astan, antes da caravana do seu pai prosseguir para...

— Para a Terra Perdida — murmurou Anabela para si mesma. Nem ela, nem mais ninguém no mundo compreendia que motivo levara o duque a reunir duas dezenas dos seus melhores homens e partir para um local remoto no estrangeiro. Sabia apenas que nenhum dos que haviam deixado Sobrecéu tinha retornado. A caravana sumira sem deixar rastros a caminho do local místico — e, para muitos, amaldiçoado — denominado Terra Perdida. Alguns guias locais, que teriam acompanhado o grupo em pelo menos parte do trajeto, haviam retornado aos seus povoados, contando todo tipo de histórias.

— O que o meu pai queria lá?

Podia ser a primeira vez que Anabela fazia essa pergunta em voz alta, mas já a tinha colocado para si mesma um milhão de vezes.

Lyriss sacudiu a cabeça e abriu as mãos em um gesto de impotência.

— Não temos como saber. A Terra Perdida é sagrada para quase todas as religiões. Há muitos motivos para alguém querer ir até lá e outros tantos para alguém *não* querer fazer a mesma viagem.

— Meu pai não era um homem religioso.

Ela observou Anabela por um momento e então disse com uma voz suave, como a de alguém que se desculpa:

— Seu pai não acreditava nos Jardineiros de Navona, mas, sim, ele era um homem religioso.

Anabela estreitou os olhos.

— Você o conhecia.

Lyriss assentiu mais uma vez.

— É uma longa história. Lembre-se de que o seu pai esteve na Cidade Sagrada muitas vezes.

Anabela lembrou-se do anjo-folha e de tantos outros artefatos que o pai trazia de suas viagens e que estavam espalhados pela Fortaleza Celeste. Sempre os vira como a prova do seu fascínio pelo Oriente, mas nunca pensara que também poderiam representar um ato de devoção.

— É possível que você tenha sido uma das últimas pessoas que o viu com vida. Sobre o que vocês conversaram?

— Muitas coisas. Seu pai me visitou na universidade e me fez dois pedidos.

— Ele queria que você examinasse a minha irmã.

— Sim.

— E você já a examinou? O que há de errado com a Júnia?

Lyriss respondeu ainda com os olhos postos nela:

— Não há nada de errado com a sua irmã. — E então desviou o olhar pela primeira vez, encolhendo os braços junto do corpo, como se estivesse com frio ou algo a assustasse. — Ela apenas precisa ser protegida, a qualquer custo.

Anabela não compreendeu e pensou em dizer que não existia lugar mais seguro no mundo do que a Fortaleza Celeste, mas, em vez disso, observou:

— Júnia nunca falou.

Lyriss retornou o olhar para ela.

— Mas sei que você a entende. E sei que você faz isso melhor do que ninguém.

Anabela espantou-se com o comentário. Era verdade. Ninguém entendia Júnia melhor do que ela.

— Existem muitos segredos a respeito do corpo e da alma humana que desconhecemos — prosseguiu Lyriss. — Mesmo com todo o conhecimento reunido em Astan, estamos muito longe de realmente compreender como as coisas funcionam.

— Eu gostaria de algum dia poder ver a Cidade Sagrada e visitar a universidade. Devem ser maravilhosas. Ouvi dizer que Astan está repleta de torres e cúpulas púrpuras. É verdade?

Lyriss assentiu, sorrindo.

— Fico feliz em ouvir isso. Quem sabe uma visita sua não acabe acontecendo antes do que você imagina — disse ela. — Astan é mesmo um lugar mágico, e muitos prédios são de fato roxos ou púrpuras, embora boa parte deles esteja escurecido por séculos de exposição à sujeira do ar. É uma cidade imensa, como sei que você sabe.

— Como você foi parar lá?

— Nasci em uma pequena cidade portuária ao sul de Astan. Na época, o domínio ocidental ainda não existia e fazíamos parte do império Tersa.

Quando a guerra santa eclodiu e vocês derrubaram o império, transformando Astan em uma zona franca, o comércio na região empobreceu muito, pois as rotas mercantis passaram a se concentrar apenas na Cidade Sagrada. Aprendi as letras e o gosto pela ciência com meu pai, que era um curandeiro e amava os livros. Depois que ele morreu, um de seus amigos mais próximos comentou a respeito de uma oportunidade na universidade de Astan. Estavam à procura de aprendizes dispostos a trabalhar em troca de um subsídio para custear parte dos estudos. Aceitei o desafio e parti. Faz dez anos que vivo e estudo na universidade. Há dois enfrentei os testes e ganhei o título de médica.

— Deve ter sido difícil, você sendo uma mulher.

Ela fez que sim, com a testa franzida e o rosto sombrio. Anabela pôs-se a imaginar se não teria acertado mais do que imaginava com aquela observação.

— Muito difícil. Tive de fazer em dobro tudo o que os outros faziam para conseguir o mesmo resultado. Basta dizer que levei oito anos para conseguir o meu título, enquanto a maior parte dos alunos o obtém em quatro ou, no máximo, cinco anos — disse ela e, então, completou sorrindo: — Mas aqui estou eu.

Anabela vasculhou com os olhos o salão iluminado e, ao longe, localizou os dois homens estrangeiros que também tinham vindo de Astan. Ainda estavam sentados, em silêncio. Nenhum dos outros ocupantes da mesa parecia interessado em conversar com eles. Lyriss viu para onde Anabela olhava e disse:

— Meus dois companheiros de viagem. O homem calvo e silencioso é Samat Safin, linguista, arqueólogo e estudioso do folclore de civilizações antigas. O corpulento, peludo como um urso, é Oreo, mestre de armas da universidade.

Anabela foi pega de surpresa.

— Por qual motivo você viaja com um guerreiro?

— Trazê-lo foi uma exigência do reitor. As coisas que estudamos são uma ofensa para muitas pessoas, em muitos lugares. Por isso, não há como garantir a segurança de alunos e egressos da universidade fora de Astan. Especialmente aqui, no Ocidente, somos malvistos.

— Os Jardineiros de Navona...

— A ciência bate de frente com muitos dos dogmas dos Jardineiros.

Anabela suspirou. No fundo, sabia que o pai não gostava dos Jardineiros, mas Alexander Terrasini tinha consciência de que não podia viver sem o seu apoio.

— Meu pai era fascinado pelo Oriente e pela universidade.

— Um fascínio mútuo. Seu pai era muito respeitado em Astan — disse Lyriss. — Somente com muito prestígio e dinheiro ele poderia ter conseguido o que conseguiu.

Anabela surpreendeu-se mais uma vez. Ela não poderia estar falando disso.

— Você está se referindo à Sentinela.

Lyriss deu um passo em sua direção e, com o rosto muito próximo, disse em um sussurro:

— Posso vê-lo?

Anabela sorriu de excitação.

— Apenas se você me explicar o que é e para que ele serve.

Lyriss franziu o cenho.

— Seu pai nunca falou sobre isso? Nunca lhe explicou o que é uma Sentinela?

Anabela fez que não.

— Ele se recusou a falar no assunto. Foi uma das únicas ocasiões em que ele me disse um "não" e, ao mesmo tempo, me pediu uma coisa.

— Isso me surpreende. Qual era o pedido?

Anabela lembrava-se com clareza daquele dia e do rosto sério e determinado do pai.

— "Aconteça o que acontecer, jamais devemos permitir que a Sentinela seja removida da Fortaleza Celeste."

Lyriss permaneceu um longo momento fitando-a em silêncio.

— Você entende agora o que eu disse? Seu pai era um homem religioso.

Anabela sentiu outro arrepio de excitação. Iria desvendar um dos segredos do pai. Com a voz reduzida também a um sussurro, perguntou:

— Vamos vê-lo?

Lyriss respondeu com um sorriso. Anabela levou a visitante para o interior da Fortaleza por uma porta que dava para um salão menor, que estava às escuras. Depois, seguiu por um longo corredor escondido no breu, subiu um lance de escadas, venceu outro corredor e, então, a maciça porta de carvalho do gabinete do duque se materializou na penumbra.

Anabela soltou uma pequena chave de uma corrente que tinha no pescoço e a inseriu em uma fechadura menor, quase imperceptível, na parte inferior da porta.

— A fechadura maior é falsa — cochichou Lyriss, espantada. — Muito engenhoso.

— Além do pai, só eu e o meu irmão Ricardo temos a chave verdadeira.

Anabela abriu a porta e entrou no gabinete, seguida por Lyriss. O recinto jazia na mais completa escuridão, imerso em um silêncio impenetrável, como uma cripta que não é aberta há muitas eras. Parecia inacreditável pensar que o pai estivera ali, trabalhando, apenas alguns meses antes.

O ambiente foi criando vida à medida que Anabela acendia os lampiões que encontrava. Sob a luz tremeluzente, primeiro tomaram forma as altas estantes de livros que forravam as paredes de ambos os lados. Depois, no centro do aposento, viram as campânulas de vidro que abrigavam engenhocas e mecanismos que o pai trouxera do Oriente. Anabela se lembrava de todas; cada uma a fascinara de uma maneira diferente.

Na outra extremidade do gabinete estavam uma maciça escrivaninha e uma mesa com o tampo inclinado, feita para ler mapas. Atrás delas havia ainda mais livros, além de uma cristaleira com portas de vidro que guardava outros artefatos exóticos, tais como lunetas e instrumentos para observação astronômica. Longas cortinas de veludo azul-escuro desciam junto das duas janelas retangulares. Uma delas, a mais próxima, estava fechada, enquanto a outra, perto da escrivaninha, achava-se aberta. O luar que entrava pela abertura desenhava uma elipse prateada no piso de madeira, e em seu centro repousava a Sentinela.

Anabela já a vira centenas de vezes, mas nunca conseguia conter a reação de espanto que a visão provocava. Também não conseguia decidir qual aspecto a surpreendia mais: se era o pequeno menino sentado com os joelhos dobrados no centro do círculo branco pintado no chão, ou se era o fato de que ele nunca falava ou se movia, mesmo que fosse apenas um milímetro sequer.

Quando era mais jovem, Anabela sentia uma profunda compaixão pela criança que vivia imóvel dentro do círculo branco. Era ainda menor e de aspecto mais frágil do que a franzina Júnia. Por horas a fio, observava a pele morena e os cabelos negros que formavam um franja que corria rente à testa. Estudava a tira de tecido branco que o vestia apenas na altura de cintura e, acima de tudo, o rosto sereno, indiferente, que mantinha os olhos sempre bem fechados. Juntando tudo isso, tinha dificuldade em aceitar a palavra do pai, que lhe dizia que, por mais que parecesse, a Sentinela não estava viva.

— Quando vi a Sentinela pela primeira vez, a primeira coisa que perguntei ao meu pai foi quando ele iria comer — disse Anabela, observando Lyriss, que tinha os olhos vidrados no menino e a boca entreaberta em espanto.

— A Sentinela não está viva — falou Lyriss depois de algum tempo. — Não como nós, pelo menos. E não neste mundo.

— Foi o que o meu pai respondeu. Depois disso, não quis mais falar sobre o assunto — disse Anabela. — Se não está vivo, como podemos vê-lo? Por que se parece com um menino?

Lyriss respondeu sem desviar o olhar do menino sentado no chão.

— Segundo a mitologia dos absírios, o antigo povo que vivia na Terra Perdida, a Sentinela pertence a outro mundo. O que vemos é apenas um reflexo, uma impressão que é deixada no nosso mundo.

Anabela deu alguns passos ao longo do círculo branco. Sabia que era proibido pisar dentro dele.

— É difícil de entender.

No lado oposto do círculo, Lyriss deu mais um passo e pisou sobre a tinta branca.

— A sua sombra pode assumir uma forma que se pareça com você, mas não é você de verdade. É apenas uma imagem projetada pela luz que incide no seu corpo. De forma análoga, alguma fonte de energia que não compreendemos incide em outro mundo e lança sombras no nosso. Uma dessas sombras é a Sentinela, mas existem outras.

— Já li algo a respeito disso. É folclore — disse Anabela. — Você é uma cientista. O que a ciência tem a dizer sobre isso?

Lyriss abriu as mãos, num gesto de impotência.

— A ciência não tem explicação para isso.

Anabela pensou por um longo momento. Folclore ou não, a Sentinela era fascinante. Lembrou-se de como levou algum tempo só para a mente aceitar que aquilo era mesmo real.

— Se está em outro mundo, deve enxergar coisas que não somos capazes de ver. É por isso que se chama Sentinela.

— Você está certa, Anabela. O segredo é a tinta que está no círculo. Ela é a chave de tudo. É muito, muito rara e, segundo a tradição, viria de cavernas localizadas abaixo das montanhas que cortam a Terra Perdida. A tinta não pertence a este mundo. Por isso, fechar o círculo é como criar um pedaço de outro mundo dentro deste.

— E o que acontece se entrarmos no círculo e tocarmos no menino?

— O mesmo que acontece se você tentar tocar a própria sombra: nada.

— E o que o menino vê?

— Coisas que não pertencem ao nosso mundo. Coisas que não devem penetrar no nosso mundo.

Anabela sentiu um arrepio subir pelas costas. Histórias de criaturas de outros mundos eram contadas por todo o Mar Interno para assustar crianças e fazê-las obedecer aos pais. Aquilo era bobagem; não podia ser levado a sério.

— E como a Sentinela faz o seu aviso?

— Tive essa curiosidade também. Segundo os antigos pergaminhos que consultei na universidade, a Sentinela profere seu aviso em alto e bom som.

Anabela achou isso pouco crível. Para quem já observara o menino por tanto tempo, imaginá-lo falar parecia a coisa mais improvável do mundo.

— E o que ele diz?

— O aviso é dado no antigo idioma absírio. Uma língua cujo som não é ouvido neste mundo há milênios.

— Se a tinta é muito rara, deve ser muito difícil para alguém criar outra Sentinela.

— A maior parte dos estudiosos acredita que existam três. Uma está diante dos nossos olhos; outra fica no gabinete do reitor, em Astan. Não encontrei nenhuma referência sobre o paradeiro da terceira — disse Lyriss, ainda postada ao lado da Sentinela.

— E a que existe na universidade é igual a esta?

— Nunca a vi. Rasan Qsay, o reitor, é muito reservado, e eu nunca estive em posição de ser convidada ao seu gabinete.

Anabela lembrou-se de imediato do sobrenome.

— Esse reitor é parente de Usan Qsay, o bárbaro de quem estão todos falando?

Lyriss assentiu.

— São irmãos, mas isso não quer dizer muita coisa, já que os dois têm mais de vinte outros irmãos e irmãs.

— Dizem que esse Usan Qsay é um assassino cruel.

— Não conheço Usan Qsay e não vou defendê-lo, mas tenha em mente que boa parte dessas histórias chega aos seus ouvidos pelos Jardineiros.

— Dizem que ele prepara uma nova guerra santa.

— Isso parece ser verdade. Usan Qsay reúne nações sob o seu estandarte. Usa como argumento o fato de todos compartilharem a mesma religião e urge com todos os líderes que lutem ao seu lado para libertar a Cidade Sagrada do jugo ocidental. Se ainda não ficou claro, ele planeja restabelecer o império Tersa e retomar Astan, fazendo dela a sua capital.

Um turbilhão de pensamentos embaralhou-se na mente de Anabela por um instante. Aquilo era sério. Astan era o coração da Rota da Seda, e a rota era a alma da riqueza de Sobrecéu. Imaginou se a sua mãe estava sabendo de tudo isso. Em vez de tagarelar com Carlos Carolei e com o banqueiro Marcus Vezzoni, ponderou se Elena Terrasini não deveria estar colhendo informações com os recém-chegados do Oriente. Capitães e simples mercadores certamente teriam um mundo de informações em primeira mão para revelar à duquesa.

— Uma guerra santa seria terrível para Sobrecéu.

— A Cidade Celeste tem presença, mas não domínio militar, em Astan. O que vocês denominam de "colônia" é, na verdade, um bairro de celestinos que cuidam dos negócios ligados à operação da Rota da Seda. A guarnição em si não é grande.

— Meu pai sempre disse que o segredo para manter Astan era se assegurar de que o povo e a nobreza estivessem contentes.

— E foi o que ele fez de muitas formas diferentes. Talvez a principal delas tenha sido concentrar o comércio na Cidade Sagrada. Durante o governo do seu pai, Astan enriqueceu muito, embora seja verdade que isso tenha acontecido à custa de outras cidades da região.

Anabela suspirou. A mãe era frágil; tinha certeza de que ela não estava pronta para tudo isso.

— Nosso mundo está mudando. Por isso a minha pergunta é: você gostaria de vê-lo com seus próprios olhos, Anabela? Porque o assunto acabou me levando à segunda coisa que seu pai me pediu em Astan.

— O que é?

— Seu pai gostaria que você fosse para a universidade. Ele me pediu que eu a levasse comigo de volta a Astan.

Anabela sentiu o coração aos pulos no peito.

Deixar a Fortaleza Celeste? Que loucura esta mulher está dizendo?

— E então, você gostaria de retornar comigo e ver por si mesma a Cidade Sagrada?

O convite de Lyriss provocou um abalo que ameaçava fazer ruir o chão sob seus pés. Depois disso, a tarefa de retornar ao salão, conversar com os convidados e ouvir mais condolências foi quase insuportável.

Horas mais tarde, deitada imóvel em sua cama de dossel, Anabela ainda tentava dar um sentido àquilo tudo. Sempre tivera o pai para guiá-la nas decisões importantes, mas agora devia decidir o próprio caminho sozinha. E a mãe, o que acharia disso?

Anabela escutou passos suaves interromperem a quietude do quarto. Júnia aproximou-se, deitou na cama e aninhou-se em seu peito. A irmã tremia e tinha a camisola ensopada de suor. Anabela a afastou para ler o seu rosto:

— O que há de errado? — Anabela fez uma pausa e a resposta surgiu naturalmente. — Está com medo da tempestade? Foi um lindo dia, Júnia. Não haverá temporal algum.

Anabela a abraçou outra vez e o silêncio retornou ao quarto.

Algum tempo depois, quando estava prestes a adormecer, Anabela foi despertada pela sinfonia de sons que irrompera lá fora: o assobio das rajadas nas aberturas, o farfalhar das folhas sendo agitadas e o ruído contínuo de alguma mobília sendo arrastada pelo vento na sacada. Em seguida vieram os relâmpagos, e violentos trovões sacudiram a Fortaleza Celeste. Por fim, escutou o som da torrente de água que escorria do céu, como se um oceano em outro mundo se esvaziasse sobre este.

Enquanto a tormenta liberava a sua ira, estudou a irmã, agora adormecida.

— Você tinha razão... — Anabela sussurrou, mas interrompeu-se quando compreendeu: — Mas... não era deste temporal que você estava falando?

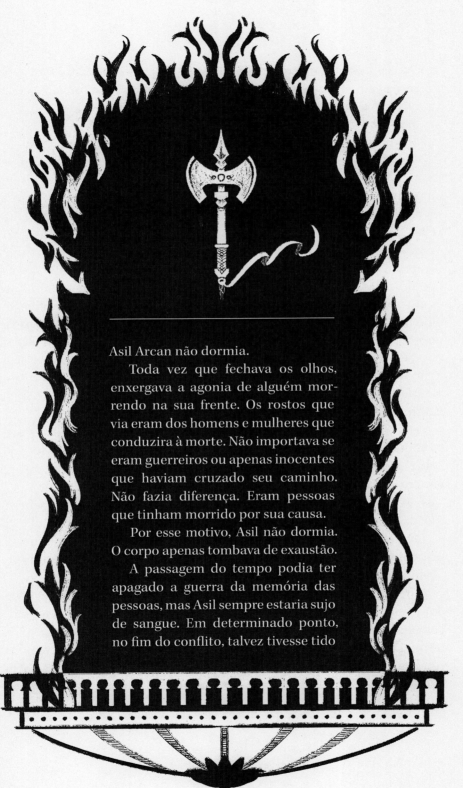

Asil Arcan não dormia.

    Toda vez que fechava os olhos, enxergava a agonia de alguém morrendo na sua frente. Os rostos que via eram dos homens e mulheres que conduzira à morte. Não importava se eram guerreiros ou apenas inocentes que haviam cruzado seu caminho. Não fazia diferença. Eram pessoas que tinham morrido por sua causa.

    Por esse motivo, Asil não dormia. O corpo apenas tombava de exaustão.

    A passagem do tempo podia ter apagado a guerra da memória das pessoas, mas Asil sempre estaria sujo de sangue. Em determinado ponto, no fim do conflito, talvez tivesse tido uma chance de recomeçar com o pequeno Esil, mas, depois de tudo que fizera, os deuses não o julgaram merecedor de nada e lhe roubaram isso também. Por isso, quando aconteceu, Asil não se surpreendeu.

Apenas o pior para o velho comandante...

Nos últimos tempos, entretanto, uma estranha visão vinha dividindo espaço com os rostos dos mortos. A cena não pertencia a nenhuma batalha que conhecesse: passava-se em um grande salão, em algum lugar rico e opulento, e estava em chamas. Mas o mais importante era a menina: pequena e indefesa, ela chorava no centro do recinto, as labaredas lambendo a camisola branca que usava. Achava-se além de qualquer socorro possível.

Havia duas coisas que preocupavam Asil em relação ao novo fantasma. Primeiro, era que ele às vezes aparecia em pleno dia, quando estava distraído. Bastava a sua mente vaguear por alguns instantes e lá estavam a menina e o salão que ardia. Segundo, ainda mais importante — e estranho — era que a visão trazia consigo algo semelhante a uma mensagem, e toda vez que a vislumbrava, uma certeza se desenhava dentro de si: a menina era real e era seu — apenas seu — o papel de salvá-la. Se não atendesse ao chamado, ela morreria ali, naquele instante, como se tudo aquilo fosse mesmo real.

Asil sabia que esse era apenas mais um sinal de que sua mente estava enfraquecendo. Havia algum tempo que tendia a se esquecer de tarefas cotidianas ou dos nomes de pessoas conhecidas. Por isso, começar a sonhar acordado não era algo de todo surpreendente.

— Você não deveria estar no porto, recebendo os rapazes? — perguntou Mona.

Ele deixou a xícara de chá na mesa e pensou por um momento antes de compreender o que a esposa queria dizer. Quando o fez, levantou-se em um ímpeto.

Mona aproximou-se e estendeu a mão, sentindo com o dorso dos dedos o relevo do seu rosto. O toque era ao mesmo tempo suave e relutante. Pelo mais breve dos momentos, Asil viu vestígios de algo diferente ali; a ternura do gesto e a luminosidade nos olhos de Mona eram diferentes do vazio que costumava encontrar quando a encarava. Era algo que havia muito fora perdido. Algo que não iria retornar.

A sensação, fugaz, sumiu de forma tão abrupta quanto apareceu. Quando olhou outra vez para ela, viu a Mona de sempre: indiferente, exaurida pelo pesar e cansada de viver.

Asil saiu para a rua sem dizer uma palavra sequer. Lá fora encontrou Tássia varrida por um vento feroz, sob o manto de um céu encoberto. Com um pouco de sorte, por causa do tempo, o navio não conseguiria entrar na baía e teria de esperar um dia ou dois ao longo da costa para atracar.

O *Esil*, a galé mercante que era o seu sustento, deveria ter retornado da Rota da Areia horas antes. Sabia que precisava supervisionar o desembarque pessoalmente; caso contrário, capitão e imediato sumiriam com parte da carga assim que atracassem, e Asil nunca ficaria sabendo. É claro que poderia evitar tudo isso capitaneando o navio. Dessa forma, evitaria os roubos e ainda economizaria a despesa com o capitão. Mas isso estava fora de cogitação; não nutria mais nenhum amor pelo mar, assim como não nutria mais interesse por coisa alguma.

O porto de Tássia estava abarrotado de embarcações que se acotovelavam nos atracadouros. Os cais estavam quase intransitáveis, com uma multidão de homens desviando por entre montanhas de carga e entulho gerado pela viagem, ambos recém-desembarcados. Os sons do tumulto enchiam o ar: gritos, pragas e, como sempre, os grunhidos furiosos de alguém brigando.

Encontrou o *Esil* no lugar de sempre. Alternou o olhar entre o cais e o convés: em ambos havia um número semelhante de barricas com sal e rolos de tapeçaria barata de Tahir. Tinha chegado tarde. No meio daquela confusão, se os rapazes pretendiam sumir com alguma coisa, sem dúvida já o teriam feito.

Somando a carga que via no convés e em terra, Asil calculou que, mais uma vez, a viagem não se pagaria. Depois de receber o dinheiro pela venda, teria que pagar o soldo da tripulação, o capitão e mais as despesas da viagem. Se fosse apenas isso, ainda sobraria alguma coisa. Mas não era. Como todas as galés que operavam rotas mercantis, o *Esil* tinha de velejar com um seguro.

Tássia poderia ter empobrecido por contar apenas com a Rota da Areia, mas os banqueiros da cidade certamente não tinham sofrido muito com aquele revés. Os seguros em Tássia eram quase tão exorbitantes quanto em Sobrecéu ou em qualquer outra das cidades marítimas.

Asil localizou Romeo, o capitão do *Esil*, ao lado da prancha de desembarque.

— Bom dia, meu senhor! — disse Romeo, quando o enxergou.

— Bom dia. Temos pouca carga. Tiveram problemas na viagem?

Romeo deu de ombros.

— Nada sério. Mas, o senhor sabe, são muitos barcos para pouca mercadoria. Essa rota é uma merda. Depois da morte do duque de Sobrecéu, a armada celeste tem estado meio desorganizada e muitos dos rapazes têm conseguido explorar outros caminhos mais... interessantes. Nós bem que podíamos fazer o mesmo.

— Nem pensar. Esqueça isso — disse Asil. — Você é pago para navegar a Rota da Areia, e é isso que vai fazer.

Romeo deu de ombros mais uma vez.

— Preciso pagar o seguro. Onde está o Contrato de Troca? — perguntou Asil.

O capitão do *Esil* coçou o queixo e retirou de um dos bolsos um rolo de pergaminho. Asil viu na hora que estava errado. O selo não era do Banco de Areia de Tahir.

— O que é isso? — Asil alisou o pergaminho e leu o cabeçalho.

Romeo apressou-se em dar explicações:

— Espero que o senhor não fique zangado. Há um novo banco atuando em Tahir e eles ofereceram um preço menor pelo seguro.

— Banco de Pedra e Sal — exclamou Asil, atônito. Era o mais influente dos bancos de Sobrecéu. A instituição e o seu fundador, um homem chamado Marcus Vezzoni, haviam ganhado notoriedade durante a guerra ao financiar as despesas do conflito para a Cidade Celeste. Asil sabia que bancos celestinos não faziam negócios, mesmo que indiretamente, com Tássia.

Apesar disso, se o contrato fora emitido, não havia muita dúvida de que seria honrado. Banqueiros pouco se importavam com conflitos e rivalidades; o único estandarte que tinha a sua lealdade era o do lucro.

— É realmente mais barato...

Asil foi interrompido por gritos ásperos que cortaram o ar e silenciaram o burburinho dos estivadores.

Virou-se e deu de cara com quatro soldados com o rosto severo, envergando armadura completa. Traziam no peito o brasão de Tássia: uma balança de contar moedas.

— Comandante Asil Arcan — disparou um dos guardas.

— Asil Arcan sou eu, mas não sou comandante de nada — respondeu. — O que querem?

— O senhor está sendo convocado à Fortaleza de Aço. Lorde Valmeron, senhor da cidade-estado de Tássia, exige a sua presença imediata.

Asil sentiu as pernas amolecerem. Já tinha feito a sua parte; já havia lutado o suficiente por duas vidas. Valmeron não podia querer mais nada dele; não podia exigir mais nada dele.

— É surdo? — berrou o soldado. — Vamos andando!

Apenas o pior para o velho comandante..., pensou Asil antes de começar a seguir os guardas.

O dia seguinte ao jantar em homenagem ao pai começou com um céu azul sem nuvens. O tempo era tão inocente que Anabela quase imaginou que a furiosa tormenta da madrugada anterior fora apenas parte de um sonho ruim.

Lyriss a procurara na Fortaleza Celeste logo após o desjejum. Ela afirmara que teria ainda algum tempo para se decidir sobre a proposta, pois o grupo que viera de Astan planejava retornar à Cidade Sagrada em duas semanas. Durante esse período, ela disse que pretendia conhecer a cidade e visitar estudiosos e artistas cujos nomes Alexander Terrasini havia mencionado em conversas passadas.

Anabela decidiu acompanhar a partida das galés que enfrentariam o grande grupo de corsários descoberto por Carlos Carolei. Antes de mais nada, queria se despedir do irmão. Vestiu as roupas mais simples que encontrou na esperança de lucrar com um momento de distração dos guardas nos portões da Fortaleza. A ideia era conseguir passar despercebida e, assim, ganhar alguns momentos a sós com a cidade para refletir. Obviamente não funcionou; o oficial em comando a reconheceu e não a deixou em paz enquanto ela não aceitou a escolta de dois soldados da Guarda Celeste.

Seguida de perto pelas duas sombras, Anabela desceu a longa e estreita via que ziguezagueava até Céu, muitas centenas de metros abaixo, formando o plano intermediário da geografia acidentada de Sobrecéu. Encontrou o bairro das grandes famílias mercadoras tranquilo e silencioso. As largas alamedas, calçadas com pedras retangulares, tinham os jardins centrais bem cuidados e floridos. Havia tamanha profusão de tipos diferentes de flores ali que era possível esquecer-se de que era o inverno, e não a primavera, que se avizinhava.

O movimento de gente foi aumentando somente quando se aproximou da via que completaria a descida até Terra. O caminho que levava até o nível do mar era ainda mais sinuoso e cheio de idas e vindas do que aquele que usara para deixar a Fortaleza Celeste. Esculpido na encosta íngreme, o Caminho do Céu, como era conhecido, estava apinhado de gente comum carregando produtos para serem oferecidos aos ricos em Céu.

O labirinto de ruelas que formava Terra era a sua parte favorita de Sobrecéu. De cada lado, as casas amontoavam-se umas sobre as outras, todas muito parecidas: embaixo, lojas com vitrines de vidro, tabernas ou oficinas; em cima, as residências de seus donos e, ainda mais acima, os telhados pontiagudos. A maior parte tinha pequenos sótãos e águas-furtadas.

No porto, a confusão aumentou e Anabela precisou do auxílio dos guardas para localizar o atracadouro de onde as galés de guerra partiriam. Quando finalmente encontrou, cruzou com a mãe de partida. Ela já havia se despedido de Ricardo e apontou para onde o irmão podia ser encontrado. Depois, retornou com sua comitiva para a Fortaleza Celeste.

Elena Terrasini estava em um dia de Sol, percebeu Anabela. A mãe fora toda sorrisos e não ficara para esperar a partida dos navios. Era evidente que não estava levando a coisa suficientemente a sério.

Anabela encontrou o irmão sozinho, observando em silêncio o embarque de marujos e soldados. Ricardo Terrasini não usava armadura; vestia-se com o uniforme da Guarda, reforçado com uma proteção de aço para o peito na qual havia gravado em relevo o brasão da âncora e espada entrecruzadas de Sobrecéu. Seguindo o costume celestino, ao redor da testa tinha amarrada uma tira de tecido com o mesmo emblema.

— Olá, Ana — disse ele quando a viu. — Já estava achando que você não viria se despedir.

Anabela sentiu os ombros caírem em desânimo com as palavras do irmão. Antes que pudesse pensar, disse em tom de súplica:

— Ah, Ricardo... não vá. Esqueça tudo isso.

Ricardo a olhou com compaixão e, então, a abraçou por um momento. Depois os dois olharam em silêncio para os navios de guerra, prontos para zarpar. O irmão quebrou o silêncio:

— Sinto muito a falta do pai.

Anabela fez que sim. Ricardo suspirou.

— Nossa, Ana. Faltou tanta coisa para ele me ensinar. Vou ser nomeado duque em menos de um ano, dá para acreditar? Não sei o que fazer.

Anabela surpreendeu-se com as palavras do irmão. Nesse momento, também o viu diferente, mais maduro e sereno, apesar da aparente insegurança que demonstrava. Ricardo era jovem e inexperiente, era verdade, mas seria um bom governante. Cedo ou tarde ele conquistaria o seu lugar.

— Você tem certeza de que quer fazer isso?

Ele olhou para os navios mais uma vez.

— Você sabe que eu preciso. É isso que esperam de mim.

Anabela olhou na mesma direção e, de repente, viu-se contando as galés.

— São apenas quinze — surpreendeu-se ela. — Ricardo, são muito poucas.

O irmão retornou o olhar, com o rosto sério, carregado de dúvidas.

— Carlos Carolei mandou um mensageiro dizendo que teve um problema logístico, mas que deve zarpar com sessenta navios daqui a duas horas, no máximo.

Anabela tomou as mãos do irmão.

— Então espere. Por favor.

Ele fez que não.

— Não posso ficar aqui neste cais sem fazer nada. Não seria adequado. Vou zarpar e aguardo os Carolei em mar aberto, assim não perdemos mais tempo.

— Ainda acho que você não deveria ir.

— Fique tranquila, Ana. São poucos, mas esses rapazes são da elite da Guarda Celeste.

— Mas ainda assim são poucos. Por que não ordena a Máximo Armento que convoque mais navios para reforçar a sua força?

— A Frota Celeste está espalhada pelo Mar Interno, protegendo as rotas de comércio. Você sabe disso. Levaria dias até que alguns retornassem e muitas semanas até que um número maior o fizesse.

— Então convoque galés da nossa família.

— Isso seria um exagero. Quinze navios da Guarda, sessenta dos Carolei e mais outros tantos dos Terrasini... Tudo o que conseguiríamos seria espalhar pânico nas ruas. As pessoas achariam que estamos em guerra. Seria ruim para o comércio.

Um imediato dirigiu-se para onde estavam e disse:

— Senhor, estão todos prontos.

— Zarparemos imediatamente — ordenou Ricardo.

— Tenha cuidado — disse Anabela. Em seguida, ficou na ponta dos pés e deixou um beijo na testa do irmão.

— Venha cá — disse ele, puxando-a e abraçando-a de novo, dessa vez com força. Quando a soltou, ele completou: — Você sabe que sempre pode contar comigo.

Anabela apenas sorriu, o coração pesado e o espírito sombrio. Em silêncio, ela assistiu a Ricardo Terrasini subir a bordo de uma das galés e gritar as palavras da Cidade Celeste:

— "Mar, Céu e Sobrecéu!"

A tripulação ecoou numa só voz:

— "Mar, Céu e Sobrecéu!"

Anabela permaneceu no cais mesmo depois que os navios do irmão já tinham deixado a baía e desaparecido no mar aberto. Manteve os olhos fixos nos armazéns e nas docas dos Carolei, do outro lado da enseada.

Quando a força de Carlos Carolei enfim partiu, tinham se passado não duas, mas quatro horas. E também não haviam sido sessenta, mas apenas vinte navios a zarpar.

Theo esperou a morte chegar em silêncio.

Com a mente vazia, desprovida de razão ou propósito, aguardou o beijo gelado do aço. Mas ele não veio. Em vez disso, foram postos em pé com gestos bruscos e acorrentados nos pés e mãos com tanta força que quase gritou de dor. Raíssa teve os olhos vendados, sendo amordaçada e carregada nos ombros de um soldado como se fosse um saco de areia.

Percorreram o percurso de volta à praia, meio se arrastando e meio sendo empurrados por seus captores. Theo ouvira Alfeu mencionar uma batalha e era exatamente isso que os ânimos pareciam indicar: os homens de armadura estavam cada vez mais irritados e tensos com alguma coisa.

À medida que se aproximaram da orla, a vegetação tornou-se um pouco menos densa. Por entre as folhas e galhos enfeitados com pérolas de gota de chuva, Theo percebeu que as nuvens de tempestade tinham ido embora e que o céu da manhã estava claro. Assim que pôs os pés na areia da praia, um cheiro estranho atacou suas narinas; tropeçou em alguma coisa e, desajeitado com as correntes, caiu de cara no chão, enchendo boca, nariz e os olhos com a areia fina. O calor do sol da manhã tocou seu rosto e a luminosidade o ofuscou por um momento.

Quando esfregou a areia dos olhos e viu no que havia tropeçado, soltou um grito e rolou para o lado num espasmo involuntário. Bem na sua frente repousava uma perna decepada. Era grande, carnuda, e achava-se embebida em sangue seco. Fora cortada logo acima do joelho.

Theo se pôs em pé, desajeitado como um bebê que ainda não dominou a arte de caminhar. O corpo tremia e o coração trovejava desesperado no peito enquanto examinava o horror em que se transformara a praia: cadáveres e pedaços de gente acarpetavam o lugar, espalhados por sobre uma areia que se tornara negra depois de beber tanto sangue. Na arrebentação, as ondas brincavam com corpos que iam e vinham, inertes, na maré vermelha.

O que ouvi à noite não foram os sons de uma tempestade; foi o ruído horrendo de um inferno se abrindo sobre este mundo.

Theo agradeceu que Raíssa estivesse vendada; a menina percebeu que havia algo de errado e debateu-se, mas seu captor permaneceu indiferente ao protesto. Próximo apenas observou a cena, o rosto sem demonstrar nenhuma emoção.

Por entre os corpos trucidados circulava um grande número dos soldados de armadura. Os homens recolhiam e arrastavam os corpos e o que sobrara das barracas queimadas para uma grande pira que estava sendo erguida em uma das extremidades da praia. Theo percebeu que, embora suas armaduras fossem novas, o aço polido reluzindo ao sol, elas não traziam nenhum brasão ou outro símbolo que indicasse a quem pertencia a lealdade daqueles homens. A miríade de barcos que antes ocupara a enseada fora substituída por uma única embarcação. O navio que se achava fundeado a certa distância da praia não podia diferir mais da flotilha esfarrapada que partira de Valporto: tratava-se de uma grande galé de guerra.

— Vocês dois! — berrou o soldado com quem Alfeu havia falado. — É o dia de sorte de vocês. Ganharam mais uma hora de vida. Ajudem a arrastar esse lixo todo para a fogueira.

— E o que ganhamos em troca? — perguntou Próximo.

Um dos soldados golpeou a nuca de Próximo com o cabo de uma adaga. O golpe foi tão violento que ele tombou de joelhos, depois desabou no chão. Levou alguns instantes até que recuperasse os sentidos. Theo notou um fio de sangue fazendo o contorno do seu pescoço.

— Idiotas. Ganham uma morte rápida. É isso que ganham — respondeu o soldado, cuspindo sobre Próximo, que ainda tentava se levantar. — Vamos! Mexam-se!

O homem que carregava Raíssa rumou para um bote que estava sendo arrastado para a água por um grupo de soldados.

Theo percebeu o que aconteceria a seguir. Não parou para pensar ou refletir sobre os riscos. Mesmo acorrentado, projetou o corpo sobre o captor mais próximo, derrubando-o com o encontrão. Partiu com tudo em direção ao que carregava Raíssa. Não chegou nem perto. Foi golpeado por algo pesado nas costas, sentiu um choque de dor e o chão correr de encontro ao seus olhos. Mais uma vez caiu na areia, mas dessa vez com força. Em instantes, tudo o que via era o ir e vir de pés revestidos com o metal brilhante. E eles o atingiam por toda a parte. Encolheu o corpo e tentou proteger a cabeça. Ossos se partiam; a dor era insuportável.

A última cena que registrou foi o bote se afastando, os remos deixando rastros na água à medida que percorriam o caminho em direção à galé ancorada. A bordo, Raíssa jazia imóvel, presa sob braços de ferro. Levada por homens cujo propósito desconhecia; fantasmas que lutavam sem um estandarte. Estava perdida, para sempre e além de qualquer socorro.

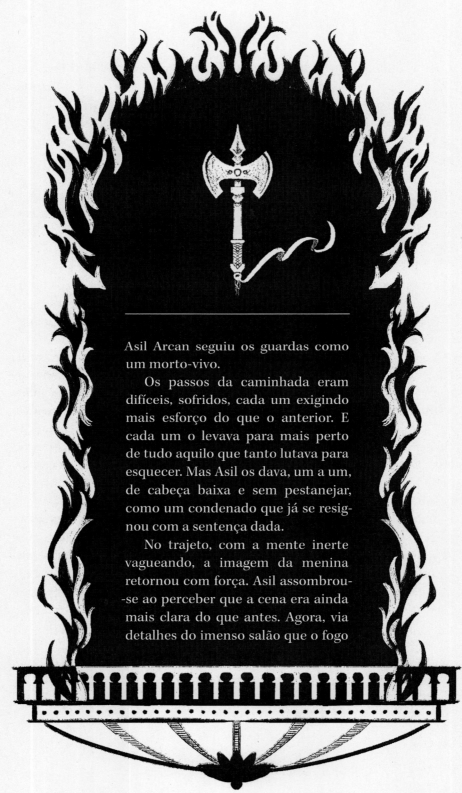

Asil Arcan seguiu os guardas como um morto-vivo.

Os passos da caminhada eram difíceis, sofridos, cada um exigindo mais esforço do que o anterior. E cada um o levava para mais perto de tudo aquilo que tanto lutava para esquecer. Mas Asil os dava, um a um, de cabeça baixa e sem pestanejar, como um condenado que já se resignou com a sentença dada.

No trajeto, com a mente inerte vagueando, a imagem da menina retornou com força. Asil assombrou-se ao perceber que a cena era ainda mais clara do que antes. Agora, via detalhes do imenso salão que o fogo consumia: piso e grossos pilares de mármore verde; uma abertura que se abria para uma sacada pendurada a grande altitude. Havia também o cheiro: maresia misturada ao odor de coisas queimando. Asil nunca estivera naquele lugar, se é que ele existia.

Quando voltou a si, porém, o local que assomava ao seu redor era bem real: o pátio interno da Fortaleza de Aço. Enquanto atravessava o espaço aberto, Asil mantinha a sensação de viver um pesadelo; apesar disso, a movimentação que ocorria não lhe passou despercebida.

O lugar estava repleto de soldados. Homens com e sem armadura treinavam metodicamente uns contra os outros ou contra alvos de palha. Em uma grande bancada de madeira, ajudantes depositavam espadas, lanças, escudos e peças de armadura, todas resplandecentes. Asil conhecia esse brilho: eram recém-saídas da forja. Em outro canto, altas pilhas de arcas e baús de suprimentos eram estocadas sob o olhar vigilante de homens armados.

A Fortaleza se agita... algo está acontecendo aqui.

Quando entrou no castelo, Asil foi entregue aos cuidados de outros guardas. Aqueles conhecia bem: traziam no uniforme o brasão da enguia de Valmeron ao lado da balança de contar moedas de Tássia. Eram a guarda pessoal do mandatário e foram eles que enfim o conduziram ao salão onde o caminho se encerrou e Asil pôde ficar de frente com o seu pesadelo.

Apesar da luz do dia, o salão achava-se entregue a uma penumbra lúgubre. Com as cortinas obliterando as grandes janelas retangulares, a única luz com a qual se podia contar era a das tochas e archotes que ardiam nas paredes. O lugar repousava num silêncio sepulcral. O único sinal de vida vinha de uma longa mesa montada no outro extremo do recinto. Ali havia luz: velas e candelabros davam vida aos seus ocupantes.

De cada lado da cabeceira sentavam-se os dois chefes das principais famílias mercadoras da cidade: à esquerda, Dino Dragoni era um homem de certa idade cujo rosto de traços andróginos nada transparecia sobre a passagem do tempo. Sua alcunha, "o Empalador de Tássia", como todos sabiam, nada tinha a ver com a sua habilidade com a lança. Asil percebeu que ele pouco mudara desde a última vez em que o tinha visto, décadas antes, ainda durante a guerra. À direita encontrava-se Nero Martone, também conhecido como "o Carniceiro". Este sofrera a passagem do tempo: tinha o rosto riscado por rugas e estava calvo. Ainda retinha, porém, o olhar brutal e a boca apertada, como se estivesse sempre com raiva de alguma coisa. E Asil sabia que estava.

E, como não poderia deixar de ser, lá estava o senhor de Asil, acomodado em um grande trono negro, entre os dois mercadores. Titus Valmeron também pouco tinha mudado: era um homem muito baixo, de pele morena e traços angulosos. Os olhos postavam-se juntos no rosto e observavam o mundo com uma astúcia e profundidade diferentes de todos os outros. Asil nunca vira nada parecido; ninguém guardava segredos ou deixava de se dobrar àquele homem.

Caí no meio de uma reunião da Junta Comercial de Tássia... não podia ter sido pior, pensou Asil quando se ajoelhou ao lado de seu senhor.

— Levante-se, meu velho amigo — ordenou Titus Valmeron, e assim Asil o fez.

Enquanto se levantava, focalizou uma figura vestida de negro, em pé, ao lado de Valmeron. Asil apenas ouvira falar de sua existência, mas nunca o havia visto até aquele instante. Na época da guerra era apenas um bebê, mas agora havia se transformado em um homem alto e forte, que pouco lembrava o pai. Seu nome era Igor Valmeron e ele trazia um grande machado de batalha atrás dos ombros.

O jovem o fulminava com o olhar.

Ele acha que eu quero o seu lugar... Não poderia estar mais errado. É jovem e arrogante, tal como eu era.

— Sente-se — ordenou Dino Dragoni.

Asil acomodou-se ao lado do Empalador. Os homens, sentados, tinham taças de vinho diante de si, mas nenhuma foi oferecida a ele.

— A vida tem sido boa, meu velho amigo? — perguntou Valmeron, sua voz suave e pausada.

— Sim, meu senhor. O *Esil* é um bom barco.

— *Esil?*

— A galé que o senhor me concedeu quando a guerra terminou.

Valmeron assentiu.

— É claro.

Depois de um momento de silêncio, Dino Dragoni perguntou:

— Você sabe por que foi chamado?

Asil fez que não.

— O que você diria se recebesse a chance de terminar alguns assuntos... inacabados?

— Se me permite perguntar, Tássia se prepara para guerra?

Os três o encararam, imóveis. Por fim, Nero Martone respondeu:

— Neste ponto não precisamos entrar em tantos detalhes.

— Queremos que você comande novamente — completou Dino Dragoni.

Pronto, as palavras foram ditas.

— Sou um homem velho, agora... eu...

— Seria uma força pequena — disse Dino Dragoni.

— Mas com um papel importante — Nero finalizou.

Estou encurralado... e Valmeron permanece em silêncio.

Asil recordava-se de que ele nunca falava no início de uma reunião. Primeiro, o senhor de Tássia avaliava os interlocutores: quem eram, o que queriam e que habilidade tinham com as palavras. Depois, quando falava, seu discurso era um plano traçado à perfeição para fazer com que todos os presentes fizessem exatamente o que ele queria, como se fossem peças em um jogo. E um jogo em que Valmeron jogava e nunca perdia.

— Isso tem a ver com a morte de Alexander Terrasini?

Nero Martone o espetou com um olhar irado.

— Já dissemos que você não precisa saber dos detalhes. Teremos ou não a sua lealdade?

Aqueles dois não o queriam ali, percebeu; não mais do que o jovem comandante em pé, como uma estátua, ao lado deles. Lorde Valmeron enfim lançou-lhe um olhar pacato e falou:

— Você ainda tem aquele machado, meu amigo?

Asil tinha. Era a sua vergonha, e um homem não deve nunca se esquecer do que fez ou de quem já foi. Por isso, o guardava em um baú no seu quarto de dormir. Era obrigado a se lembrar dele todos os dias.

A lâmina jamais verá a luz do sol outra vez. Essa tinha sido a sua promessa ao fechar o baú décadas antes.

— Sim, meu senhor.

— Ainda me lembro dele. Ninguém luta ou comanda outros homens como você. Preciso da sua experiência — disse Valmeron. — Coisas importantes vão acontecer.

Muito cuidado agora...

— Senhor, com seu perdão...

— Pode falar, Asil. Estamos entre amigos — disse Valmeron.

— Receio que Tássia esteja vendo uma falsa fragilidade na Cidade Celeste, por causa da morte de Alexander Terrasini.

Valmeron o estudou com o rosto impassível. Asil prosseguiu:

— Não sei como Elena Terrasini se sairá como governante, mas, mesmo que ela seja incapaz, estará sempre muito bem aconselhada. Máximo Armento é um homem bastante capaz e, no campo militar, não deixará Sobrecéu vulnerável.

— Há muito que você não sabe — disse Dino Dragoni.

— Você se refere a espiões e desinformação? — disse Asil. — Os celestinos também têm a sua rede de informantes.

— A Frota Celeste está espalhada por todo o Mar Interno — observou Nero.

— Engana-se quem toma isso como uma fraqueza — respondeu Asil. — Os celestinos têm um sistema de avisos e pontos de reunião, que lhes permite reunir a frota em pedaços cada vez maiores, se um alerta for acionado. É uma estimativa grosseira, mas creio que, em seis semanas, uma armada de trezentos a quatrocentos navios pode ser arregimentada.

— Ainda assim, há muito que você não sabe — dessa vez a observação veio do próprio Valmeron.

— Eu disse que ele tinha perdido a coragem — disparou Igor Valmeron.

— Permita que eu apresente Igor Valmeron, o novo comandante das forças de Tássia.

Pelos termos do Tratado de Altomonte, Tássia não podia manter um exército, mas isso era algo que não ousaria mencionar. Asil apenas assentiu levemente como cumprimento, enquanto Igor permanecia indiferente.

— Igor tem razão. Esse aí não nos serve para mais nada — disse Dino Dragoni para Valmeron.

— Meu senhor, não sei o que pretende, mas peço que reconsidere — disse Asil. —Devem existir outros meios de se encontrar as caravanas que vêm do Oriente, sem envolver a Rota da Seda e Astan.

— Rotas terrestres? — disse Nero com desprezo. — É uma idiotice.

— Sei que você foi criado em uma dessas caravanas — disse Valmeron.

— Por isso, sabe melhor do que nós que são perigosas e, acima de tudo, lentas. — Ele fez uma pausa antes de completar: — E a paciência não é uma virtude tassiana.

Asil olhou ao redor e encontrou todos os olhares postos nele, ferozes e implacáveis. Não sabia o que aqueles homens pretendiam, mas tinha uma certeza: nada os faria parar. Haveria sangue.

— Quero você do nosso lado — sentenciou Valmeron. — Aguarde a sua convocação. Ela virá em breve.

Asil assentiu.

— Sim, meu senhor.

A obediência sempre viera antes de tudo para Asil Arcan.

Theo voltou a si com cada pedaço do corpo, por menor que fosse, berrando de dor.

Estava deitado sobre um chão coberto por folhas e terra úmida. Braços e pernas quase não se mexiam, inertes em meio à torrente de dor. Abriu os olhos e viu o mundo apenas através de um deles; a visão do outro lado achava-se oculta pelas pálpebras inchadas.

Sentou-se com dificuldade e, com o olho que ainda podia usar, vasculhou o ambiente. Estava numa pequena clareira junto da praia. A poucos metros de distância, via a faixa de areia reluzindo ao sol e as pequenas ondas quebrando. Um pouco para o lado, despontando acima das formas dos arbustos, erguia-se uma grossa coluna de fumaça negra. O cheiro que exalava era terrível.

Preguiça era para os ricos. Quem vivia na rua sempre acordava em alerta, ou morria. Por isso, apesar da agonia que ameaçava roubar sua razão, Theo tinha a mente afiada e pronta para qualquer coisa. Em segundos, juntou as peças.

— Primeiro montaram a encenação, depois se deram ao trabalho de queimar os atores para atrair a presa para o local certo. É uma grande armadilha — disse para Próximo. O rapaz tinha braços e pernas acorrentados, mas seu semblante era tranquilo e resignado.

— Cheguei a achar que você não sairia desta. Aqueles soldados bateram com vontade.

Theo localizou apenas três soldados entre a clareira e a praia.

— Onde está o resto?

— Você acabou de dizer tudo, meu amigo — respondeu Próximo. — Era uma grande armadilha, e ela está se fechando neste momento. Escute.

Theo fechou os olhos e aguçou a audição. Os sons vieram na mesma hora. Os silvos das flechas, o clangor de aço contra aço, tudo entremeado por gritos de batalha. O recital horrendo de uma matança. Pela distância, devia estar ocorrendo em uma baía mais afastada.

— Quanto tempo fiquei apagado?

— O resto daquele dia e mais uma noite. É o amanhecer de um novo dia. De certa forma, você teve sorte. Passei todo esse tempo jogando pedaços de gente para alimentar aquela pira.

— Quem está lutando contra quem?

— Não faço ideia. Só sei que, assim que acabar, esses fantasmas de armadura vão nos matar rapidinho. Aproveite, calculo que temos mais uma hora de vida, mais ou menos.

Observou mais uma vez seus captores: os três tinham as espadas desembainhadas. Ao redor, já não havia mais sinais do acampamento; tudo fora queimado ou guardado. Seja lá quem fossem, estavam prontos para partir.

Theo nunca fora ninguém e nunca se importara com nada na vida, mas o sentimento de que morreria sem saber o destino de Raíssa o encheu de uma tristeza de um tipo e intensidade que lhe eram estranhos. Jamais saberia que provações a menina teria de enfrentar. Ela sobreviveria? Se sim, procuraria por ele no futuro, achando que ele ainda vivia?

Theo escutou os soldados trocarem algumas palavras. Em seguida, os três se aproximaram, as espadas em punho. Seu silêncio disse tudo o que precisava saber. Próximo o observava, impotente.

— Sinto muito. Perdemos essa.

Theo pensou em dizer alguma coisa, mas então um vulto cruzou assobiando pelo seu campo de visão, riscando o ar à sua frente. Em seguida, escutou um baque surdo. Olhou para frente e viu um pequeno machado de arremesso alojado bem no meio da testa do soldado mais próximo; o corpo tombou no chão, inerte.

No segundo seguinte, duas figuras emergiram da vegetação empunhando longas espadas curvas. Eram dois homens altos, mas era impossível registrar qualquer outro detalhe — os dois se moviam rápido demais. E lutavam. Theo nunca vira ninguém lutar daquele jeito. As cimitarras voaram de um lado a outro, as imagens não passando de reflexos oscilantes que não pareciam ter fim e nem começo. A dança foi rápida demais para os olhos e estava terminada em menos de um minuto: os soldados de armadura jaziam mortos, ambos sem a cabeça, os corpos estirados entre o fim da areia e o início da vegetação.

Os dois estranhos vasculharam o ambiente e relaxaram um pouco a postura, mas não embainharam as espadas. Um deles falou para o outro:

— Solte ele. O outro vai precisar de cuidados.

Um deles parou junto de Próximo.

— Deite-se de barriga para baixo, braços e pernas bem abertos.

Próximo obedeceu. Com dois golpes certeiros a cimitarra rompeu as correntes. Próximo se pôs em pé.

— Vou procurar a chave com os soldados — disse ele. A corrente fora partida, mas os grilhões ainda corriam apertados em seus punhos e tornozelos.

— Vá rápido. Precisaremos da chave para o seu amigo, também.

Os dois embainharam as espadas e se agacharam ao lado de Theo.

Estudando-os pela primeira vez com atenção, viu que ambos tinham pouco em comum entre si: um era grande como um armário e exibia uma barba espessa que cobria quase todo o rosto. Mais se parecia com um urso do que com um homem. O outro era jovem, de rosto moreno e sem barba. Tinha um ar inconfundível de autoridade. Mas havia algo que os dois tinham em comum e era isso que mais surpreendia Theo: eram orientais, vindos de Astan ou talvez de ainda mais longe.

— Quem é você? — perguntou o barbudo.

— Sou Theo.

— Onde está a menina? — quis saber o mais jovem.

Raíssa? Que loucura é essa?

— Eles a levaram.

— Há quanto tempo?

— Um dia, eu acho.

Os estranhos se levantaram; Theo percebeu que isso os abalara. O barbudo se afastou para ajudar Próximo a localizar as chaves nos corpos dos soldados. O mais jovem coçou o queixo e caminhou a esmo por um momento.

— Quem são vocês?

— Sou Tariq e aquele é Marat Aziz — respondeu ele. — Acharam a chave?

Próximo fez que sim. Ele se ajoelhou ao lado de Theo com um molho de pequenas chaves prateadas nas mãos. Experimentou uma a uma até encontrar a que abria as correntes. Depois, encontrou a que abria os grilhões que ainda tinha em seus próprios punhos e tornozelos.

— Consegue ficar em pé? — perguntou Tariq.

Theo não tinha certeza se conseguiria; todos os ossos da perna latejavam de dor. Apesar disso, com muito esforço, conseguiu se pôr em pé. O mundo girou, instável, por um segundo, mas depois se aquietou. Era possível que também conseguisse caminhar.

— Muito bem. Vamos andando. Já perdemos tempo demais — instou Tariq. — Seus ferimentos serão tratados no navio.

— Para onde iremos? — Theo quis saber.

— Não falaremos disso agora. Nosso tempo está se esgotando. A batalha deve estar para terminar.

Theo olhou para Próximo, mas não encontrou nenhuma resposta.

Marat seguiu na frente, abrindo caminho através da vegetação. Próximo vinha logo atrás, em silêncio; depois dele, Theo se arrastava como podia. Tariq fechava a retaguarda, apoiando Theo sempre que suas pernas falseavam. Em pouco tempo, além da dor, começou a sentir os membros dormentes. Lembrou-se de que fazia mais de um dia que não comia uma refeição decente.

Percorreram uma trilha estreita que serpenteava num aclive acentuado por entre as árvores. À medida que subiam, os sons da batalha se faziam ouvir cada vez mais claros. Em determinado ponto, os ruídos se tornaram tão intensos que Theo temeu que os orientais os estivessem conduzindo bem para o meio da luta.

Mas, alguns metros à frente, uma brecha na vegetação desenhou-se à direita e ele compreendeu onde estavam. Para aquele lado da trilha abria-se um penhasco que despencava nas águas calmas de outra baía. Theo presumiu que aquela enseada ficasse contígua àquela onde haviam desembarcado, e era ali que se desenrolava o confronto. O grupo parou por um instante para observar.

No meio da baía, um grupo de galés de guerra estava amarrada uma à outra de modo a formar um círculo. As embarcações ostentavam nos mastros o emblema da Cidade Celeste: a âncora entrecruzada com a espada. Outro grupo de navios atacava a formação defensiva dos celestinos; Theo sabia que eram os homens de Alfeu.

Mas a verdadeira armadilha fora montada num dos braços de terra que fechavam a enseada: à distância podiam ver as pequenas formas de arqueiros em movimento contra o terreno. Do ponto de vista elevado, faziam chover flechas incendiárias sobre uma das extremidades do círculo de navios, enquanto a outra era atacada pelo mar pelas galés fantasmas, que não ostentavam cores ou bandeiras nos mastros.

A cilada fora cuidadosamente preparada e era apenas uma questão de tempo até que os celestinos sucumbissem. Boa parte das galés se achava em chamas ou já não passava de esqueletos enegrecidos, semiafundados nas águas rasas. Assim que o círculo se rompesse, estaria tudo terminado. Mas, em um dos navios, a resistência era feroz. No alto do castelo de proa, um homem organizava uma resistência sistemática contra o inimigo. Berrava ordens, posicionava arqueiros e lutava com valentia; sozinho, mantinha o seu convés livre dos fantasmas de Alfeu.

— Aquele ali vai dar trabalho — observou Marat.

— Quem é? — perguntou Theo.

— Vocês não vão querer saber — respondeu Tariq. — Não importa. Estará terminado em menos de uma hora. Precisamos ir.

O grupo retomou a caminhada, mas Próximo deixou-se ficar para trás. Theo o observou e não estava certo se compreendia o que via. Próximo tinha os olhos cravados na batalha e uma postura rígida, como se pretendesse se lançar à luta. A mão direita correu para a cintura à esquerda, como se ele buscasse uma espada que obviamente não estava lá. Depois disso, deu um passo à frente, deixando o abrigo da vegetação e aproximando-se do penhasco. Tariq deu meia-volta e postou-se junto dele. Os dois homens apenas trocaram olhares e, então, Próximo assentiu e retornou para a cobertura da trilha. Em instantes, voltou a caminhar, mas Theo percebeu que seu rosto havia mudado. Pela primeira vez, estava abalado.

Theo não entendeu o que se passou, mas teve a estranha sensação de que talvez Próximo e os orientais se conhecessem.

E se nada disso for por acaso?

Mesmo acelerando o ritmo do avanço, levaram toda a manhã e boa parte da tarde para chegar ao seu destino: outra praia. Essa tinha o chão coberto por pequenas pedras e se abria diretamente para o mar aberto. Juntando isso com a distância que haviam percorrido, Theo calculou que tinham atravessado todo o comprimento da ilha. Repousando sobre os seixos havia um pequeno bote. Mais ao longe, uma galé estava ancorada.

Ao acomodar-se no escaler, o corpo de Theo estava a ponto de exaustão. Sentia-se fraco, dolorido, e a garganta implorava por água. Sobrepondo-se a tudo isso, porém, havia um estranho sentimento de perda: ao deixar Ilhabela, podia estar salvando a própria vida, mas também estava abandonando Raíssa, indefesa, à própria sorte.

A luz do dia ia se acabando e o vento aumentava à medida que Próximo e Marat remavam com força para o mar aberto, em direção ao navio fundeado. Theo estudou Tariq: o oriental estava na proa do bote, imóvel; tinha os olhos perdidos na imensidão do oceano e seu rosto parecia ao mesmo tempo tenso e sombrio. Como o de alguém que tinha um mundo de preocupações; como o de alguém que falhara em uma missão importante.

Quando o bote encostou no casco da galé, a tripulação jogou escadas de cordas para que pudessem subir a bordo. Theo venceu os degraus instáveis com a ajuda dos braços firmes de Tariq. Antes de iniciar a subida, porém, encontrou o nome do navio pintado em letras desbotadas na madeira maltratada:

"Filha de Astan"

Quando Theo pisou no convés, ainda ofegante, um choque de espanto correu pelo corpo. Ele se sobressaltou e deu um passo instintivo para trás. Bem na sua frente um homem grisalho, com um sorriso no rosto, o saudava com um aceno da cabeça. Ele usava vestes comuns de marinheiro, mas no pescoço trazia a inconfundível corrente com a folha de prata. Era um Jardineiro.

— Meus amigos — disse ele para Tariq e Marat —, vocês demoraram. Temi por vocês.

— O rapaz está ferido e andou com dificuldade — explicou Tariq.

Se antes achava que estava vivendo no sonho de um bêbado, agora então Theo devia estar participando do delírio de um louco: o Jardineiro era amigo dos orientais. Nada podia ser mais estranho.

Ricardo Terrasini estava morto.
    Anabela tinha ouvido a notícia de meia centena de bocas diferentes, mas só acreditou que era verdade quando escutou as palavras saídas dos lábios de Máximo Armento. O severo e obstinado comandante da Frota Celeste parecia incapaz de brincar ou dar ouvidos a boatos; por isso, se ele havia falado, tinha que ser verdade.
    Assim que a notícia se espalhou, um burburinho nervoso encheu cada canto da cidade, desde a taberna mais humilde de Terra até os salões da Fortaleza Celeste. As conversas nervosas se multiplicavam na mesma pro-

porção que as teorias a respeito do ocorrido: a esquadra de Ricardo fora surpreendida por uma força de ataque tassiana, diziam alguns. Outros afirmavam que eram mesmo corsários a serviço de algum novo líder sanguinário e que as rotas mercantis estavam ameaçadas, pois uma vez no mar, nenhum navio estaria a salvo do bando. Ainda outros relatavam que havia sido o bárbaro Usan Qsay, vindo de surpresa do Oriente com uma imensa frota. Ele já tomara Astan e agora almejava a Cidade Celeste. O monstro estava às portas de Sobrecéu e a invadiria dali a um dia; assim que a cidade caísse, ele primeiro mataria os homens, depois estupraria as mulheres e, à noite, celebraria a conquista com um banquete onde seriam servidos os bebês que fossem encontrados pelas ruas.

Anabela sentia o mundo girar sob seus pés. A dor pela perda do irmão era tão intensa que a percebia como algo físico: seu corpo doía de cima a baixo e a cabeça parecia prestes a explodir. Mesmo massacrada por uma tormenta de emoções diferentes, o sentimento que se sobressaía era de como aquilo tudo era injusto. Ricardo era jovem, forte e tinha uma vida de conquistas pela frente. O irmão não merecia ter morrido pelas mãos de fantasmas, cuja identidade nem ao menos se conhecia.

Mas Anabela manteve-se firme por um motivo: sua mãe. Sabia que a encontraria muito além de um estado de devastação. Aterrorizava-se em pensar no futuro: pelo que conhecia dela, não estava certa se Elena Terrasini algum dia se recuperaria da perda do marido e do filho em tão curto intervalo de tempo.

A mulher que Anabela encontrou sentada no chão do Salão Celeste era menos do que um vestígio do que Elena Terrasini já fora um dia. Seus longos cabelos dourados caíam sobre a face, deixando entrever um rosto inchado e úmido pelas lágrimas. Ela rasgara parte do vestido, expondo um ombro riscado por arranhões profundos, tintos de vermelho. Em uma das bochechas exibia um grande hematoma. Ela não produzia nenhum som; nem um fraco soluçar Anabela escutou. A mãe apenas oscilava o tronco para frente e para trás, como se esperasse que alguma mão invisível aparecesse para niná-la.

Havia uma aglomeração de gente ao redor dela. Na loucura do momento, Anabela reconheceu apenas as damas de companhia da mãe agachadas a seu lado e as figuras de Carlos Carolei, Máximo Armento e do tio Andrea, em pé, como gigantes postados junto da duquesa.

Anabela agiu por instinto:

— Para fora! — berrou a plenos pulmões, o ódio rasgando cada palavra. Por que haviam exposto a mãe daquela maneira? — Agora!

Os gritos interromperam a quietude do lugar, mas pouco fizeram para pôr as pessoas em movimento. Anabela apanhou a cadeira mais próxima, ergueu-a acima da cabeça e a projetou com força contra o piso de mármore verde. O barulho da madeira se estilhaçando arrancou exclamações de susto e surpresa. Mas fez com que todos a escutassem.

— Para fora. Todos vocês — repetiu Anabela. — Senhores da Junta Comercial, por favor, fiquem.

Anabela se ajoelhou ao lado da mãe e a abraçou com força. Quando se soltou do abraço, viu que o Salão se esvaziava como que em um passe de mágica: os soldados da Guarda Celeste conduziam as pessoas para fora de forma educada, mas firme.

Eles me escutaram, surpreendeu-se Anabela.

— Mãe — chamou, afastando os cabelos do rosto da duquesa. — O que houve com seu rosto?

A mãe apalpou a própria face até encontrar o ferimento.

— Caí sobre um móvel... eu acho. Onde está o meu bebê? Você tem notícias dele?

Anabela a abraçou outra vez, depois olhou em volta. As damas de companhia permaneciam ao lado da sua senhora.

— Levem-na para o quarto e deem alguma coisa para ela dormir — disse Anabela. — Algo forte. Ela precisa descansar.

— Senhora Elena, peço desculpas por interferir no seu pesar, mas precisamos da sua voz — disse Máximo Armento. — Há muito a ser decidido.

A mãe respondeu sem erguer o olhar:

— Eu sinto muito... não posso. Estou muito cansada — respondeu ela, levantando-se com a ajuda das aias. — Anabela... ficará no meu lugar.

Anabela ajeitou o vestido rasgado da mãe da melhor forma que pôde para encobrir o ombro nu. Depois, assistiu a mãe deixar o Salão com passos miúdos, relutantes, escorada nas damas de companhia. Pensou em acompanhá-la até o quarto de dormir, mas então compreendeu que acabara de ser colocada no lugar da duquesa. Além disso, estava farta do falatório; queria saber a verdade sobre o destino do irmão.

Quando retornou o olhar para o centro do recinto, haviam permanecido Carlos Carolei, Máximo Armento e Andrea Terrasini. Anabela pensou por um momento se deveria assumir o assento na cabeceira da mesa. Acabou ficando em pé, onde estava, e perguntou a Carolei:

— Senhor, por favor, conte-me como morreu o meu irmão.

Carolei suspirou. Ainda tinha as vestes sujas de suor e de água salgada: viera direto das docas.

— Ricardo não nos esperou. Avançou sozinho com seu grupo em direção a Ilhabela.

— O senhor partiu com atraso.

Carolei a estudou de cima para baixo, com os olhos estreitados. Anabela mal batia em seu peito.

— Ricardo deveria ter nos esperado, mesmo assim.

Máximo Armento cruzou os braços com os punhos cerrados. Seu rosto era muito sério. Anabela compreendia que ele se sentia culpado pela tragédia. Falhara em seu papel de proteger o futuro duque.

— O que houve depois?

— Quando conseguimos nos aproximar da ilha, a batalha já havia terminado. Ao que parece, foram encurralados em uma das muitas baías de Ilhabela — respondeu Carolei. — Restou pouco dos navios e todos os seus ocupantes pereceram. Recuperamos o corpo de Ricardo Terrasini para um funeral apropriado, bem como os de alguns de seus oficiais. Os demais queimamos em uma pira funerária, com as devidas honras, como é o nosso costume em campo.

— E quem fez isso, senhor Carolei? Tiveram algum vislumbre do inimigo? — perguntou Andrea Terrasini.

— Vimos o bando em retirada, já muito longe em mar aberto. Eram sem dúvida corsários; não ostentavam cores ou símbolos nos mastros.

— Por que não os perseguiram? — perguntou Máximo.

Carolei sacudiu a cabeça.

— Estavam muito afastados e a minha própria força não era grande o suficiente.

Teria sido... Se você tivesse partido com os sessenta navios que prometeu.

— Enfim, também considerei que era prioritário investigar o que acontecera com Ricardo. Achei que ele pudesse estar ferido e precisar de ajuda. Nunca imaginamos que o pior tivesse acontecido.

Um momento de silêncio caiu sobre o Salão. Anabela sentia-se ainda mais perplexa. Tinha esperado mais de Carlos Carolei; a explicação que ele oferecera estava longe de esclarecer as coisas. Imaginava como toda aquela história espalharia pânico pelas ruas: o futuro duque de Sobrecéu fora abatido por uma força misteriosa de fantasmas, que apareciam e sumiam no ar como névoa numa manhã de outono.

— Bem, se me dão licença — disse Andrea Terrasini, os ombros caídos e a postura encurvada —, preciso cuidar dos preparativos de mais um funeral de um Terrasini. Desta vez, ao menos, teremos um corpo para a cerimônia.

— Também devo ir — disse Carlos Carolei. Voltou-se para Anabela e completou: — Minha senhora, meus pêsames pelo seu irmão. Ricardo era destemido e teria sido um grande governante. A Cidade Celeste lamentará a sua perda por muito tempo. Quanto a mim, jamais me perdoarei por não ter chegado a tempo de salvá-lo.

Eu também não.

Anabela nada respondeu. Atordoada, sentou-se à mesa. O comandante da Guarda Celeste, o único a permanecer, observou:

— Senhora, creio que, pelo estatuto, a senhora deva se sentar no trono.

— O senhor provavelmente está certo — obrigou-se a dizer, enquanto mudava de lugar e sentava-se na cabeceira.

Estou louca... estou no lugar do meu pai...

— Quem era o comandante que foi junto com Ricardo? — perguntou Anabela, depois de algum tempo.

Máximo Armento sentou-se à mesa no lugar que lhe cabia, mesmo que houvesse um assento livre mais próximo da cabeceira.

— Mario Giora.

— Eu não o conhecia. Era um homem experiente?

Máximo assentiu.

— Muito. Lutou na guerra e gozava da confiança de seu pai. Era o comandante mais tarimbado que estava na cidade e não com o restante da Frota no estrangeiro. Eu o escolhi sem pestanejar.

— Que tipo de homem era? Cauteloso ou ousado?

Máximo a observou por um segundo antes de responder.

— Muito cauteloso. Mario detestava correr riscos desnecessários e, mais ainda, perder homens sob seu comando.

— Conheço meu irmão... — *conhecia, quis dizer*, pensou Anabela com um aperto no peito. — Ricardo podia ser inexperiente, mas não era afoito. Meu irmão também era do tipo cauteloso.

O comandante da Guarda Celeste afagou o rosto queimado pelo sol.

— Segundo o relato do senhor Carolei, Ricardo parece ter se precipitado. *Então, dois homens cautelosos se precipitaram?*

Anabela não deu voz àquelas palavras; de nada adiantaria criar um ressentimento. Carlos Carolei não fora o responsável pela morte de Ricardo.

Um soldado da Guarda Celeste se aproximou.

— Senhora, alguém deseja uma audiência urgente com a duquesa.

— Quem é? — perguntou Anabela.

— O senhor Emilio Terranova. Ele insiste que é urgente.

— Emilio Terranova, o pintor?

O guarda titubeou.

— Sim, minha senhora.

— O momento é impróprio. Minha mãe está indisposta e não sei se deveríamos tratar de assuntos menos...

Máximo a interrompeu com um gesto suave de mão. Em seguida, dirigiu-se para o soldado:

— Pode sair. Aguarde um instante e deixe o senhor Terranova entrar.

Assim que o guarda sumiu pela porta, ele disse:

— Não me importo que seja por um breve momento. A senhora está aqui como duquesa, e é meu dever servi-la.

— Não estou compreendendo.

Máximo suspirou.

— Emilio Terranova não é apenas um artista. Ele é o líder das Formigas e Borboletas que servem a Cidade Celeste.

Anabela achou que não tinha escutado direito. Entreabriu a boca em espanto e depois de um momento perguntou:

— Líder do quê?

— É assim que são conhecidos os espiões e informantes a serviço da Cidade Celeste. Eles formam uma grande rede e estão espalhados por muitos lugares do estrangeiro, inclusive em terras distantes e lugares remotos.

— Por que Formigas e Borboletas?

— Os informantes estão separados em duas redes distintas, com muito pouca comunicação entre elas. As Formigas são compostas por gente do povo, que circula por lugares como tabernas, portos e bordéis; Formigas são comuns e estão por toda parte. Borboletas podem alçar voos mais altos. Estas circulam nas cortes, entre a nobreza, e frequentam eventos aonde vão grandes mercadores e gente importante. São dois tipos completamente diferentes de informações que obtemos de cada um deles. Todo esse sistema foi concebido e implementado pelo duque Alexander Terrasini. Ele era obcecado por informação; queria saber tudo que se passava em todos os lugares. Afirmava que o conhecimento, e não o aço, era a verdadeira chave para se manter os inimigos de Sobrecéu sob controle.

— Então Emílio Terranova...

— É o nosso Mestre dos Espiões.

Anabela estava estupefata. Lembrava-se do pacato artista como presença assídua em recepções e jantares na Fortaleza. Era um homem de meia-idade, de poucas palavras, que não chamava atenção para si. Apenas estava ali, presente. Agora percebia que isso era um talento que vinha com o ofício. Anabela achava que a sua presença era devido ao fato de seu pai gostar de seus quadros. Estava enganada. O motivo para Emílio Terranova estar sempre por perto era outro.

O pintor entrou no Salão Celeste. Anabela recordava-se de sua pele morena, cabelos prateados e do rosto sempre sorridente. Mas não agora. Emílio Terranova tinha o rosto sério e sentou-se à mesa, de frente para Máximo Armento, sem cumprimentar Anabela.

— Isso é muito inadequado — disse ele.

— O senhor certamente sabe das notícias. A duquesa não estava em condições de despachar. Nomeou a senhora Anabela de forma interina — explicou Máximo.

— Também estou abalado com o acontecido. Nutria uma simpatia especial por Ricardo Terrasini. Entretanto, estou aqui porque fui convocado pelo meu dever para com a Cidade Celeste.

Há um recado nessa observação...

— Entendo a sua apreensão, senhor Emílio. Mas aqui estou e vou precisar que confie em mim — disse Anabela.

Emílio a estudou, os olhos faiscando, e então disse:

— Neste exato momento homens e mulheres se arriscam no estrangeiro para nos abastecer com as informações de que Sobrecéu tanto precisa. O limite entre manter suas vidas de mentira e ter as identidades reveladas é tênue. Por isso, suas vidas dependem de mantermos nossas bocas fechadas. Preciso que jure o seu sigilo.

— Eu juro que dividirei o que disser apenas com a duquesa.

Emílio bufou contrariado.

— Diga o que tem a dizer — instou Máximo Armento.

— Muito bem. Nas últimas duas horas aportaram em Sobrecéu um barco pesqueiro e uma galé mercantil, ambos vindos de Valporto e com tripulantes que estão, por assim dizer, na minha folha de pagamento.

— Valporto? — indagou Anabela.

Emílio fez que sim.

— Como a Cidade do Sol é aliada histórica de Sobrecéu, a nossa rede por lá é muito pequena. Mantemos duas Formigas e uma Borboleta, apenas.

— E o que houve? — perguntou Máximo Armento.

— Na última semana uma das Formigas foi encontrada morta, esfaqueada em um beco na área portuária. A outra desapareceu. Enquanto isso, a Borboleta enviou uma mensagem por estes navios de que falei, avisando que estava a caminho de Sobrecéu — explicou Emílio. — Na nossa operação, um informante retornar a Sobrecéu significa que algo muito importante aconteceu.

Anabela pensou por um momento.

— Temos alguma ideia do que seja? Pode ter relação com o que aconteceu em Ilhabela?

— Não faço ideia, mas achei que a duquesa deveria estar ciente. Assim que a Borboleta chegar, trarei as notícias pessoalmente.

— O senhor fez bem — disse Anabela.

Emílio assentiu, ainda com o rosto sério, e se preparou para se levantar.

— Posso lhe fazer uma pergunta? — indagou Anabela.

Ele acomodou-se outra vez na cadeira, mas permaneceu em silêncio.

— Temos gente em Tássia?

O pintor a encarou com olhos atentos e desconfiados.

— Por que a pergunta, senhora?

— Gostaria de transmitir uma ordem à sua rede de informantes.

Emílio a observou impassível. Máximo ergueu uma sobrancelha.

— O que seria?

— Quero que todos, em toda parte, coletem informações que possam nos ajudar a conhecer a identidade daqueles que mataram o meu irmão.

Emílio relaxou a postura pela primeira vez.

— É uma ordem pertinente, senhora. Será feito — respondeu ele. — Também entendo o seu interesse em Tássia.

— Existe alguém por lá? — perguntou Máximo.

— Há uma Formiga, muito antiga. Um estrangeiro, não nascido em Tássia, que possui uma taberna barata na área portuária. Faz anos que não ouço dele, mas não tenho motivos para pensar que não esteja mais lá. Seu silêncio provavelmente significa apenas que não há nada a ser relatado. Nunca conseguimos plantar Borboletas em Tássia. A corte de lorde Valmeron é muito fechada.

Emílio Terranova se levantou.

— Agora, se me derem licença, vou aguardar no cais a chegada do navio de Valporto.

— Obrigado, senhor Terranova.

Ele fez uma mesura como resposta e partiu apressado.

— O senhor era da confiança de meu pai. Vou confiar no senhor também.

Máximo a estudou, o rosto sem demonstrar nenhuma emoção. *É um soldado a espera de suas ordens*, compreendeu Anabela.

— Considerando que ainda não compreendemos o que aconteceu em Ilhabela, qual seria o seu conselho, senhor?

Máximo pensou por um longo momento.

— Sugiro cautela, senhora. E medidas de precaução.

— Convocar a Frota?

Máximo fez que não.

— Reunir a Frota significa deixar desguarnecidas rotas mercantis e entrepostos comerciais no estrangeiro. Além disso, é muito dispendioso. Mas existe um passo anterior a este.

— E qual é?

— Enviamos uma convocatória aos comandantes para que se agrupem em pontos de reunião. Os navios serão reunidos em grupos mais numerosos em portos e cidades maiores. Em caso de convocação real, estarão todos agrupados em pontos de fácil comunicação, abastecidos e com os homens descansados. A partir deste tipo de estado de alerta, podemos contar com o poderio total da Frota Celeste em menos de duas semanas.

— Se alguém planeja alguma loucura contra a Cidade Celeste não nos encontrará desprevenidos outra vez.

— É isso mesmo, senhora.

— Faça isso agora mesmo.

Máximo levantou-se e fez uma mesura.

— Imediatamente.

— Mais uma coisa — disse Anabela. — Acho que deveríamos lançar galés ao mar para perseguir esse grupo.

Máximo sacudiu a cabeça mais uma vez.

— Seja lá quem for, já tem mais de um dia de vantagem. Podem estar rumando para qualquer ponto, agora. O senhor Carolei foi o único que esteve em posição de persegui-los. Neste momento, não temos mais como rastreá-los.

Anabela pensou por um momento. Nutrira esperança de apanhar o bando misterioso e acabar logo com aquilo. Obviamente, Máximo Armento estava certo.

— Mesmo assim, mande alguém para Ilhabela. Que vigiem a ilha e examinem o lugar. Quem sabe não descobrimos algo que possa ter passado despercebido ao senhor Carolei no calor do momento.

— Sim, senhora. Será feito.

E, com isso, ele foi embora. Anabela viu-se sozinha no imenso Salão Celeste. Olhou em volta, depois para a longa mesa vazia e, enfim, para o trono que ocupava.

Sentei-me no lugar do duque, tratei com o Mestre dos Espiões e quase convoquei a Frota Celeste.... Sim, estou completamente louca.

Theo acordou com o corpo coberto por bandagens e toalhas umedecidas. Os unguentos que embebiam o material usado nos curativos exalavam um odor exótico, diferente de todos os outros cheiros que já sentira. Mas haviam tirado a sua dor por completo.

Abriu os olhos com dificuldade e viu Tariq debruçado sobre um corte profundo que tinha na perna. O oriental usava vestes leves de linho que deixavam entrever um torso musculoso.

— Este é o pior — disse ele. — Você é muito forte. Qualquer outro no seu lugar teria uma dúzia de ossos quebrados.

Theo ergueu o tórax para observar. Estava em uma cabine apertada iluminada por lampiões pendurados no teto. As luzes, assim como todo o resto, oscilavam com veemência. Era o balanço do alto-mar. Voltou-se para Tariq; era evidente que ele sabia muito bem o que estava fazendo.

— Você é um curandeiro?

Tariq sorriu.

— No Oriente somos conhecidos como médicos. Estudei na grande universidade de Astan.

Theo deixou o corpo repousar mais uma vez. A dor tinha ido embora, mas não a fome.

— Estou faminto.

Tariq ficou em pé.

— Venha comigo. Levante-se devagar.

Tariq conduziu Theo até o refeitório do navio. No curto trajeto, passaram pelo convés. Era noite fechada. Mais uma vez, perdera a noção de tempo. No céu encoberto, uma tênue luminosidade cinzenta coloria o breu. Ocaso ou aurora, não sabia dizer qual, não devia estar distante. Um vento feroz varria o *Filha de Astan* trazendo consigo gotículas que podiam ser tanto de uma chuva fina quanto das cristas das ondas. O navio velejava veloz, dançando a dança do mar agitado.

— Ocaso ou aurora? — perguntou Theo, encolhendo-se de frio.

— Aurora. Tive que dar algo para você dormir. Eram muitos ferimentos para suturar e eu não podia correr o risco de que você me atrapalhasse — respondeu Tariq. — Velejamos a noite toda com este vento. Ellam seja louvado por ele. Demoramos demais na ilha e escapamos por pouco dos seus captores.

Àquela hora encontraram o pequeno refeitório ocupado apenas pelo cozinheiro e por um ajudante. Enquanto Theo se espremia em um banco que ficava entre a mesa e o casco, Tariq pediu comida e bebida. O cozinheiro requentou o ensopado de peixe que servira no jantar, mas, para compensar, trouxe pão fresco da primeira fornada da manhã.

— Agora vou deixá-lo — anunciou Tariq. — Creio que sabe como voltar à sua cabine.

Theo assentiu, mergulhado na comida.

No mesmo instante em que terminou a refeição — poucos minutos depois de Tariq partir —, o homem vestido como Jardineiro entrou no refeitório. Ele cumprimentou Theo e sentou-se à sua frente na mesa. O cozinheiro apressou-se para lhe trazer pão, manteiga e chá.

Os dois mediram um ao outro em silêncio. Se aquele homem era um Jardineiro, tratava-se sem dúvida do tipo mais estranho que Theo já encontrara. Os sacerdotes normalmente eram gorduchos e engomados; uns tipos ao mesmo tempo limpos demais e assustadiços. A figura sentada à sua frente não era nada disso. O rosto de traços fortes, queimado pelo sol, estava coberto por uma barba grisalha por fazer. Embora não fosse jovem, seus braços eram musculosos, cobertos por muitas cicatrizes. Próximo do ombro, trazia um grande ferimento antigo e mal cicatrizado.

Theo sabia o que era: uma tatuagem raspada à ponta de faca. Muitos homens que pertenciam a irmandades ou outros grupos do gênero e que, por um motivo ou outro decidiam mudar de vida, provocavam ferimentos como aquele. Como se isso fosse apagar o passado e as coisas que tivessem feito. De qualquer modo, era uma coisa muito estranha para se ver em alguém que ostentava a folha de prata dos Jardineiros no pescoço.

Distraído estudando Theo, o estranho cravou a ponta da adaga que usava para cortar o pão no dorso da própria mão.

— Merda! — urrou ele. — Pela puta mãe do Ceifador — continuou ele, lambendo o sangue que brotava do corte.

Theo sorriu.

— O que foi? — perguntou o Jardineiro com as feições rígidas, num misto de dor e fúria.

Theo riu mais alto.

— Qual é o seu problema, rapaz?

— Eu nunca tinha visto um Jardineiro praguejar.

O religioso sorriu, ainda lambendo a mão.

— Talvez você não tenha conhecido o tipo certo de Jardineiro.

Theo recostou-se contra a madeira do casco e cruzou os braços.

— Não há tipo certo de Jardineiro.

O homem o estudou por um momento e então estendeu a mão boa para Theo.

— Sou Vasco Valvassori.

— Sou Theo — disse apertando a mão que lhe fora oferecida.

— Rapaz de rua em Valporto que detesta sacerdotes... Aposto que se eu voltar o suficiente no tempo, acabo em Navona.

Aquele sujeito sabia bastante a seu respeito. Ou seria sua vida assim tão óbvia? A verdade é que não era ninguém, e as histórias de órfãos e gente de rua se misturavam a ponto de serem quase todas iguais. Qualquer um que não fosse um completo idiota sabia que os Jardineiros tinham um apetite por crianças abandonadas.

Theo deu de ombros.

— Não o culpo — prosseguiu Vasco, estudando a mão que enfim parara de sangrar. — Mas não é só porque passou pelos mosteiros que você conhece a cidade.

— "Navona é uma cidade santa, governada pelos homens em nome de Deus" — recitou Theo. Junto com as palavras, vieram as lembranças, sólidas, quase palpáveis.

O Jardineiro Moisés, responsável pelo ensino da fé, era gordo, desajeitado e com lábios carnudos, feitos para contar uma mentira. Ele os havia obrigado a decorar a frase antes mesmo de lhes ensinar as letras. Theo imaginava que órfãos em todos os outros mosteiros da cidade também ouviam a frase de sacerdotes gordos iguais àquele. Os Jardineiros eram todos muito parecidos.

— Servos Devotos — disse Vasco. — Então foi com eles que você esteve.

— Que diferença faz?

Vasco recostou-se na cadeira e cruzou os braços.

— Que diferença faz a congregação? Toda a diferença do mundo.

— Os Servos Devotos mandam em Navona. Tirando o fato de que desejam o poder que os Devotos têm, todas as outras congregações são a mesma coisa.

— Isso não é verdade.

— Então me ilumine — disse Theo. O assunto não podia interessá-lo menos, mas todos os unguentos e poções de Tariq haviam roubado o seu sono por completo. — Você não parece um Devoto.

Vasco riu.

— Acho que vou levar isso como um elogio.

— Para ser honesto, você não parece com nenhum Jardineiro, seja de que tipo for.

— Sou um Literasi.

Theo inclinou-se para frente e pousou os braços sobre a mesa.

— Sacerdotes que gostam de ler.

— É tudo o que sabe a nosso respeito?

Theo abriu as mãos, indiferente.

— Navona pode parecer ser uma coisa só, mas não é. Existem grandes diferenças dentro daquelas muralhas.

— Qual é? Vocês não acreditam em Deus, o Primeiro Jardineiro, Jardim da Criação e o cacete?

— E você, Theo, acredita nessas coisas?

— Não.

Só acredito em mim mesmo. Não conto com mais ninguém.

— Eu também não.

Theo ergueu uma sobrancelha e estudou o sacerdote por um momento. Ele parecia falar sério.

— Acreditar em uma religião e acreditar em Deus são coisas diferentes. A sua pergunta está carregada de ambiguidade — disse Vasco. — Então, se acredito na mesma religião dos Servos Devotos? Não, eu não acredito. Mas, se acredito em Deus? A resposta é sim. Acredito em Deus.

Vasco afastou o prato de comida.

— Os Jardineiros acreditam que Deus, o Primeiro Jardineiro, plantou a árvore da vida no Jardim da Criação, dando origem a toda vida que existe no universo — disse Vasco. — No Oriente, as pessoas creem em Ellam, o Grande Deus. Ellam deu origem aos outros deuses, que, por sua vez, plantaram muitas árvores no Jardim da Criação. O deus do amor, da guerra, da morte e assim por diante, cada um plantou a sua árvore no Jardim. Os absírios, a antiga civilização da Terra Perdida, acreditavam que há mais de um Jardim da Criação, porque existem outros mundos além deste. Mas nada disso importa.

— Não? Então você não acredita em Deus.

— Não importa em qual árvore você crê; importa que você acredite no Jardim — respondeu ele. — O Jardim é o nosso mundo, e o que acontece nele é nossa responsabilidade. E é aí que o entendimento da religião difere muito entre as diversas congregações de Jardineiros. Os Literasi, por exemplo, acreditam que a iluminação não vem pela devoção vazia a um

Deus; ela advém do conhecimento, pelos livros e pelo saber. A fé deve ser raciocinada. Este é o caminho da verdadeira transformação.

— Parece interessante, mas não diga nada disso perto de um Servo Devoto.

Vasco riu.

— Muitos Literasi já perderam a cabeça por suas ideias, mas não se engane: não somos tão fracos quanto parecemos.

Theo o observou por um momento.

— Então, o que um Jardineiro que gosta de ler está fazendo em um navio oriental?

Vasco não respondeu.

— Vocês sabiam que estávamos lá. Tariq mencionou uma menina que viajava comigo. Ele e o Marat correram um risco tremendo para nos resgatar — insistiu Theo. — Nada na vida é de graça, e ninguém ajuda ninguém a troco de nada.

Vasco o estudou por um momento.

— Não mesmo? Então o que você está fazendo aqui?

— Como assim? Vocês nos resgataram daqueles carniceiros. Era embarcar neste navio ou ficar em Ilhabela. Não tive escolha.

Vasco o observou por mais um instante antes de responder:

— Pois eu lhe dou uma escolha: dentro de alguns dias chegaremos a uma grande cidade. Quando atracarmos nesse porto, você estará livre para ir embora. Pagarei a sua passagem em um pesqueiro ou navio mercante que esteja de partida. Você escolhe o destino.

Theo pensou por um longo momento. A viagem, que já começara esquisita, não parava de ficar cada vez mais estranha.

— Isso é sério?

— Juro por Deus — respondeu Vasco, fazendo o sinal dos Jardineiros. — Mas você escolherá permanecer conosco.

— Por que eu faria isso?

— Pelo mesmo motivo que o trouxe até aqui — Vasco fez uma pausa e completou em voz baixa: — Para salvar a menina.

— Próximo... — disse Theo. Tinha quase certeza de que ele pertencia ao grupo que os resgatara. Logo depois de soltá-los, Tariq e Marat deixaram ele procurar as chaves sem vigiá-lo. Não era algo que se permitisse a alguém que não se conhecia. Próximo poderia tê-los apanhado despreve-nidos e atacado por trás.

Theo juntou as peças sozinho.

— Ele contou a vocês por que embarcamos em Valporto.

Vasco fez que sim.

— Você a salvou.

Theo sentiu a cabeça girar. Queria correr de tudo aquilo. Não dava a mínima para quem eram aqueles estranhos a bordo do *Filha de Astan*, tampouco se interessava pelo seu propósito, mas Raíssa importava. De algum modo, por mais que negasse, sabia que, quando chegasse a hora, não viraria as costas, abrindo mão da possibilidade de descobrir o que acontecera com ela.

— O que vocês querem com ela?

Vasco inclinou-se sobre a mesa, aproximando-se de Theo.

— A menina é muito importante. É tudo o que eu tenho permissão para lhe dizer.

— Vocês pretendem encontrá-la? É esse o seu objetivo?

— Sim, esse é o nosso objetivo. Irei até o inferno do Ceifador se for ne-cessário, mas juro que a trarei de volta.

Theo surpreendeu-se ao perceber que começava a gostar do estranho Jardineiro. Isso era uma coisa nova.

Theo suspirou.

— Estou dentro — disse. — Apenas até encontrarmos Raíssa. Depois, pulamos fora, eu e ela.

Vasco assentiu.

— Então você a chamava de Raíssa?

Theo fez que sim.

— Como você sabe o nome dela? Ela nunca lhe disse — observou Vasco.

Theo viu-se confuso. Era verdade. Apenas sabia que seu nome era Raíssa. Não sabia como.

— Entendo — disse Vasco frente ao silêncio de Theo. — Há muito que você deve aprender.

— Como posso saber que vocês nos deixarão ir, quando chegar a hora?

— Você não pode — respondeu Vasco. — Mas, talvez, quando a hora chegar, você não queira partir. Vejo você unido a nós e à nossa luta.

Theo deixou a mente voar adiante mais uma vez.

— Raíssa... ela nunca estará segura.

Pela primeira vez, Vasco encolheu-se por um momento.

— Acho que não — disse ele. — Não neste mundo.

— De que luta estamos falando? — perguntou Theo.

Podia ser qualquer coisa: outra guerra no Mar Interno, mais uma Guerra Santa. Ainda em Valporto, ouvira todo tipo de boato, a maior parte deles bobagens de bêbados que se achavam qualificados para especular sobre os destinos do mundo depois da morte do duque de Sobrecéu.

Vasco encolheu-se ainda mais, os braços envolvendo o próprio tórax.

— Do que você tem medo, Theo?

— De depender dos outros.

— Todos dependemos uns dos outros. A vida só tem sentido se vivemos em rede.

Não a minha...

— E quanto a você, o que teme um Jardineiro que já viveu uma outra vida que achou melhor apagar? — perguntou Theo, fitando a cicatriz no braço do religioso.

Vasco o transfixou com um olhar intenso.

— Vivi mesmo muitas vidas. Fiz coisas horríveis, que me trazem vergonha. Coisas que não ouso mencionar nem para mim mesmo. Sou Vasco Valvassori e não tenho medo de nenhum homem vivo. Em dias passados, já lutei com uma centena de tipos, campeões, mercenários, estupradores, grandes guerreiros... e venci todos. Participei de uma centena de batalhas em três guerras diferentes e aqui estou. Poucos homens viajaram mais longe ou viram as maravilhas que eu vi — respondeu ele. — Mas temo histórias antigas que criam vida e temo coisas que não pertencem a este mundo.

— Achei que vocês, Literasi, fossem instruídos demais para acreditar nessas coisas.

— Não importa no que um homem acredita, importa o que acontece ao seu redor — respondeu ele. — Há uma guerra sendo preparada neste exato momento, Theo. A maior que já existiu e jamais existirá. Ela está muito acima destes conflitos que enchem o nosso cotidiano: disputas no Mar Interno, Guerras Santas com o Oriente... nada disso importa. Esse confronto de que falo diz respeito a todos nós, não interessa em qual árvore acreditemos.

— Você não pode estar falando sério. Isso tudo é folclore, histórias que as pessoas usam para assustar as crianças para que obedeçam a seus pais. São contadas por todo o Mar Interno.

— Que histórias você escutou?

— Escutei-as em toda a parte, tanto na minha época em Navona quanto nos meus dias nas ruas — respondeu Theo. — Escondido no Oriente remoto existe um lugar denominado Terra Perdida. Trata-se de um local místico, que serve como uma porta natural entre este mundo e outros que supostamente existem. A antiga civilização que lá vivia tinha como missão guardar a região, impedindo a passagem entre os diferentes mundos. Quando falhavam, aberrações e criaturas monstruosas de outros mundos passavam a vaguear por este.

— Você sabe de toda a história.

— Todo mundo sabe. É crendice popular. Por baixo dos panos os Jardineiros incentivam o costume. Afinal, medo nunca é demais e faz com que as pessoas rezem e paguem seus dízimos com mais afinco. Por que contar apenas com o Ceifador se você pode ter monstros de outro mundo?

Vasco apertou os lábios e Theo achou que ele fosse rir, mas não riu. Aparentemente, levava o assunto muito a sério.

— E se pelo menos a essência dessa história fosse verdadeira? E se esse perigo fosse real?

Theo gargalhou.

Vasco permaneceu sério.

— Existem antigos pergaminhos, recuperados da Terra Perdida. Por muito tempo seu conteúdo foi um mistério, mas graças ao trabalho de linguistas na grande universidade de Astan, em anos recentes houve um grande avanço na compreensão dos ideogramas e da linguagem dos absírios. Aos poucos seu conteúdo vem sendo revelado.

— E o que esses documentos dizem?

— Muitas coisas... — respondeu Vasco. — Um grande estudioso da universidade, Samat Safin, traduziu documentos que nunca haviam sido compreendidos. Eles falam de homens e mulheres especiais, que têm uma ligação única com os *fahir*, que são a chave de tudo. O elemento sagrado. A única esperança deste mundo caso...

— *Fahir*?

Vasco assentiu com um aceno solene da cabeça.

— Antigamente, acreditava-se que *fahir* significava "escolhido". Safin descobriu que ocorreu um erro na transliteração dos ideogramas e uma contração foi omitida. A palavra original, na verdade, eram duas: Faa Hir.

— E o que significa?

O religioso levou a mão à folha de prata no pescoço e a alisou com o dorso dos dedos.

— Criança muda.

Theo coçou o queixo.

— Como sabem que é a Raíssa? Existem milhares de crianças mudas espalhadas pelo Mar Interno.

— É verdade, Theo. Mas quantas você conhece que têm alguém com quem consegue se comunicar sem dizer uma palavra?

Theo suspirou. A conversa o deixara tonto.

— Para onde estamos indo?

— Vamos buscar orientação com os líderes do nosso grupo. Eles têm informações recentes sobre o que se passa por todo o Mar Interno e no Oriente. Eles saberão o que fazer — respondeu Vasco, e completou, recostando-se na cadeira: — Não podíamos ter perdido a menina.

Ao menos nisso concordavam.

— Então, para onde vamos?

— A sede de todas as congregações de Jardineiros, incluindo os Literasi, fica no mesmo lugar.

Theo sentiu a comida voltar até o céu da boca, numa súbita onda de acidez. Seu corpo se retesou e ele agarrou as bordas da mesa com tanta força que achou que fosse partir a madeira. Olhou para o chão por um momento e só depois tornou a encarar o sacerdote. As palavras saíram trêmulas, como uma maldição que nunca deveria ser pronunciada em voz alta:

— Navona. Vamos para Navona.

Afundou o corpo no banco de madeira e deixou os ombros caírem. De uma hora para outra, suas feridas voltaram a doer.

Navona... nada pode ser pior do que isso...

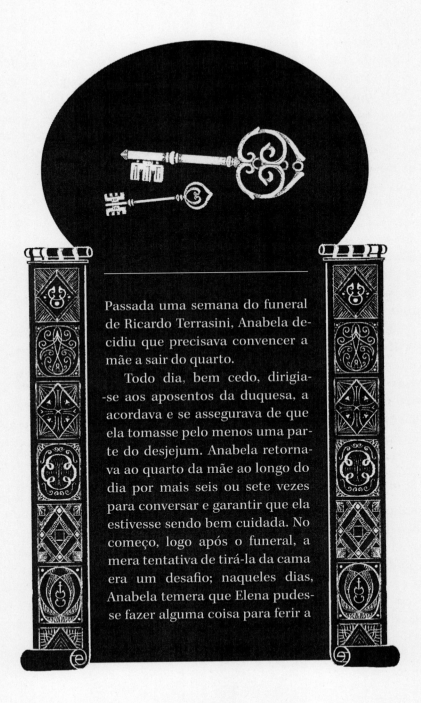

Passada uma semana do funeral de Ricardo Terrasini, Anabela decidiu que precisava convencer a mãe a sair do quarto.

Todo dia, bem cedo, dirigia-se aos aposentos da duquesa, a acordava e se assegurava de que ela tomasse pelo menos uma parte do desjejum. Anabela retornava ao quarto da mãe ao longo do dia por mais seis ou sete vezes para conversar e garantir que ela estivesse sendo bem cuidada. No começo, logo após o funeral, a mera tentativa de tirá-la da cama era um desafio; naqueles dias, Anabela temera que Elena pudesse fazer alguma coisa para ferir a si própria. Para proteger a mãe de quaisquer riscos, ordenara que houvesse sempre ao menos duas serviçais com ela, dia e noite.

Embora tão devastada quanto a mãe, à Anabela não foi concedido o tempo de se entregar ao luto que lhe era devido. Com a duquesa ausente de suas funções, havia sido chamada em várias ocasiões ao Salão Celeste para tratar de assuntos de Estado. A situação tornara-se tensa; nas ruas o clima era de incerteza. Ricardo tinha muito do carisma do pai, e o povo da Cidade Celeste estava chocado com a perda do seu jovem líder. Além disso, os rumores do misterioso bando de corsários à solta haviam provocado pânico e ameaçavam paralisar boa parte do comércio.

Durante a semana, Anabela executou as suas tarefas de forma semiconsciente, tentando fechar-se o máximo que podia para a dor que insistia em assaltá-la sempre que ficava sozinha. Tinha muito o que fazer e ainda mais com o que se preocupar. Jovem e inexperiente, tinha plena noção de que não estava preparada para governar. Torcia para que a mãe deixasse seus dias de Lua para trás e retornasse aos seus deveres. Algo, porém, lhe dizia que não seria tão simples. Conhecia bem a mãe.

A única companhia com a qual podia contar era a de Lyriss. A médica de Astan chegava a visitá-la mais de uma vez por dia e, em todas elas, conversavam longamente sobre vários assuntos. Respeitando o seu luto, Lyriss não havia mais mencionado a oferta de ir com ela ao Oriente. Ela sabia que, depois de tantos acontecimentos inesperados, Anabela não estava pronta para se decidir. Apesar disso, sabia que o tempo se esgotava. Lyriss havia mencionado que retornariam em um navio procedente de Astan, cuja chegada em Sobrecéu não deveria demorar mais do que uma ou duas semanas.

Naquela manhã, não encontrou a mãe no quarto. Questionou as damas de companhia e descobriu que Elena Terrasini tinha rumado para o Salão Celeste. Anabela espantou-se e se apressou para encontrá-la.

As luzes da aurora jogavam longos mantos de luz avermelhada no piso de mármore do Salão. Lá fora via o céu claro colorindo-se com a primeira luz da manhã; mais um dia de céu claro se abriria sobre a Cidade Celeste.

No centro do recinto a mãe sentava-se à cabeceira da grande mesa. Trajava um vestido negro com um pequeno decote; tinha os longos cabelos presos em um rabo de cavalo, atados por uma faixa de tecido escuro.

Estava acompanhada por Máximo Armento, Andrea Terrasini e pelo banqueiro Marcus Vezzoni. Anabela saudou a todos e acomodou-se no lugar mais próximo da cabeceira, junto da mãe.

— Bom dia, minha filha. Antes que você me pergunte, estou me sentindo ótima. Muito bem mesmo. Quero trabalhar muito e resolver tudo o que eu puder. Devo isso à memória do Ricardo.

Subitamente, um dia de Sol.

— O nosso comandante estava prestes a nos falar sobre as descobertas de uma missão de reconhecimento que vocês enviaram para examinar Ilhabela — disse a mãe para Anabela.

— O que o senhor descobriu? — perguntou Anabela para Máximo.

— Pouca coisa, minha senhora. Em uma das praias meus homens identificaram o que pareciam ser os restos de um grande acampamento.

— Isso corrobora os relatos do senhor Carolei de que se tratava de uma frota de corsários — disse Andrea.

Máximo sacudiu a cabeça.

— No mesmo local encontramos também as cinzas de uma grande pira funerária. Ao seu redor, havia pedaços de roupas simples e objetos pessoais de pouco valor.

— Seja lá quem esteve naquela praia, era gente comum, não soldados — disse Anabela.

— Foi o que nos pareceu — concordou Máximo. — Todos foram queimados naquela fogueira.

— Não entendo. Ilhabela é um lugar desabitado, estou certa? — perguntou a duquesa. — Se o plano era emboscar o meu filho, o que gente simples estava fazendo lá?

— Também não compreendo, senhora — respondeu o comandante.

— Senhores — interveio Marcus Vezzoni —, precisamos deixar de lado essas especulações e nos deter nos fatos. Esse bando de foras da lei é real e está lá fora. Enquanto não forem destruídos, continuarão a nos causar problemas.

Andrea Terrasini suspirou desanimado.

— Senhora Elena, receio ter mais más notícias.

Anabela viu a mãe se encolher um pouco em sua cadeira.

— O que houve?

— Quatro galés mercantes da Cidade Celeste desapareceram enquanto rumavam para Rafela. Sabemos muito pouco do que houve, mas parece claro que foram atacadas. Um navio de guerra da Frota Celeste encontrou um bote vazio com o nome de uma da embarcações desaparecidas. Não foram encontrados sobreviventes.

— A quem pertenciam? — perguntou Anabela.

— Três eram dos Terrasini e uma dos Guerra.

— A essa altura, toda cidade já ficou sabendo a respeito. É, sem dúvidas, obra desse bando de corsários de que falamos — completou o banqueiro. — É por este motivo que pedi para conversar com a duquesa.

— O que posso fazer pelo senhor?

— Como a senhora sabe, existe pânico nas ruas. Muitas companhias de comércio e muitos capitães se recusam a navegar porque estão com medo. E isso exatamente no momento em que deveríamos estar negociando as mercadorias vindas da Rota da Seda com nossos vizinhos.

— Estou ciente de tudo isso — disse a duquesa.

Marcus Vezzoni inclinou-se para a frente e pousou os cotovelos sobre a mesa. Uma gigantesca corrente de ouro, salpicada com pedras preciosas, passou a oscilar do seu pescoço.

— Estou sob grande pressão dos meus colegas banqueiros para elevar o preço dos seguros das embarcações. Com tantos perigos para a navegação lá fora, não tenho outra opção que não ceder. O Banco Celeste já elevou o valor das apólices. Receio que o banco de Pedra e Sal será obrigado a fazer o mesmo.

Andrea Terrasini franziu o cenho.

— Os seguros são uma exorbitância, senhor. Se aumentarem ainda mais, muitas famílias optarão por deixar seus navios no porto.

— Receio que o senhor tenha razão — disse o banqueiro. — Mas os bancos não são instituições de caridade. Se navios estão sendo atacados lá fora, nós não arcaremos com esse prejuízo. Considere, por exemplo, que alguém terá de pagar pela perda desses quatro navios.

Anabela não se controlou.

— Eu penso nos homens que morreram neles, senhor. Penso nos marujos que estavam sob a nossa proteção e perderam a vida enquanto tentavam ganhar o seu sustento.

Marcus Vezzoni a olhou de modo estranho.

— Sim, é claro, os homens. Uma pena, sem dúvida. Creio que as famílias mercadoras para as quais eles trabalhavam tratarão de indenizar suas esposas e filhos — completou ele, voltando-se para o tio Andrea.

— Aqueles que estavam a serviço dos Terrasini terão todo o nosso apoio — respondeu Andrea.

— A senhora tem alguma sugestão, duquesa? — indagou Marcus Vezzoni.

A mãe pensou por um momento e então anunciou:

— O tesouro de Sobrecéu cobrirá este aumento, de modo que as famílias mercadoras continuarão a pagar o mesmo valor de antes. O adicional será ressarcido aos bancos pelo mestre da moeda.

Anabela acomodou-se desconfortável em sua cadeira.

— Mãe, será um grande ônus para o tesouro.

— Eu sei, mas será temporário. Quero o compromisso dos senhores banqueiros que, quando esses foras da lei forem destruídos, o valor dos seguros retornará ao patamar original.

— Naturalmente, minha senhora.

— Além disso, pretendo colocar todo o poderio da Frota Celeste atrás deles — completou a mãe. — Comandante Máximo, quero espalhar a Frota por todos os cantos do Mar Interno. Que cacem e destruam esses corsários. Quero que vão até o Inferno do Ceifador se necessário, mas façam justiça pelo assassinato do seu senhor.

Máximo ficou paralisado por um momento em sua cadeira.

— Minha senhora, justiça pela morte de Ricardo Terrasini é tanto a minha obrigação quanto meu desejo pessoal.

— Muito bem, então. Quanto tempo até termos a Frota mobilizada?

O comandante hesitou por outra fração de segundo.

— Eu havia discutido o assunto com a senhora Anabela e ponderamos que seria mais prudente concentrar a Frota em grupos maiores.

— Em caso de necessidade, poderíamos reunir os navios com maior facilidade para proteger Sobrecéu — explicou Anabela.

A mãe agitou ambas as mãos vigorosamente.

— Proteger Sobrecéu? Vocês estão loucos? Ninguém ousará nada contra a Cidade Celeste. Estamos falando de um bando de ratos, covardes que atacam em emboscadas.

— Mãe, a procura pelos corsários seria mantida, mas os navios partirão em grupos maiores.

— Isso facilita muito uma eventual convocatória, senhora — completou Máximo.

Elena estava aborrecida.

— Mas desta forma não procurarão em portos menores e refúgios escondidos, que é para onde gente assim costuma correr quando precisa se esconder.

— Mãe, não sabemos tanto assim a respeito dessa gente. Podem ser mais perigosos do que imaginamos. Não se esqueça de que enfrentaram e destruíram uma guarnição de elite da Guarda Celeste.

A mãe sacudiu a cabeça mais uma vez.

— Você não precisa me lembrar disso — disse ela. — Eu quero a Frota engajada nessa caça. Que isso termine o mais rápido possível para que eu possa ter paz para chorar pelo meu filho.

A senhora agora governa, mãe. Haverá muito pouca paz de espírito pela frente.

— Será feito, minha senhora — disse Máximo com uma mesura.

— Uma atitude muito sensata, minha senhora. Esses bandidos não podem ficar impunes — disse Marcus Vezzoni. — Mas eu me pergunto se não deveríamos aumentar a proteção dos navios mercantes que estão deixando a Cidade Celeste para negociar os bens trazidos pelas grandes Rotas.

— Com a Frota espalhada pelo Mar Interno será difícil aumentar a escolta dos navios mercantes — ponderou Máximo.

— Convocarei as galés de guerra dos Terrasini para este fim — anunciou a duquesa.

Marcus Vezzoni abriu um sorriso meloso.

— Mais uma vez, uma sábia decisão, minha senhora.

Com isso, o banqueiro se levantou, pediu licença e saiu. Quando ele se foi, Máximo falou:

— Em função do clima de medo, os cais estão abarrotados de navios que deveriam ter partido. Terra está transbordando de marujos com pouco a fazer e muito tempo livre. Tivemos relatos de confusões ontem à noite. Duas pessoas foram esfaqueadas em uma briga e uma delas morreu.

— Que a Guarda Celeste vá para as ruas e garanta a ordem.

Máximo assentiu mais uma vez.

— Sim, senhora.

O tio Andrea esfregou o rosto num gesto de cansaço e disse para a duquesa:

— Precisaremos da sua ajuda, senhora, para resolver um conflito sério entre duas famílias.

A mãe suspirou.

— Deixe-me adivinhar: Guerra e Mancuso.

Andrea Terrasini fez que sim.

Anabela lembrava-se das duas famílias. Junto com Fausto Rossini, eram os operadores da Rota do Gelo, que negociava com Fran e Svenka, as terras longínquas do norte. Desde que era muito pequena, lembrava-se do pai se queixando da intransigência de Marco Guerra e Lazzaro Mancuso.

— Os dois me procuraram ontem, em momentos diferentes.

— O que eles querem? — indagou Anabela.

— Marco Guerra afirma que existe um acordo antigo, datado da época do fim do conflito com Tássia, no qual Alexander Terrasini teria prometido à família Guerra a chefia da Rota do Gelo.

— Pelo amor do Primeiro Jardineiro! Isso faz décadas — disse a mãe. — Por que motivo ele traz esse absurdo agora?

Andrea deu de ombros.

— Não faço ideia. Lazzaro Mancuso não é homem de deixar algo assim barato. Ofendeu-se e, como punição, reduziu o número de concessões dos Guerra para percorrer a Rota do Gelo de quarenta e cinco para vinte navios.

— É um golpe duro — observou Elena.

— E ele pode fazer isso? — quis saber Anabela.

— Em tese, pode — respondeu o tio. — Lazzaro é o chefe da Rota.

A mãe levou as mãos ao rosto e esfregou os olhos. Apesar da hora, parecia cansada.

— Marco Guerra deve estar furioso — observou ela. — Por que essa gente precisa brigar em um momento como esse?

— Eu conheço os dois — disse Andrea. — São orgulhosos e vaidosos. Nenhum deles vai ceder.

— O senhor Carolei poderia nos ajudar com isso — ponderou a mãe.

— Ele está viajando — disse o tio. — Questionei alguns homens dos Carolei nas docas, e nenhum deles sabia para onde seu senhor tinha ido.

Elena Terrasini bufou.

— Pois bem, Andrea. Traga Marco Guerra e Lazzaro Mancuso até mim — disse ela, e então completou: — Um de cada vez, é claro.

Asil Arcan não tinha certeza se acreditava em deus.

Durante a infância como membro de uma caravana no extremo Oriente, tinha aprendido a cultuar Ellam, que era tanto o deus da maioria do grupo itinerante quanto da maior parte das nações pelas quais passavam.

A jornada do grupo começava sempre no início da primavera, na longínqua terra de Yan. Os preparativos para a viagem eram complexos e incluíam reunir os membros habituais, dispersos depois de meses de folga, contratar novos para os postos vagos e estocar e classificar as mercadorias que seriam levadas na longa jornada. Semanas mais tarde, quando estava tudo pronto, os cerca de mil membros da caravana se reuniam junto aos portões da cidade para rumar em direção a oeste, atravessando amplas extensões de terras selvagens e inóspitas.

Asil havia repetido aquele ritual todas as primaveras até completar dezessete anos. Ainda se lembrava da excitação diante do imenso grupo reunido sob os telhados de bordas curvas e enfeitados com arabescos delicados da grande cidade de Yan. Recordava-se do coração acelerando no peito com o som dos grandes portões sendo abertos e o ranger das dobradiças emoldurando as preces dos sacerdotes, que rezavam para manter os maus espíritos longe do caminho do comboio. Além das muralhas havia nada menos do que o mundo inteiro à sua espera.

Mais do que uma grande companhia de comércio ambulante, a caravana era a sua família; a única que conhecera. A jornada até Astan levava nove meses e estava repleta de perigos. Por isso, todos rezavam. Rogavam aos deuses que a caravana não fosse vítima de salteadores, não caísse no meio de alguma batalha, não fosse assolada pela febre manchada ou qualquer outra doença perigosa.

Muitos anos mais tarde, quando a caravana foi desmantelada por um grupo de mercenários a serviço de Tássia, Asil foi levado à Cidade de Aço. Lá todos acreditavam no Deus Primeiro Jardineiro.

Depois de tudo que tinha visto ao longo da vida, porém, Asil não conseguia ter certeza de que algum deus — fosse ele Ellam, o Primeiro Jardineiro, o deus gordo de Yan — realmente existisse. Se havia de fato um deus, como poderia ele ter permitido que metade das coisas que testemunhara acontecesse?

Naquela manhã, ao ser mais uma vez convocado à Fortaleza de Aço, Asil acreditava menos ainda na existência de uma divindade. Refizera o caminho até o coração do poder de Tássia convicto de que a sua convocatória havia chegado. Seria obrigado a se vestir de sangue outra vez.

O grande salão continuava entregue à penumbra. As cortinas permaneciam fechadas e apenas archotes e candelabros iluminavam o caminho até a mesa de Valmeron.

As coisas que são tramadas neste salão são tão terríveis que pedem pela escuridão; as cortinas fechadas impedem que a luz se intrometa nos sonhos sombrios de lorde Valmeron.

Asil permitiu-se uma centelha de esperança: o senhor de Tássia tinha como única companhia Dino Dragoni. Os dois conversavam aos sussurros, trocando segredos cuja natureza preferia nunca saber.

— Meu amigo, sente-se — ordenou Valmeron.

— Sim, meu senhor — Asil acomodou-se longe da cabeceira, em um lugar de pouco prestígio, como determinava a convenção.

Dino Dragoni inclinou a cabeça e lhe deu um sorriso estranho. Depois, umedeceu os lábios finos e disse:

— Vou precisar de sua ajuda hoje à noite.

— Estou sendo convocado? — Asil perguntou a Valmeron.

O senhor de Tássia afagou o pescoço com a mão. Ele sempre tivera mãos pequenas; era um homem miúdo. Mas agora Asil percebia que elas estavam enrugadas e cheias de pequenas manchas. O grande senhor envelhecera.

— Nossos planos evoluem a passos rápidos. O nosso amigo, do outro lado da península de Thalia, nos diz que a fera está quase pronta para o abate.

Do outro lado da península... Aquilo tinha que ser Sobrecéu. Seria possível que Valmeron tivesse conquistado algum aliado na Cidade Celeste?

A ideia parecia pura insanidade, mas o senhor de Aço era mais astuto do que o diabo Ceifador, os tassianos gostavam de repetir.

Dino Dragoni fez uma careta e voltou-se para Valmeron:

— Ouvi dizer que ela se comporta como uma barata tonta, conforme prevíamos. Mas temos um complicador inesperado.

Valmeron assentiu de forma quase imperceptível.

— A filha — disse ele. — Tem mais sangue do pai do que todos os outros juntos.

— Ela impediu a dispersão da Frota — bufou Dino.

A conversa prosseguiu, os dois ignorando a presença de Asil.

— Calma. Pode ser filha do pai, mas ainda assim é apenas uma menina. Será quebrada, tal como todos os outros.

— Precisamos da Frota dispersa. Caso contrário...

— Eu sei. Mas você se esquece de que temos o nosso amigo — interrompeu Valmeron.

Valmeron enfim voltou-se para Asil.

— Como você percebe, a hora de sua convocatória se aproxima, mas ainda não chegou. Preciso que você acompanhe Dino em uma tarefa mais doméstica.

— Sim, senhor.

O Empalador de Tássia levantou-se.

— Esteja na minha propriedade ao cair da noite. Você acompanhará a minha comitiva.

Em seguida, Dino Dragoni acenou com a cabeça para Valmeron e se retirou. Asil esperou até que ele tivesse deixado o salão e então perguntou:

— Dino Dragoni tem seguranças capazes. Aqueles gêmeos albinos ainda estão com ele?

Valmeron assentiu.

— São dois monstros. Dino os capturou quando eram crianças pequenas, em uma incursão a Svenka.

— Nunca saíram do lado dele, mesmo durante a guerra. — Asil se lembrava das duas figuras. Tinham mais de dois metros de altura e braços grossos como o tronco de uma árvore. Os rostos idênticos eram horrendos de se olhar, ossudos, com grandes dentes quadrados e olhos azuis que faiscavam perversidade. — Se me permite, meu senhor, serei supérfluo.

Valmeron o ignorou.

— Dino Dragoni é responsável por um negócio muito, muito rentável e também sigiloso — disse ele. — Uma empreitada bastante antiga, da qual eu também tenho a honra de participar. Trata-se de uma grande organização de comércio que atua em diversos lugares no Mar Interno e no Oriente.

Asil tinha uma boa ideia do que era e também sempre desconfiara de que Valmeron participava.

— Dino receberá hoje à noite em sua residência Leopoldo Aria, um banqueiro importante de Altomonte. O banco para o qual o senhor Aria trabalha está conosco nessa nova empreitada, e os recursos que virão dessa parceria serão cruciais tanto para a expansão dos nossos negócios quanto para a grandeza que todos sonhamos para Tássia.

— Eu compreendo, senhor — disse Asil, e começava a entender mesmo.

— Diga-me, meu velho amigo, você também sonha com a grandeza de Tássia?

Uma pergunta mais traiçoeira do que um assassino se movendo nas sombras.

— Sim, meu senhor. Sonho com tudo aquilo que nos foi negado.

Valmeron recostou-se na cadeira e remexeu a esmo alguns pergaminhos que tinha à sua frente.

— A nossa hora está chegando — disse ele em voz baixa. — Hora de acertar contas antigas. Só lamento que Alexander Terrasini não esteja vivo para assistir.

— A esquadra que deixou Tássia não se dirigia ao Oriente para lutar em uma guerra santa, como foi anunciado. Estou certo, meu senhor?

Valmeron fez que sim.

— A frota navegou para o oeste e está agora em um ponto de reunião seguro, aguardando.

Asil pensou por um momento. A situação ficava cada vez mais clara. Valmeron tramava contra seus velhos inimigos, contra aqueles que feriram o que ele tinha de mais precioso: seu orgulho. Velhas feridas; feridas que nunca curam.

— E o que devo fazer durante esse jantar?

— Dino é um homem capaz, mas tem os seus momentos de loucura... como todos nós — respondeu Valmeron. — Quero que o proteja de si mesmo e de Groncho.

Asil recordava-se de Groncho, a voz que Dino Dragoni ouvia dentro da própria cabeça e que o levava a cometer insanidades. Já ouvira muitas histórias dos feitos de Groncho e, para seu desgosto, chegara a presenciar alguns deles.

— Nada pode sair errado. Esse banqueiro deve dizer ao seu empregador que permanecemos parceiros de confiança. Posso confiar essa tarefa a você, Asil?

Asil não tinha a menor ideia de como faria para controlar Dino Dragoni caso ele escutasse Groncho, mas assim mesmo respondeu:

— Sim, meu senhor.

— Muito bem. Eu preferia estar lá pessoalmente, recebendo o banqueiro, mas precisarei comparecer a outro encontro, também crucial para os nossos planos.

Asil entendeu que a conversa tinha terminado e se levantou.

— Anime-se — completou Valmeron. — A parte de que você gosta está próxima, agora.

A parte de que eu gosto? O que esse homem pensa que sabe a meu respeito?

Depois de sete dias velejando com vento de popa, o *Filha de Astan* já estava em posição para virar em direção ao norte, contornar a península de Thalia e começar a aproximação de Navona.

Com os cuidados de Tariq, Theo sentia o corpo recuperar a antiga força a cada dia que passava. Mesmo os ferimentos mais profundos já estavam cobertos por grossas crostas à medida que iam cicatrizando. Durante esse período, tinha feito o melhor que podia para arrancar alguma informação de Tariq, Vasco ou mesmo de Próximo, mas as investidas acabavam sempre em conversas amenas sobre algum assunto sem importância ou mesmo apenas em longos silêncios. Próximo, embora também de poucas palavras, já não fazia mais nenhum esforço para esconder de Theo que era conhecido dos tripulantes do navio.

Havia na embarcação uma quietude perturbadora e pouco natural. Algo os incomodava, Theo podia perceber. Alguma coisa não correra como haviam planejado e aquilo não significava apenas a frustração com um fracasso; havia um temor desenhado no rosto duro daqueles homens.

Parece um barco cheio de Raíssas. Estão todos mudos.

O seu primeiro dia a bordo lhe ensinara que a melhor hora para visitar o refeitório era cedo pela manhã, antes que a maior parte da tripulação acordasse. Nesse momento podia comer pão fresco, aproveitava as melhores sobras do jantar e normalmente precisava dividir a pequena mesa apenas com Vasco. Ao que parecia, o sacerdote pouco dormia e estava sempre a perambular pelo convés, conversando com os outros homens ou apenas contemplando o oceano em um silêncio impenetrável, que intrigava Theo.

Depois de terminar o desjejum, Theo percorreu o convés sorvendo o ar carregado de umidade e sentindo o frio da madrugada aguçar os sentidos. Andou a esmo por alguns instantes e, quando estava prestes a retornar à cabine, avistou Tariq postado na proa.

Theo aproximou-se em silêncio e parou atrás dele. O oriental era um homem jovem, de postura confiante, e fitava o mar calmo com olhos serenos.

— Bom dia, Theo.

— Bom dia.

Um instante de silêncio se seguiu, enquanto Theo ponderava se fazia ou não a pergunta. Por fim, decidiu dar vazão à curiosidade:

— Estive pensando: você nunca me disse o seu sobrenome.

Tariq virou-se e o estudou com o rosto impassível.

— Um sujeito jovem, mas que já esteve na grande universidade — prosseguiu Theo. — Achei curioso e formei umas teorias a respeito. Depois, observei a maneira como os rapazes falam com você e aí tive quase certeza. Mas, então, bati os olhos nesse rubi que está no cabo da sua cimitarra. Com o que ele deve valer, acho que daria para comprar uns quatro ou cinco navios como este.

O oriental cruzou os braços.

— O que quer dizer, Theo?

— Você é alguém muito importante.

Tariq descruzou os braços e recostou-se na amurada.

— Sou Tariq Qsay, filho do rei Farid Qsay de Samira.

Theo pensou por um momento e apenas então recordou-se do sobrenome.

— Você é parente de Usan Qsay, o líder bárbaro de quem estão todos falando.

Tariq fez que sim com uma careta.

— Bárbaro? Um homem que lidera seu povo contra invasores que saqueiam seus tesouros e zombam de seu deus?

— Ele pode ser herói ou bárbaro, dependendo do lado em que você está — disse Theo.

Tariq sorriu.

— Você provavelmente está certo, Theo. E, sim, ele é meu tio.

Theo preparava-se para perguntar o que o príncipe fazia tão longe de casa quando foi interrompido pelo capitão, que anunciou que estavam prestes a chegar em Navona. Tariq afirmou que precisava planejar o desembarque e se afastou apressado.

Theo permaneceu na proa para observar a Costa de Deus se desenhar no horizonte. Poucas nuvens pontilhavam um céu claro; seria um dia ensolarado. Mas nada daquilo ajudava a espantar o humor sombrio que o dominara desde que ouvira que pisaria outra vez em Navona.

Theo recordou-se de que, em seu tempo no *Tsunami,* fora obrigado a passar pela Cidade de Deus. Aquilo ocorrera em três ocasiões, mas, em todas elas, havia se trancado na cabine como um homem louco, e em nenhuma delas desembarcara do navio. Colocava a cara para fora apenas quando o balanço do alto-mar sob os pés lhe dizia que haviam deixado a cidade para trás.

Dessa vez não teria onde se esconder. Teria de desembarcar com o grupo e percorrer as ruas de Navona até a congregação dos Literasi, onde se encontrariam com sabe-se lá quem. Theo não compreendia a própria reação. Tinha fugido havia muitos anos e, durante esse tempo, milhares de órfãos deviam ter passado pelas congregações. A chance de que alguém se lembrasse dele era remota, na melhor das hipóteses. Mesmo assim, suas mãos empapadas de suor deixavam marcas na madeira da amurada, e a sensação de aperto na garganta ficava cada vez pior.

O sol já se erguia alto sobre o mar azul atrás deles quando as falésias amareladas da Costa de Deus se tornaram visíveis. Vistas de longe, as rochas pareciam uma grande muralha que obliterava o horizonte sempre na mesma altura. Algum tempo depois, foi possível avistar a estreita abertura no paredão que marcava a entrada da apertada baía da Cidade de Deus.

Quando se achavam quase na entrada, Theo olhou para os lados e observou as grandes formações rochosas se avolumarem de cada lado do navio a curta distância. Os dois promontórios eram altos e a passagem entre eles, apertada; por isso a sensação de se estar sendo engolido por alguma criatura monstruosa.

É assim que me sinto... Navona me engoliu... de novo.

Quase todos os ventos morriam no abrigo da baía mais fechada do Mar Interno. E dessa vez não foi diferente: o *Filha de Astan* perdeu todo o impulso assim que entrou na enseada. Os habitantes da cidade sabiam fazer bom proveito da sua geografia e em questão de minutos dois botes de madeira encarquilhada, manejados por homens simples e de braços musculosos, se ofereceram para rebocar o navio. Tariq e o capitão do *Filha de Astan* negociaram o preço com os locais e logo estavam sendo arrastados em direção ao atracadouro por cordas amarradas nas amuradas. Enquanto rastejavam em direção ao porto, Theo observava as rochas submersas tremeluzirem abaixo deles, desfocadas nas águas azuis translúcidas.

Algum desavisado pode até achar isso aqui um lugar bonito.

O porto da Cidade de Deus estava cravejado de embarcações, tanto fundeadas nas águas plácidas quanto acotoveladas nos cais. Levaram algum tempo até arranjar um local apropriado para o navio, que acabou espremido entre duas galés mercantis. Uma parecia vazia e ostentava as cores de Tahir; a outra se preparava para partir e exibia nos cordames o sol pintado sobre o mar de Valporto.

Eu bem que podia pular nesse navio e rumar para a Cidade do Sol.

Antes de atracar, Vasco havia explicado que, pelos seus cálculos, deveria haver outro navio procedente do Oriente naquele exato momento no porto de Navona. A embarcação era o *Estrela do Oriente* e sua tripulação também se encontrava sob as ordens de Tariq. Se tudo tivesse corrido bem, o navio deveria estar prestes a partir rumo a Sobrecéu.

Theo se preparou para desembarcar. Se iria pisar outra vez em Navona, que fosse logo. Tariq tinha mesmo pressa: antes mesmo de o *Filha de Astan* estar amarrado ao cais ele já organizava o desembarque. A primeira coisa que ele fez foi enviar seus homens para vasculhar o porto à procura do *Estrela do Oriente*.

Uma hora depois, um dos soldados retornou afirmando que encontrara o navio atracado do outro lado do porto. Tariq reuniu um grupo de homens e desembarcou. Nesse momento, Próximo parou por um segundo à beira da prancha de desembarque. Ao que parecia, ele acompanharia Tariq até a outra embarcação.

— Até mais, Theo. Foi um prazer conhecê-lo.

Theo estendeu a mão para ele. A princípio, tinha ficado irritado por Próximo ter omitido dele tantas coisas, mas isso agora havia ficado para trás. Compreendera que a figura silenciosa participava de algo maior e havia feito tudo o que podia para protegê-lo e à Raíssa.

— Obrigado pela ajuda.

— Lamento não ter conseguido salvar a garota — disse ele, apertando a mão que Theo lhe oferecera.

— Eu vou encontrá-la.

— Sei que vai.

— Você precisa mesmo ir?

Próximo assentiu.

— Fiz o que podia por aqui. Agora meu dever reside em outro local.

— Sobrecéu?

Próximo fez que sim mais uma vez.

— Quem sabe nossos caminhos ainda voltem a se cruzar — disse ele, descendo a prancha de desembarque. — Fique longe de confusão — completou saltando para o cais.

— A confusão é a minha vida — respondeu Theo, observando ele se afastar.

Para Theo, a espera que se seguiu pareceu uma eternidade. Quando Tariq enfim retornou, a maior parte do dia já se fora.

As sombras do fim da tarde cresciam sobre a Baixada de Navona quando combinaram o desembarque. Tariq, Vasco e Theo desembarcariam escoltados por Marat. Embora não houvesse uma hostilidade aberta entre os dois povos e navios mercantis do leste longínquo fizessem comércio com a Cidade de Deus, qualquer oriental sabia que nunca estaria completamente seguro no coração do poder dos Jardineiros. Por isso, Tariq e Marat usariam vestes simples, com capuzes para lhes encobrir as feições, evitando atrair para si qualquer olhar curioso. O restante da tripulação permaneceria a bordo, vigiando o navio.

Antes que pudesse recuperar o fôlego ou pensar no que estava fazendo, Theo já caminhava pelas ruas apertadas e abarrotadas de gente. A visão aos poucos foi trazendo à memória as coisas que sabia sobre esse local: Navona era diferente de todas as outras grandes cidades-estados do Mar Interno. Não havia famílias mercadoras influentes e uma Junta Comercial para governá-la, tampouco a Cidade de Deus tinha concessões para operar as rotas mercantis importantes. O comércio que movimentava o porto era de pequenas galés mercantes que abasteciam o povo humilde dali com aquilo que precisavam e podiam pagar.

Mas enganava-se quem pensava que Navona era pobre. O povo que vivia de prestar serviços para os religiosos podia ser, mas atrás das grossas muralhas das sedes das congregações escondiam-se tesouros que poucos podiam imaginar.

Atravessaram a tumultuada Baixada, como era conhecida a faixa composta pela área portuária e a parte central da cidade. Ali vivia o povo comum, ocupando casas humildes e lojas feitas de sobras de madeira e pedra. As ruas estreitas eram calçadas com pedras desalinhadas; o pouco espaço que sobrava dividia-se entre a multidão de gente e montes de sujeira.

Assim que deixaram a Baixada e começaram a subida pela via que os levaria à parte alta da cidade, o panorama mudou. A impressão que se tinha era de se estar entrando em outra cidade. Sobre o platô de Navona, longe da área portuária, abriam-se largas alamedas bem cuidadas e calçadas onde se enfileiravam as grandes fortalezas que abrigavam as sedes das congregações.

Primeiro passaram pelas mais humildes: os Penitentes, que nunca deixavam suas celas de oração e usavam no tórax cintas de couro apertadas, forradas com espinhos, para provar sua devoção ao senhor; as Folhas da Árvore, uma das mais antigas, estava entre as fundadoras de

Navona; e as Filhas do Jardim, composta apenas por freiras. Depois, as muralhas se tornaram mais altas e as construções que abrigavam, mais imponentes. Essas pertenciam a uma dúzia de congregações das quais Theo recordava-se apenas dos Peregrinos, sacerdotes itinerantes que levavam a sua religião para lugares longínquos. No estrangeiro, os Peregrinos organizavam os Assentamentos do Senhor, que nada mais eram do que mosteiros onde os sacerdotes pregavam — ou impunham — a sua religião aos habitantes locais.

A fortaleza dos Literasi era uma fortificação quadrada que ficava três construções depois da sede dos Peregrinos. Antes de chegar ao destino, Theo olhou de relance para o que havia no final da via. Depois de passar por mais seis ou sete das mais importantes congregações, o caminho subia ainda mais, serpenteando pela encosta íngreme até terminar no alto da colina, onde assomava a gigantesca fortaleza dos Servos Devotos. Estudou-a de longe e logo perdeu o olhar nas altas torres e cúpulas arredondadas que despontavam das muralhas. Lembrava-se de cada uma delas, inclusive daquelas cuja entrada era proibida aos noviços. As formas que evocavam tantas recordações sombrias na mente de Theo achavam-se emolduradas pelos picos nevados da cordilheira de Thalia mais atrás. Além daquelas montanhas, a Cidade Celeste não ficava tão distante, mas não existia passagem possível através dos montes.

Quando os guardas abriram os portões duplos do lar dos Literasi, a luminosidade já se achava quase extinta e archotes ardiam junto das muralhas. Theo observou os homens severos que guardavam a entrada: os soldados a serviço das congregações normalmente eram sacerdotes treinados em armas ou mercenários contratados por dinheiro. Aqueles ali pareciam ser um pouco de cada, de um jeito que lhe lembrava bastante de Vasco.

No pátio interno dos Literasi havia um pequeno paraíso. Caminhos ajardinados dividiam espaço com esculturas de figuras religiosas. Ajoelhados na grama bem aparada, alguns sacerdotes rezavam em silêncio, as folhas de prata nos pescoços dançando ao ritmo suave das orações. O ar trazia o perfume de incenso misturado ao odor de comida recém-preparada.

O grupo foi conduzido até uma das torres por um noviço. Depois disso, os viajantes foram separados, cada um encaminhado ao seu próprio quarto. A Theo foi destinada uma pequena cela com paredes de pedra. O aposento era apertado, mas estava limpo e contava com uma cama confortável de penas. Havia até mesmo uma pequena janela no alto por onde entrava o ar fresco da noite de Navona. Em cima da cama, encontrou uma muda de vestes brancas simples, idênticas àquelas usadas pelos noviços. Theo não gostou muito da ideia, mas o tecido era macio e estava limpo.

Assim que terminou de se vestir, olhou para si mesmo e considerou que se passava por um perfeito noviço recém-chegado à Cidade de Deus. Nesse instante, um noviço de verdade, um garoto de treze ou quatorze anos, entrou no quarto anunciando que o jantar estava servido e que a presença de todos era esperada. Theo o seguiu em silêncio na mesma hora. Faminto, o cheiro de comida lhe pareceu ainda mais intenso.

O salão coletivo dos Literasi era uma grande peça retangular que parecia ainda mais ampla em função do alto pé-direito. No centro do recinto, três imensas mesas de madeira estavam cobertas por comida. Theo desviou por entre o tumulto de gente que enchia o lugar e se encolheu em um assento próximo de Tariq e Marat.

Os Literasi podiam declarar ser diferentes das outras congregações de Jardineiros, mas, no que se referia a comida, eram exatamente iguais. O banquete que se seguiu foi o maior que Theo já vira. Havia cinco tipos diferentes de carnes e fartos acompanhamentos à disposição. Também não se passava sede na mesa dos Literasi: havia mais vinho e cerveja do que Theo achava que fosse razoável para tamanha aglomeração de homens. Lembrou-se de que eram todos crentes e que dificilmente a coisa terminaria em uma baderna por causa de uma simples bebedeira.

Terminado o banquete, Vasco passou na mesa deles e chamou os orientais para uma reunião. Theo imaginou que seria liberado para retornar ao seu quarto, mas foi surpreendido pelas palavras do Jardineiro, convocando-o para se juntar a eles.

Vasco os conduziu para fora do salão coletivo e os fez vencer uma série de corredores e escadarias. Quando terminaram o percurso, Theo calculou que se achavam no alto de uma das torres. No final de um longo lance de escadas, se depararam com uma grande porta de carvalho guardada por dois soldados armados com lanças. As sentinelas abriram a porta e os deixaram passar sem dizer uma palavra.

Theo viu-se em um quarto que, evidentemente, era o aposento privado de alguém importante. Não era espaçoso, mas tudo ali estava muito bem cuidado, desde as muitas estantes de livros nas paredes dividindo espaço com pinturas elaboradas, até as tapeçarias que revestiam o chão de pedra. Em um dos cantos da peça, chamas de um fogo vivo tremeluziam em uma lareira, afastando o frio que o pôr do sol trouxera. Um homem idoso e de aspecto frágil estava sentado em uma poltrona almofadada de frente para a lareira. Vasco adiantou-se para cumprimentá-lo.

— Sua santidade — disse ele, ajoelhando-se. Depois, levantou-se e completou: — O líder da Ordem dos Literasi, sua santidade, o Grão-Jardineiro Ítalo de Masi.

Tariq fez uma saudação breve, mas cortês. Marat também saudou o Grão-Jardineiro, mas de forma breve e desconfiada.

— Espero que tenha sido bem tratado em nossa casa, senhor príncipe de Samira — disse Ítalo para Tariq.

— Muito bem, sua santidade. Obrigado. O banquete foi esplêndido, um presente muito bem-vindo depois de tantos dias no mar.

— Por favor, sentem-se — disse o Grão-Jardineiro.

Theo acomodou-se com os outros em poltronas próximas do fogo. As pernas agradeceram o descanso depois das escadarias e o corpo se aqueceu com as chamas.

— Este é o *val-fahir*? — perguntou Ítalo para Vasco.

— Acreditamos que sim, sua santidade. Seu nome é Theo.

O homem idoso o estudou por um momento.

Theo não sabia se gostava do rumo que as coisas estavam tomando. Havia concordado em procurar Raíssa, não em participar de mais nada.

— Sou o quê? Por que estou aqui?

O Grão-Jardineiro ergueu uma mão.

— Tudo em seu tempo, Theo. Falem-me da sua missão.

Vasco descreveu em detalhes tudo que se passara em Ilhabela. O Grão--Jardineiro não recebeu bem as notícias. Seus ombros caíram ainda mais sobre o corpo franzino e seu olhar, antes sereno e sabedor, perdeu um pouco do brilho.

— São notícias sombrias, meus amigos. Perdemos contato com a *fahir* que mais próxima estava de nós. O paradeiro da segunda é muito bem sabido, mas a situação que a cerca se torna cada vez mais complexa. Não sei se poderemos contar com ela no futuro.

— E da terceira, nunca tivemos notícias — completou Vasco.

— *Fahir* são as crianças mudas — disse Theo em voz baixa, como se falasse consigo mesmo. — Mas não é só isso. Há algo mais a seu respeito.

O Grão-Jardineiro o estudou com os olhos bem abertos.

— Há muito mais. Elas são a chave de tudo.

— Mas não sozinhas — disse Theo, levantando-se e parando junto do fogo. Com o olhar perdido na dança das chamas no fundo da lareira, enfim compreendeu: *Sou tão importante quanto Raíssa, pois eu entendo o que ela diz; tenho este estranho vínculo com ela. Vasco brincou comigo com a oferta de me permitir ir embora. Ele sempre soube que eu não partiria.*

— Você é o *val-fahir* — observou Vasco. — No antigo absírio a palavra "Val" tem dois significados: guardião ou voz.

Theo suspirou confuso. Como havia se metido nisso? Vasculhou a mente à procura do exato momento em que encontrara Raíssa nas ruas de Valporto. Houvera algo de extraordinário naquele encontro? Não conseguia pensar dessa forma; recordava-se apenas de ter encontrado a menina e ponto final.

— Quando a hora chegar, serão vocês dois, juntos, que cumprirão o papel mais importante — disse Tariq.

Theo desviou o olhar do fogo e voltou-se para os homens sentados. Encontrou todos os olhos postos nele.

— E vocês, quem são?

Os olhos se voltaram para o alto sacerdote e foi ele quem respondeu:

— Fazemos parte de uma irmandade tão antiga quanto o próprio tempo. O homem que nos liderava até pouco tempo atrás era fascinado pelo Oriente e pelo folclore da Terra Perdida. Além disso, era muito rico e poderoso, e usou a sua influência para patrocinar estudos a respeito do saber da antiga Absíria. Essas pesquisas revelaram verdades terríveis e descortinaram uma ameaça que diz respeito a todos nós. A princípio, parecia que estávamos lidando com folclore, misticismo vazio, mas organizamos expedições que coletaram evidências e provas materiais de que os documentos falavam de coisas reais e não de fantasia — respondeu Ítalo.

— No nosso grupo existem pessoas de todas as nacionalidades e religiões.

Somos uma sociedade secreta que organiza a defesa deste mundo contra aquilo que está descrito nos antigos pergaminhos da Terra Perdida, a mesma coisa que acreditamos ter colocado um fim nos absírios.

— Na antiguidade, era a civilização absíria que vivia na Terra Perdida, que desempenhava o papel que hoje a nossa irmandade se propõe a exercer: proteger o nosso mundo — completou Vasco.

— E quem é este homem?

— Infelizmente ele se foi, Theo — respondeu Vasco.

— E nos deixou com muitas dúvidas sobre como prosseguir — completou Ítalo. — Ele mesmo tinha sob sua proteção uma *fahir*. Sempre contamos com ela, mas, agora... — ele se interrompeu.

— Não compreendo. Ela continua em nossas mãos — observou Vasco.

— Não se sabe por quanto tempo. A situação na Cidade Celeste se deteriora a cada dia que passa — completou o Grão-Jardineiro.

Então era por isso que havia um navio rumando para Sobrecéu, ponderou Theo.

— Vamos buscá-la imediatamente — sugeriu Vasco.

— Temos gente muito capaz, lá. Eles estão fazendo o possível — disse Ítalo de Masi. Depois, voltou-se para Tariq e perguntou: — Que notícias os seus trazem do Oriente, meu caro?

— Conversei com o capitão do *Estrela do Oriente,* que veio diretamente de Astan — disse Tariq. — Ele trouxe notícias do meu tio na universidade. O reitor enviou grupos de exploradores para a Terra Perdida. Um dos grupos relatou que a vila de Lukla está abarrotada de gente. Os montanheses estão deixando suas aldeias com medo de alguma coisa; enchem as ruas da cidade contando todo tipo de histórias. Alguns dizem que há sombras se movendo nos bosques, outros falam de estrelas estranhas brilhando no céu, e outros ainda relatam ter visto coisas piores na escuridão da noite. Não podemos dar crédito a essas histórias sem verificá-las uma a uma.

— Essa vila de Lukla... Falam dela nas histórias — observou Theo.

— Lukla é a única vila da Terra Perdida. Os poucos que lá vivem são descendentes diretos dos absírios e ainda cultivam muitos de seus costumes e crenças — disse Tariq.

— Não temos como saber se as histórias são verdadeiras ou não. Não importa. O certo é que alguma coisa está acontecendo e precisamos decidir o que fazer — disse Vasco em tom urgente. — Nosso tempo se esgota.

Theo cruzou os braços.

— Eu sinto muito pela franqueza: entendi que vocês são pessoas honestas, mas não tenho a menor intenção de me unir a vocês ou à sua sociedade secreta. Combinei com Vasco que ajudaria a resgatar a garota e depois partiríamos, eu e ela. Vocês estão perdidos. Não têm ideia de quem levou Raíssa.

Vasco tinha os olhos cravados nele, mas foi Ítalo quem falou:

— Você já se importou com alguma coisa antes, filho? — perguntou ele sem esperar uma resposta. — Por que você acha que chegou até aqui?

Theo perdeu-se em seus próprios pensamentos. Quem vivia na rua tinha que ter a mente afiada, mas nessa hora não tinha uma resposta para dar ao velho.

— O que o trouxe até aqui é essa ligação com a menina. Não espere que lhe expliquemos, pois também não a compreendemos, mas sabemos que é poderosa — prosseguiu o ancião. — Além disso, surgiu diante de você a chance de fazer algo de importante com a sua vida. A questão é: o que você fará? Do que você é feito?

Theo permaneceu em silêncio. Mais uma vez, havia algo dentro de si que lhe dava a certeza cristalina de que seguiria em frente, acontecesse o que acontecesse.

É verdade que não me importo com nada, mas não sou um covarde.

— Supondo que eu fique, continuamos sem ter a menor ideia de quem levou a Raíssa.

Vasco o observou com olhos atentos.

— Isso pode ser verdade, Theo. Mas não quer dizer que iremos desistir.

Quando a noite chegou, Anabela estava cansada e inquieta.

De alguma forma que não compreendia bem, a reunião daquela manhã a deixara desconfortável. Havia tentado dissuadir a mãe de suas decisões, afirmando que precisavam agir com cautela, mas essa era uma palavra que não constava em seu vocabulário nos dias de Sol.

Deitou-se na cama, deixando o corpo afundar no colchão macio. Perdeu o olhar na penumbra que enchia o quarto e sorveu o odor das essências usadas na preparação do seu banho. Havia uma banheira à sua espera no recinto ao lado.

Anabela atravessou o quarto que era seu desde que nascera. Nunca passara mais do que uma semana sem dormir na sua cama e, mesmo assim, quando o fizera, era porque estava em Myrna. A pequena vila era o elegante refúgio de montanha frequentado por celestinos importantes e estava a apenas meio dia de viagem de Sobrecéu. Os Terrasini possuíam uma residência de inverno lá, um belo solar incrustado nas montanhas da cordilheira de Thalia.

A banheira redonda tinha água quente quase até a borda. Pétalas de flores recém-colhidas boiavam meio envoltas pelo vapor que ascendia da superfície. Anabela deixou o vestido cair e entrou na água. O corpo relaxou na mesma hora e ela deslizou as costas, ficando apenas com os olhos para fora d'agua.

Foi então que o viu.

Havia um pequeno pedaço de pergaminho preso na fresta entre duas tábuas de madeira da borda da banheira: um bilhete. Anabela o apanhou com cuidado para não o molhar e abriu. A caligrafia tinha traços fortes e rebuscados:

A tempestade se aproxima.
Você está mergulhada em um mar de pequenos conflitos e inimigos irrelevantes. Enquanto isso, seu verdadeiro inimigo, aquele que você deveria temer, ausentou-se. Ele não chamará atenção para si até que seja tarde demais.
Mesmo que você ainda não tenha percebido, a armadilha já se fechou.
Agora você deve fugir para bem longe.
Eu sinto muito.
Mas agora é muito tarde.
Salve-se.

A primeira reação de Anabela foi de choque. Se alguém havia colocado aquele bilhete ali, significava que tinha passado por toda a segurança da Fortaleza.

Ela saiu do banho e se vestiu. Pensou em chamar os guardas e iniciar uma investigação minuciosa sobre o assunto. Máximo Armento tinha que estar ciente dessa falha de segurança.

Então seus instintos falaram mais alto e ela se deixou pensar no assunto. Com a respiração arrefecendo e a calma retornando, Anabela leu outra vez a mensagem, então releu-a mais uma vez, e mais outra depois daquela. Verdadeiro ou não, o conteúdo da carta a abalara de forma profunda e o fizera apenas porque as palavras encontraram um terreno fértil na inquietude que já se apoderava dela. Compreendeu, por fim: mais importante do que descobrir quem havia colocado aquele bilhete ali era saber se havia qualquer vestígio de verdade naquelas palavras.

Anabela pensou por mais um momento e soube o que fazer: procuraria alguém cuja vida era feita desse tipo de subterfúgios. Não sabia se era de confiança, mas achou que logo descobriria.

Era tarde e a Fortaleza Celeste jazia adormecida quando Anabela postou-se na frente dos aposentos de Máximo Armento, no topo da torre da caserna. Estava sozinha e o lampião em suas mãos iluminava uma maciça porta de madeira envelhecida.

Anabela bateu com força, repetidas vezes, até que a porta se entreabriu, revelando a forma maciça e o rosto anguloso do comandante da Guarda Celeste. Se ele estava surpreso por vê-la àquela hora, seu semblante não demonstrou; tampouco parecia sonolento. Tinha os olhos atentos e os cabelos arrumados.

Este aí é um soldado; sempre pronto para o dever.

Infelizmente, cada vez mais percebia que Máximo Armento era um cumpridor de ordens e nada além disso. Mas era leal e, talvez nesses tempos, fosse a melhor qualidade que poderia desejar. De qualquer modo, decidiu que não mencionaria o bilhete.

— Quero ver Emílio Terranova imediatamente.

Máximo assentiu e pediu licença para se vestir. Em menos de um minuto ele retornou e acompanhou Anabela até o pátio interno da Fortaleza, onde convocou cinco guardas para a escolta. Instantes depois, o portão da Fortaleza foi aberto e mergulharam na escuridão da noite.

A madrugada estava fria e silenciosa. O orvalho, misturado à maresia, enchia o ar de umidade. No platô de Sobrecéu um vento gelado corria, mas ele reduziu-se a uma brisa quando desceram até Céu. Acima, um pontilhado de estrelas vigiava a Cidade Celeste. Lampiões e archotes iluminavam as alamedas floridas. De cada lado, as grandes mansões muradas das famílias mercadoras se enfileiravam. Enquanto venciam o trajeto até o Caminho do Céu, Anabela as observou: algumas achavam-se às escuras, adormecidas; em outras, uma ou duas luzes despontavam de janelas solitárias. Mas uma delas estava toda iluminada e agitava-se ao som de música e vozes humanas. Havia alguma celebração ali.

Anabela reconheceu na hora a residência que abrigava a festa: era a grande mansão dos Carolei. Não sabia do que se tratava, mas imaginou que significava que Carlos havia retornado de viagem. Estranhou um pouco o fato de que Fiona não a tivesse convidado, mas preferia dessa forma. Tinha tão pouca disposição para celebrações quanto para a companhia da filha de Carlos Carolei.

Depois da residência festiva dos Carolei, passaram pelas mansões dos Orsini, Guerra, Grimaldi e Silvestri. Do outro lado da rua, viu o lar dos Carissimi, Rossini e, por último, logo junto da abertura do Caminho do Céu — que levava para Terra —, estava o lar dos Mancuso. Como não poderia deixar de ser, Marco Guerra e Lazzaro Mancuso haviam erguido residência tão longe um do outro quanto a superfície de Céu permitia.

A essa hora, Anabela encontrou o movimentado Caminho do Céu deserto. Ziguezaguearam pela estrada sinuosa em direção às luzes de Terra, seguindo o ir e vir dos postes que iluminavam cada uma das muitas voltas da descida. Se o resto da cidade dormia, Terra agitava-se como se fosse meio-dia. Ruas e casas reluziam na noite de tão iluminadas, enquanto as calçadas enchiam-se com gente de todo tipo. Havia casais aos apertos, escorados em paredes; gente andando a esmo; grupos maiores assistindo a espetáculos de teatro ao ar livre; e bêbados cambaleando por entre todos eles. O ar recendia a peixe frito, cevada e tabaco. O som de uma dúzia de canções diferentes embalava tudo aquilo.

Anabela viu-se sorrindo enquanto abria caminho pela multidão animada. Seguia os passos de Máximo Armento, que estava na frente e sabia o endereço de Emílio Terranova. O comandante a conduziu para as entranhas do labirinto de Terra. Depois de percorrer mais vielas e dobrar mais esquinas do que podia contar, pararam diante de um pequeno prédio com dois andares e a fachada estreita, idêntico a todos os outros.

Anabela entendeu que haviam chegado ao endereço do pintor. Disse a Máximo que entraria sozinha; ele não gostou, mas obedeceu e aguardou junto de seus homens na calçada.

No andar de baixo havia uma loja com a vitrine de vidro às escuras. Anabela presumiu que fosse o ateliê de Emílio Terranova. Ao lado, uma porta destrancada conduzia a uma escada apertada de madeira. Subiu os degraus com cuidado, escutando o ranger da madeira a cada pisada. No andar de cima encontrou um pequeno vestíbulo e uma porta fechada. Bateu suavemente, mas não obteve resposta. Perdeu a paciência e decidiu abrir a porta.

Encontrou um recinto bagunçado, mas muito bem iluminado por lampiões e velas espalhadas pelo chão. O piso estava acarpetado por baldes de tinta, pincéis e gravuras não terminadas. Afora alguns suportes para quadros e umas poucas cadeiras, a peça era quase desprovida de mobília.

Emílio Terranova sentava-se de frente para uma pintura pendurada em um dos suportes. Aplicava a tinta sobre o papel, absorto e desligado do mundo exterior. Um cachimbo oscilava em sua boca, preso entre lábios bem fechados, a névoa do tabaco esfumaçando o ambiente.

— Minha senhora. Uma visita inesperada.

Seu tom de voz era tranquilo. Se estava surpreso, escondeu o sentimento com perfeição.

— Preciso falar com o senhor.

Emílio colocou o cachimbo sobre uma mesa e indicou para que Anabela se sentasse. Assim que escolheu uma cadeira próxima do pintor, ela falou:

— Alguém deixou isto no meu aposento privado. — Entregou o bilhete para o pintor examinar.

Ele correu os olhos pelo pergaminho e o devolveu segundos depois, sem se levantar de onde estava.

— Uma idiotice você ter vindo me procurar.

— Achei que era o seu trabalho me aconselhar.

— Você não é a duquesa e essa não é a maneira correta de se fazer as coisas.

— E qual é a maneira correta? Preciso saber se existe alguma verdade nessa nota.

— Você não deve confiar em ninguém — explicou ele. — É a primeira lição que ensino aos jovens recrutas e a única que realmente importa. Você deveria vir até mim para perguntar outra coisa. Não precisava ter me mostrado isso.

Anabela não entendeu.

— Mas é sobre o bilhete que quero falar.

— Falaríamos sobre ele de qualquer modo, e eu não saberia a exata natureza do seu conteúdo. Você teria uma coisa que eu não tenho e poderia usar isso a seu favor. Agora você não tem mais nada para me oferecer.

— O senhor deve me servir com informações.

— Eu faço o que eu quiser.

Anabela bufou. Aquilo estava indo mal.

— O senhor encontrou a Borboleta que vinha de Valporto?

— O navio nunca chegou ao porto de Sobrecéu.

Aquilo a pegou de surpresa.

— Navios mercantes foram atacados no caminho para Rafela — murmurou ela. — É possível que o navio que aguardávamos tenha sofrido o mesmo destino.

Emílio assentiu em meio a uma careta.

— É isso que eu acho, também. Se foi por acaso, é ruim. Se não foi, é ainda pior.

— É possível que alguém tivesse a intenção de impedir que essas informações chegassem até nós. Os mesmos que eliminaram uma das Formigas de Valporto — observou Anabela.

— Se isso for verdade, a informação que vinha de Valporto pode ter relação direta com o que aconteceu com Ricardo Terrasini — disse Emílio.

Anabela suspirou, cansada. Depois de um longo silêncio, perguntou:

— Posso confiar no senhor?

— Não.

— Vai me ajudar ou não?

Ele cruzou os braços e empurrou com o pé a pintura para longe de si.

— O que quer saber?

— Esses inimigos dos quais o bilhete fala, são reais? Marco Guerra pretende armar uma rebelião ou algo assim?

— Guerra e Mancuso se estranham há gerações. Marco e Lazzaro são mais parecidos um com o outro do que gostariam de admitir. Mas ambos não passam de bufões.

— Então por que levantar essa história de uma promessa do meu pai da época do fim da guerra?

— Mais coisas aconteceram em Altomonte do que você imagina.

Anabela não ficou surpresa ao constatar que o mestre dos espiões sabia muito bem do que ela estava falando. Isso só lhe dava a certeza de que, apesar da frieza dele, viera falar com a pessoa certa.

— Em Altomonte foi assinado o tratado que selou a rendição de Tássia e terminou com a guerra.

Emílio a olhou por um momento, como se ela tivesse falado em uma língua estrangeira.

— Todos sabem que Altomonte foi onde a guerra terminou, mas poucos entendem que também foi lá que ela começou.

Anabela estreitou o olhar.

— Como assim?

— Na época do seu avô houve uma Guerra Santa, na qual Tássia e Sobrecéu lutaram e venceram juntas. Nela foram conquistados boa parte dos territórios do antigo império Tersa, além de todo o litoral oriental do Mar Interno. Vitório Terrasini e o jovem Titus Valmeron deveriam se sentar em Altomonte para combinar a divisão das terras recém-conquistadas. Tudo ia bem até que o seu avô, que era um homem idoso, faleceu em decorrência da idade avançada durante as negociações. Alexander Terrasini, na época com dezenove anos, tornou-se duque de Sobrecéu e assumiu as negociações. Três dias depois, lorde Valmeron deixou Altomonte. Após mais uma semana, Tássia reuniu a sua armada e declarou guerra à Cidade Celeste.

Anabela estava horrorizada. Nunca ouvira a história posta nesses termos.

— O que o senhor insinua é uma afronta à memória do meu pai.

— Você não veio até aqui, numa hora dessas, para ouvir histórias bonitas. Não vou falar o que houve lá, porque não sei; mas todos que são velhos o suficiente e estavam em Altomonte sabem que seu pai fez alguma coisa que despertou a ira de Valmeron e, em última análise, desencadeou a guerra.

Poderia aquilo ser verdade? Alexander Terrasini provocara o conflito?

— Por que ele faria uma loucura dessas no momento em que estavam encerrando uma guerra?

— Por que viu uma oportunidade de lucrar. Por que era jovem, arrogante e achava que o mundo era seu por direito.

— E o que isso tem a ver com os Guerra e os Mancuso?

— Seu avô foi um governante fraco. Sob o comando de Vitório Terrasini, Sobrecéu perdeu rotas de comércio e influência no estrangeiro. Na cidade, as famílias mercadoras estavam insatisfeitas e com os cofres vazios.

— E isso fomentou conflitos.

Emílio assentiu.

— Tanto recrudesceu antigos quanto criou novos. Naqueles dias, Guerra e Mancuso chegaram às vias de fato. Houve uma batalha naval ao norte de Sobrecéu. Os dois lados sofreram tanto que dá para dizer que ambos saíram perdedores. Lúcio Guerra, pai de Marco, morreu naquele dia.

Anabela não imaginava que a ferida fosse tão profunda. Seria difícil cicatrizá-la e muito fácil abri-la mais uma vez.

— Mas não foram apenas eles: os Orsini estavam cansados de guerra; os Carissimi, endividados; os Rossini, sem o patriarca, morto na Guerra Santa e com apenas um filho pequeno, sem idade para assumir os negócios da família. Havia confusão por todo lado.

— E como meu pai esperava resolver tudo isso emendando uma guerra na outra?

— Seu pai esperava resolver *exatamente emendando uma guerra na outra*.

Anabela completou o raciocínio sozinha:

— Meu pai encheu a todos de promessas em Altomonte.

Emílio abriu um meio-sorriso.

— Foi isso mesmo. Alexander Terrasini podia ser impulsivo, mas nunca foi burro. Ele só iniciaria um novo conflito se soubesse que tinha todos os grandes celestinos na mão. Para tanto, prometeu muitas coisas às famílias em troca de sua ajuda na nova guerra. Muitas dessas coisas ele não viria a cumprir; muitas eram impossíveis de ser cumpridas.

— Como por exemplo?

— Ele jurou ajudar Eduardo Carissimi a sair da bancarrota; não ajudou. Prometeu aos Guerra a chefia de uma grande rota de comércio; não cumpriu — respondeu Emílio. — Mas acabou batendo Tássia e garantindo as três maiores rotas de comércio que existem. Por isso, no final, ninguém se importou muito.

— Mas agora que ele se foi, todos voltaram a se importar.

Emílio abriu as mãos, como se isso fosse óbvio.

— Especialmente se alguém estiver soprando minhocas nos ouvidos errados.

Tal possibilidade a preocupou.

— Alguém que tenha interesse em ver as coisas pegarem fogo.

Emílio assentiu.

— Se você descobrir que esse alguém existe de fato, você provavelmente descobrirá o verdadeiro inimigo do qual esse bilhete fala.

Anabela endireitou-se na cadeira. Aquilo era sério.

— O bilhete também fala de uma armadilha.

— Não faço ideia do que seja. O seu irmão, obviamente, caiu numa cilada. Pode ser isso.

— Não é isso. O recado era para mim.

— Não sei do que se trata.

— Quero que descubra para mim. Se o que restou da minha família corre perigo, preciso saber, e é o seu dever nos alertar.

Emílio Terranova assentiu solenemente.

— Boa noite — disse Anabela, levantando-se. — Agradeço pelas informações que dividiu comigo.

— Não lhe dei nenhuma informação. Apenas contei uma parte da história que qualquer homem que esteve em Altomonte poderia ter lhe contado.

Anabela não respondeu e foi embora.

A mansão de Dino Dragoni fora erguida distante da cidade, tão afastada quanto era possível do barulho e da sujeira que as pessoas comuns faziam e ainda ser considerada como parte de Tássia.

    A propriedade, na verdade, era um imenso complexo murado de construções permeadas por ricos bosques e jardins. Em uma das extremidades do terreno assomava o casarão retangular, lar do Empalador de Tássia. As demais porções da fortaleza eram terreno proibido para qualquer visitante, fosse quem fosse. Havia um motivo para aquilo. A razão, muitos sabiam ou desconfiavam, mas ninguém ousava mencioná-la em voz alta.

Conforme ordenado, Asil apresentou-se sozinho aos portões da fortaleza, ao cair da noite. Ainda na rua, foi examinado, questionado e outra vez examinado por uma dúzia de guardas pessoais dos Dragoni, até enfim ser liberado para entrar. Acompanhado por dois soldados, atravessou os portões e entrou nos domínios de Dino Dragoni.

Asil encontrou os jardins enfeitados para a ocasião festiva. Lanternas coloridas haviam sido penduradas em cordas que corriam entre as copas das árvores, dando vida à vegetação que, de outra forma, estaria perdida na escuridão da noite que se consolidava. O caminho que levava até a casa principal era demarcado por altas tochas de madeira. Aqui e ali um mastro cravado no gramado mostrava as bandeiras de Tássia e Altomonte; a balança de contar moedas e o cisne de Altomonte estavam abraçados um ao outro pela ausência de vento.

Que permaneçam assim até o fim da noite.

Os dois guardas o deixaram em uma entrada de serviço nos fundos da residência principal, a cargo dos colegas que cuidavam do local. Um deles saiu apressado para buscar alguém, deixando Asil esperando sob olhares desconfiados dos demais. Pela ausência de movimento que observara no trajeto, imaginou que o número de convidados não deveria ser grande. Mesmo assim, o ir e vir de serviçais e ajudantes era intenso; todos corriam atarefados, levando ordens e recados ou carregando mantimentos para servir no banquete. Todos sabiam para quem trabalhavam e nenhum tinha a intenção de ser apontado como responsável por alguma falha na recepção de seu mestre.

Minutos depois, um homem bem vestido surgiu acompanhado por um soldado. Era calvo e os poucos cabelos brancos que ainda ostentava estavam úmidos de suor; tinha um aspecto ao mesmo tempo aborrecido e cansado.

— Sou Rufus, gerente da Companhia de Comércio Dragoni e assistente pessoal do senhor Dragoni. Já tenho o bastante com que me preocupar e não preciso de você andando como uma sombra do meu lado.

— Lorde Valmeron me enviou.

Rufus fez um gesto irritado com uma das mãos.

— Eu sei, eu sei. Apenas fique com os guardas do mestre, imóvel como uma estátua. Não fale com ninguém e muito menos olhe para as senhoras. Está armado?

Asil fez que não.

— Venha comigo.

Asil acompanhou o gerente de Dino Dragoni através dos longos corredores e salões da mansão. Encontraram os convidados reunidos em uma sala de jantar retangular, com grandes portas envidraçadas que se abriam para um jardim menor e mais reservado. O piso e as paredes de mármore claro resplandeciam pela luminosidade de dois gigantescos lustres que pendiam do teto abobadado. As luminárias estavam vivas com uma centena de velas de um tipo que Asil nunca vira antes: translúcidas, emitiam um brilho amarelo-claro e intenso, que lembrava a própria luz do dia.

Na longa mesa montada no centro do recinto, Asil calculou que o número de convidados não chegava a vinte. Reconheceu os rostos de alguns senhores mercadores tassianos com suas esposas, mas não eram muitos. A maior parte dos presentes era desconhecida, e presumiu se tratar de acompanhantes e associados do banqueiro de Altomonte. Como lorde Valmeron não comparecera, imaginou que Nero Martone certamente estaria presente, mas também não o viu.

De cada lado da cabeceira estavam um homem gordo sorridente e uma senhora de aspecto austero. Como eram lugares de honra junto do anfitrião, Asil sabia que aqueles eram o banqueiro e sua esposa. Na cabeceira havia dois lugares ocupados por grandes tronos com guardas almofadadas; em um deles sentava-se Dino Dragoni, todo arrumado com vestes de seda negra, ornamentadas nas mangas e no colarinho com delicados desenhos tecidos com fios de ouro. O outro assento estava vazio. No passado, tinha sido ocupado por uma das oito ex-esposas do anfitrião. Todas elas, assim como os cinco filhos que chegaram a dar a Dino, haviam morrido em decorrência de infortúnios variados que iam desde doenças súbitas até acidentes inesperados. Ninguém na Cidade de Aço, porém, ousava abordar a vida pessoal do Empalador.

Rufus indicou a Asil que tomasse posição junto da abertura que conduzia ao pátio. Através dela, espiou o jardim que se abria atrás de si. O lugar estava cravejado de esculturas representando cenas bizarras. Havia

MAR INTERNO | MARÉ DE MENTIRAS

homens matando uns aos outros, os algozes empunhando machados e os vencidos implorando por misericórdia, os semblantes transfigurados pela dor e agonia. Cenas de orgias também eram retratadas.

A maior parte do banquete transcorreu sem incidentes. A melodia tediosa das conversas, entrecortada pelo som metálico da prataria, quase fez Asil adormecer em pé. Tentou se manter alerta estudando Dino Dragoni. Seu posto de observação ficava próximo da cabeceira, mas não o suficiente para escutar o que ele conversava com o banqueiro. Entretanto, os estranhos trejeitos do anfitrião, que Asil conhecia bem demais, eram evidentes. O Empalador gargalhava em voz alta quando nenhuma piada fora contada, ou mesmo em resposta a um silêncio momentâneo. Ao mesmo tempo, retorcia o rosto numa careta irritada e zangada quando todos riam de algum gracejo.

No fim do jantar, quando a sobremesa já havia sido retirada, o som das conversas amainou um pouco. Serviçais ofereceram exóticos licores coloridos. Várias bandejas de prata com as bebidas eram deixadas no centro da mesa. Enquanto Dino Dragoni conversava em voz baixa com o banqueiro, a esposa do visitante ficou em pé para alcançar uma das taças, debruçando-se levemente sobre a mesa. Como estava de frente para Asil, ele a observou por um momento: não era uma mulher jovem, tampouco bonita, mas, apesar do vestido longo que usava, era possível notar seu corpo ainda esbelto e firme. Mais importante, porém, era o decote que ela usava. Profundo demais, o detalhe exibia boa parte dos seios vistosos, comprimidos um contra o outro.

No mesmo instante em que se deu conta de que a mulher capturara sua atenção, Asil percebeu que o mesmo ocorrera com Dino Dragoni. Os olhos bem abertos do anfitrião cravaram no decote; o olhar tomado por um brilho estranho, perverso, algo que não estivera ali um segundo antes. Ele apertou os lábios finos. Quando finalmente falou, sua voz saiu baixa, quase rouca.

— Groncho a deseja — disse ele para ninguém em específico.

O banqueiro Leopoldo Aria não compreendeu e ainda continuou a rir de algo que fora dito anteriormente.

— Groncho quer tê-la — insistiu Dino.

A mulher endireitou-se, o corpo retesado de pavor e perplexidade. Leopoldo teve o semblante transformado por uma onda de choque quando a mente entendeu as palavras que haviam sido ditas. Ele empurrou o copo à sua frente num gesto brusco.

— Meu senhor, isso é muito inadequado, a senhora...

Sem se levantar, Dino Dragoni sacou da manga uma pequena adaga de lâmina pontiaguda e cravou no pescoço do banqueiro com um gesto rápido e casual, como alguém que apanha um objeto que caiu da mesa. Um jorro de sangue cortou o ar como uma foice vermelha, e, no segundo seguinte, o corpo do banqueiro tombou no chão de mármore com um baque surdo. Asil adiantou-se para ajudar, mesmo sabendo que o homem já estava morto. Conhecia aquele modo de sangrar e sabia que o golpe de Dragoni fora certeiro na artéria do pescoço.

Asil deu dois passos para a frente antes de ter o avanço bloqueado por Rufus e por mais três soldados. O braço direito de Dino Dragoni apenas sacudiu a cabeça. Não o deixariam intervir, compreendeu na mesma hora. Asil avaliou as suas chances: havia pelo menos uma dúzia de guardas com espadas e lanças ali, enquanto ele estava desarmado. Não teria a menor chance.

O Empalador levantou-se e foi até a mulher. Ela gritou e tentou se libertar com socos e pontapés, mas Dino a segurava com força. Jogou-a por sobre a mesa, espalhando comida e prataria para todos os lados; os olhos aterrorizados dos convidados estavam fixos neles, mas piscaram por uma fração de segundo quando a louça atingiu o chão de mármore com uma explosão metálica. A esposa do banqueiro contorcia-se de modo selvagem, berrando de pavor. A intensidade do protesto aparentemente frustrou as intenções de Dragoni. Depois de alguns instantes, ele chamou, furioso:

— *Rufus!*

O assistente saiu de perto de Asil, apanhou uma espada curta com um dos soldados e entregou ao seu mestre. Dino Dragoni empunhou a arma com as duas mãos e a enterrou com toda força que tinha no abdome da vítima. Asil escutou o estrondo quando a lâmina transfixou a carne e atingiu a madeira abaixo. Em meio à poça de sangue que se expandia para todos os lados, a esposa do banqueiro parou de se mexer.

Asil já havia visto muita coisa, e os horrores que testemunhara durante a guerra o assombravam sempre que fechava os olhos. Apesar disso, a covardia daquilo era indizível e revirou seu estômago.

Que espécie de homem assiste a uma coisa dessas e não faz nada?

Dino Dragoni ergueu a cabeça e contemplou seus convidados. Rostos com o mais puro pavor estampado o observavam, as bocas entreabertas e os queixos tremendo. Os que estavam mais perto da cabeceira tinham as vestes empapadas e a face salpicada de sangue. Escutava-se um gemido baixo de alguém chorando mais atrás, mas, afora aquilo, um silêncio espesso pousara no ambiente como uma nuvem de tempestade que encobre o sol por completo.

— Groncho foi mau, eu admito — disse ele apenas, antes de se virar e ir embora.

Asil avançou para examinar o casal, mesmo sabendo que ambos estavam mortos. O banqueiro jazia no chão em meio a uma poça de sangue; a esposa estava sobre a mesa, a agonia eternizada em suas feições enrijecidas.

Isso significa que ela jamais repousará?

Asil levou as mãos a cabeça, incrédulo. Aquilo se parecia demais com um de seus pesadelos.

Essa voltará a ser a minha vida a partir de agora. Falhei com Valmeron mais uma vez...

Quem morava na rua estava habituado a nunca dormir uma noite inteira de sono. Com Theo não era diferente. Em Valporto, adormecia por uma ou duas horas e, então, vagava pelo telhado onde ficava seu abrigo. Gostava de ter o lugar só para si e, mais ainda, da quietude da noite. Adorava a temperatura amena das madrugadas da Cidade do Sol e o cheiro de maresia. Amava ver a cidade despertar, ao mesmo tempo bela e bagunçada.

Depois de dormir por uma hora, Theo deixou o quarto e se pôs a vaguear pela sede dos Literasi. A princípio, perdeu-se no emaranhado de longos corredores e escadarias. De tempos em tempos, recebia olhares desconfiados dos noviços por quem cruzava, mas eram poucos: a essa hora, a fortaleza repousava silenciosa. Irritado com a perambulação a esmo, Theo teve de se render e perguntar a um dos garotos instruções para chegar ao pátio.

Quando enfim deixou o prédio, foi recebido pelo ar frio e seco da madrugada de Navona. O rico jardim dos Literasi estava entregue ao orvalho e aos vaga-lumes; nem uma sombra se mexia. Theo olhou em volta e viu apenas dois guardas junto dos portões e um no alto de uma torre de observação, na muralha. Na ausência de outra coisa para fazer, decidiu subir até lá.

Calculou que a muralha que cercava a congregação tinha uns seis metros de altura. No topo, havia ameias e, em cada canto, pequenas torres de vigia. Em uma delas estava o guarda que vira lá de baixo, mas as outras pareciam vazias. Espiou para a rua e viu apenas o breu. A Cidade de Deus também dormia. Theo estranhou como a alameda que tinham usado para chegar até ali estava às escuras apenas na vizinhança dos Literasi. Um pouco mais adiante, em ambos os sentidos, achava-se iluminada por altos postes encimados por lampiões. Tirando isso, as únicas luzes à vista eram das congregações vizinhas e, mais ao longe, do Grande Quintal de Navona.

— Também perdi o sono — disse alguém às suas costas.

Theo virou-se para ver quem era: Vasco aproximava-se com passos preguiçosos.

— Rapaz, bebi demais — disse ele. — Quer um pouco? — O Jardineiro ofereceu-lhe um odre que tinha nas mãos.

Theo o apanhou e tomou um longo gole. A sensação que teve era de estar bebendo fogo puro. A bebida desceu queimando pela garganta e se expandiu em seu estômago como chamas se alastrando na grama seca. Theo arquejou o corpo e achou que fosse vomitar.

— Credo! O que é isso? — perguntou, devolvendo a bebida.

Vasco riu.

— É uma receita minha. Vinho com mais algumas coisas... Você não vai querer saber.

— Não vou, mesmo. Deixe isso longe de mim.

Theo se debruçou sobre uma ameia com vista para o pátio interno dos Literasi. Vasco postou-se ao seu lado, de braços cruzados.

— Você ainda não está pronto para se unir a nós?

Theo deu de ombros.

— Vocês acreditam em muita coisa que... bem, são difíceis de engolir.

— E você acha que é melhor ficar por conta própria, como sempre fez.

É isso mesmo. Nessa vida, é cada um por si.

Theo voltou-se para o sacerdote.

— E quanto a você? Não sei bem se pergunto como o guerreiro aprendeu sobre religião ou como o Jardineiro aprendeu a usar a espada.

Vasco deu mais um gole do seu odre.

— Você não ia querer saber.

— Acha que vai me impressionar com a sua história triste? Esqueceu de onde eu venho?

Vasco pensou por um longo momento. Theo achou que ele permaneceria em silêncio, mas então disse:

— Nasci em Rafela, filho de um mercador importante.

Theo ergueu uma sobrancelha, espantado.

— Você nasceu rico?

— Meu pai era dono de uma companhia de comércio que possuía cinco galés mercantis que viajavam entre Rafela, Sobrecéu, Valporto e Salamandra.

— Sim, você era rico.

— Acontece que meu pai, além de faro para os negócios, tinha um péssimo hábito: era viciado nas cartas. Um dia, não me pergunte por quê, ele decidiu apostar no jogo todo o patrimônio construído por gerações de Valvassoris.

— E perdeu.

— É claro que o idiota perdeu. Voltou para casa à noite sem dizer uma palavra. Na manhã seguinte, saiu cedo de modo que não estava lá para ver os traficantes levarem a mim e a minha mãe. Eu tinha uns seis ou sete anos e não conseguia entender por que estavam me levando. Ainda me lembro do caminho para o porto. Eu, de pijamas, só perguntava quando poderia voltar para casa, para minha cama.

— Ele vendeu você e sua mãe para pagar as dívidas.

Vasco fez que sim.

— E a minha irmã também. Ela devia ter uns doze anos — disse ele. — Quando chegamos ao porto, fui separado delas. Colocaram as crianças em um navio e as mulheres em outro. Nunca mais as vi.

— E quanto ao seu pai?

— Acho que ele não se importou muito. Tempos depois, fiquei sabendo que se casara de novo e tinha formado uma nova família. Pelo menos ficou pobre.

— Não sabia que o tráfico de gente era permitido em Rafela.

— Na época, era. A proibição foi imposta por Alexander Terrasini muitos anos mais tarde, depois da guerra.

— Para onde você foi levado?

— Primeiro, para Tahir. Lá, fui vendido num leilão para um comerciante de Harbin, que, por sua vez, vendeu-me outra vez para uma família muito rica de Tássia. Foi onde passei o resto de minha infância. O lugar fazia o inferno do Ceifador parecer o paraíso.

Theo, às vezes, achava que sua vida fora difícil, mas sabia que podia ter sido muito, muito pior.

— Em determinado ponto, por causa de onde fui criado, acabei por me envolver com o pessoal que negocia a Nuvem — prosseguiu ele. — Comecei ajudando a distribuir a substância entre os pontos de venda. As ruas me endureceram e logo comecei a subir na hierarquia da organização.

— Você vendia Nuvem — repetiu Theo, perplexo. — Imagino que os crentes desse lugar não façam ideia disso.

— Abraçar a fé do senhor significa ganhar a chance de trilhar o caminho do perdão. Trilhar esse caminho é outra coisa, bem diferente, e depende de cada um.

Então Deus vai ter muito o que perdoar.

A Nuvem estava presente em quase todas as cidades do Mar Interno; barata, podia ser comprada em qualquer lugar, por qualquer um, por mais humilde que fosse. A substância era conhecida dessa forma porque tornava enevoada a visão daqueles que a consumiam.

Em um primeiro momento, a Nuvem transformava as pessoas em monstros agressivos, que viam e escutavam coisas que não estavam lá; podiam cravar uma adaga na barriga de alguém apenas para depois, quando sóbrias, não se lembrarem de nada. Se consumissem a Nuvem por tempo suficiente, as vítimas viravam apenas zumbis inertes, sem razão ou propósito, que mais se pareciam com bonecos de carne e osso. Vagueavam pelas ruas esperando a morte chegar, esquecendo-se não apenas de quem eram, mas também de coisas simples, como se alimentar ou procurar por água.

— Enfim, eu era muito bom no que fazia e subi com facilidade... — prosseguiu Vasco. — Num piscar de olhos, era chefe de caravana. Cuidava de grandes carregamentos de Nuvem que deixavam as instalações de produção em direção ao resto do mundo; meu trabalho era assegurar que a preciosa carga chegasse intacta ao seu destino. Na época, para uma alma perdida como eu, não era uma vida ruim. Tinha dinheiro, mulheres, viajava...

— O que alguém que já foi um escravo e ganhou dinheiro trabalhando com a Nuvem quer com esses lunáticos? Por que perseguir essas histórias de assustar crianças?

Vasco pensou por um momento.

— Uma coisa importante aconteceu — respondeu ele. — Algumas vezes, chega uma hora na vida de um homem em que ele pode decidir-se por fazer algo de bom, tomar parte em alguma coisa importante. E isso pode acontecer mesmo ele sendo mau.

— Isso tem a ver com essa tatuagem que você achou melhor raspar?

Vasco sacudiu a cabeça.

— Contei a parte boa da minha vida. Essa tatuagem pertence à parte ruim.

Theo ergueu as sobrancelhas. Vasco riu. Sua risada ecoou na noite silenciosa.

— Está tudo muito silencioso — observou Theo para si mesmo, debruçando-se outra vez no parapeito. Lá embaixo, no lado de fora, a rua permanecia envolta na escuridão.

O semblante de Vasco sofreu uma transformação. Ele franziu o cenho e passou a esquadrinhar o mundo com olhos atentos.

— Silencioso demais — sussurrou ele. — Onde estão os guardas?

Theo endireitou o corpo e examinou o topo das muralhas. O guarda na torre não estava mais lá. Debruçou-se do outro lado das ameias que tinham vista para o pátio interno dos Literasi.

— Havia dois guardas lá embaixo quando subi. Não estão mais lá.

Ficaram em silêncio e, por mais um instante, tudo o que Theo ouvia era o som da própria respiração.

Então escutou.

Lá embaixo, no pátio, o som de aço contra aço irrompeu junto com gemidos de dor e grunhidos de esforço. A mão de Vasco saltou instintivamente para a cintura, em busca da espada, mas ela não estava lá. Theo se debruçou ainda mais e só então avistou a luta.

Marat tinha uma lança atravessada no peito, mas, mesmo assim, enfrentava cinco homens com um grande machado de batalha. A partir do seu ponto de vista, pôde localizar os corpos dos dois guardas, estirados junto à face interna da muralha.

Theo se endireitou num gesto apressado para evitar ser visto lá de baixo. Com um espasmo de medo percorrendo o corpo, a mente ficou alerta. Não sabia o que estava acontecendo, mas agora a questão era sobreviver. Era o que passara a vida inteira fazendo.

— São muitos — sussurrou Vasco, apontando para os homens que assolavam o pátio, avançando em direção à torre dos Literasi.

— Quem são? — perguntou Theo, o coração trovejando no peito.

— Não faço ideia — respondeu o Jardineiro. — Theo, escute com atenção: no interior de uma das torres de vigia existe um alçapão. Ele esconde uma escadaria que leva diretamente para o exterior. É uma passagem secreta.

— Nem pensar. Vou com você.

Vasco o segurou pelos ombros com força.

— Não seja idiota, rapaz. Você e a menina são os únicos que importam — disse ele. — Encontre-a. Salve-a. — Com isso, deu um forte empurrão que quase o fez perder o equilíbrio. Depois, saiu em disparada e desapareceu.

Theo sentiu a cabeça girar. Os sons da luta se alastravam por toda a parte; a noite criava vida com os ruídos da matança. Mas Tariq estava lá, e Vasco correra para se juntar a ele. Tinha de ajudá-los.

Nessa vida é cada um por si.

Theo correu para a torre de vigia, como Vasco o instruíra. Quando estava quase chegando, deteve-se com um gesto brusco.

— Inferno! O que estou fazendo? — praguejou, dando meia-volta e correndo outra vez na direção de onde viera.

Mal tinha começado a avançar e o som de passos surgiu à sua frente. Alguém subia as escadas para o topo da muralha.

No segundo seguinte, Theo os viu: homens vestidos com mantos negros sobre armaduras prateadas. Pensou por uma fração de segundo, mas sabia que suas opções tinham se esgotado.

Deu outra meia-volta e chegou à torre de vigia, perseguido por gritos ásperos. Seja lá quem fosse que invadira a sede dos Literasi, já o tinham visto. Theo encontrou o interior da torre na penumbra; tateou o chão com gestos desesperados e encontrou a abertura no chão, tal como Vasco havia descrito. Levantou a porta do alçapão e se atirou escada abaixo, descendo os degraus de três em três.

Antes que pudesse parar para raciocinar, a escada terminou em um pequeno espaço iluminado por um archote fixo à parede, cuja chama quase se extinguia. Diante de si, outra porta. Aos seus pés, os corpos de três Jardineiros com o emblema dos Literasi jaziam em meio a uma poça de sangue. Theo lutou por um momento contra as pesadas travas de ferro fundido da porta até conseguir abri-la.

Estava na rua, mas não estava sozinho. Os invasores se espalhavam em grupos junto à parte externa da muralha. Um dos homens o avistou.

— Tem alguém ali! — berrou.

Theo sentiu o coração disparar no peito. Não tinha para onde ir.

Por instinto, recuou para dentro da pequena passagem. Retirou a folha de prata do pescoço de um dos mortos e a colocou.

Theo apertou com força a folha de prata. Tinha apenas isso. Isso e uma história pronta para contar.

Agora só precisava torcer para que funcionasse.

No dia seguinte à conversa com Emílio Terranova, Anabela decidiu que não compareceria ao Salão Celeste. Sentia-se cansada e estava confusa com tudo o que ouvira do mestre dos espiões. Mesmo que Sobrecéu tivesse se saído vitoriosa da guerra com Tássia, o conflito tinha traumatizado toda uma geração de celestinos. A noção de que o pai pudesse ter iniciado o confronto era dolorosa e vinha de encontro a tudo o que ela sabia a seu respeito.

Anabela pensou em reservar um tempo só para si e passar pelo menos uma parte da manhã nos Jardins do Céu para colocar os pensamentos em ordem. Preparava-se para sair quando mudou de ideia e decidiu rumar para o Salão Celeste; queria se assegurar de que a mãe havia sobrevivido à conversa com Marco Guerra.

Quando chegou ao Salão e viu o aspecto da mãe, concluiu que a duquesa sobrevivera, mas por pouco, ao encontro. Elena Terrasini estava sozinha, esparramada na cadeira, os cabelos despenteados, e fitava com olhos vazios algum ponto qualquer na mesa à sua frente. Anabela a convidou para caminhar nos Jardins do Céu e procurar por Júnia.

No trajeto, a mãe contou que a reunião fora um desastre completo. Marco Guerra não cedera na sua reinvindicação de assumir a chefia da Rota do Gelo e declarou-se ultrajado com a punição imposta por Lazzaro Mancuso que reduzia o número de galés dos Guerra autorizadas a percorrer a rota. Elena havia afirmado que precisava conversar com Lazzaro antes de qualquer decisão, já que ele era o responsável por aquela operação.

Marco Guerra desatara a insultá-la, chamando-a de fraca e débil, e acusando-a de estar associada com os Mancuso para empobrecê-lo. Naquele momento, Máximo Armento saltara da sua cadeira, ultrajado, e partira para cima do mercador. Os dois foram separados por soldados da Guarda Celeste. Não fosse pela proibição de armas no Salão, a coisa toda teria terminado num banho de sangue. O patriarca Guerra deixara a reunião com um corte na testa, ameaçando percorrer a Rota com quantos navios quisesse e que todos eram bem-vindos para tentar impedi-lo.

Assim que terminou o relato, a mãe parou de caminhar. Anabela repreendeu-se por não ter estado ao lado dela na reunião mais explosiva de todas. Também sabia que o episódio, com certeza, a jogaria em um dia de Lua. Percebeu que tinha razão: instantes depois, a mãe anunciou que estava indisposta e iria para seus aposentos esfriar a cabeça. Anabela sabia que "esfriar a cabeça" significava passar o resto do dia na cama, isolada do mundo exterior.

Estava diante da escada em espiral que a levaria até os Jardins quando uma voz masculina falou em tom suave:

— Minha senhora, com licença.

Anabela se virou e viu um homem de meia-idade, bem vestido, com um longo manto azul-escuro sobre o qual havia bordado um golfinho saltitante em fios prateados.

— Como vai, senhor Carissimi?

— Vou bem, senhora — respondeu ele. — Se me permite, gostaria de fazer um convite.

— Por favor, senhor. É claro.

— Gostaria de convidá-la para jantar hoje na minha residência, na companhia de minha família.

Anabela estranhou o convite. Por que não convidar a duquesa? Imaginou que talvez estivesse indo para uma sessão de súplicas; mais sutil do que o brado de Marco Guerra, mas, ainda assim, com o mesmo intuito. De qualquer forma, Eduardo Carissimi era um homem importante e tinha ido até ali, pessoalmente, para fazer o convite. Era impossível recusar.

Combinaram de se reencontrar na residência do mercador. Despediram-se e Anabela começou a subida para os Jardins do Céu.

Anabela percorreu a alameda de Céu escoltada por dois soldados da Guarda Celeste. No portão da residência dos Carissimi dispensou os guardas, afirmando que entraria sozinha. Atravessou um pátio ajardinado e foi recebida na porta da mansão pelo casal Eduardo e Lucila Carissimi.

Pelos cálculos de Anabela, Eduardo devia ter mais ou menos a idade que seu pai teria se estivesse vivo; mesmo não sendo jovem, ainda estava em forma e exibia braços fortes e um rosto bonito, queimado pelo sol. Tinha um aspecto sério, mas, misturado à austeridade, havia uma grande facilidade dos seus lábios desenharem um sorriso.

Lucila era uma mulher magra, não propriamente bonita, mas, a exemplo do marido, tinha sempre um sorriso no rosto.

São felizes, esses dois.

O casal lhe apresentou a belíssima residência da família: uma mansão antiga, muito bem cuidada e decorada sem exageros. Junto à sala de jantar, as gargalhadas ininterruptas de uma criança pequena encheram de vida o ambiente. Anabela se afastou dos anfitriões por um momento, seguindo o som das risadas. Uma grande abertura na parede, próxima à mesa, revelava o amplo pátio interno da mansão. Em um canto ajardinado, um bebê com pouco mais de um ano estava sentado sobre um lençol branco na companhia de duas aias. Uma das mulheres girava a manivela de uma pequena caixa de madeira pintada de vermelho; após algumas voltas, uma tampa na parte de cima abriu-se e, de dentro da caixa, impulsionado por algum mecanismo interno, saltou a cabeça de um palhaço. A criança desatou a rir outra vez.

— Ele é iluminado — disse Anabela.

Lucila Carissimi parou ao lado dela, os olhos perdidos na criança.

— É mesmo. Não é por ser meu filho, mas nunca tinha visto um criança mais alegre. O tempo nunca fecha para o Pietro.

— Desculpe a pergunta, senhora, mas ele é seu único filho? — quis saber Anabela.

Lucila respondeu ainda com os olhos postos no bebê.

— Eu e meu marido estávamos convencidos de que não podíamos ter filhos. Quando éramos mais jovens, Eduardo chegou a pedir para que seu pai trouxesse um daqueles estudiosos de Astan para me examinar — respondeu ela. — O médico me examinou durante um dia inteiro. No final, disse que eu tinha alguma espécie de cicatriz em meu ventre e que eu jamais poderia gerar uma criança. Ele parecia tão instruído e sabedor do seu ofício que tomamos a sua palavra como uma verdade absoluta.

— Mas então Pietro aconteceu.

Ela abriu um sorriso luminoso.

— Já tínhamos desistido havia muitos anos. Certo dia, observei que o cheiro de qualquer comida me enjoava. Fiquei desconfiada, mas não contei ao meu marido. Alguns meses depois, criei uma barriga e não tivemos mais dúvidas.

— Pietro foi o presente mais inesperado e maravilhoso que poderíamos ter ganhado — completou Eduardo. — Não me importo nem um pouco se os deuses acharam que deviam nos dá-lo agora, quando somos mais velhos. Sou forte e Lucila também. Ele é a luz de nossas vidas.

Anabela sorriu.

O jantar que se seguiu foi um dos momentos mais agradáveis de que Anabela conseguia se lembrar nos últimos meses. O casal Carissimi era companhia agradável e nenhum dos dois a subestimou em função da sua juventude. Conversaram sobre os mais variados assuntos; Eduardo falou sobre suas viagens a lugares distantes no estrangeiro e contou ainda algumas de suas aventuras com Alexander Terrasini, na época em que ambos eram jovens, muito antes do pai assumir o lugar do avô como duque de Sobrecéu.

Terminada a refeição, uma das aias trouxe o pequeno Pietro, agora exausto, para a mãe. Lucila Carissimi agradeceu a presença de Anabela e pediu licença, pois iria tratar de fazer o bebê dormir. Anabela surpreendeu-se com o gesto. Não conhecia outra mãe de nascimento nobre que fizesse questão de se encarregar pessoalmente de colocar o filho na cama. E aquilo incluía a própria mãe. Na maior parte do tempo, Elena Terrasini tinha sido uma mãe distante. Quando Anabela e o irmão eram pequenos, normalmente era Helga, a velha babá, que os colocava para dormir.

Eduardo Carissimi a convidou para se sentar ao ar livre. Anabela foi conduzida ao pátio interno, onde duas cadeiras os aguardavam de frente para uma fonte de mármore ornamentada com muitas figuras diferentes, a maior parte das quais ela desconhecia. Uma delas, porém, reconheceu de imediato: o anjo-folha, idêntico ao que havia no seu recanto escondido dos Jardins do Céu.

— São figuras do folclore oriental, não são? — observou Anabela, enquanto se sentava e estudava cada detalhe da intrincada obra de arte.

— É conhecida como Mosaico — explicou Eduardo. — É a figura mais comum da iconografia da antiga Absíria. O Mosaico sintetiza toda a visão de religião e espiritualidade dos absírios.

Anabela olhou a escultura com mais atenção. Tinha o formato de um triângulo com a base larga e o topo pontiagudo, estando a parte de baixo semissubmersa na água que envolvia a fonte. Ao longo de toda a obra estavam retratadas as figuras de pessoas intercaladas com a forma alada dos anjos-folha — algumas entalhadas no mármore, outras esculpidas como pequenas esculturas fixas à estrutura principal. As pequenas figuras não variavam: tanto na base quanto no topo, homens e anjos dividiam espaço. A única diferença era que embaixo havia crianças e bebês e, no alto, velhos barbudos e de postura encurvada. A água brotava por pequenos orifícios em toda a extensão da fonte, abrindo caminho por entre as formas que a cobriam como um intrincado emaranhado de fios translúcidos.

— Não há um deus no topo, como nas figuras dos Jardineiros — observou Anabela.

ROBERTO CAMPOS PELLANDA

— Os absírios não acreditavam em um deus único, como os Jardineiros — explicou Eduardo, acomodando-se ao lado dela. — Para os absírios cada pessoa é uma folha, e a Árvore só existe por causa delas; não é a Árvore em si que importa, mas as folhas que a fazem estar viva. A vida em si é o divino. Cada pessoa é um pequeno deus na medida em que faz parte da Árvore; e ela, por sua vez, é a vida, e por isso também é Deus.

— Homens e anjos-folha são a mesma coisa.

Eduardo fez que sim.

— O anjo-folha é o nosso lado espiritual. Além disso, perceba que na base do Mosaico estão os jovens e, no topo, os idosos. Os absírios veem seus antepassados como um espécie de divindade e rezam para eles. Mas existe ainda mais sobre o Mosaico. Observe-o com atenção: trata-se de uma maravilha de engenharia que não pode ser explicada pelo nosso saber ocidental. Os pequenos orifícios por onde a água sai estão dispostos de tal forma que o percurso dos fios de água sobre a escultura é sempre o mesmo.

Anabela escolheu um filete de água ao acaso e o acompanhou do alto até a base. De fato, ele percorria sempre o mesmo caminho, interligando muitas pessoas e anjos em seu percurso.

— Estamos todos interligados.

Eduardo sorriu.

— Os absírios acreditavam que as pessoas estão ligadas umas às outras por fios invisíveis. Duas pessoas conectadas podem estar separadas pelo tempo e pela distância, seus fios esticados e emaranhados, mas a linha acabará se retesando e essas pessoas acabarão unidas. Este é o simbolismo dos fios de água permeando a superfície do Mosaico.

Anabela sentiu-se entorpecida pela beleza do conceito.

— Nunca o tomei por um homem religioso.

— Não sou, mas isso não impede que eu aprecie a beleza do pensamento absírio.

Anabela ficou em silêncio, observando o percurso da água em sua infinita complexidade.

Depois de um longo momento, Eduardo Carissimi falou:

— Foi uma noite muito agradável. Eu lamento estragá-la.

Anabela tirou os olhos da fonte para observá-lo.

— Sei que meu pai tinha uma promessa não cumprida para com os Carissimi.

Ele a observou espantado e depois sorriu.

— Não, por favor, a última coisa que desejo é que pense que a chamei aqui para pedir algo.

Anabela não conseguiu controlar o impulso de verificar se a história do mestre dos espiões era verdadeira.

— É verdade que meu pai fez promessas ao senhor e a outras famílias mercadoras em Altomonte?

Eduardo Carissimi assentiu:

— Na época eu era jovem e inexperiente, e o preço da minha imprudência foi levar a companhia de comércio dos Carissimi à beira da falência. Seu pai me prometeu ajuda financeira, coisa que, graças a Deus, nunca cumpriu.

Anabela foi pega de surpresa. Ele prosseguiu:

— A bancarrota da nossa companhia de comércio foi culpa minha, e só minha. Com o tempo e com muitas lições aprendidas, tive a oportunidade de reerguer sozinho os nossos negócios. Hoje os Carissimi prosperam e eu olho para trás e vejo que foi obra minha. Não devo nada a ninguém.

— Por que me trouxe aqui?

Ele levou alguns instantes para responder.

— Sou um homem objetivo. Dividi minha vida entre o mar aberto e as decisões importantes de negócios. Por isso, peço que me perdoe pela dureza da palavra que usarei — disse ele. — Tenho observado muito de perto tudo que tem se passado desde a morte de seu pai e, principalmente, depois de tragédia com seu irmão.

— Estamos todos preocupados, senhor.

— Senhora, já disse que não sou um homem religioso, então que um deus qualquer me fulmine se eu estiver criando um falso alarme. Tenho razões para crer que neste exato momento existe uma conspiração em andamento para desestabilizar a Cidade Celeste e desacreditar a sua mãe como governante.

Anabela recebeu a notícia como uma bofetada.

Conspiração é mesmo uma palavra muito forte.

— Por favor, explique o que o levou a considerar algo assim, senhor Carissimi.

— Várias coisas. Detalhes que, isolados, dizem muito pouco, mas que, quando vistos juntos, em perspectiva, apontam para algo muito maior. Tudo começa com o episódio envolvendo Ricardo Terrasini. O que aconteceu com ele foi uma armadilha cuidadosamente elaborada. Era evidente que ele estava rumando para uma cilada.

Anabela também achava aquilo óbvio, desde o princípio.

— Fiz tudo o que pude para evitar que Ricardo embarcasse naquela missão — prosseguiu Eduardo. — Conversei com Máximo Armento e com o próprio Ricardo.

— O senhor falou com Ricardo?

— No fim do jantar em homenagem a Alexander Terrasini. Puxei Ricardo para um canto e implorei para que ele não fosse, pelo menos não enquanto não compreendêssemos melhor do que se tratava. Ilhabela fica a um dia de viagem de Sobrecéu. Poderíamos facilmente ter mandado um grupo de reconhecimento sob comando da Guarda Celeste. Munidos com as devidas informações, planejaríamos uma batalha que não poderíamos perder. Era assim que o seu pai agia em campo: reunia a maior quantidade de informações que pudesse, depois traçava uma estratégia elaborada até os mínimos detalhes. O duque só entrava num confronto se fosse para vencer.

— O que Ricardo disse?

— Seu irmão estava cego pela noção de que seria duque em breve e, portanto, tinha que se equiparar ao pai. Ele não me escutou.

Anabela se levantou e andou por um momento junto da fonte.

— O que o senhor fez?

— Máximo Armento me garantira que Ricardo estaria seguro, e ele também não tinha influência ou poder para impedir a partida da missão para Ilhabela. Por isso, lancei mão de um último recurso.

— Carlos Carolei.

Eduardo Carissimi fez que sim.

— O homem foi estúpido e ríspido comigo. Disse que eu era um covarde e que Ricardo estava fazendo a sua obrigação. Além disso, afirmou que ele mesmo estaria presente com uma força composta por galés de guerra dos Carolei. No final, Carlos não perdeu a oportunidade de lembrar que ele era o comandante de confiança de Alexander Terrasini, não eu.

Aquela parte da história Anabela sabia: o pai e Eduardo haviam sido melhores amigos na juventude. Durante a guerra com Tássia, emergiu a estrela de um rapaz impetuoso, vindo de uma família de sobrenome pouco conhecido. A força e a ousadia de Carlos Carolei como comandante acabaram por fazer com que ele se tornasse o favorito do duque, em detrimento de todos os outros.

— O que o senhor acha desses corsários?

— Não são corsários coisa nenhuma — respondeu Eduardo. — Hoje pela manhã recebi o relato de um dos meus capitães que confirma o que eu já suspeitava.

— O que houve? Suas galés também foram atacadas?

Ele fez que não.

— Tenho reunido as galés mercantes dos Carissimi em grandes grupos. É muito ruim para a logística do comércio, mas, navegando em flotilhas maiores, fica mais fácil organizar uma defesa mais eficaz. Os comboios mercantis velejam acompanhados por quatro ou até cinco navios de guerra dos Carissimi — disse ele. — A notícia que tenho partiu de um dos capitães dessas galés de guerra e pertence a um grupo que chegou a Sobrecéu com a maré desta manhã, procedente de Rafela. Durante a viagem, o oficial afirma ter avistado uma batalha muito ao longe: oito ou nove navios atacavam quatro galés mercantis.

— Três delas pertenciam aos Terrasini — observou Anabela.

— Lamento se meus homens não puderam intervir, mas estavam afastados e em menor número.

Anabela permaneceu em pé. Estava perplexa demais para se sentar.

— Mesmo a distância, seu capitão tem alguma coisa a nos dizer sobre os agressores?

— O capitão fez duas observações. Primeiro, os navios não ostentavam bandeiras, coisa que já tínhamos ouvido falar. Segundo, os homens nos conveses usavam armaduras.

— Armaduras?

Eduardo Carissimi levantou-se e parou diante dela, com os braços cruzados.

— Senhora, há décadas vivo no mar. Nunca vi ou ouvi falar de corsários que usam armaduras.

— O que o senhor está sugerindo?

— Acho que se trata de soldados treinados. Por isso venceram Ricardo e o seu grupo de batalha em Ilhabela — respondeu ele. — Senhora, creio que exista uma armada de guerra sendo reunida debaixo do nosso nariz. Acredito que alguém acha que deve explorar uma possível fraqueza da Cidade Celeste agora que não contamos mais com Alexander Terrasini.

Poderia isso ser verdade? Aqueles navios fantasma estavam sob o comando do inimigo verdadeiro de que o bilhete falava?

— Isso é muito grave, senhor.

— E mais grave ainda — prosseguiu ele —, creio que esses navios são apenas parte de um plano. A outra parte cresce e se ramifica dentro do coração de Sobrecéu.

Anabela estava horrorizada.

— Toda essa discórdia... grandes famílias revivendo velhos conflitos, banqueiros semeando o pânico para lucrar com seguros exorbitantes... Tudo isso tem um único objetivo: gerar instabilidade e medo para enfraquecer a duquesa.

— Senhor Eduardo, são acusações muito sérias.

— Unida, a Cidade Celeste é forte demais para qualquer inimigo externo. Se a divisão estiver sendo semeada de dentro do coração do poder, entretanto...

— Por que o senhor me chamou para contar essas coisas? Por que não as expôs em audiência à duquesa?

Eduardo a estudou por um longo momento antes de responder:

— A senhora deve me perdoar pela franqueza.

Anabela já sabia o que ele diria.

— Sua mãe jamais terá condições de governar. Ela nunca foi preparada para isso. Alexander Terrasini pensava em tudo e planejou a sua sucessão criando seus dois filhos mais velhos para serem líderes fortes. Ele pensou até mesmo no impensável: que algo poderia acontecer ao seu primogênito.

Anabela deu um passo para trás, confusa. Aquilo era verdade?

— Sempre fui amigo do seu pai e acompanhei a sua criação. Alexander Terrasini não preparou apenas seu irmão para a liderança.

Uma enxurrada de acontecimentos de sua infância e adolescência veio à tona, todos ao mesmo tempo. Subitamente percebeu que ele tinha razão. O pai podia não a deixar ir às reuniões da Junta Comercial, no entanto, detalhava a ela cada encontro nos mínimos detalhes. A descrição do pai vinha carregada com a lição que mais importava: as pessoas, suas personalidades, intenções e os ardis que usavam para tentar obter aquilo que queriam.

Passavam muito tempo juntos e conversavam sobre o quê? Política, geografia, líderes e dinastias de mandatários no estrangeiro. Anabela achava que o pai satisfazia a sua curiosidade com tudo aquilo. Não era nada disso. O pai a instruía, sem que ela percebesse, na geopolítica do Mar Interno e do Oriente.

As lembranças continuaram aflorando e ganharam riqueza de detalhes.

Anabela recordou-se até mesmo de um jogo que gostavam de jogar. O pai tinha uma coleção de gravuras que retratavam batalhas históricas famosas. Anabela deveria olhar para o desenho e dizer, apenas de relance, quantas galés participavam do confronto de cada um dos lados. Depois, o pai falaria sobre aquela batalha. Quem a venceu e por quê; quais as estratégias que haviam sido empregadas e quem eram os comandantes. Nada daquilo fora por diversão ou por acaso.

Anabela soltou um arquejo.

— Meu Deus.

— Sim. Sou um homem dos Terrasini e sempre serei. Juro a minha lealdade à senhora — disse Eduardo. — Mas é hora da senhora assumir o controle das decisões da Fortaleza Celeste e investigar a fundo essas suspeitas. Rogo que eu esteja enganado.

Anabela vagou a esmo ao redor do Mosaico. Se havia mesmo uma conspiração tanto externa quanto interna, todos corriam perigo, tal como o bilhete lhe alertara.

— Eu agradeço muito pela confiança, senhor Eduardo — disse Anabela, retornando para junto do anfitrião. — Farei tudo o que estiver ao meu alcance.

Isso significa que serei forçada a passar por cima de minha mãe?

Eduardo Carissimi gesticulou para a mansão ao redor deles. Apenas nesse instante ela percebeu o quanto a situação o preocupava.

— Nos mantenha a salvo.

Um serviçal aproximou-se:

— Senhor, mil perdões. Há homens procurando pela senhora Anabela Terrasini lá fora.

— Quem?

— O comandante Máximo Armento. Ele está acompanhado por um dúzia de soldados e disse que deve escoltar a senhora de volta à Fortaleza Celeste imediatamente.

Anabela estava confusa. O que o comandante poderia querer a uma hora daquelas?

— Devo ir, senhor Eduardo. Obrigada pela companhia. Não esquecerei de nada do que foi dito aqui.

Eduardo assentiu:

— A senhora sempre poderá contar comigo.

Anabela se despediu e saiu apressada para a rua. Foi recebida por Máximo Armento e por uma comitiva de soldados. O comandante explicou que a duquesa solicitava a sua presença no Salão Celeste, mas recusou-se a explicar o motivo.

Minutos depois, chegaram ao Salão. A mãe estava sentada no trono da duquesa; ela tinha um aspecto sonolento, mas suas mãos tremiam enquanto ela segurava as bordas arredondadas da mesa à sua frente. Estava acompanhada por Carlos Carolei, Dario Orsini e por um homem de aspecto cansado usando o uniforme da Guarda Celeste. Suas vestes estavam sujas e úmidas com a água do mar.

Esse aí veio direto do alto-mar.

Saudou a todos e sentou-se ao lado da duquesa.

— O que houve, mãe?

Elena Terrasini apontou para o marinheiro:

— Este homem comanda um grupo de guerra que serve a guarnição de Sobrecéu em Astan. Repita as suas notícias para minha filha — ordenou.

— Minha senhora. — O oficial fez uma mesura. — Recebemos informações perturbadoras. O bárbaro Usan Qsay reuniu um exército de trinta mil homens e marcha em direção à Cidade Sagrada. Se não for impedido, acreditamos que esteja em posição de montar um cerco a Astan em três a quatro semanas.

Anabela levou as mãos ao rosto.

Trinta mil homens!

Sabia que não contavam nem com um décimo desse número na guarnição de Astan.

Carlos Carolei voltou-se para a duquesa:

— Senhora, receio que, mais uma vez, precisemos agir com rapidez.

A sensação de *déjà vu* abateu-se sobre Anabela como uma avalanche. Sentiu a mente dando voltas, misturando a esmo tudo o que ouvira naquela noite.

Dario Orsini falou com a voz carregada de ansiedade:

— Astan é o coração da riqueza de Sobrecéu. Devemos convocar a Frota Celeste e despachar todo o nosso poderio para o Oriente — disse ele.

A mãe o encarou, incrédula.

— Convocar a Frota Celeste?

— Senhora, marchar contra Usan Qsay é, ao mesmo tempo, defender os interesses de Deus e de Sobrecéu. Perdoe-me, mas não há decisão mais fácil do que esta — insistiu Dario Orsini.

Anabela sentiu-se ainda mais confusa, como se uma miríade de vozes gritasse em sua cabeça, todas ao mesmo tempo. De algum modo, uma delas gritava mais alto do que todas as outras:

Isso está errado... está errado...

— O que vocês estão esperando? Matem ele logo! — berrou uma voz de ferro.

Theo estava sentado no chão, com os braços apoiados atrás do corpo, preparando-se para se levantar. Mas não iria a lugar algum.

O brilho do metal reluzindo à curta distância enchia o seu campo de visão. As lâminas afiadas de três espadas se perfilavam contra o pescoço; suas pontas agudas roçando na pele. Theo sentiu um fio de líquido tépido correr pelo peito à medida que os cortes começavam a sangrar.

— Vamos, matem-no! — insistiu a voz que vinha por detrás dos três soldados que o haviam rendido junto da entrada secundária da fortaleza dos Literasi.

Theo repetiu pela segunda vez a história que contara aos soldados:

— Sou um peregrino. Vim de Rafela para me tornar um noviço com os Servos Devotos — disse, as palavras saindo desesperadas, uma derrubando a outra. — Esses hereges que se dizem Jardineiros me aprisionaram aqui enquanto eu rumava para a sagrada casa dos Servos.

A silhueta de um homem corpulento se desenhou entre os soldados. Tinha o rosto encoberto pelo capuz de um longo manto negro sobre a armadura. A figura estudava Theo.

— Você esteve aí dentro? — perguntou ele.

Ele viu a folha de prata no meu pescoço.

— Sim — respondeu Theo. — Escutei muitas coisas aí dentro. Esses Literasi são todos cheios de planos e artimanhas. Eles tramam coisas horríveis. Por favor, eu posso ser útil. Quero contar tudo o que sei.

O homem pensou por mais um momento e então disse para os soldados:

— Levem-no. Estamos de retirada.

Em instantes, Theo foi imobilizado com grossas cordas nos punhos e tornozelos e teve os olhos vendados. Privado da visão, tudo que restou foram os sons da luta, agora já quase extintos, e o odor de madeira e de outros materiais em combustão. Os soldados o arrastaram com violência pela calçada. Sem poder ver para onde estava indo, tropeçou algumas vezes e quase caiu no chão. Pouco tempo depois, foi empurrado para o que presumiu ser a parte de trás de uma carroça de carga.

Quando o veículo começou a se movimentar, viu-se cercado pelo ruído ritmado de passos contra o calçamento de pedra. Afora isso, não havia nenhum outro som para ser escutado. Seja lá quem fossem os homens que haviam atacado os Literasi, estavam em retirada e o faziam no mais completo silêncio.

Seguiu-se um longo trajeto por uma via que serpenteava de um lado para outro, enquanto assumia uma inclinação cada vez mais íngreme. Se os instintos de Theo já davam uma boa pista de para onde estava indo, as características do percurso não lhe deixavam dúvidas.

Minutos depois, uma sucessão de sons veio em sequência: vozes abafadas trocando ideias aos sussurros, o ranger de dobradiças de ferro, e o assobio de algo como um grande portão sendo aberto e então fechado. O cheiro de cevada e pão fresco encheu o ar, misturando-se com o ar frio da altitude. Fazia mais frio ali, mas isso era algo que Theo também já esperava.

Se o seu coração não estivesse em disparada no peito e a respiração ofegante não lhe roubasse toda a calma, Theo poderia ter dito aos seus captores que não havia a menor necessidade de encobrir sua visão. Sabia muito bem onde estava. Quando a venda foi removida, não ficou surpreso ao se ver em um grande pátio interno cercado por altas torres de pedra escura, com suas janelas iluminadas e sacadas debruçadas para todos os lados, acotoveladas umas contra as outras, no abrigo de espessas muralhas.

Theo conhecia cada uma das torres, assim como sabia seus nomes e propósitos. Os ruídos e cheiros também não lhe eram estranhos, tampouco deixou de reconhecer os tipos percorrendo os caminhos calçados do pátio, indo atrás de seus afazeres. Havia Jardineiros engomados, com suas longas togas brancas, e noviços apressados dardejando de um lado para outro. Theo sabia de tudo isso porque aquele era o local onde havia sido criado.

Estava no coração da fortaleza dos Servos Devotos.

O destino me odeia, ou eu sou o sujeito mais azarado do mundo.

Dois soldados o ajudaram a descer da carroça carregada com peças de armadura, espadas, machados e escudos. Estava cercado por duas dúzias dos homens com os mantos negros que haviam assaltado os Literasi. Os soldados começaram a conversar entre si, enquanto deixavam armas e armaduras com ajudantes que corriam pelo pátio para atendê-los. Seus rostos eram marcados por cicatrizes e, seus modos, rudes. Theo sabia o que eram: mercenários, armas contratadas para fazer o serviço sujo que os Servos consideravam indigno de seus próprios guardas.

Derramaram o sangue de seus irmãos religiosos com toda desfaçatez, a menos de meia hora daqui... Se existe um Deus, o que ele diria disso?

O homem que ordenara a prisão de Theo apressou-se em sua direção, acompanhado por um Servo vestido com a toga branca. Era um homem obeso, calvo, com os olhos perversos e astutos que todo bom Servo tinha.

— Quem é o prisioneiro? — perguntou o sacerdote.

— Explicarei na presença de sua Santidade. Ele afirma ter informações de dentro da fortaleza dos Literasi.

O religioso ergueu uma sobrancelha.

— Sou Elmo — disse ele para Theo. — Se sua Santidade gostar de ouvir o que tem a contar, talvez o deixemos viver. Vamos levá-lo imediatamente.

O oficial fez um gesto para os soldados nas proximidades.

— Desamarrem-no. O caminho é longo e não quero perder tempo.

Num piscar de olhos as cordas que o imobilizavam foram cortadas e Theo foi empurrado para longe da carroça. O homem que dera a ordem para soltá-lo agarrou seu cotovelo com força e o instou a caminhar.

— Vamos logo, rapaz. Não crie problemas e não me faça me arrepender de não ter arrancado a sua cabeça junto com o resto daqueles idiotas.

Theo achou melhor não responder e percebeu a mente distante, fixa nos companheiros que deixara para trás. Pensou em Vasco e em Tariq. Não era possível que tivessem sobrevivido àquela carnificina. Não compreendia por que o sentimento o incomodava tanto; eram bons homens, mas não os conhecera por tempo suficiente para dizer que eram seus amigos.

Theo foi levado pelo oficial e por Elmo para a Torre de Deus, a principal construção do complexo. Era ali que os membros mais antigos e de maior prestígio da congregação tinham os seus alojamentos; o local era estritamente proibido para os noviços. Foi conduzido por um longo caminho que passava por corredores, salões de conferência ricamente decorados e que incluía mais escadarias do que Theo gostaria de contar. Passou também por Quintais privados de oração, com árvores esculpidas em ouro maciço. Theo relembrou-se na mesma hora do quão ricos os Servos eram.

Depois de uma longa subida, chegaram a um pequeno vestíbulo onde dois guardas com armaduras escarlate guardavam um par de imensas portas de ferro fundido. Pela duração da subida e pelo esforço que empreendera, calculou que estavam no topo do prédio. Também conhecia os tipos de vermelho: a Guarda de Deus, o braço armado dos Servos Devotos. Se eles estavam ali, isso só podia significar...

— Armas não são permitidas na presença de sua Santidade. Deixe-as aqui — ordenou um dos guardas de vermelho para o homem que acompanhava Theo.

O oficial titubeou, mas obedeceu, largando no chão uma espada longa e um punhal. Ambos se achavam tintos de sangue.

Sem dizer mais uma palavra sequer, os soldados soltaram uma grande tranca de ferro e empurraram as grossas portas para trás. Theo foi mais uma vez empurrado para frente.

Viu-se em um amplo espaço circular com um alto pé-direito. O local achava-se entregue às sombras, com a única iluminação vinda de uma miríade de pequenas velas espalhadas pelo chão. Na parede oposta assomava uma grande árvore esculpida em pedra-sabão. Suas folhas e galhos, assim como o chão ao redor, resplandeciam à meia-luz das velas. Sabia bem o que era: um Quintal privado, o reservado local de oração de alguém importante.

Em um pequeno altar de frente para a árvore, um homem ajoelhado rezava de costas para eles. Tinha o corpo nu. Um cilício corria pela circunferência de sua coxa direita; Theo podia ver a maneira como ele estava apertado pelos sulcos que a tira de couro desenhava na pele e, mais ainda, pelos finos fios de sangue que brotavam a partir do cinto de penitência.

A figura ajoelhada se levantou e virou na direção deles. Theo surpreendeu-se com o que viu: era um homem alto e muito forte, com músculos desenhados pelo corpo, mas era velho. Completamente calvo, também não tinha pelos nos supercílios ou mesmo entre as pernas. Seu rosto era enrugado como uma peça de roupa amassada. Theo não fazia ideia de que um homem tão idoso pudesse manter músculos daquela forma. A estranheza disso lançou uma onda de choque pelo seu corpo: aquilo não era natural.

Por um momento o homem os estudou com um olhar intenso e escrutinador, indiferente à própria nudez.

— Meu amigo — disse o homem nu para Elmo —, presumo que a presença do capitão Isar indique que ele completou a missão para a qual foi pago.

O oficial assentiu.

— Sim, sua Santidade. A tarefa foi cumprida.

— Quem é o rapaz?

— Qual é o seu nome? — perguntou Isar para Theo.

Theo despertou do transe em que se encontrava.

— Sou Theo.

O homem voltou-se para o oficial.

— E por que ele foi trazido à minha presença?

— O rapaz afirma que rumava para esta casa para se tornar um noviço com os Servos Devotos quando foi capturado pelos Literasi. Ele diz que ouviu muita coisa dos adoradores de livros.

Cruzando os braços, o homem nu fitou Theo:

— Você sabe quem eu sou?

Theo não sabia, mas imaginava. Quando era criança, o Grão-Jardineiro dos Servos Devotos era um velho encarquilhado. O homem diante deles era um tipo completamente diferente.

— Este é Santo Agostino — disse Elmo, sem esperar que Theo respondesse. — Grão-Jardineiro dos Servos Devotos. É uma grande honra estar na sua presença. Muitos homens e mulheres em todo o Mar Interno morreriam pela dádiva de estar no mesmo recinto que sua Santidade.

Não era hora de meias medidas e Theo não era idiota. Ajoelhou-se e disse:

— É uma honra, sua Santidade. Sonhei com este dia por toda minha vida. Nunca imaginei que seria tão breve a sua chegada. Sinto-me abençoado.

Santo Agostino o olhou de cima para baixo.

— Falar não é um problema para você. Nem todos os homens conseguem se expressar com clareza. Você foi educado.

— Sim, sua Santidade. Fui criado na Cidade Branca. Minha mãe era uma senhora muito devota e fez questão de que minha educação fosse deixada a cargo dos Jardineiros do Quintal de Rafela.

O Grão-Jardineiro trocou um olhar com o colega sacerdote.

— Como saberemos que você não está mentindo? Como saberemos que não é um Literasi contando uma história qualquer para tentar se manter vivo? — provocou Elmo.

— Por favor, perguntem-me o que quiser — disse Theo ainda de joelhos. Planejara a história da melhor forma que pudera e não era tolo de não saber as respostas para as perguntas mais importantes.

— Quem é o Grão-Jardineiro de Rafela? — perguntou Elmo.

Theo lembrava-se de ter visitado o Quintal de Rafela com a tripulação devota do *Tsunami*. O posto mais importante do jardinado era vitalício, e não tinha motivos para pensar que o sacerdote da Cidade Branca tivesse sido substituído.

— Sua Santidade, Lúcio de Rafela.

Os dois religiosos se entreolharam mais uma vez.

— Se você foi instruído na fé, fale-me sobre Deus — disse Santo Agostino. Aquela era ainda mais fácil. Estava no primeiro versículo do Livro do Jardim.

— Deus, O Primeiro Jardineiro, plantou a árvore da vida no Jardim da Criação onde antes havia apenas o vazio. A primeira árvore, porém, pereceu.

— Por quê?

— O demônio que vive nos submundos tomou a forma de uma lagarta e ceifou o broto da árvore da vida. O Primeiro Jardineiro o denominou de Ceifador e deu vida aos anjos-guerreiros para combater o demônio e exilá-lo no inferno subterrâneo — prosseguiu Theo. — Depois de extinta a ameaça, Deus plantou uma segunda semente primordial no Jardim. Essa semente prosperou e a árvore da vida cresceu dando origem aos homens e a todo o universo.

— E o que isso nos ensina? — perguntou Santo Agostino.

— Que devemos combater os inimigos de deus.

Isso era o que os Servos Devotos pregavam. Theo se lembrava de conversar com órfãos de outras congregações e muitos tinham aprendido uma lição diferente: a morte da primeira árvore ensinava aos homens que deviam ter fé e persistir naquilo que buscavam. Se até mesmo Deus tentara mais de uma vez fazer algo importante, assim também deveriam fazê-lo os homens comuns. Era para ser uma lição de humildade e perseverança, não de belicosidade.

— É o suficiente, por ora — disse Santo Agostino. — Levante-se.

Theo obedeceu.

— O que você ouviu dos amantes de livros? — perguntou Elmo.

Theo pensou por um momento. Se ainda estava vivo, era porque os Servos tinham interesse na sociedade secreta da qual Tariq e Vasco faziam parte. Por isso a resposta tinha de apontar nessa direção. A questão mais importante, no entanto, era se ousaria prejudicar seus antigos companheiros.

Nessa vida é cada um por si...

— Ceei com eles por muitos dias e ouvi muitas coisas, meu senhor — respondeu Theo, evasivo. — Não sei ao certo o que interessaria à sua Santidade.

— Havia orientais hospedados com os Literasi. Houve conversas envolvendo o Oriente?

Theo fez uma cara de nojo.

— Oh, sim. Uma coisa terrível. Não sei como puderam abrigar aqueles bárbaros em plena Cidade de Deus.

— Responda à pergunta — ordenou Elmo.

Theo deu-se um segundo ou dois para parecer que estava fazendo força para se recordar de algo.

— Ouvi Jardineiros falando com os orientais sobre uma coisa importante que estão todos à procura.

Elmo enrijeceu o corpo. Santo Agostino cravou os olhos em Theo.

— Eram pessoas a quem eles se referiam?

— Eu não saberia dizer, sua Santidade. Mas parece que tinham encontrado o que procuravam e pareciam muito satisfeitos com isso — respondeu Theo.

Santo Agostino fez uma careta, parte de ódio, parte de surpresa, que fez sua face ficar ainda mais enrugada. Ele projetou a coxa para frente e apertou a fivela do cilício com violência. Theo escutou o som da carne sendo rasgada e seu estômago se revirou. O sangue começou a brotar profusamente da coxa do Grão-Jardineiro.

— Eles mencionaram a Cidade Celeste?

Theo não esperava por essa pergunta.

— Não que eu me lembre.

O Grão-Jardineiro caminhou a esmo por um instante, a mão afagando o queixo. Ele voltou-se para o capitão Isar.

— O príncipe e aquele seu antigo colega estão mortos?

— Sim, estão.

— Posso perguntar se você viu eles morrerem com seus próprios olhos?

— Não vi, sua Santidade, mas meus homens garantem que mataram todos os homens armados e muitos dos sacerdotes, também.

Elmo assentiu com um ar satisfeito.

— Para mim é o suficiente, sua Santidade. Podemos espalhar a notícia da morte do príncipe, exatamente como queríamos.

Theo quase levou as mãos à cabeça quando percebeu o que acontecia. O herdeiro de uma importante nação oriental fora assassinado em plena Navona. Por muito menos do que aquilo, filhos de Ellam e Jardineiros já haviam promovido chacinas envolvendo inocentes ou travado guerras.

Essas mentes doentias vão fomentar ainda mais o ódio contra o Oriente... Acabo de assistir ao nascimento de uma Guerra Santa. Uma das grandes, ainda por cima.

Santo Agostino se afastou e caminhou em direção ao altar. Sem se virar, anunciou:

— Capitão Isar, pegue o seu pagamento e deixe a cidade ainda hoje.

— Sim, sua Santidade.

— O rapaz é forte e inteligente — prosseguiu Santo Agostino. — Ele servirá na oficina. Veremos se tem a firmeza de caráter necessária para ser um Servo Devoto.

Elmo se adiantou um passo.

— Sim, sua Santidade.

Theo sentiu um peso sobre os ombros, como se o próprio teto tivesse desabado em cima dele. O destino o levara de volta aos Servos Devotos. Era um prisioneiro na gigantesca fortaleza onde passara os anos infernais que haviam sido a sua infância e não tinha a menor ideia de como faria para se libertar.

Mas outra parte de si deixou-se levar por uma onda de alívio. A sensação correu pelo corpo como a água de uma chuvarada lava um desavisado na rua. As pernas perderam um pouco da firmeza e ele se permitiu um suspiro baixo.

Ao menos não morri. Não morri... de novo!

O dia começou como o humor de Anabela: frio e cinzento.

Nuvens carregadas haviam avançado durante a noite, varrendo a península de Thalia pelo norte. As espessas formações ganhavam umidade e traziam uma chuva ainda mais gelada à medida que acariciavam os cumes da cordilheira que cortava a península de norte a sul.

Com esse frio, deve estar caindo chuva congelada em Myrna, pensou Anabela, observando da sacada do seu quarto a bruma lúgubre que obscurecia os contornos da Cidade Celeste. A chuva fina já começara a cair na orla e o porto não passava de um borrão desfocado de onde os mastros das embarcações pareciam despontar a partir do nada, como se fizessem parte de alguma figura fantasmagórica.

Anabela acordou com a mente cheia de dúvidas. As palavras de Eduardo Carissimi a haviam atingido em cheio, e não apenas isso: a noção de que a Frota Celeste seria mobilizada tanto para a guerra quanto para a procura dos assassinos de Ricardo a enchia de pressentimentos sombrios. Anabela sabia que o movimento fora precipitado e pouco calculado. A verdade era que não tinham mais do que uma vaga ideia do que Usan Qsay pretendia.

O que Alexander Terrasini teria feito?

Naquela manhã desejava apenas esquecer de tudo aquilo. Queria procurar por Júnia e se esconder em algum recanto nos Jardins do Céu. Que a mãe encontrasse a sabedoria para governar a partir de seus próprios erros. Máximo Armento era um homem obtuso, mas leal e capaz como comandante militar. Quanto às outras famílias, se surgisse alguma ameaça real a Sobrecéu, era certo de que todos deixariam de lado as suas querelas.

Anabela soltou um suspiro cansado e deu as costas para a cidade. Não acreditava em nada disso. Nem mesmo a menina ingênua que ainda vivia dentro dela acreditava nisso.

Preparava-se para entrar quando uma voz familiar soou de dentro do quarto:

— Bom dia, Anabela — disse Lyriss, chegando à sacada.

Anabela viu-se sorrindo.

— Bom dia, Lyriss.

— Desculpe se entrei sem ser anunciada. Suas serviçais disseram que você já tinha terminado o desjejum. Podemos conversar?

— É claro — respondeu Anabela, sentando-se à mesa de ferro trançado na qual costumava a fazer a primeira refeição do dia. Mesmo através da roupa sentia o frio do metal da cadeira tocar a pele.

Lyriss sentou-se do seu lado.

— Você parece cada dia mais preocupada. Sinto falta das nossas conversas.

Anabela perdeu o olhar ao longe por um momento e, mesmo sabendo que não era a decisão mais correta, cedeu ao impulso e descreveu tudo o que tinha na cabeça. Não deixou de lado nem mesmo o bilhete misterioso e as notícias recém-chegadas do Oriente. Mencionou até as suspeitas de Eduardo Carissimi de que existia uma conspiração no coração do poder de Sobrecéu. Anabela sabia que revelava segredos importantes, mas, mesmo assim, seguiu em frente.

A médica absorveu tudo em silêncio. Quando Anabela parou de falar, Lyriss foi rápida ao dizer:

— Se o conteúdo desse bilhete for verdadeiro, você precisa pensar na sua segurança. Deve vir comigo para Astan o quanto antes.

— Não posso deixar minha mãe em um momento como este. Não com tantas ameaças pairando no ar.

— Sua mãe é uma mulher crescida. Você precisa se proteger. Você e sua irmã.

— Júnia?

— É claro. Levamos ela conosco para Astan. Quando as coisas se acalmarem por aqui, ela pode retornar.

— Você não me escutou? Usan Qsay marcha contra Astan.

— Anabela, isso já era esperado. Aconteceria cedo ou tarde. Você precisa entender que, aconteça o que acontecer em Astan, nenhum conquistador irá tocar na Universidade. Ela é valiosa demais. Não há local mais seguro para você e sua irmã.

Anabela não tinha pensado nisso.

— E deixar Sobrecéu para trás? Se alguma coisa acontecer à Cidade Celeste, minha mãe também sofrerá. Se assim for, como eu poderei deixar ambas, cidade e família, para trás?

Lyriss suspirou.

— Você é um osso duro de roer. O que espera fazer, Anabela? Destituir a sua mãe e levar seu povo à guerra?

Anabela ficou tonta com a perspectiva. Não estava muito longe da forma como ela própria encarava a situação.

— Preciso ajudar minha mãe a tomar as decisões certas. — Essa era a única certeza que tinha. Como faria isso era outra história.

Lyriss pousou a mão brevemente sobre a dela.

— Você coloca bastante peso sobre os próprios ombros.

Anabela arrancou a tiara de seus cabelos. O aperto que fazia sobre sua cabeça a estava levando à loucura.

— Tenho medo de tomar algumas decisões, mesmo sabendo que são acertadas.

— Governar não é simples, e muitos não a respeitarão porque você é uma mulher — observou Lyriss. — Mesmo que seja uma governante sábia e tome decisões corretas, muitos inocentes irão sofrer. Isso será especialmente verdadeiro agora, que você é jovem e inexperiente. Mas governar é isso. Não é algo para os indecisos, muito menos para os fracos.

Em meio a um turbilhão de pensamentos diferentes, Anabela aceitou a verdade: aceitasse ou não, a responsabilidade já estava sobre ela.

Ela se levantou.

— Eu sinto muito, preciso...

Lyriss também ergueu-se e abriu um sorriso afetuoso.

— Faça o que tem de fazer. Eu espero por você. Posso pedir que me prometa apenas uma coisa?

Anabela fez que sim.

— Se tudo der errado, queira Ellam que não, você promete vir comigo?

Anabela achou a situação irreal: abandonar uma Sobrecéu perdida para seus inimigos. Mesmo assim, respondeu:

— Eu prometo. Se chegar um ponto em que nada do que eu possa fazer mude o destino de Sobrecéu, vou com você e levo a Júnia comigo.

Theo foi colocado para trabalhar na oficina da fortaleza dos Servos Devotos, tal como o Grão-Jardineiro determinara.

A oficina era responsável pela manutenção e pelo bom funcionamento de todas as coisas no grande complexo dos Servos Devotos. Por isso, viu seus dias serem engolidos, um após o outro, por uma montanha de trabalho que parecia não ter fim. A noção rudimentar que tinha de carpintaria vinha dali mesmo: quando criança, tivera lições básicas de como trabalhar com a madeira e fazer pequenos consertos.

O encarregado do lugar era um Jardineiro que devia estar perto dos cem anos de idade. Como se não bastasse a idade avançada, o mestre carpinteiro passava a maior parte do tempo desmaiado pelos cantos de tão bêbado. Theo afundava no trabalho e aprendia o que podia com a prática. Queria que tudo funcionasse da melhor forma possível, pois assim chamaria menos atenção para si. De fato, como o passar dos dias, Elmo acabou se esquecendo da sua existência e as visitas quase diárias logo foram substituídas pelo esquecimento.

Theo apenas respirou aliviado e seguiu com o trabalho, alternando curtas horas de sono em um catre montado na própria oficina. Em pouco tempo, acabou descobrindo que o Jardineiro Elmo era a segunda figura mais importante da hierarquia dos Servos. O gordo sacerdote cuidava de todos os assuntos da administração diária do mosteiro.

Soube também que havia outro ajudante de carpinteiro, mas o rapaz fora promovido e transferido para uma função mais nobre. Por isso, para vencer o volume de trabalho diário, contava apenas com a ajuda dos noviços. Na maioria dos dias, vinham sempre os mesmos: seis ou sete crianças com idades entre cinco e seis anos. Órfãos, sabia bem. Crianças pobres, achadas nas ruas pelos Servos ou dadas à congregação por mães que não as queriam ou não podiam sustentá-las. Eram todas pequenas demais para serem de real ajuda. Na maior parte do tempo, significavam apenas alguém para conversar ou alcançar essa ou aquela ferramenta durante um trabalho.

Mas o inverso não era verdadeiro. Theo sabia que significava muito mais do que isso para as crianças. Involuntariamente, tornara-se uma referência na vida delas. Era mais velho e tinha visitado muitos lugares com os quais os pequenos podiam apenas sonhar. Gostavam das respostas que dava às suas perguntas e, mais ainda, do fato de que Theo os enxergava pelo que eram: crianças de verdade, não meros objetos para execução de funções, como os Jardineiros os viam. Por isso, em pouco tempo, passaram a vir sempre os mesmos ajudantes.

A situação o lembrava demais de seus próprios protetores na sua época de noviço. Soluço e Fininho eram rapazes que, segundo seus cálculos, tinham mais ou menos a idade que ele tinha agora. Os dois eram um porto seguro, sempre dispostos a ajudar e proteger os órfãos da melhor maneira que podiam. Para completar as semelhanças, ambos tinham trabalhado na carpintaria do mosteiro. Theo nunca compreendera por que os rapazes faziam tanto pelas crianças. Eram fortes e inteligentes e poderiam ter arranjado trabalho melhor dentro da própria fortaleza ou mesmo planejado uma fuga com maiores chances de sucesso. Os dois tinham optado por levar as crianças pequenas e isso, em última análise, provocara o fracasso do plano. Fracasso que lhes custara a vida.

Excetuando-se a Torre de Deus, os noviços tinham livre trânsito pelo complexo e por isso trocavam ideias com muitos comerciantes e outros sacerdotes vindos do mundo exterior. Pelas crianças, Theo ficou sabendo que o ataque à congregação dos Literasi tivera uma grande repercussão em Navona. O conselho da cidade instalara uma comissão para investigar a autoria do atentado, coisa que Theo sabia que não daria em nada, já que os Servos Devotos dominavam o órgão. Enquanto isso, as pessoas comuns na Baixada especulavam que o ataque fora obra de um bando de viciados na Nuvem. Os homens alucinados teriam atacado os Literasi em busca de qualquer bem de valor que pudessem usar para comprar a substância. Os rumores de que a Nuvem estava aos poucos se espalhando por Navona não eram recentes, e Theo chegou a ouvir a respeito ainda em seus dias em Valporto.

Theo acordou cedo e apressou-se à sala comum de refeições para o desjejum. Mesmo que começasse cedo a vencer a pilha de tarefas, nunca terminava o trabalho antes que a noite já tivesse caído. Caso se demorasse pela manhã, corria o risco de passar a madrugada trabalhando.

Assim que retornou à oficina, encontrou um rolo de pergaminho preso a um gancho na porta da frente. Era ali que os Jardineiros colocavam as ordens de serviço, descrevendo as coisas que precisavam ser consertadas. Na maior parte dos dias, o gancho segurava algo entre dez e quinze pedidos, mas nessa manhã havia apenas um. Theo ficou surpreso ao constatar que o pergaminho tinha o selo da governança de sua Santidade o Grão-Jardineiro dos Servos Devotos. Devia ser algo importante. Theo esperava não ter que cruzar, nem mesmo a distância, com Santo Agostino.

Examinou a ordem de serviço e viu que estava certo. Sua Santidade reclamara que havia goteiras em seu Quintal privado de oração. O carpinteiro estava sendo convocado a examinar o telhado e a corrigir o problema com máxima prioridade. Para tanto, fora autorizado a cancelar todos os outros serviços do dia.

Theo coçou o queixo e entrou na oficina. Não tinha a mais vaga ideia de como consertar um telhado, mas teria que se virar; um passo em falso com o Grão-Jardineiro e Elmo estaria em seu pescoço antes que pudesse abrir a boca para se desculpar.

No interior da carpintaria encontrou Elina, a menina que todos chamavam de Pintada, sentada em uma cadeira de frente para uma bancada de ferramentas. A garota ganhara o apelido por conta da grande mancha avermelhada que cobria o lado esquerdo de seu rosto. Ela tinha uma aspecto frágil que lhe lembrava Raíssa. Entretanto, Pintada era assustadiça e fácil de se impressionar, ao contrário de sua companheira de Valporto, que sempre parecia manter um ar calmo e sereno.

Raíssa é como eu. Nasceu e viveu sempre sozinha e sabe que não pode contar com ninguém. Por isso, não passa a vida esperando que o mundo lhe faça algum favor.

Theo repetiu a promessa para si mesmo pela milésima vez, mesmo sem saber como faria para cumpri-la:

Vou encontrá-la, garota. Segure firme mais um pouco, porque eu vou achá-la...

Theo encarou a ajudante mais uma vez e a chamou pelo nome. Era um dos poucos a fazê-lo; sabia que ela não gostava do apelido. Sempre que podia, não deixava que a chamassem de Pintada na sua frente.

— O que houve, Elina? — perguntou Theo. A menina soluçava baixinho e tinha o rosto úmido de lágrimas.

— Eu estava vindo para cá, para ajudá-lo... — respondeu ela, limpando o rosto com a manga das vestes —, quando o Jardineiro Denis começou a rir de mim. Ele disse... disse... que eu era uma abominação, uma coisa muito horrenda de se ver e que...

A menina desatou a chorar mais uma vez.

— E que...? — instou Theo.

Ela engoliu um soluço e o encarou com os olhos vermelhos.

— E que eu só podia ser a filha do Ceifador.

Sentou-se do lado dela. Theo conhecia o Jardineiro Denis de vista, ele era um escriba na biblioteca dos Servos. Um tipo arrogante e mal-educado. O protótipo de um Servo Devoto.

MAR INTERNO | MARÉ DE MENTIRAS

— Elina, Denis tem problemas sérios aqui — disse, tamborilando um dedo sobre a própria cabeça. — Todos sabem. É louco. E também tem dificuldades para enxergar. Todos sabem disso, também. É provável que a tenha confundido com outra pessoa.

A menina arregalou os olhos.

— Será?

— Eu garanto que sim. Você é uma menina muito bonita.

Elina preparou-se para falar, mas Theo a interrompeu:

— Vamos, garota. Você veio ajudar ou não?

Ela fez que sim.

— Então pegue aquela maleta de ferramentas. Tenho um problemão para resolver.

Elina prontamente obedeceu. Theo apanhou mais algumas ferramentas e saiu apressado porta afora com a menina em seu encalço.

Levaram quase vinte minutos para chegar a uma sacada que corria pela parte externa de uma das cúpulas menores da Torre de Deus. Mesmo não sendo o ponto mais alto, o lugar oferecia uma vista vertiginosa das outras congregações, na parte alta de Navona e da Baixada mais adiante. Depois da cidade, conseguia avistar o porto repleto de embarcações e, por entre a estreita abertura das falésias que fechavam a baía, entrevia um pequeno pedaço de mar aberto que se esparramava em um azul-escuro até a linha do horizonte. Pegou-se pensando no *Filha de Astan* e no que teria acontecido ao navio e aos homens de Tariq.

Devem ter sido trucidados também...

Dois Guardas de Deus haviam montado uma escada pelo lado de fora da cúpula. Theo examinou os degraus de madeira envelhecida, avaliando em seguida a subida que teria pela frente na superfície curva da estrutura abobadada. Sentiu o vento no rosto; as rajadas corriam intensas àquela altitude. Pequenas nuvens salpicavam um céu azul e frio.

Depois de tudo que passei, não serão uma escada de madeira carcomida e uma subida difícil que irão me matar.

Escolheu apenas algumas ferramentas entre as que tinha levado; não ousaria levar todo aquele peso lá para cima. Pegou também algumas tábuas de madeira para os reparos e as amarrou nas costas.

— Fique aqui e comporte-se — disse para a garota e iniciou a subida.

O início, quase na vertical, foi a parte mais difícil. Assim que começou a descrever o arco da forma abobadada, sentiu o pés se firmando contra a estrutura à medida que seu contorno passava a correr mais na horizontal. A subida foi menos demorada do que imaginou; antes que percebesse já estava próximo do topo.

Agora é tentar não cair... A descida vai ser mais difícil.

Correu os olhos pelo telhado da cúpula e logo encontrou, bem no ápice, um visível defeito no revestimento. O buraco irregular era tão grande que Theo podia colocar a cabeça através dele e olhar lá para dentro. Tão logo o examinou com mais cuidado, percebeu que as ferramentas que havia trazido não eram apropriadas para o serviço. O máximo que poderia fazer seria pregar as tábuas de forma a cobrir o defeito. Pararia de chover para dentro, mas a água certamente continuaria a se infiltrar pelas bordas da madeira. Seria um conserto precário, na melhor das hipóteses.

Theo tinha uma boa ideia de onde estava, mesmo assim cedeu à tentação e enfiou a cabeça pelo buraco. Levou alguns segundos para que os olhos se habituassem à penumbra. Quando o fizeram, criaram vida o altar e a escultura em forma de árvore. Tal como havia suposto, estava sobre o Quintal privado do Santo Agostino.

Estava prestes a tirar a cabeça do buraco quando escutou vozes. Dois homens conversavam exatamente abaixo dele. Embora muito acima dos dois, a acústica do teto abobadado permitia escutar com perfeição o que diziam. Um deles, reconheceu na mesma hora, era o Grão-Jardineiro, vestido com uma grossa túnica de lã branca. Theo não conhecia o outro, mas sabia com toda a certeza de que não se tratava de um Jardineiro. O homem usava um manto prateado com detalhes dourados nas mangas. No pescoço e nos pulsos, grossas correntes de ouro tilintavam embalando o som meloso de sua voz.

— Estou apavorado, sua Santidade. O que aconteceu foi algo muito inesperado. Essas pessoas com as quais estamos lidando são...

Santo Agostino o interrompeu com a voz calma:

— Sim, muito perigosas. Mas foram elas que Deus escolheu colocar em nosso caminho. Entenda, senhor Vezzoni, como homem temente a Deus, eu certamente não aprovo esse tipo de coisa. O que aconteceu com seu sócio e a esposa foi uma lástima. Rezarei por eles.

— Sim, sua Santidade, eu agradeço. Mas estou assustado... Era para eu ter ido àquele jantar. Poderia ter sido eu a vítima do Empalador — disse o visitante. — Eu pensei em... pensei em desistir.

Santo Agostino levou um tempo para responder.

— Não se engane quanto à importância do que faremos. Vivemos tempos de grandes transformações, mudanças que serão lembradas por mil anos ou mais. Nossos nomes ficarão gravados na história. Os Servos Devotos estão destinados a ser a única congregação existente e a religião do Jardim, a única crença de todos os povos. É isso que Deus, o Primeiro Jardineiro, quer de nós. Esta é a minha missão, e eu a levarei até o fim. Não me importo se custar a vida de milhões; esse é o desígnio de Deus, e eu sou seu Servo Devoto.

O Grão-Jardineiro fez outra pausa.

— Quanto ao senhor, deve se lembrar do que está reservado para você e sua instituição. Tão logo os Servos Devotos assumam todo o controle da Fé, o Banco de Pedra e Sal será o único a gerir toda a riqueza de Navona. Pense bem: tudo o que o senhor já tem, mais a riqueza das congregações.

— Sim, sua Santidade. É um papel grandioso.

— Assim como os Servos Devotos serão os únicos a falar em nome de Deus, o seu banco será único a cuidar do dinheiro de todo o Mar Interno.

Um longo silêncio se seguiu. Theo não ousava respirar; sabia que tinha escutado algo muito importante. O Banco de Pedra e Sal era o mais poderoso de Sobrecéu e tido como o mais influente de todo o Mar Interno. Temeu que os dois homens acabassem o enxergando, mas estava acima deles e nenhum dos dois teria por que olhar na sua direção.

O Grão-Jardineiro rompeu o silêncio:

— Se eu fosse o senhor, não retornaria para casa tão cedo.

— Sim, sua Santidade. Ficarei na minha residência de verão em Valporto até que as coisas... se acalmem.

— E assumam a sua nova configuração — completou Santo Agostino. — Será um movimento importante para aquilo que pretendemos.

— O plano será um sucesso.

— Sim — concordou o Grão-Jardineiro. — Como o senhor pode ver, nossos amigos podem ser homens perigosos, mas também são muito capazes. O senhor também é um homem muito competente.

— Obrigado, sua Santidade.

— A operação toda é um pesadelo logístico. Sem o seu financiamento, nada disso teria sido possível.

— Gostei da ideia desde o princípio.

— Eu também — concordou Santo Agostino. — Alexander Terrasini nunca foi um homem temente a Deus, mas nos últimos tempos o seu amor crescente pelas religiões blasfemas do Oriente tornou-se intolerável. Era um perigo inaceitável que um homem com aquele prestígio semeasse ideais assim.

— Eu concordo.

— Só existe um Deus; só há uma árvore. O Quintal Sagrado nos ensina tudo o que precisamos saber. O senhor já o leu muitas vezes, presumo?

— Sim, sua Santidade.

— Que bom. Que Deus o abençoe, senhor Vezzoni.

— Obrigado, sua Santidade.

— Eu o acompanho.

O homem bem vestido dirigiu-se para a única porta do Quintal acompanhado por Santo Agostino. Depois que os dois deixaram o recinto, Theo esperou por um longo tempo para ter certeza de que não retornariam. Apenas quando se convenceu disso arriscou-se a martelar as tábuas sobre o buraco no telhado, da melhor forma que pôde, fazendo o mínimo de barulho possível.

Depois do trabalho no teto do Quintal privado do Grão-Jardineiro, Theo passou o dia envolvido em uma dúzia de outros consertos espalhados pela fortaleza. No final do dia, dispensou Elina, que já estava exausta e mal conseguia caminhar. Terminou a jornada tão tarde que perdeu o jantar na sala de refeições.

Antes de retornar à oficina para desfrutar das poucas horas de sono que tinha pela frente, Theo passou na sala dos escribas. No ambiente silencioso, localizou o Jardineiro Denis, que conhecia apenas de vista. O sacerdote trabalhava à luz de velas, cercado por pilhas de livros antigos e pergaminhos. Aproximou-se furtivamente e o ergueu da cadeira com uma chave de braço. Agarrou o seu pescoço e o prensou contra uma parede. À meia-luz das velas, seus olhos cintilavam cheios de terror.

— Você conhece uma noviça que todos chamam de Pintada? — perguntou Theo em um sussurro.

Denis pensou por um momento.

— Sim... — gaguejou ele. — Aquela coisa feia...

Theo agarrou o pescoço com mais força. Veias saltaram do pescoço aprisionado e o rosto do Jardineiro inchou em meio a um rubor intenso. Theo afrouxou o aperto.

— Resposta errada. Escute bem: não quero mais que você fale com ela. Se a enxergar por aí, apenas desvie e fique afastado. Se for obrigado a falar com ela, diga algo gentil; diga como ela está bonita.

Ele assentiu, a cabeça se movendo em movimentos rápidos e nervosos.

— Você me conhece?

— Trabalha na...

Theo deu uma joelhada entre as pernas do sacerdote. Ele soltou um grunhido de agonia e dobrou os joelhos por um instante.

— Resposta errada de novo.

— Sim... sim... nunca o vi antes.

Theo o soltou por completo. Denis desabou no chão, seu corpo tremendo sem parar.

— A propósito, o nome da menina é Elina — disse Theo.

Depois disso, virou-se e partiu.

Anabela chegou às docas dos Terrasini no porto de Sobrecéu acompanhada por dois soldados da Guarda Celeste.

Se o céu cinzento e o vento frio pouco ajudavam a melhorar o seu estado de espírito, a cena que se desenhava diante dela era muito pior. A enseada da Cidade Celeste enchia-se com navios de guerra que obedeciam à convocatória da duquesa. A flotilha era composta por cento e quinze galés da Frota Celeste que estavam na cidade e que agora se afastavam lentamente ao sabor da maré vazante. Suas velas já haviam sido postas ao vento e o panorama que criavam, todas juntas, enchia os olhos até onde a vista alcançava. Nos mastros e cordames, as cores de Sobrecéu tremulavam orgulhosas: a espada entrecruzada com a âncora.

O tumulto nas ruas e nos cais era o reflexo de como a situação abalara os celestinos. Desacostumados com a guerra, famílias se despediam de soldados e marujos em meio a um clima de incredulidade. Anabela partilhava desse sentimento. Parecia um pesadelo, algo irreal, pensar que Sobrecéu partia para um novo conflito. Uma guerra de verdade.

No trajeto para o Oriente, os navios arregimentariam outros espalhados pelo estrangeiro, incluindo aqueles que estavam à procura dos assassinos de Ricardo. A tarefa de rastrear os criminosos seria deixada a embarcações de guerra da família Terrasini que já haviam deixado Sobrecéu. A ordem era de uma convocatória geral: todo o poderio da Frota Celeste deveria avançar sobre o estuário de Astan. O comando da operação ficara a cargo do próprio Máximo Armento.

Anabela olhou ao redor e ficou feliz em constatar que os dois guardas que a haviam acompanhado até o porto tinham partido. Isso lhe daria a oportunidade de ficar sozinha e tentar escutar com mais clareza os próprios pensamentos: precisava encontrar soluções. Os problemas assomavam de todos os lados e a reação da mãe diante deles era cada vez mais apática. Nos últimos dias, em meio a uma torrente de decisões importantes, a duquesa havia recorrido várias vezes à lacônica expressão "Façam como acharem melhor..."

Conhecendo bem a mãe, ela sabia que Elena Terrasini estava mergulhando em uma fase de Lua cada vez mais profunda. Via com clareza como as palavras de Eduardo Carissimi tinham sido certeiras: cabia a ela assumir as decisões importantes ou deixá-las à deriva, o que era o mesmo que deixar o destino dos celestinos entregue à própria sorte.

Mas Anabela sabia que não estava à altura da tarefa.

Era jovem, inexperiente e tinha passado seus dias até ali imersa em outro mundo. Sempre tivera o pai e a ideia de que um dia ele poderia não estar por perto era absurda demais para ser levada em conta. Também sentia falta do irmão. Ricardo era inteligente e sensato e, nos últimos anos, seguira de perto os passos do pai. Tinha certeza de que ele teria se saído muito melhor do que ela. Mas o pai não estava ali, tampouco Ricardo. Tinha como companhia apenas um mar de problemas e um bando de gente de quem desconfiava cada vez mais. Tudo isso vinha embalado por noites insones, cheias de preocupação.

Anabela caminhava pela beirada do atracadouro com o olhar perdido nas ondas que colidiam contra as pedras quando uma voz firme a chamou:

— Senhora Anabela.

Anabela virou-se e viu o mestre de armas da companhia de comércio dos Terrasini caminhando em sua direção.

— Senhor Rafael.

— Perdoe-me por tomar o seu tempo. Há dias desejo lhe dizer uma coisa.

Anabela o observou com curiosidade. O mestre de armas era uma figura que chamava a atenção aonde quer que fosse. Nascido em Zahar, reino encravado no meio do deserto de Tahir, Rafael de Trevi era um pouco mais jovem do que o pai seria se fosse vivo, portanto, não era um garoto. Apesar disso, estava em forma e as vestes curtas revelavam um braço musculoso — apenas o esquerdo, pois nascera sem o direito. Tratava-se de uma característica improvável para um guerreiro, mas ninguém que o conhecia duvidava de suas capacidades. Era um tipo circunspecto, competente e, diziam as histórias que ouvira, feroz em batalha. Sob seus cuidados, os Terrasini nunca tiveram nenhum incidente sério nas rotas de comércio. Isso até os dias recentes, pelo menos.

— Queria lhe dar pessoalmente os pêsames por seu irmão. Treinei Ricardo nas armas desde que ele tinha idade para ficar em pé e o conhecia melhor do que a maioria — disse ele. — Ricardo era forte de corpo e íntegro de caráter. Tinha tudo para se equiparar ou até superar o pai como governante.

Anabela abriu um sorriso triste e disse apenas:

— Obrigada.

— Sei que Ricardo partiu em uma missão com a Frota Celeste, por isso não estava com as forças dos Terrasini. Mesmo assim, jamais me perdoarei por não ter estado junto com ele. Juro pela memória dele e pela minha família que vou encontrar os assassinos que fizeram isso.

Anabela revisitou as coisas que tinha pensado minutos antes. Aquele homem não era um nobre mercador, não tinha poder ou dinheiro, mas era leal. Nos dias que corriam, isso contava mais do que qualquer coisa.

— O senhor tem um minuto?

Ele pareceu surpreso.

— É claro, minha senhora. Está ficando frio. Poderíamos conversar na torre de observação.

Anabela concordou e o mestre de armas a conduziu ao último andar da torre de madeira de três andares onde ficava o centro de operações da frota dos Terrasini. O local era simples e cheio de mesas de madeira sobre as quais repousavam mapas de navegação e planilhas com o manifesto de navios mercantes e de guerra. Era a partir dali que oficiais sob o comando de Rafael de Trevi designavam missões para tripulações que partiam para o estrangeiro. Naquele momento, porém, o local estava vazio.

Anabela sentou-se a uma mesa que exibia uma grande carta náutica aberta. Sobre o mapa viu pequenas peças de madeira simbolizando as galés de guerra dos Terrasini: achavam-se espalhadas em pequenos grupos por todo o Mar Interno. O mestre de armas serviu um chá forte, feito com especiarias aromáticas trazidas do Oriente, e sentou-se de frente para ela. Seus olhos se perderam no mapa por um segundo e ele franziu a testa, como se não tivesse gostado do que tinha visto. Anabela não deixou o gesto passar despercebido.

— O senhor não gosta do que vê.

Ele ainda tinha a testa franzida quando falou:

— Eu preferia que estivessem todos reunidos.

— Por quê?

— Foi algo que aprendi com seu pai em Ilhabela. Como você sabe, foi lá que a guerra começou a virar. A armada de Tássia tinha vantagem numérica e vinha com o moral elevado depois de uma sequência de vitórias fáceis. Os tassianos planejavam tomar Ilhabela pela sua proximidade de Sobrecéu. Montariam um posto avançado lá que serviria de apoio logístico para uma invasão da Cidade Celeste. Se tivessem conseguido, mais cedo ou mais tarde, Sobrecéu teria caído.

— Meu pai transformou o que era para ser uma defesa desesperada em uma ofensiva arrasadora — Anabela conhecia a história.

— Sim, mas ele só conseguiu porque tinha montanhas de informações sobre o inimigo. Tínhamos pilhas de Formigas e Borboletas por toda a parte, incluindo na frota tassiana. Sabíamos tudo: quantos navios avançariam contra Ilhabela, quão armados estavam, e assim por diante... Alexander Terrasini sabia até mesmo os nomes dos capitães e que tipo de homem cada um deles era. A vanguarda da Frota Celeste travou batalha primeiro com os navios conduzidos por tripulações menos experientes.

Anabela já sabia aonde ele queria chegar.

— E agora...

— E agora eu lhe pergunto, senhora: o que sabemos a respeito desses ditos corsários? O que sabemos desse bando misterioso que consegue permanecer oculto, mas é forte o suficiente para aniquilar uma guarnição da Frota Celeste?

Ele fechou a cara e cerrou o punho.

— Não sabemos de nada. Aquele que não busca saber sobre o inimigo é mais vulnerável do que um homem desarmado.

Anabela suspirou.

— O senhor expôs esse ponto de vista para a duquesa?

— A senhora Elena não me recebeu.

A informação chocou Anabela. Aquele homem gozara da confiança absoluta do pai. Estava há décadas a serviço da família.

— Eu sinto muito, senhor. Espero que entenda que a duquesa está... sobrecarregada.

— Eu entendo.

— O que o senhor sugere que façamos?

— Enquanto não soubermos o que estamos enfrentando, temos de providenciar uma força de defesa para cuidar da cidade. Estou falando de uma força grande, com dezenas de navios e homens experientes de prontidão. Anos de paz e prosperidade criaram nos celestinos a falsa noção de que Sobrecéu é intocável, de que nada de ruim pode acontecer a este lugar. Isso é falso. A história ensina que nações, fortes e fracas, cedo ou tarde caem.

— O senhor tem razão.

— Todos esses navios partindo... no momento em que deveriam ficar onde estão.

Anabela sentira a mesma coisa ao ver o mar cravejado de embarcações se afastando. Uma alternativa aos poucos se desenhava em sua mente.

— O senhor esteve em Altomonte na época do fim da Guerra Santa em que Sobrecéu e Tássia lutaram juntas?

Rafael assentiu.

— É verdade que, depois da morte de Vitório Terrasini, o meu pai provocou lorde Valmeron?

O mestre de armas franziu ainda mais a testa.

— Quem lhe disse uma coisa dessas, senhora? — Ele prosseguiu sem esperar por uma resposta: — Depois da morte do seu avô, Alexander Terrasini assumiu as negociações em posição de desvantagem. Lorde Valmeron tinha a maior armada e os tassianos nascem e vivem para a guerra; seus soldados eram todos homens treinados e experientes. Além disso, seu novo comandante-geral era um monstro sanguinário, um homem cruel vindo do Oriente. Você deve ter ouvido falar dele.

Anabela fez que sim.

— Todos ouviram histórias dele.

— Asil Arcan — completou Rafael. — Um demônio. Alguns dizem que é o maior guerreiro que já viveu e um dos maiores estrategistas militares que a história já viu. Eu o vi lutando em Ilhabela...

— E meu pai sabia que havia muito em jogo nas negociações.

— Sim. Na Guerra Santa foram conquistados territórios importantes que pertenciam ao império Tersa, além, é claro, do prêmio que todos queriam: Astan, a Cidade Sagrada. Se Alexander Terrasini não tivesse sido agressivo, lorde Valmeron teria pegado tudo para si.

— Dizem que meu pai fomentou a guerra para unir as famílias mercadoras de Sobrecéu, que estavam insatisfeitas.

O mestre de armas sacudiu a cabeça.

— Essa é uma visão equivocada. Seu pai foi acuado na mesa de negociações por um opositor mais forte. A maior parte dos homens teria buscado um acordo. Alexander Terrasini mostrou do que era feito e disse aos tassianos que não abriria mão de Astan e que, se eles quisessem a Cidade Sagrada, que viessem pegá-la dele. Eu estava presente nessa última reunião como guarda-costas de seu pai.

— Quem mais estava lá?

— Seu pai falava sozinho por Sobrecéu. Do outro lado da mesa estavam lorde Valmeron, Dino Dragoni, o Empalador de Tássia, e Nero Martone, o Carniceiro — respondeu ele. — Quando seu pai disse que não cederia, Nero Martone disse que ele era um garoto mimado e que arrancaria a sua cabeça. Dino Dragoni gargalhou e prometeu que invadiria Sobrecéu e seria o primeiro a violar a sua noiva, Elena Vernon.

— E Valmeron?

— Lorde Valmeron não tem sentimentos. O homem é frio como um bloco de gelo. Dizem que nasceu assim, incapaz de amar, de ter medo ou mesmo de sentir ódio. Ele apenas ficou lá, em silêncio, observando seu pai com um olhar complexo demais para que qualquer um de nós compreendesse. Alexander Terrasini se levantou e foi embora. Horas depois, a comitiva da Cidade Celeste deixou Altomonte. A guerra não fora oficialmente declarada, mas era óbvia para qualquer um.

Anabela sentiu-se confusa. A história era ainda mais complicada do que a versão de Emílio Terranova.

— Eu não sabia que você já trabalhava para meu pai naquela época. Você devia ser muito jovem.

— Era mesmo.

— Mas já tinha a confiança do meu pai para acompanhá-lo na sala de negociações.

— Minha família migrou de Zahar para Sobrecéu, fugindo de uma guerra civil. Éramos pobres e gastamos na viagem o pouco que tínhamos. Quando cheguei à Cidade Celeste, passei a viver como mendigo em Terra. Passava os dias pedindo esmolas ou jogado em um beco qualquer. Certo dia, seu pai cruzou por mim acompanhado por alguns oficiais da Guarda Celeste. Se havia uma coisa que irritava Alexander Terrasini era ver um homem feito vadiando, sem nada para fazer e sem objetivos. Ele me interpelou e quis saber de onde eu vinha e por que estava na cidade. Contei a minha história a ele. Seu pai não gostou do que ouviu e me lançou um desafio.

— O que ele disse?

— Afirmou que se eu pretendia continuar passando meus dias sem fazer nada, podia deixar a cidade o quanto antes, ou... aceitar seu desafio e ser alguém na vida. Alexander Terrasini perguntou se eu sabia usar uma espada. Eu respondi que não. Nenhum mestre de armas em Zahar queria perder tempo com um guerreiro de um braço só.

— O que o meu pai propôs?

— Ele disse que me ensinaria uma técnica que ele aprendera no Oriente, que poderia ser adaptada para que eu lutasse apenas com um braço.

Eu treinaria com ele na Fortaleza Celeste por duas semanas. No fim daquele período, se ele provasse que tinha razão e eu aprendesse a lutar, eu teria de passar um ano pelas ruas de Terra ajudando indigentes e sem-teto a descobrir no que eram bons.

— E você aprendeu...

Ele assentiu.

— Naquelas duas semanas, seu pai não desgrudou de mim. Ele me ensinou o que prometeu. Treinávamos do amanhecer ao anoitecer e, em alguns dias, noite adentro. Ele me ensinou como usar o tronco, em vez do outro braço, para dar força e equilíbrio aos golpes. Graças a isso, luto de um modo diferente de todos os outros. E acredite: sou rápido.

Anabela sabia que Rafael de Trevi era um guerreiro respeitado, mas nunca soube como ele aprendera o seu ofício.

— E você cumpriu com o trato?

— No ano seguinte, tirei vinte e dois homens das ruas de Sobrecéu. Deu trabalho convencê-los, mas eu consegui com a maioria. No dia em que minha tarefa terminou, procurei seu pai e ele me ofereceu o posto de mestre de armas da companhia de comércio Terrasini — respondeu ele. — Hoje tenho uma vida. Tenho um filho que me enche de orgulho e uma esposa maravilhosa, a mulher mais linda de Sobrecéu.

Anabela sorriu.

— Peço desculpas por isso — ele sorriu de volta, sem jeito. — Meu filho se tornou um grande homem. Já seria formidável por sua força e caráter mas, veja, ele ainda por cima nasceu com os dois braços.

Rafael de Trevi ficou sério e completou:

— Devo tudo o que sou e tudo o que tenho ao seu pai. Ele me ensinou muito mais do que lutar de um jeito diferente: Alexander Terrasini me mostrou que ter nascido com um braço só foi um teste; algo que Deus colocou no meu caminho para testar a força do meu espírito.

— Meu pai não acreditava em vitória sem esforço.

— Esse foi o espírito do que o duque me disse naquele primeiro dia. Ele afirmou que ele mesmo nascera com dinheiro e posição, mas era pelas coisas que ele alcançaria, e não por aquilo, que ele seria reconhecido. Sua vida seriam seus feitos, os desafios vencidos, e não as coisas que haviam caído em seu colo. Na mesma hora compreendi que ele tinha razão.

Anabela soltou um suspiro triste. Sentia muito a falta do pai.

— Eu preciso ir — disse, levantando-se. — Obrigada pelo chá e pela conversa.

Rafael de Trevi também se levantou.

— A senhora tem a minha lealdade, aconteça o que acontecer.

— É bom ouvir isso.

Ela preparava-se para partir quando o mestre de armas completou:

— Se algum dia a senhora achar por bem me fazer esse favor, peço que diga o nome do homem que falou essas coisas sobre o duque. — Ele deu uma batida no cabo da espada. — Eu e ele temos uma pendência a tratar.

Anabela não respondeu e partiu. Sua cabeça transbordava de problemas, mas a conversa de algum modo a alegrara.

Junto com Eduardo Carissimi, este é um homem de confiança. Podem ser os únicos, mas dois são muito mais do que nada.

Nesse dia, os ajudantes de Theo eram os gêmeos.

Ainda estava escuro lá fora quando escutou os garotos baterem na porta da oficina. Levantou-se, trôpego de sono, e os deixou entrar.

Eles gostavam de falar e Theo costumava levá-los como companhia enquanto trabalhava. Nenhum deles sabia nada a respeito da própria história; tinham sido deixados com os Servos Devotos ainda bebês e, por isso, também não faziam ideia de quais eram seus nomes verdadeiros. Na congregação, eram conhecidos apenas como "os gêmeos"; nenhum dos Jardineiros demonstrara interesse suficiente neles para querer saber qual era qual. Theo os chamava pelos nomes que os próprios garotos haviam inventado: Neco e Luís.

Theo vasculhou uma das bancadas de trabalho e entregou para os garotos um pequeno navio feito de madeira. O trabalho havia lhe custado boa parte da noite. Começara com um bloco de madeira e o serrara até que ficasse na forma de um casco. Dois gravetos serviram de mastros e alguns detalhes do convés tinha improvisado de forma desajeitada. Ficaram faltando as velas, mas Theo não encontrou nada que pudesse usar para se passar por elas.

Os gêmeos ficaram extasiados de alegria com o navio. Theo os dispensou para brincar, avisando que deviam ser discretos e ficar longe dos olhos dos sacerdotes mais velhos. Os Servos Devotos eram rígidos na disciplina e não acreditavam em nada que pudesse servir de distração na sua dedicação à fé. Atividades lúdicas eram proscritas nos domínios da congregação.

Pela janela da oficina, Theo viu os meninos desaparecerem aos pulos no movimentado pátio interno.

Essas horas de brincadeira serão toda a infância que terão em suas vidas.

O pensamento que se insinuou em seguida, sem ser convidado, o deixou atordoado: *A menos que eu os tire daqui... todos eles.*

Mas isso era uma loucura completa. Não fazia o menor sentido.

Antes de perder mais tempo com isso, decidiu partir para o trabalho. Passou rapidamente pela sala de refeições, apanhou uma maçã e prosseguiu com suas ferramentas para o local indicado na primeira ordem de serviço do dia: a biblioteca da congregação.

O prédio que abrigava o arquivo e a biblioteca ficava afastado das demais torres e construções da fortaleza. Os Servos Devotos haviam construído o complexo aos pés da cordilheira de Thalia e nesse ponto o terreno se tornava íngreme à medida que as encostas se erguiam. A biblioteca era um prédio estranho, que se empoleirava desajeitado entre dois promontórios. Tratava-se de uma grande torre quadrangular com uma base feita de pedra escura que ia cedendo espaço para a madeira usada nos andares mais altos. Theo lembrava-se da história de que a torre tinha sido parcialmente destruída em um incêndio séculos antes.

Encontrou o vestíbulo da torre vazio. O espaço retangular estava iluminado apenas por um grande braseiro no chão, que enchia o ar com o fedor de fumaça e fuligem. Quando era noviço, estivera ali algumas vezes buscando volumes e pergaminhos para os sacerdotes, por isso sabia que o fogo tinha por objetivo reduzir a umidade do ar para ajudar na conservação dos livros antigos e documentos.

No lado oposto da antessala, uma porta aberta conduzia à biblioteca propriamente dita. O amplo ambiente mantinha-se perdido na mesma penumbra lúgubre, tal como Theo se lembrava. Apenas alguns poucos archotes presos nas paredes de pedra enchiam o lugar com um tímido brilho avermelhado. À meia-luz, desenhavam-se fileiras de altas estantes repletas de volumes com capas de couro e caixas com pergaminhos até onde a vista alcançava. O teto perdia-se nas sombras; o espaço central da torre fora erguido com alto pé-direito. Dizia-se que, em eras passadas, essa construção fora originalmente um Quintal. Em uma pequena área central, cercada por livros, havia mesas para leitura. Nelas inexistiam velas ou lampiões; os sacerdotes que quisessem ler tinham de trazer consigo alguma forma de iluminação.

Nas mesas de leitura havia um único sacerdote. Era uma figura silenciosa que usava um manto marrom com capuz apertado, ocultando por completo as suas feições. Olhava fixamente em sua direção: do fundo do capuz, Theo podia apenas adivinhar o par de olhos postos nele. Diante de si, o Jardineiro não tinha nenhum livro.

Theo não gostou daquele olhar e estava pronto para interpelar o sacerdote, mas naquele momento o curador da biblioteca emergiu por entre as estantes. Era o homem mais velho que já vira, ainda mais idoso do que o sonolento Jardineiro que cuidava da oficina. Tinha um andar vacilante apoiado por um cajado. A longa túnica que usava pendia frouxa no corpo miúdo e esquelético.

— Você deve ser o marceneiro — disse ele, aproximando-se de Theo com dificuldade.

Theo adiantou-se e ofereceu um braço para o homem idoso se apoiar.

— Obrigado, meu filho. Qual é o seu nome?

— Sou Theo.

— Muito bem, Theo. Sou Augusto de Angeli. Eu cuido dos livros.

— O que houve?

— Uma tragédia. Se você puder continuar a me emprestar esse seu braço, eu o levo até lá mais rápido.

Augusto de Angeli conduziu Theo até o ponto onde uma grande estante de madeira havia desabado. Pilhas de volumes e pergaminhos estavam espalhadas pelo piso entre pedaços de madeira quebrada.

Theo acendeu dois lampiões que estavam por perto e abriu a maleta de ferramentas. Antes de examinar a estante desmoronada, começou a separar os livros do entulho de madeira partida. Os volumes tinham resistido bem ao acidente, mas o mesmo não podia se dizer dos pergaminhos. A maior parte fora reduzida a pedaços com a queda e não parecia a Theo que poderiam ser recuperados.

Correu os olhos pela estante arruinada e voltou-se para o Jardineiro idoso, que o observava impassível.

— Senhor, isso não tem conserto. A estante é muito velha e, os livros, muito pesados. Posso tirar medidas e fazer outra na oficina. Demorará vários dias, mas antes de começar preciso que o senhor peça para o Jardineiro Elmo autorizar a compra da madeira na Baixada. Não tenho tanta madeira assim na oficina.

Augusto de Angeli deu de ombros.

— Obrigado, meu filho, mas creio que o Jardineiro Elmo não irá gastar o precioso dinheiro da congregação com livros.

Theo já esperava por isso.

— Eu sinto muito. Posso ao menos organizar esses livros e levar o entulho embora.

— Eu agradeço. Deus o abençoe por isso — disse Augusto de Angeli.

Theo observou o Jardineiro se afastar por alguns instantes e voltou-se para a estante. Agachou-se e começou a separar livros e pergaminhos em uma pilha e o lixo em outra.

Imerso no silêncio e distraído pelo trabalho, acabou por desligar-se do mundo ao seu redor. Quando tinha a tarefa quase terminada, olhou para o lado e se deparou com o estranho encapuzado. Ele se aproximara sem fazer nenhum som. Theo sobressaltou-se, deu um pulo para trás e quase tropeçou na maleta de ferramentas.

Antes que pudesse pensar em algo para dizer, o homem deslizou o capuz. Theo conteve um grito.

Era Vasco Valvassori.

— Vasco!

O Literasi se adiantou e o abraçou.

— Rapaz, você é muito bom nesse negócio de ficar vivo — disse ele, afastando-se e segurando os ombros de Theo. — Achei que iam matá-lo na hora, mas depois descobrimos que você tinha sido levado como prisioneiro.

Theo não conseguia explicar a alegria que sentia por ver o Jardineiro com vida.

— Achei que você estava morto. E quanto a Tariq? E Ítalo de Masi? Eles também sobreviveram?

Vasco assentiu.

— Sim, eles estão bem, mas foi por pouco. Os assassinos mataram muitos de meus irmãos Literasi. Uma perda irreparável.

— Eram mercenários. Estavam a serviço dos Servos Devotos.

Theo detalhou para Vasco a conversa entre Santo Agostino e o capitão dos mercenários.

Vasco afastou-se e se sentou sobre a pilha de madeira quebrada.

— Eu sei quem eram, Theo. Sei bem demais.

— Eles pretendiam matar Tariq em plena Navona para atiçar a ira do Oriente.

— Sim, mas não pense que era só isso. Santo Agostino tinha muitos objetivos com aquele ataque.

— Eles tinham interesse em ouvir coisas que eu poderia saber por ter estado na fortaleza dos Literasi. Foi só por isso que me deixaram viver.

— Você foi astuto, Theo. Bem pensado. Fico feliz que tenha conseguido.

Theo aproximou-se.

— Como você me achou? Como chegou até aqui?

Vasco tirou da túnica um pedaço de pergaminho. Era um documento de entrada que o credenciava como visitante da congregação dos Servos Devotos.

— Como você conseguiu isso?

— Documentos falsos são fáceis de se conseguir na Baixada de Navona. Além disso, acredite, esse tipo de coisa, junto com me passar por alguém que não sou, faz parte do meu trabalho.

— Por que você voltou?

— Para buscá-lo. É hora de nós partirmos.

— Nós?

— Sim, Theo. Precisamos deixar Navona e prosseguir com nosso dever. E você deve começar a tomar decisões importantes.

Theo puxou uma cadeira e se sentou ao lado de Vasco.

— Não esqueci de Raíssa. Vou encontrá-la.

— Isso é apenas uma parte do todo. Precisamos que você aceite essa missão por inteiro.

— Quer dizer me tornar um caçador de demônios, como vocês? Você está louco. Mesmo que eu acreditasse nessas maluquices que vocês perseguem, a coisa toda iria contra... meus princípios.

Vasco o encarou com um olhar intenso, escrutinador.

— Os princípios de não se envolver? De não se importar com nada que não seja você mesmo?

— Estou por conta própria, sempre estive. Nessa vida, é cada um por si...

— É mesmo, Theo? Diga-me, você foi um noviço aqui. Como uma criança pequena foge de um lugar como este?

Theo começava a desgostar da conversa.

— A fortaleza dos Servos é muito antiga, foi erguida aos poucos ao longo dos séculos. Há corredores e passagens abandonados que poucos conhecem, neste lado do complexo que fica nas encostas. Escolhi uma noite de temporal e percorri um desses caminhos. Emergi do lado de fora, perdido em meio ao terreno acidentado.

As lembranças da chuva congelada e das rajadas de vento rasgando o ar retornaram à sua mente. Contornara a fortaleza dos Servos Devotos quase paralisado pelo frio. Ainda podia sentir o beijo gelado da chuva sobre a pele. Lembrava-se do pavor que sentia de ser descoberto, de não conseguir, de retornar para as mãos dos Homens de Deus.

— De algum modo você conseguiu chegar à Baixada — disse Vasco.

Theo fez que sim.

— Quem deu abrigo para você no meio da noite, no meio da tormenta? — perguntou Vasco.

— Uma senhora me abrigou em sua casa.

— Uma senhora? Quer dizer, uma pessoa rica?

Theo sacudiu a cabeça.

— Não, era uma velha que vendia peixe no mercado da Baixada.

Vasco assentiu lentamente.

— Entendi. Uma velha pobre — disse ele. — Então essa senhora acolheu em sua casa um garoto de... quantos anos você tinha?

— Nove anos.

— Um garoto de nove anos — prosseguiu Vasco. — Obviamente fugindo de alguma congregação. Em plena Navona, sabendo dos riscos que estava correndo, mesmo assim ela o escondeu em sua casa. Por que, Theo? Por que ela faria uma coisa dessas?

Theo afundou para dentro de si mesmo. Vasco prosseguiu:

— Eu respondo: porque ela tinha um bom coração. Porque, em algum momento da sua vida, ela compreendeu melhor o significado de Deus do que todos os Servos Devotos juntos jamais compreenderão. Por isso ela decidiu ajudar aquela criança ensopada, quase morrendo de frio à sua porta. O que houve depois?

Theo levou um tempo para responder. Ainda se lembrava do rosto desdentado da velha e da maneira como ela o forçou a se aquecer diante do fogão a lenha.

— O filho da senhora era tripulante de um pequeno barco pesqueiro. Dois dias depois, a tempestade passou e ele me levou como clandestino a bordo.

Havia sido naquele dia que a sua vida nas ruas tinha começado. Naquele momento, o mundo todo se tornara a sua casa.

— Durante todas as suas andanças, você nunca pensou nessas pessoas que o ajudaram?

— Não.

— Digo o seguinte: você não é o único que sofreu. Todos os dias pessoas enfrentam provações, algumas ainda maiores do que as suas, e nem por isso desistem umas das outras. Em um mundo dilacerado pela discórdia, onde as pessoas se odeiam cada vez mais por cada vez menos, é apenas a bondade de estranhos que mantém as coisas em seus lugares. Não fosse por gente como essa velha da Baixada e o filho pescador, estaríamos mergulhados de vez no caos e na barbárie — disse Vasco. — A vida só tem sentido se ajudamos os outros, Theo. Acho que Ítalo de Masi tem razão: você se conhece muito menos do que imagina.

— Como assim?

— O que cada um de nós precisa descobrir é a missão que tem nesta vida. Aquele valor mais básico e que nos define como pessoas. Esse é o autoconhecimento verdadeiro.

— O que define você?

— Nasci para lutar — respondeu Vasco. — Primeiro lutei pelas coisas erradas. Depois, lutei por coisa nenhuma. Finalmente, decidi lutar por algo que vale a pena, pela coisa mais importante de todas. Você deve fazer o mesmo, Theo: decifrar a sua missão, o porquê de Deus ter concedido a você um tempo neste mundo.

Theo sentiu a cabeça girar. Pensou por um longo momento e depois perguntou:

— E se eu for com você, o que acontece?

— Estamos vivendo dias desesperados. Entre os Literasi que morreram no ataque, havia alguns membros da nossa ordem. Estamos com pouca gente para cumprir muitas missões, em muitos lugares diferentes. Nosso tempo se esgota.

— O que você quer de mim?

— Que se junte a nós.

Theo pensou por mais um momento enquanto a cabeça traçava planos e calculava possibilidades. Por mais lunáticas que parecessem, aquelas pessoas eram a única ligação que tinha com os homens que haviam levado Raíssa. Escolhera seguir com eles antes e teria de fazê-lo mais uma vez.

— Você tem um plano para sair... — Theo interrompeu-se pelo gesto brusco de Vasco. O Jardineiro se colocou em pé com um único movimento rápido. Seu corpo ereto ficou tenso, os braços levemente afastados do tronco, como alguém que se prepara para a luta. Os olhos esquadrinhavam, atentos, o mar de estantes que os rodeava.

Instintivamente, Theo percebeu que havia algo errado. Ficou em pé e permaneceu em silêncio. Vasco deu alguns passos cautelosos; o olhar determinado não parava de saltar pelo ambiente perdido na penumbra. Theo percebeu que ele estava com medo. A noção o encheu de cautela.

O que é capaz de pôr medo em alguém como Vasco?

No espaço entre duas estantes, uma silhueta encurvada surgiu. Não fizera nenhum som; apenas se materializara ali. Vestia o longo manto cinzento de um Jardineiro comum. O capuz caíra para trás, revelando uma cabeça calva, com a pele branca, enrugada como a de um velho. Era desproporcionalmente grande para o corpo e oscilava de um lado para outro, como se algo a atormentasse. Sua boca estava fechada, os lábios pressionados com força um contra o outro.

A súbita aparição sobressaltou Theo, mas assim que viu do que se tratava, acalmou-se... pelo menos até que seu olhar encontrou os olhos do estranho. Um calafrio correu por seu corpo e o coração disparou no peito. Nunca tinha visto nada parecido: os olhos eram brancos e embaçados; o olhar que emanava vinha carregado de terror e ódio intensos.

Theo deu um passo para trás e disse para o velho:

— Trabalho na oficina. Vim consertar...

— Não fale com ele, Theo — interveio Vasco. — Fique atrás de mim.

Vasco ergueu a barra do manto e sacou uma faca longa que tinha presa na cintura.

— É um velho, deve estar perdido — murmurou Theo enquanto o estranho se aproximava a passos lentos, os olhos sempre cravados nele.

— Acredite, Theo, isso aí não é nenhum velho — disse Vasco empunhando a arma com o braço estendido para manter o estranho afastado.

O velho abriu a boca pela primeira vez; escancarou-a muito mais do que parecia ser possível, revelando fileiras de dentes pontiagudos, mas não emitiu nenhum som. No mesmo instante, a coisa saltou na direção de Vasco como se fosse um felino. Tinha os braços bem abertos e da ponta dos dedos despontavam garras afiadas.

O Jardineiro foi pego de surpresa e caiu de costas no chão, a criatura esparramada sobre ele. Suas garras riscavam o ar, alucinadas, em busca do rosto desprotegido. A faca soltou-se da mão de Vasco e deslizou para longe. Imobilizado, ele se defendia como podia com murros e pontapés desajeitados.

Isso não é homem nenhum!

Theo correu até a faca e a pegou. Saltou para o lado, onde os dois se engalfinhavam no chão e cravou a lâmina fundo nas costas da criatura. Ela desvencilhou-se de Vasco e se pôs em pé; tentava desesperadamente arrancar a arma cravada em seu dorso, mas não a alcançava. O Jardineiro se levantou e contornou a criatura com passos cuidadosos para não entrar no raio de ação das garras. Quando ficou atrás dela, puxou a faca e recuou para onde Theo estava, com as costas coladas em uma estante.

— Ele vem de novo! — gritou Theo. A criatura abria os braços, preparando-se para atacar outra vez.

— Vamos derrubá-lo juntos! — gritou Vasco.

— Sério? — Theo estava petrificado de pavor. Não importava o que ele estivesse fazendo, o velho mantinha os olhos sempre fixos nele.

— Agora! — berrou Vasco, se precipitando contra o velho.

Theo correu atrás. Os dois deram um encontrão quase ao mesmo tempo nos ombros do agressor. A coisa caiu no chão, imóvel por um momento. Vasco montou sobre ela e, por um ou dois segundos, calculou a pontaria da faca. Em seguida a cravou com as duas mãos em um ponto exatamente entre os olhos brancos da criatura.

A lâmina penetrou fundo na cabeça. Vasco rolou para o lado, ficou em pé e se afastou. Theo assistiu horrorizado à criatura se debater, enquanto se dissolvia em meio à mais tênue nuvem de fumaça negra, como se tivesse sido posta sobre um braseiro.

Em menos de um minuto, tinha desaparecido. Sobre o chão restou apenas o manto cinzento de Jardineiro e a faca caída sobre o tecido.

Vasco deixou o corpo cair sentado, as costas escoradas em uma estante. Parecia ao ponto de exaustão. Theo aproximou-se, ofegante. Quando conseguiu controlar um pouco o ritmo descontrolado da própria respiração, perguntou:

— O que era aquilo?

Vasco o encarou. A serenidade retornara ao seu olhar.

— Um demônio.

Theo não acreditava no que tinha acabado de escutar.

— Creio que se tratava de um *sik* — completou Vasco.

— Parecia uma pessoa comum — disse Theo em voz baixa, sacudindo a cabeça.

Vasco fez que sim.

— Um coitado qualquer. No momento em que o *sik* tomou seu corpo, estava condenado.

— E essas coisas vêm da Terra Perdida?

— Sim, Theo. Você entende agora contra o que estamos lutando? Entende a importância do que estamos fazendo? — disse Vasco. — Um *sik* é um demônio menor, menos poderoso. Os documentos da antiga Absíria falam de outros muito, muito piores.

Theo afastou-se, perplexo. Depois de um instante, voltou-se para o Jardineiro, que se levantava.

— Essa coisa... estava atrás de mim.

— É claro que sim, Theo. Você pode lutar contra elas. Você e a menina.

Theo foi dominado por um pensamento horrível.

— Se essas coisas estão atrás de mim, então procurarão pela Raíssa também.

Vasco se aproximou e pousou uma mão sobre seu ombro.

— Sim... irão à procura dela acima de tudo.

Theo encarou o sacerdote.

— Quando saímos daqui?

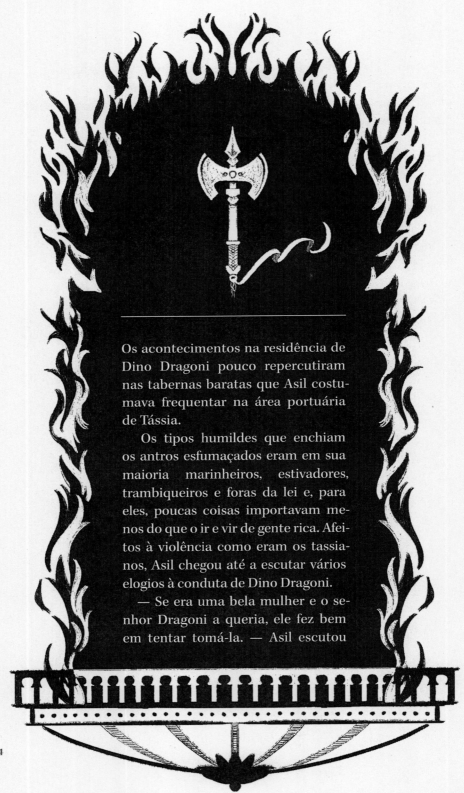

Os acontecimentos na residência de Dino Dragoni pouco repercutiram nas tabernas baratas que Asil costumava frequentar na área portuária de Tássia.

Os tipos humildes que enchiam os antros esfumaçados eram em sua maioria marinheiros, estivadores, trambiqueiros e foras da lei e, para eles, poucas coisas importavam menos do que o ir e vir de gente rica. Afeitos à violência como eram os tassianos, Asil chegou até a escutar vários elogios à conduta de Dino Dragoni.

— Se era uma bela mulher e o senhor Dragoni a queria, ele fez bem em tentar tomá-la. — Asil escutou um homem barbudo e com as vestes imundas falar em uma mesa próxima do balcão na taberna Serpente do Mar.

— Os tassianos não pedem, eles pegam aquilo que querem — urrou outro ocupante da mesa. Depois dessa colocação, todos os homens da mesa e de outras vizinhas começaram a berrar e bater os copos nos tampos de madeira em concordância. Assim que a cacofonia cessou, Asil voltou-se para a taça de vinho.

Ahmat, o proprietário do lugar, providenciara a mesma bebida da outra ocasião: uma barrica de madeira com a âncora entrecruzada com a espada. Asil retornara à taberna movido pela lembrança do vinho proveniente dos vinhedos dos Campos de Ouro, adjacentes à Cidade Celeste. Fora apenas por isso que viera; todo o resto da visita anterior, em especial a conversa com o mercenário Hasad, não passava de lembranças desagradáveis.

Mas nessa hora ansiava por uma boa bebida e por isso retornara à Serpente do Mar. Tinha muito a esquecer e, mais ainda, precisava se preparar para lidar com o que tinha pela frente: naquela tarde, mais uma vez deveria se apresentar a lorde Valmeron.

Depois de deixar a residência dos Dragoni, Asil vagueou sem rumo pela noite tassiana. Encontrou um beco imundo e sentou-se em meio à pocilga. Surpreendentemente sóbrio, colocou todos os pensamentos no lugar. Ficou lá por várias horas e, quando se levantou, fedendo a esgoto e a peixe estragado, já sabia o que faria.

Estava pronto para morrer.

Decidiu que enfrentaria Valmeron e seus cães. Diria que não participaria de outra matança; tivera o suficiente de guerra. Falaria isso e morreria, sabia bem; mas estava preparado. Iria para junto de Esil.

O velho Ahmat o estudou por um momento, como que decidindo se puxava conversa ou não, e então falou, arrancando-o de seus devaneios:

— O senhor está bem, comandante?

Asil assentiu, cansado:

— Não sou mais comandante.

Imaginou o que Valmeron tinha em mente como punição por não ter sido bem-sucedido na sua tarefa de controlar Groncho. Sem dúvida o senhor de Tássia pretendia despachá-lo para alguma frente de batalha decrépita em algum canto longínquo no estrangeiro. Rumores de uma nova

Guerra Santa estavam por toda parte; talvez o enviassem para comandar garotos verdes contra os exércitos de Usan Qsay.

A dúvida que o atormentava de verdade era como Valmeron receberia a sua recusa. Sentia um arrepio de terror ao imaginar aqueles olhos frios postos nele, tramando... sempre tramando. Morreria rápido, talvez pela lâmina do filho arrogante, Igor Valmeron, ou seria condenado a um longo tormento em uma masmorra qualquer?

— O porto anda muito movimentado, ultimamente — prosseguiu Ahmat. — Vejo navios partindo com provisões, e isso inclui armas e peças de armadura. O que está havendo, meu amigo?

— Navios carregados de armas? — perguntou Asil, lembrando-se das armaduras desprovidas de inscrições que vira na Fortaleza.

Ahmat fez que sim.

— Só na semana passada, contei onze. Todos partiram escoltados por galés de guerra. Estavam disfarçadas, mas sei que não eram navios mercantes. Na certa estão rumando para o Oriente, para dar apoio às forças que já deixaram Tássia para lutar na Guerra Santa.

Esse velho é bastante observador para um simples dono de taberna.

— Eu não saberia dizer — esquivou-se Asil.

Ahmat deu de ombros, pediu desculpas pela intromissão e foi atender outros clientes. Asil decidiu partir. A taberna estava ficando cheia demais, o vinho terminara e já se encontrava suficientemente bêbado para enfrentar o que vinha pela frente.

No trajeto em direção à periferia da cidade, onde ficava a Fortaleza, Asil percebeu os sentidos amortecidos. As pálpebras pesaram sobre os olhos, de modo que a visão limitou-se a uma pequena fenda que revelava apenas o calçamento diante dos pés. Os sons do mundo foram abafados pelos ouvidos preguiçosos, e assim a mente se esqueceu do mundo.

A visão veio sólida e cristalina, muito mais nítida do que o borrão indistinto das coisas ao seu redor.

Como sempre, lá estava, bem diante de seus olhos, a menina indefesa soluçando em meio ao salão em chamas. Dessa vez, a cena trazia uma riqueza impressionante de detalhes. Viu colunas e piso de mármore verde; identificou uma abertura para uma sacada e, além dela, um mundo exterior envolto por uma névoa espessa. Sentiu o cheiro ocre de combustão;

para onde quer que olhasse havia algo queimando. Por fim, um calafrio, e o corpo estava alerta: escutou os sons da batalha. Os ruídos achavam-se afastados, talvez em um recinto contíguo àquele, mas não estavam longe.

Como alguém que se deixa levar pela própria loucura, Asil demorou-se na cena. Estudou as paredes e teve de abafar um grito: gravado em relevo por toda a parte estava o brasão da Cidade Celeste.

Meu Deus... isso é Sobrecéu... Estarei louco?

Cravou os olhos na menina. Era miúda até mesmo para uma criança. Talvez tivesse quatro ou cinco anos, mas era difícil saber ao certo. Asil nada entendia de crianças; seu ofício sempre fora matar, não criar. A criança vestia uma camisola de seda clara, a barra já chamuscada pelas labaredas.

— Saia daí... — disse Asil para a visão. — Vestida assim, o fogo a queimará num piscar de olhos. Saia daí!

Ele não esperava uma resposta; sabia que dialogava com a própria mente, mas a criança retribuiu seu olhar. As pequenas pérolas que eram os olhos da menina congelaram seu sangue e fizeram em pedaços tudo o que havia dentro de si.

Asil caiu de joelhos na calçada.

A menina não desviou o olhar; seus olhos cheios de lágrimas, ao mesmo tempo serenos e desesperados. Ela estendeu os dois braços em sua direção, como se quisesse que Asil a tomasse no colo.

Finalmente veio à sua mente o significado da visão. Loucura ou não, sabia que a menina tinha que representar uma reencarnação de Esil.

O que aconteceu a seguir não era algo que pudesse explicar; era ainda mais surpreendente do que a visão em si. A menina, mesmo com a boca fechada, falava com ele. Sua mensagem era desesperada e desconexa.

Por favor, esteja aqui... me salve!

Quando Asil ergueu o olhar, a visão havia sumido por completo. Viu-se ajoelhado em uma rua pouco movimentada, escrutinado pelo olhar reprovador de três ou quatro transeuntes. Aquela parecera uma demonstração de fraqueza e, como tal, não era bem recebida aos olhos tassianos.

Asil se recompôs e ficou em pé. Inspirou profundamente.

Sou o mesmo homem de um segundo atrás?

Diferente ou não, louco ou são, fez o juramento de qualquer forma:

Meu nome é Asil Arcan e eu vou buscá-la. Sou Asil Arcan e eu juro por todos os deuses que vou encontrá-la!

O juramento seguinte também foi proferido apenas para si mesmo e quebrava votos antigos:

Meu machado. É hora de tomá-lo nas mãos outra vez.

Theo encontrou a oficina repleta de crianças.

Ao que parecia, haviam todos decidido aparecer ao mesmo tempo, e isso incluía seus ajudantes habituais e alguns outros que nunca tinha visto. Conhecidas ou não, as crianças tinham um aspecto aterrorizado e o observavam com os olhos bem abertos. Muitas se abraçavam, consolando-se mutuamente, enquanto outras soluçavam em voz baixa.

— O que vocês estão fazendo aqui? — perguntou Theo para ninguém em específico.

A garota com o rosto manchado, Elina, adiantou-se; era uma das mais velhas do grupo.

— Theo, desculpe se viemos todos juntos. Estamos com medo — disse ela, destacando-se da aglomeração e se aproximando de Theo. — Nosso alojamento foi escolhido para servir de ajudantes para os Homens de Deus.

Não... tudo menos isso.

Os Homens de Deus, o braço armado dos Servos, eram monstros vestidos com túnicas de Jardineiros. Eram escolhidos ainda jovens entre os sacerdotes de pior índole. Tinham sido eles que haviam castigado Soluço e Fininho, além de tantas outras coisas... As lembranças dos piores momentos de sua infância voltaram todas de uma só vez como um soco bem dado no meio do estômago.

— Vocês são um bando de chorões. Eu não estou com medo — disse um dos gêmeos. Uma das mãos miúdas segurava um pequeno graveto, que havia sido o mastro do navio de madeira. — Theo não vai deixar que nada nos aconteça.

— O que houve com o navio? — perguntou-lhe Theo.

— Um dos Homens de Deus quebrou. Ele pisou em cima até não sobrar nada.

— Mas eu consegui pegar o mastro — disse o outro gêmeo. — Antes dele me chutar também.

O coração de Theo afundou. Já tinha a própria fuga planejada. Havia várias semanas que se esforçava no trabalho para não chamar atenção. O Jardineiro Elmo nunca mais o procurara; era quase certo que já o esquecera. Tudo que tinha de fazer era não se envolver em confusões, esperar mais alguns dias e então sumir. Partiria pela porta da frente da congregação afirmando que precisava ir à Baixada para buscar madeira ou qualquer outro material em falta na oficina. Seria simples assim. Desde que não se metesse em nada que não lhe dissesse respeito...

Isso não é problema meu...

Depois de um longo silêncio em que se ouvia apenas o som das respirações nervosas dos pequenos, Elina falou:

— O que faremos, Theo?

Ele coçou o queixo e foi até uma das bancadas onde deixara sua maleta de ferramentas. Pensou por um longo momento e anunciou:

— Saiam todos. É hora das rezas vespertinas. Vocês não deveriam estar aqui. Vão criar problemas.

— Mas, Theo... — disse um dos gêmeos.

— Saiam todos — interrompeu Theo, conduzindo as crianças para fora da oficina com os braços abertos. — Saiam. Saiam... — Ficou repetindo até que a última delas tinha atravessado a porta.

Theo olhou ao redor. A oficina ficara vazia.

Soluço e Fininho jamais teriam feito isso, é verdade. Mas que fim receberam em troca?

Durante a guerra, Asil havia recebido uma única folga para retornar a Tássia e se encontrar com Mona. Foram apenas quatro noites, mas em todas elas haviam dividido a cama.

Um ano e meio depois, com a guerra terminada, Asil voltou para Tássia para reencontrar a esposa e o bebê, cuja existência conhecia apenas pelas cartas que Mona lhe enviava. A ansiedade que sentiu durante o retorno quase o levou à loucura. Mais do que tudo no mundo, queria ver o bebê e tê-lo seguro em seus braços.

Esil simbolizava uma nova vida. Representava o surgimento de outro homem, renascido a partir daquele antigo Asil que só conhecera o matar e o mutilar como meio de vida. O nascimento do bebê era também o seu. Teria uma nova chance, faria as coisas diferente e, com o tempo, trataria de esquecer o passado.

Mas aquele era o seu plano. Os deuses tinham outro, bem diferente.

Asil chegou em casa com a roupa do corpo e o machado pendurado atrás dos ombros. Correra do porto em uma única disparada alucinada para encontrar o corpo do pequeno Esil nos braços de uma Mona transfigurada por um pesar insuportável.

Acreditava-se que o surto de febre manchada que atingira Tássia fora trazido por veteranos de guerra que voltavam para casa vindos de vários cantos do Mar Interno. A doença foi implacável e, como costumava fazer, não poupou as crianças menores. Segundo Mona lhe descrevera muitos anos depois, Esil estava bem, alerta e comunicativo no berço. No fim daquela tarde, começou a ter febre e a ficar sonolento. Durante a noite, a febre se agravou à mesma medida que o pequeno corpo ia se pintando com as manchas avermelhadas.

Na manhã seguinte, estava morto.

Mona permaneceria agarrada ao corpo de Esil durante todo aquele dia. Desesperado e sem saber o que fazer, Asil teve de recorrer a vizinhos para arrancar o filho morto dos braços da mãe que perdera a razão. Ainda se lembrava da sensação do peso do corpo do bebê em seus braços. Recordava-se dos olhos escuros, que permaneceriam abertos até que Asil viesse a fechá-los. Estava coberto pelas manchas da doença, mas, afora isso, até onde ele podia ver, tratava-se de um menino forte e saudável. Na mesma noite Asil enterrou o filho. Sozinho.

Mona nunca mais fora a mesma. Arrasada pela dor, mergulhou em um mundo particular repleto de sofrimento e introspecção. Nunca mais dividiram a cama e raramente trocavam mais do que algumas palavras. Às vezes, Asil desconfiava que a esposa, de alguma forma, o culpava pelo que acontecera ao filho.

Para piorar, em tempos recentes, Mona queixava-se de dores excruciantes no abdome. O apetite diminuía dia após dia e ela estava cada vez mais magra. Asil achava que podia ser mais um sintoma da melancolia, mas algumas vezes temia que alguma outra doença estivesse roubando sua saúde.

O que sabia, porém, com certeza cristalina, era que a visão da menina trouxera tudo de volta. Imaginava estar recebendo uma segunda chance de salvar Esil. Não fazia diferença se ela era uma reencarnação do filho morto, algo em que Asil não tinha certeza se acreditava, ou ainda se era alguém cuja vida lhe fora atribuída a missão de salvar. Não importava. Agora tinha um propósito.

Por tudo isso, enfrentou sereno uma longa espera e demonstrou tranquilidade quando enfim os guardas ordenaram que entrasse no salão de lorde Valmeron. Percorreu em silêncio o caminho até a plataforma onde repousava a grande mesa retangular à beira da qual o senhor de Tássia se encontrava.

Surpreendeu-se ao ver uma pequena multidão em pé, aglomerando-se ao redor da mesa. Asil aproximou-se. Os homens perfilados eram comandantes de batalha, grandes mercadores e oficiais importantes. Valmeron estava ladeado por Dino Dragoni e Nero Martone.

Uma reunião de batalha.

Uma breve troca de olhares foi toda a atenção que recebeu de lorde Valmeron.

— Asil, escute. Não faça perguntas — ordenou o senhor de Tássia e, na mesma hora, ficou em silêncio para escutar Nero Martone, que estava com a palavra.

Esse seria o momento em que havia decidido dar o seu primeiro "não" para Valmeron. Mas aquilo fora antes da súplica da menina e de se dar conta de seu significado. Agora seus planos haviam mudado.

Asil chegou o mais perto que pôde da mesa. Por entre as silhuetas dos homens, avistou um grande mapa aberto. Espalhadas sobre a carta náutica, estavam inúmeras pequenas peças de madeira com um formato triangular, cada uma representando um navio de guerra. Sobressaltou-se assim que compreendeu o local que o mapa retratava:

Sobrecéu! Valmeron nos levará para a Cidade Celeste... Isso significa que não estou louco... a minha visão é real.

Nero Martone prosseguia com o que parecia ser o resumo de um plano de batalha:

— Conforme o plano original, a frota foi reunida aos poucos e em pedaços menores, de modo a não chamar a atenção. Estamos agora em posição de reunir todos os grupos e partir para a ofensiva.

— Já foi confirmada a informação de que a Frota Celeste partiu? — perguntou Valmeron.

— Sim. Nosso amigo confirma a partida de um grande contingente em direção ao Oriente.

— Estão estupidamente vulneráveis — observou Dino Dragoni.

— É chegada a hora — disse Valmeron. — Senhores, como pretendem proceder o ataque?

Nero Martone respondeu:

— A baía de Sobrecéu será abordada pelo norte e pelo sul. Eu comandarei cinquenta galés vindas do norte; Dino Dragoni levará vinte navios pelo sul. Nos reuniremos como uma frente única bem diante da cidade e atacaremos todos juntos.

Aquilo era uma loucura. Asil conhecia as estratégias de defesa da Cidade Celeste melhor do que a palma da própria mão. Muito antes de se aproximar da entrada da baía seriam interceptados por uma guarnição inteira da elite da Guarda Celeste. Enquanto enfrentavam os defensores — metódicos e disciplinados —, seriam abordados pela retaguarda por forças maciças vindas do mar aberto. Se por um golpe de sorte conseguissem avançar até dentro da enseada, sofreriam o massacre das catapultas com projéteis incendiários montadas no alto dos promontórios. Seria Navona revisitada. Ninguém sobreviveria.

Instintivamente, porém, sabia que nada daquilo aconteceria. Valmeron era um estrategista militar nato e odiava a derrota mais do que a qualquer outra coisa. Se lançava o ataque, era porque sabia que não tinha como perder. De alguma forma, encontrariam as portas abertas. A Asil restava apenas se perguntar: como o senhor de Tássia operara aquele milagre?

— Que tipo de reação podemos esperar dos celestinos? — quis saber um dos comandantes presentes.

Nero Martone respondeu:

— A maior parte da Frota Celeste já estava espalhada pelo Mar Interno em busca dos matadores de Ricardo Terrasini. O contingente restante partiu para o Oriente por ordem da duquesa. Devemos esperar uma pequena força da Guarda Celeste e os contingentes das famílias mercadoras, mas estes estarão desorganizados e os pegaremos de surpresa. Mesmo assim, os celestinos não devem ser subestimados.

— A mulher é estúpida, isso já sei, mas o que o comandante Máximo Armento e outros mercadores de bom senso disseram dessa estupidez? — perguntou o comandante.

— Plantamos divisão e discórdia, atiçando pequenas desavenças entre os celestinos importantes — explicou Nero Martone. — Quando cada um dos mercadores estava suficientemente preocupado com suas próprias picuinhas, plantamos a informação de que Usan Qsay avançava sobre Astan.

— Para fazer isso, o senhor deve ter alguém muito importante próximo da duquesa — observou o comandante.

Nero Martone contraiu o maxilar.

— Esses detalhes do plano não lhe dizem respeito.

— E quanto ao bárbaro Usan Qsay, não é verdade que ele pretende marchar sobre a Cidade Sagrada? — indagou outro comandante.

— Sim — respondeu Valmeron. — Mas ainda está reunindo seus exércitos e levará várias semanas ou mesmo meses até que esteja em posição de marchar contra Astan.

— Meu senhor, se Astan será nossa, teremos que lidar com Usan Qsay.

Dino Dragoni respondeu por Valmeron:

— A Frota Celeste segue para Astan. Deixe os celestinos sangrarem. Eles farão o serviço sujo para nós.

— Quando os dois lados tiverem sangrado bastante, arrasamos a ambos e tomamos a Cidade Sagrada — completou Nero Martone.

— Já é o suficiente — disse Valmeron. — Agora vão. A grandeza de Tássia está novamente em suas mãos.

Dino Dragoni e Nero Martone saíram apressados. O restante dos comandantes e mercadores se revezaram em mesuras para lorde Valmeron e também se retiraram. O salão começava a ficar vazio, quando o senhor de Tássia tornou a olhar para Asil.

— Você deve velejar na retaguarda, junto com Dino Dragoni. Esteja sempre junto dele — sua voz era fria, quase áspera. — Dessa vez, faça o que lhe é pedido.

Quando foi procurada logo depois de acordar pelas aias da mãe, Anabela já sabia que o dia não seria bom.

Informada de que a duquesa não poderia conceder audiência porque estava indisposta, Anabela entendeu que a mãe amanhecera em um dia de Lua — um dos ruins —, e que ela não sairia da cama até o dia seguinte, no mínimo. De qualquer modo, ela deveria comparecer em seu lugar ao Salão Celeste.

Trocou de roupa e engoliu o desjejum. Em questão de minutos estava no Salão Celeste acompanhada por dois secretários. Um deles era encarregado de trazer à sua presença os peticionários, enquanto o outro sentou-se ao seu lado, pronto para tomar notas de tudo o que seria dito.

A manhã começou com as esquivas de um alto funcionário do Banco de Pedra e Sal que afirmava nada poder fazer a respeito do preço dos seguros enquanto Marcus Vezzoni não retornasse à cidade. Anabela tentou descobrir quando o banqueiro retornaria ou por que havia partido tão de repente, mas recebeu como resposta apenas mais desculpas.

Seguiu-se uma sequência variada de gente, cada qual querendo uma coisa diferente. Ouviu desde comerciantes insatisfeitos com negócios que iam mal até representantes de famílias mercadoras menores querendo a concessão de uma grande rota. O momento que considerou mais difícil foi quando uma comitiva de mães de Terra entrou no Salão pedindo pelo retorno dos filhos que haviam partido para a guerra com a Frota Celeste.

Anabela afirmou que entendia por que elas estavam ali e que simpatizava com suas preocupações. Enfatizou a elas que defender os interesses de Sobrecéu em Astan era defender a própria Cidade Celeste. Os rapazes e todos os homens que velejavam com a frota eram heróis, e rezava por eles e pelo seu retorno seguro, o que era uma verdade.

O encontro com as mães a deixou ao mesmo tempo exausta e inquieta. O que dissera a elas era mesmo a verdade? Teria mesmo sido necessário mandar seus filhos e maridos para enfrentar um inimigo que não conheciam em uma terra distante? Todos afirmavam que Usan Qsay era um bárbaro irracional, e nesse momento ficara claro outro erro de julgamento da mãe: antes de mandar tantos homens para guerra, deveriam ouvir o que Qsay teria a dizer.

A manhã terminou ainda pior com a notícia de que uma tempestade feroz apanhara de surpresa um grupo de galés de guerra dos Terrasini. Sete navios afundaram e outros cinco foram arrastados para a costa, em um local pouco habitado a oeste de Tahir. Os sobreviventes foram assaltados e massacrados por povos nômades do deserto.

Anabela não tocou no almoço. Estava sem apetite, pensando nos homens que haviam perecido. Sentia-se responsável por cada um deles; a imagem das mães na audiência, pedindo pelo retorno dos filhos, fixou-se na sua mente. Logo viu-se atormentada por uma dor de cabeça que começou tímida, mas em pouco tempo golpeava suas têmporas como um martelo.

A tarde começou mal e logo piorou. Antes que pudesse se dar conta, horas haviam se passado durante as quais fora ignorada por representantes de bancos menores e insultada com extrema descortesia por Marco Guerra e Lazzaro Mancuso. Os comerciantes, obviamente, vieram um de cada vez, mas seus modos grosseiros e sua escolha de palavras eram tão parecidas que Anabela foi obrigada a concordar com Emílio Terranova: os dois eram bufões, mais parecidos um com o outro do que imaginavam.

Anabela sentia como se tivesse levado uma surra. Seu corpo doía e a cabeça latejava. Torcia para que a audiência tivesse terminado, mas um dos secretários anunciou que havia um rapaz cujo nome não estava na pauta do dia, mas que afirmava ter um assunto urgente para tratar com a representante da duquesa. Mesmo exausta, decidiu receber o recém-chegado.

Nada do que ele disser pode piorar o meu dia...

O secretário conduziu ao Salão Celeste um rapaz jovem com um aspecto que beirava a exaustão. Era magro, mas a maneira como as pregas de pele pendiam dos seus braços sugeriam que ele perdera peso recentemente. Usava roupas imundas de marinheiro, ainda úmidas com água salgada. Talvez tivesse um rosto bonito, mas era difícil de dizer porque ele estava coberto por ferimentos grandes e mal cicatrizados.

Esse aí passou por maus momentos.

O rapaz se aproximou e ajoelhou-se diante dela. Em seguida, levantou-se e disse:

— A senhora é Anabela Terrasini, a filha da duquesa, eu presumo.

— Sim. Quem é você?

Ele deu uma olhadela para os lados, como se estivesse prestes a contar um segredo.

— As pessoas me conhecem como Próximo — respondeu ele. — Trabalho para um homem talentoso.

Emílio Terranova... A julgar pela aparência deste rapaz, estou diante de uma Formiga.

— Senhora, tenho um assunto da mais alta importância para tratar. Mas o que tenho a dizer é somente para os seus ouvidos.

Anabela foi pega de surpresa, mas compreendeu a cautela. Refletiu por um instante e dispensou os dois secretários. Assim que eles se foram, permaneceram apenas os soldados da Guarda Celeste, imóveis nos cantos junto das colunas.

— Diga o que tem a dizer.

Ele reduziu o tom de voz quase a um sussurro.

— Sou uma... Formiga e sirvo em Valporto há algum tempo.

Acabo de encontrar a Formiga desaparecida.

— Há algumas semanas, uma movimentação na área portuária da Cidade do Sol chamou a minha atenção — prosseguiu ele. — Um homem misterioso, comportando-se como um mercador comum, recrutava gente pobre e indigentes para uma viagem. Ele oferecia como soldo cinco luas de prata, o que para gente assim é uma verdadeira fortuna.

— Uma viagem? Para onde?

Ele fez uma pausa e respondeu:

— Ilhabela.

Anabela sentiu o coração dar um salto no peito. Seus instintos a colocaram em alerta.

Essa Formiga encontrou algo importante.

— Prossiga.

— Mesmo sem ter recebido ordens diretas para isso, resolvi investigar. Ilhabela é um local inóspito e inútil, mas a sua proximidade com a Cidade Celeste era algo que não podia ser ignorado.

— E o que você descobriu?

— O recrutamento prosseguiu por vários dias. No final foram reunidas ao redor de uma centena de pessoas.

— E você era uma delas.

Ele fez que sim.

— Quem eram essas pessoas? — perguntou Anabela.

— Moradores de rua, cozinheiros, estivadores... gente simples que nunca navegara antes.

— Gente cujo sumiço ninguém investigaria a fundo.

Ele a fitou com os olhos bem abertos em surpresa.

— É isso mesmo, senhora.

— E isso tudo teve a ver com a morte do meu irmão?

Ele suspirou e deixou os ombros caírem, como se, de algum modo, se sentisse culpado pelo ocorrido.

— Sim, senhora. Teve tudo a ver — respondeu ele. — Como achei que se tratava de uma coisa importante, decidi me alistar para a viagem. Partimos em uma grande flotilha em direção ao norte. Dias depois, ao largo de Ilhabela, encenamos o que deveria se parecer com uma armada: ficamos todos parados nos conveses empunhando espadas e lanças de mentira.

Os corsários de Carlos Carolei...

Anabela sentiu-se a pessoa mais estúpida que existia. Por que não haviam enviado batedores para investigar aquela suposta frota de piratas? Como um movimento tão elementar tinha sido omitido? Fora por culpa da inépcia da mãe ou pela insistência de Carlos Carolei? Por mais que tentasse, não conseguia se lembrar.

— Uma armadilha — disse ela para si mesma. — Mas os homens que atacaram meu irmão eram guerreiros tarimbados. Tinham que ser, pois enfrentaram e venceram uma guarnição da Guarda Celeste.

Próximo relatou como depois da encenação os atores foram levados a uma praia, onde acabariam sendo massacrados durante a noite. Descreveu como ele sobreviveu junto com outro rapaz, escondido na mata, apenas para ser capturado na manhã seguinte.

— Como você escapou?

— É uma longa história... mas eu consegui.

— Se os atores da encenação já estavam mortos, você foi capturado pelos homens que travaram batalha com meu irmão. Os verdadeiros inimigos — disse Anabela. — O que você tem a me dizer sobre eles?

— É aí que vem a parte mais importante, senhora — respondeu ele. — Já servi na Guarda Celeste. Conheço tipos militares e afirmo que aqueles homens que nos fizeram prisioneiros eram soldados treinados. E mais: aguardavam uma batalha acontecer.

A cabeça de Anabela dava voltas.

— Já esperavam por meu irmão... Mas como? Como poderiam saber que Ricardo iria até eles?

— Eu não sei, mas estavam prontos. Encurralaram nossos navios em uma enseada. Foi uma cilada muito bem orquestrada e executada à perfeição. — Ele baixou o olhar. — Sinto muito se não pude fazer nada.

— Quem eram esses soldados? Sei que não usavam bandeiras, mas você tem alguma pista de onde podem ter vindo? — perguntou Anabela.

Próximo ergueu os olhos e a encarou, o olhar intenso e carregado de temor.

— Enquanto era cativo, ouvi alguns soldados conversando. Aquele sotaque...

— O que tem? — Anabela perguntou, de repente sem fôlego.

— Tássia. São tassianos, minha senhora.

Anabela sentiu como se o Salão Celeste se desfizesse ao seu redor, o teto e as grossas colunas de mármore tombando sobre ela em uma catástrofe horrenda. Com a visão turva e os sentidos embaralhados, escutou uma voz distante. Era Próximo:

— Senhora, precisamos falar com Máximo Armento. Onde ele está? Por que não está aqui, ao seu lado?

Ele não está aqui porque partiu... levando consigo a Frota Celeste.

Theo aguardou a primeira noite de tormenta.

A espera lembrou-o demais da sua fuga anterior daquela mesma fortaleza, quando ainda era um menino. Naquela ocasião, depois que tinha tudo planejado e sabia o caminho que precisaria percorrer, restou apenas aguardar uma noite chuvosa. O mau tempo limparia o pátio interno, mantendo os Jardineiros no abrigo de suas torres e alojamentos. Mas não era só isso: durante uma intempérie, no meio da noite, era certo que os Homens de Deus relaxariam a vigilância das muralhas.

Quando criança, teve azar e, mesmo com tudo pronto para fugir, precisou esperar por quase um mês até que um temporal decidisse desabar durante a noite. Dessa vez foi diferente: no fim do quarto dia após ter encontrado Vasco na biblioteca, nuvens negras desceram do norte e trouxeram consigo um ocaso antecipado e a promessa de uma noite tempestuosa.

Theo mal podia controlar a ansiedade. Com o coração recusando-se a voltar ao ritmo normal, pensou em tudo o que fizera desde que chegou até ali. Olhando para trás, não acreditava que tivera o sangue frio de viver entre os Servos, fingindo tranquilidade.

Mas era chegada a hora de partir.

O encontro com o demônio sacudira sua visão do mundo. Depois daquilo, tudo havia mudado; não conseguia mais ver as coisas da mesma forma. Devia seguir seu destino e isso significava ir embora. Tudo o que tinha de fazer era esperar a noite cair e atravessar a porta da oficina.

Parecia simples. Mas não era.

Não conseguia parar de pensar nas crianças.

Com a mente atormentada por dúvidas, Theo assistiu ao temporal desabar sobre a fortaleza dos Servos Devotos. Começou com o súbito assobio de uma rajada; em instantes o vento trouxe uma enxurrada de grossos pingos que tamborilavam furiosos contra o vidro da janela. O pátio lá fora logo ficou deserto, seus contornos obscurecidos pela cortina d´água. Mesmo assim, esperou. Algumas horas mais tarde, como que para anunciar que o momento chegara, escutou batidas na porta. Sabia quem era.

Dessa vez, Vasco usava roupas comuns de comerciante, que estavam ensopadas. Theo abriu a porta.

— Quem é você, hoje? — perguntou para o Jardineiro.

— Hoje sou um comerciante da Baixada que vai levá-lo para comprar insumos importantes na cidade — respondeu ele, desenrolando um pergaminho.

Theo examinou-o: era um documento de saída. A liberação tinha o selo da administração dos Servos e permitia ao ajudante de marceneiro ir até a baixada para comprar materiais para a oficina.

— Como você fez para conseguir isso?

— Com dinheiro, consegue-se qualquer coisa na Baixada. Tariq pagou por ele — respondeu Vasco. — Agora vamos. Temos pouco tempo.

Theo tirou o macacão de trabalho e vestiu uma túnica cinzenta de Jardineiro que encontrou junto com os pertences do antigo carpinteiro. Depois, cobriu o corpo com uma capa de chuva, abriu a porta e saiu acompanhado por Vasco. A chuva martelou a lona da capa sobre a sua cabeça e na mesma hora os pingos encontraram o caminho da abertura e lavaram seu rosto. Estava gelada e continuava a cair com força, rodopiando com as golfadas de vento. Protegido em um bolso interno das vestes estava o documento que Vasco lhe dera. Tudo o que tinha de fazer era apresentá-lo aos guardas nos portões e estaria livre.

No quinto passo avançando pelo pátio, se deteve. Como uma assombração, apareceram diante de si os rostos de todos os noviços que tinham estado na oficina pedindo por socorro. Theo segurou um grito de raiva e cerrou os punhos.

Rapaz estúpido! Idiota...!

— Por que você parou? — perguntou Vasco, irritado.

— As crianças. Vou levá-las.

Vasco aproximou-se a passou rápidos.

— Do que você está falando?

— Os noviços que eram meus ajudantes na oficina. Vou tirá-los daqui.

— Por quê? Você está louco. Nunca passaremos pelos portões com um bando de crianças — trovejou Vasco, virando-se para seguir em frente.

Theo puxou-o pelo braço e o forçou a dar uma meia-volta.

— As crianças foram transferidas. Vão servir aos Homens de Deus.

Vasco congelou. Sabia o que isso significava. Qualquer um sabia.

— Vou levá-las — disse Theo, calmamente. — Com a sua ajuda ou sem ela. Se você me ajudar será mais fácil, e mais rápido.

Vasco sacudiu a cabeça, derrotado.

Theo disparou de volta para a oficina com Vasco em seu encalço. Precisava ser rápido ou corria o risco de mudar de ideia.

Continuou a amaldiçoar a si mesmo enquanto retornava. Correu para dentro e apanhou uma grande lona coberta de pó. Voltou para fora e a usou para cobrir a carroça de carga da oficina. Levou quase meia hora para ir até os estábulos e convencer o cocheiro de que precisava levar um cavalo àquela hora e com aquele tempo.

Depois de perder uma preciosa hora, Theo prendeu o cavalo na carroça e o levou pela mão em direção aos alojamentos dos noviços, seguido por um Vasco cada vez mais apreensivo. Para seu terror, a chuva amainara consideravelmente, assim como o vento que parara de rodopiar pelo pátio.

O alojamento dos noviços e dos Jardineiros recém-ordenados era um prédio retangular de madeira com dois andares. Colado na muralha interna, ficava afastado das construções mais importantes do complexo, o que garantia que o movimento de gente ali fosse menor. Mesmo assim, Theo precisava torcer para não encontrar nenhum sacerdote — ou pior, algum Homem de Deus — nos corredores do dormitório.

Deixou o cavalo com Vasco e apanhou um lampião.

— Espere por mim aqui — disse, antes de entrar.

O primeiro ambiente que Theo encontrou foi uma sala comum. O lugar cintilava à meia-luz de um lampião quase se apagando, esquecido por alguém que já fora dormir. Em uma poltrona, um Jardineiro gordo roncava ruidosamente. Theo avançou com cuidado, medindo cada passo. O interior dos alojamentos estava quase às escuras. Os corredores cheiravam a madeira molhada e estavam iluminados aqui e ali por velas presas em arandelas nas paredes. Aos poucos o ronco do sacerdote se extinguiu e, bem baixinho, sobrepôs-se um ronronar quase inaudível de alguém rezando em voz muito baixa.

Estivera ali algumas vezes, por isso sabia a localização dos três quartos onde ficavam os seus ajudantes. Um deles abrigava as meninas e, o outro, os meninos. No terceiro viviam os garotos e garotas menores, com menos de cinco anos de idade. Theo sabia que as peças eram usadas apenas para pernoite. Durante o dia, o pequenos tinham uma rotina brutal de rezas e trabalhos para enfrentar.

Abriu a porta do quarto dos meninos. Para sua surpresa, encontrou todas as crianças, meninos e meninas, amontoadas em um canto. No chão, junto da entrada, empilhavam-se pequenas trouxas de tecido que eram os poucos pertences que possuíam. A mudança para a caserna dos Homens de Deus, do outro lado do complexo, devia ser iminente.

— Theo! — gritou uma voz de menina. Era Elina.

Theo fez sinal para que ficassem em silêncio. Em segundos, estava cercado pelas crianças; as mãos miúdas agarrando e puxando desesperadas o tecido da sua capa de chuva.

— Fiquem quietos e escutem — disse Theo, agachando-se junto delas. — Vou levar vocês embora, mas preciso que saiam ser fazer barulho. Não levem nada, não haverá espaço. Apenas vistam roupas quentes.

— Não temos roupas quentes, Theo — observou Elina.

Theo suspirou. É claro que não tinham.

— Então vamos indo.

— Para onde? — perguntou um dos gêmeos.

— Junto da porta da frente está estacionada uma carroça. Escondam-se na parte de trás e se cubram com a lona. Aconteça o que acontecer, não se mexam e não falem.

As crianças assentiram e se abraçaram umas às outras. Elina organizou a fila de saída. Enquanto as crianças deixavam o quarto, ela sorriu para Theo.

— Eu sabia que você não deixaria que nada nos acontecesse. Eu disse a eles.

— Estão todos aqui? — perguntou Theo, contando cada criança que passava.

Ela fez que sim.

— Então vamos.

Theo seguiu a fileira de crianças até a sala comum. Aquela seria a parte arriscada, mas, assim que espiou o ambiente, constatou que o Jardineiro gordo ainda jazia inerte em sua poltrona.

Em instantes estavam no lado de fora. Vasco, de prontidão, colocara um caixote de madeira junto da parte de trás da carroça para que as crianças pudessem subir com mais facilidade. Em menos de um minuto todas as doze crianças estavam escondidas debaixo da lona.

Com a ajuda de Vasco, cobriu-as bem e obliterou as frestas maiores que se formaram nos cantos da cobertura. A parte de baixo da carroça era feita com tábuas fenestradas, mesmo assim, deixou pequenas aberturas para que as crianças pudessem respirar. Assim que terminou, foi até o cavalo e o puxou pelas rédeas em direção a saída.

No portão principal da fortaleza dos Servos Devotos encontraram três soldados com a armadura cinza-escarlate dos Homens de Deus. Um deles se aproximou.

— Ei, rapaz. Parado aí.

Theo sentiu o coração se torcer no peito. Receou que a pulsação exagerada das veias em seu pescoço denunciasse o medo que sentia.

— Aonde pensam que vão? — quis saber o soldado.

Theo puxou o pergaminho com o documento de liberação e o apresentou ao guarda.

— Trabalho na carpintaria. Devo ir à Baixada comprar materiais que estão em falta na oficina.

— A essa hora? Com esse tempo? — indagou o guarda, com o cenho franzido.

Theo o observou com o rosto impassível. O homem era um brutamontes, com um rosto rude e o porte de um urso. Seu hálito fedia a cerveja. As gotas de chuva desenhavam linhas prateadas no aço da armadura enquanto ele estudava o pergaminho.

— E você, quem é? — perguntou a Vasco.

— Sou o dono de uma ferragem na Baixada, senhor. Vou levar o rapaz até a loja e providenciar tudo que me foi ordenado.

— A essa hora? — insistiu mais uma vez o guarda, fitando tanto Theo quanto Vasco.

Theo desceu da carroça, aproximou-se do guarda e disse, em tom de confidência:

— Talvez o senhor não esteja sabendo, mas há um problema sério na cúpula do Quintal privado de orações de sua Santidade. Foi descoberto um grande buraco no reboco. Na última chuvarada, sua Santidade molhou-se em plena sessão de orações. Uma tragédia.

— E com essa chuva, agora... — observou Vasco.

— Exato — concordou Theo. — Preciso estar pronto para começar a trabalhar antes da aurora.

O guarda relaxou pela primeira vez.

— Bem, se é para sua Santidade... creio que não há problema. Por que precisam da carroça?

— Para carregar as mercadorias, é claro — interveio Vasco.

— O que há na parte de trás?

— Está vazio — respondeu Theo.

O guarda esticou o pescoço.

— Não parece vazio.

Theo se interpôs entre o guarda e a carroça.

— Estou levando alguns sacos de tecido para colocar as mercadorias.

O soldado lançou um olhar desconfiado.

— Vou dar uma olhada.

O coração de Theo parou.

— Olha, senhor, sei que está tentando cumprir com o seu dever, mas preciso ir até a cidade agora mesmo. O trajeto é demorado e ainda preciso escolher os materiais certos. Se eu me demorar e não começar o trabalho a tempo, o Jardineiro Elmo exigirá saber o porquê do meu atraso. Neste caso, terei de dizer que...

— Não será necessário — interrompeu o guarda. — Estou farto desta chuva. Passem logo que eu quero voltar lá para dentro.

Theo agradeceu e correu de volta para a carroça, tentando não parecer apressado demais. Dominado pelo pavor, mantinha o corpo rígido e o olhar fixo à frente, nas duas imensas placas de madeira cravejadas com rebites de ferro que o separavam do mundo lá fora. Imóvel, aguardou um, dois... três segundos, e então o som do longo silvo metálico dos mecanismos encheu o ar, sobrepondo-se à melodia da chuva e do vento. Os grossos portões duplos dos Servos Devotos começaram a se abrir. Não podia correr o risco de parecer impaciente, por isso usou toda a coragem que tinha para aguardar até que os portões estivessem quase completamente abertos para apenas então instar o cavalo. Instantes depois, atravessaram o vão. Estavam livres.

Vasco os conduziu pela estrada que descia íngreme até a alameda que abrigava as sedes das outras congregações. O avanço foi lento e cansativo, pois o calçamento estava ensopado e a descida era sinuosa. Uma hora depois passaram pela fortaleza dos Literasi. Após mais um tempo, atravessaram uma Baixada adormecida e, em instantes, chegaram ao porto de Navona. No abrigado porto da Cidade de Deus a chuva havia diminuído bastante e o vento cessara por completo.

Vasco parou aos pés da prancha de embarque de uma grande galé mercantil, a *Garota Celeste*, com as cores de Sobrecéu.

— Espere aqui, Theo — disse ele, antes de subir a bordo.

Theo assistiu a uma discussão acalorada entre o Jardineiro e uma figura que, sem dúvida, era o capitão do navio. Evidentemente estavam discordando a respeito do embarque das crianças. A longa conversa acabou sendo encerrada quando Vasco entregou para o homem uma pesada bolsa de tecido. Theo compreendeu que um acordo fora selado e na mesma hora começou a tirar as crianças da carroça. Estavam todas assustadas, mas haviam cumprido bem a sua parte. Theo não escutara nenhum som durante toda a fuga.

Em pouco tempo estavam embarcados. Theo espantou-se ao constatar que as amarras estavam sendo soltas e que o navio já se preparava para zarpar. Com a sua geografia acidentada, eram poucos os marujos que se arriscavam a sair do porto de Navona sem a luz do sol para guiá-los. Do alto do castelo de proa, viu quatro botes tripulados por remadores locais puxando o navio para longe do atracadouro.

Consegui... de novo.

Theo entrou na coberta e foi verificar as crianças. Embora espremidas em uma única cabine, ninguém parecia se importar com a falta de espaço. Já estavam acostumadas com aquilo. Ficou satisfeito com o estado delas; haviam enfrentado com bravura mais aquela provação em suas vidas. Não fazia ideia do que seria delas, mas decidiu que não pensaria nisso agora.

Qualquer coisa é melhor dos que os Servos Devotos e seus Homens de Deus.

Retornou ao convés e descansou os braços sobre a amurada. Descobriu que os remadores já haviam sumido; o navio içara as velas e navegava preguiçoso em meio à chuva que parara quase que por completo. Observou as falésias que deixavam para trás: no breu da noite, pareciam vultos que assomavam atrás da embarcação. Perdeu o olhar em direção à proa e viu apenas o negrume do mar. No céu oriental, a aurora já podia ser adivinhada como a mais tênue mancha cinzenta tingindo as nuvens carregadas. Seguro de que o navio avançava para o alto-mar sem nada para impedi-lo, Theo sentiu o corpo relaxar.

— Conseguimos, Theo — disse Vasco, postando-se do seu lado. O Jardineiro parecia exausto.

— E agora, para onde?

— Observe — disse Vasco, apontando para o mar adiante.

A silhueta de outra embarcação diretamente à proa foi aos poucos se definindo contra o céu da aurora. Theo constatou que ela tinha os dois mastros nus, não navegava, apenas estava lá à deriva.

— Está à nossa espera?

Vasco assentiu.

Quase meia hora depois, com a luminosidade do amanhecer lançando cores vívidas sobre o mundo, Theo pôde ver com clareza o navio que os aguardava.

— *Samira* — disse Theo ao ler o nome escrito na proa. — Tariq.

— Navona tornou-se território perigoso para ele e para seus homens depois do ataque aos Literasi. Ele esteve envolvido em outras tarefas e, agora que a hora de buscar você chegou, achamos que seria mais prudente se ele esperasse em mar aberto.

O *Samira* era uma embarcação de porte e estrutura semelhantes ao *Filha de Astan*, navio que o trouxera até Navona. No convés, homens com barbas espessas e aspecto austero observavam a sua aproximação.

Guerreiros orientais.

Quando as duas embarcações se aproximaram o suficiente, Vasco o levou até um bote. Juntos remaram até o *Samira,* acompanhados pelo capitão e por alguns marujos da galé mercante. Subiram a bordo por uma escada de corda lançada pelo bordo, lutando para se equilibrar com o balanço das ondas. No convés, uma mistura de marinheiros e soldados com cimitarras nas cinturas os estudava. Do meio deles surgiu Tariq. O príncipe usava roupas comuns de um tecido leve, mas sua cimitarra pendia presa na cintura. Ele sorriu quando os viu e adiantou-se para abraçá-lo.

— Theo! — exclamou ele. — Fico muito feliz em revê-lo, amigo.

Theo separou-se do abraço.

— Eu também. Onde está Marat?

O rosto de Tariq tornou-se sombrio. Ele apenas sacudiu a cabeça como resposta.

— Eu sinto muito — disse Theo.

— Marat Aziz cuidava de mim desde o dia em que nasci. Antes disso, o pai dele cuidou do meu pai da mesma forma. Há gerações os Aziz cuidam da segurança da família real de Samira. Tudo o que sei sobre lança e espada, devo a ele. Não se engane, Theo: o responsável por isso pagará — concluiu, batendo com a mão no cabo da espada.

Tariq voltou-se para Vasco. Os dois trocaram um rápido abraço.

— Meu amigo, precisamos conversar. Algo aconteceu — disse Vasco com o semblante sério.

Tariq assentiu.

— Vamos para minha cabine.

O príncipe ocupava a cabine do capitão, sob o convés do tombadilho. O ambiente era um pouco apertado, mas estava bem iluminado. A luz do dia que se iniciava entrava pelas grandes janelas retangulares junto do espelho de popa. Tariq deixou a espada em um gancho atrás da porta e sentou-se à cabeceira de uma mesa de carvalho envelhecida, que repousava no centro do recinto.

Assim que se sentaram, Vasco detalhou para Tariq o encontro com o demônio *sik*. O príncipe escutou atentamente, sorvendo cada palavra. Se o relato o surpreendera ou amedrontara, seu rosto não transpareceu.

— Isso é... perturbador — disse ele por fim. — Mas não de todo inesperado. Os relatos que tivemos das expedições recentes à Terra Perdida corroboram que algo está acontecendo. Samat Safin também antecipou isso ao decifrar aqueles documentos. Mesmo assim, ouvir que é mesmo verdade é aterrador.

Theo encolheu os ombros por um momento. Não tinha pensado na possibilidade de encontrar um demônio outra vez, mas era óbvio que corria esse risco.

— Isso é só o começo — disse Vasco, voltando-se para Tariq. — Pelo que sabemos, as Sentinelas permanecem caladas.

— Sentinelas? — perguntou Theo.

Tariq inclinou-se sobre a mesa.

— É muito difícil explicar o que é uma Sentinela, Theo. Você ainda verá uma delas, creio eu. Por ora, basta saber que é a única forma que temos de nos assegurar se entidades de outro mundo penetraram no nosso.

— A aparição deste *sik* é um aviso. Precisamos agir — disse Vasco. — O motivo da existência da nossa ordem, tudo pelo que lutamos, foi à espera deste momento.

Tariq assentiu, solene.

— O ataque aos seus irmãos indica que temos outras pessoas interessadas nas *fahir*. Estavam em busca de informações a respeito da nossa luta.

— Theo foi interrogado por Santo Agostino — observou Vasco.

— Por que os Servos Devotos estariam metidos nisso? — quis saber Theo.

— Não temos ideia. Os Servos nunca deram importância à nossa ordem antes. Algo mudou.

— É hora de parar de perseguir sombras — disse Tariq. — Devemos reunir os *fahir* que conseguirmos encontrar e rumar para a Absíria.

— E quanto à Raíssa? Vocês prometeram que me ajudariam a encontrá-la.

— Estive trabalhando nisso, Theo — respondeu Tariq. — Por mais trágico que tenha sido, o ataque aos Literasi nos deu uma pista importante.

— Aqueles sujeitos eram mercenários — disse Theo. — Usar os Homens de Deus contra outros religiosos em plena Navona é demais, até mesmo para os Servos.

— Não são mercenários quaisquer, Theo — observou Vasco. — São as Folhas de Hamam.

Theo estreitou os olhos.

— A antiga irmandade de assassinos? Achei que eles fossem apenas uma história, uma lenda.

— Não, Theo — respondeu Vasco. — São bem reais... desde que você tenha um bolso suficientemente fundo para contratá-los.

— Os Servos devem querer muito saber o que vocês estão fazendo — ponderou Theo. — E o que esses mercenários têm a ver com a Raíssa?

Tariq prosseguiu:

— Um dos soldados que matamos quando libertamos você e Próximo em Ilhabela usava o emblema deles: uma tatuagem no ombro do desenho de um crânio com vermes saindo pelas órbitas.

— Se os Servos os contrataram, então estão atrás das *fahir,* também — concluiu Theo. — Se eles a levaram, onde a estão escondendo?

— Ainda não sabemos — respondeu Tariq. — Em breve nos reuniremos com o grupo que esteve em Sobrecéu. Juntando o que todos descobrimos, poderemos chegar mais perto dessa resposta.

— Onde devemos nos reunir? — perguntou Vasco.

— Recebi uma mensagem de Ítalo de Masi — respondeu Tariq. — Ele considera mais segura uma reunião em Rafela.

— Achei que nos reuniríamos em Sobrecéu — disse Vasco.

— Algo está para acontecer na Cidade Celeste.

— Como assim? — perguntou Theo.

— Uma armada está sendo reunida ao longo da costa celeste — respondeu Tariq. — É apenas uma questão de dias até que avancem sobre a cidade.

— Quem são? — perguntou Theo, atônito.

— Tassianos — respondeu Vasco —, assim como os homens que emboscaram Ricardo Terrasini em Ilhabela.

— Isso é loucura — disse Theo. — A Frota Celeste é a maior armada que existe. Os tassianos não chegarão nem perto de Sobrecéu.

— Muita coisa aconteceu, Theo — disse Vasco. — Acreditamos que uma conspiração se ramificou no coração do poder de Sobrecéu e abriu caminho para que essa investida fosse possível. Neste momento, a Frota Celeste está longe de casa, rumando para o Oriente para enfrentar o tio de Tariq.

— Isso é bobagem — interveio o príncipe. — Usan Qsay prepara uma guerra, todos sabem, mas levará meses até que esteja em posição de marchar em direção a Astan. Detalhes de alianças com líderes de nações fiéis a Ellam ainda precisam ser costurados. Aliados precisam ser convencidos a pegar em armas. Se o meu tio estivesse indo para a guerra, eu não estaria aqui.

— A informação de que Usan Qsay estava marchando sobre Astan foi uma distração — concluiu Theo. — Para tirar a Frota Celeste do caminho. Muito engenhoso.

— Por qualquer lado que se olhe, cheira a Valmeron e a seus cães — disse Vasco.

— Se a Frota Celeste ruma para o Oriente, meu tio será forçado a acelerar seus planos — observou Tariq. — Haverá guerra antes do previsto.

— Os tassianos deixarão seu tio e os celestinos brigarem à vontade — disse Theo. — Quando os dois lados estiverem bem cansados e com uma montanha de mortos para enterrar, eles mesmos marcharão para o Oriente.

Tariq perdeu o olhar na cabine, coçando o queixo.

— O Oriente é passagem obrigatória para a Terra Perdida. Se a Guerra Santa eclodir, isso retardará ainda mais os nossos planos.

— Precisamos nos reunir e tomar uma decisão rápida — disse Vasco. — Mas de nada adianta tudo isso se não conseguirmos tirar a *fahir* e a sua protetora de Sobrecéu.

— Por que elas não querem sair? — perguntou Theo. — Vocês contaram a verdade a elas?

A história era tão fantástica que Theo não sabia se aquilo realmente ajudaria. De qualquer modo, parecia óbvio que era necessário explicar tudo para essa garota.

— É mais complicado do que parece, Theo — respondeu Vasco. — Essa garota, ela é...

— O que tem ela?

Vasco levou um tempo para responder.

— A *val-fahir* é Anabela Terrasini, filha do duque Alexander Terrasini, e a *fahir* é sua irmã, Júnia Terrasini.

Theo arregalou os olhos. Agora entendia a dificuldade.

— Ela vive na Fortaleza Celeste. Nunca vai querer sair de lá — sentenciou Theo.

Vasco concordou com um suspiro desanimado.

— Sim, Theo. E não há meio de tirá-la de lá.

— Tentou-se de tudo — completou Tariq.

Um pesado silêncio caiu sobre a mesa. Tariq mantinha o olhar perdido em algum canto da sala, pensativo. Vasco o estudava, impotente. Nenhum dos dois sabia o que fazer. Depois de um longo tempo, quando Theo falou, mal pôde acreditar no que dizia:

— Eu tento convencer a garota a deixar a cidade e a escutar o que vocês têm a dizer. Temos as *fahir* em comum. Talvez ela me escute.

O rosto de Vasco se iluminou, as sobrancelhas se erguendo alto em surpresa. Tariq sorriu.

— Você tem certeza disso, Theo? — perguntou o príncipe. — Você pode muito bem estar rumando para o meio de uma confusão danada.

Ele assentiu.

Venho tentando não morrer desde o dia em que nasci.

Mas é claro que preferia que não houvesse tassianos metidos no meio da história.

— Tariq, é a nossa última esperança — disse Vasco. — Como faremos para mandá-lo até lá?

— A *Garota Celeste* é de Sobrecéu e está voltando para casa. Podemos pagar para que Theo retorne com eles.

— É bem possível que os tassianos armem um bloqueio naval antes de atacar a cidade — ponderou Vasco.

— O capitão e a tripulação conhecem a Costa Celeste. Se houver mesmo um bloqueio, eles serão os únicos que saberão como contorná-lo.

— O que eu digo à garota? — perguntou Theo.

— Devo avisá-lo: ela é inteligente e será difícil convencê-la a deixar Sobrecéu com você — explicou Vasco. — Diga que você a levará até Lyriss. Diga que é urgente. Fale a verdade.

— Quem é Lyriss?

— Uma pessoa da nossa ordem. Ela e Anabela Terrasini se tornaram boas amigas.

— Mesmo assim ela não quis deixar Sobrecéu... O quanto ela sabe de toda essa história?

— Lyriss não chegou a contar a verdade. Muitas coisas aconteceram à Anabela, começando pela perda do pai e do irmão. Achamos que não seria uma hora adequada para revelar tudo a ela.

Theo assentiu. Poderia tentar usar aquilo para convencê-la, mas, antes disso, não fazia ideia de como faria para chegar até a sua presença.

A garota vive na Fortaleza Celeste. Como farei para entrar lá, pedir licença? Estou louco...

— E quanto às crianças? — quis saber Theo.

— Traremos elas a bordo do *Samira*. Assim que possível, as enviarei em um navio para casa. Em Samira elas estarão em segurança.

Os dois homens se voltaram para Theo. Depois de um momento, Vasco perguntou:

— Theo?

Ele fez uma careta e assentiu.

— Vamos logo com isso.

Em instantes estavam os três de volta ao convés. Tariq chegou rapidamente a um acordo com o capitão do *Garota Celeste*. Na mesma hora, desceram um bote do *Samira* ao mar, e esse rumou para o navio celestino. Em questão de minutos as crianças surgiram no convés e, uma a uma, desceram pela escada de corda, ajudadas pelos marujos. Pouco tempo depois os remadores começaram o trajeto de volta ao *Samira*.

— Agora é a sua vez — disse Tariq apontando para outro bote do navio celestino, que já estava pronto para o retorno. — Boa sorte, meu amigo — completou ele, entregando a Theo uma pequena bolsa de tecido cheia de moedas.

Theo espiou dentro dela: havia nove luas de prata.

Em outros tempos eu teria pegado esse dinheiro e sumido. Mas, quem sou eu agora?

Apressou-se para o bote. Assim que entrou na pequena embarcação, Vasco gritou do alto da amurada:

— Apenas pegue as garotas e dê o fora, Theo. Se Deus quiser, nos reencontraremos em Rafela.

Theo observou o *Samira* se afastar em uma dança de subidas e descidas cada vez mais intensa. O mar se agitava. No meio do caminho cruzou com o bote das crianças seguindo na direção oposta. Elina acenou para ele.

— Theo!

Ele ficou em pé, equilibrando-se em meio ao oscilar do bote.

— Comportem-se! Todos vocês — gritou para ela.

— Obrigado, Theo — respondeu ela. — Nunca esqueceremos de você.

Depois disso, uma coreografia da pequenas mãos se agitou ao vento enquanto as crianças acenavam em despedida.

Theo as observou se afastarem, satisfeito.

Ficarão em segurança com Tariq...

Elina gritou mais uma vez:

— Eu sei o que você é. Sei qual é a missão que Deus lhe deu!

— O que é? — berrou Theo de volta.

A menina deu uma longa resposta, mas as palavras foram engolidas pelo vento.

Theo apenas acenou uma última vez e se sentou, desajeitado. Voltou-se para a proa do bote e viu o *Garota Celeste* crescer à sua frente. No convés, os marinheiros já corriam para preparar as velas. Tinham pressa em partir.

O que me define? O que é que me define?

Pensou por um momento, mas não chegou a conclusão alguma.

Para alguém que não gosta de se envolver, estou indo muito bem... Metido com um bando de lunáticos que me mandaram à procura da garota mais rica do mundo para convencê-la a deixar a sua casa!

O bote encostou no casco do *Garota Celeste*. Theo foi o primeiro a alcançar a escada de corda que o levaria para cima. Em instantes estava em pé no convés, a bordo do navio no qual velejaria direto para o inferno.

Lúcio Sefrin era um homem velho e magro, com cabelos brancos ralos e um aspecto frágil que à Anabela lembrava demais o grão-jardineiro Cornélius Palmi. Mas era, também, o subcomandante da Guarda Celeste e o oficial mais graduado a permanecer em Sobrecéu na ausência de Máximo Armento. Por isso, era com ele que precisava falar.

— Perdoe-me, mas não tenho certeza de enxergar a mesma ameaça que a senhora nesses fatos — disse Lúcio Sefrin depois de Anabela expor tudo o que descobrira a respeito do ocorrido em Ilhabela.

— Pois eu vejo um perigo real e iminente. São fatos gravíssimos, esses que a senhora Anabela nos traz — interveio Eduardo Carissimi. — Precisamos agir imediatamente.

A noite já caíra sobre a Cidade Celeste e o pátio interno da residência dos Carissimi parecia muito menos alegre do que quando Anabela estivera lá para o jantar. Os três estavam sentados junto do Mosaico. A dança de água da escultura nunca cessava e o som dos fios d'água era a única coisa que transmitia alguma paz a Anabela.

— O que vocês querem de mim? — perguntou Lúcio Sefrin.

— Os navios da Frota Celeste que deixaram a cidade devem ser trazidos de volta a Sobrecéu — disse Anabela.

— E assim que retornarem, a cidade deve ser posta de prontidão — completou Eduardo. — Pelo menos até que compreendamos com o que estamos lidando.

Anabela deu um tempo para que o subcomandante pensasse. Não era pouco o que ela lhe pedia. Estava forçando o homem a passar por cima de uma ordem da duquesa e reconvocar para casa seu próprio comandante.

— A duquesa sabe disso?

Anabela pensou por um segundo. Não havia por que mentir.

— Não. Ela será informada da situação amanhã pela manhã.

Lúcio Sefrin coçou o queixo.

— O que querem que eu faça?

— Envie barcos rápidos atrás da frota. A ordem é para que retornem a Sobrecéu imediatamente — respondeu Anabela.

— Os navios estão navegando em alto-mar. Com esse tempo, certamente velejam em grupos distantes uns dos outros. Por favor, senhora, compreenda que será muito difícil fazer a ordem chegar a todos.

— Sabemos que o mau tempo deve ter espalhado a frota — disse Eduardo. — Mesmo assim precisamos enviar os mensageiros e torcer para que o maior número possível retorne.

Anabela achou que era chegada a hora para súplicas.

— Por favor, senhor. Sei que o colocamos em uma posição difícil. Seu comandante está com esses navios. Mesmo assim, peço que confie em mim. O destino da cidade pode estar em suas mãos.

— Envie a ordem — disse Eduardo em tom firme, quase ríspido.

Lúcio Sefrin pensou por um longo momento. Então levantou-se e disse:

— Tratarei disso agora mesmo. Os barcos mensageiros partirão com a primeira luz da manhã.

Anabela agradeceu e o subcomandante partiu. Assim que ele se foi, permitiu-se uma pontada de alívio. Fizera o que devia. Garantira que pelo menos parte da frota retornaria.

— Você acha que eles voltarão? — perguntou ela.

Eduardo sacudiu a cabeça.

— Ele não está errado. Os navios devem estar espalhados e os mensageiros enfrentarão um mar agitado para chegar até eles. Isso tudo também levará um bom tempo. Se metade retornar, já será uma vitória.

— Metade dos que partiram, mais as galés de guerra das famílias mercadoras — observou Anabela. — Será o suficiente. Estaremos seguros.

— Teremos poder dissuasório para desestimular um inimigo que esperava uma Sobrecéu desprevenida, mas não será o bastante para uma guerra — observou Eduardo. — Pelo que ouvi, após a convocação da Frota Celeste, as galés dos Terrasini assumiram a tarefa de rastrear os assassinos de Ricardo. É uma força importante a menos.

Anabela suspirou. Ele tinha razão. Mais de quarenta navios encontravam-se espalhados pelo Mar Interno a essa altura. Sozinha, a frota dos Terrasini teria sido suficiente para garantir a segurança da cidade, pelo menos em um primeiro momento.

— Você acha que o espião está certo? Pode mesmo Valmeron estar tramando guerra outra vez?

— Os tassianos nasceram para a guerra. São criados para aceitar a violência como algo natural — respondeu Eduardo. — Lorde Valmeron é o homem mais ambicioso que existe, e não acho nem um pouco improvável que ele queira tirar proveito da morte de Alexander Terrasini. Altomonte é algo que um homem assim não esquece com facilidade.

— Ouvi duas histórias a respeito de Altomonte. Em uma delas, meu pai foi quem provocou o conflito, algo que fez tanto para se encher de glória quanto para resolver problemas domésticos de Sobrecéu. Na outra, o duque foi acuado por Lorde Valmeron nas negociações e se defendeu partindo para a ofensiva — disse Anabela. — O senhor esteve lá. Qual dessas histórias é verdadeira?

Eduardo Carissimi ajeitou-se na cadeira.

— Cada uma traz a sua verdade. Com a morte inesperada de Vitório Terrasini, seu pai se viu alçado a duque literalmente da noite para o dia. Ele era jovem e cheio de energia, e é certo que estava sedento para mostrar ao mundo e a si mesmo o próprio valor. Queria imprimir a sua marca o quanto antes. Além disso, havia mesmo numerosos conflitos entre celestinos importantes, e Alexander enxergou numa guerra a oportunidade de resolvê-los. Por outro lado, Lorde Valmeron queria a maior parte do espólio da Guerra Santa.

— Por espólio, entende-se Astan.

— É claro — concordou Eduardo. — Valmeron estava sendo pressionado pelas famílias tassianas para assumir o controle da Rota da Seda. Ele enxergou uma falsa fraqueza no jovem duque; achou que Alexander estaria acuado pela morte do pai e por serem seus primeiros dias como governante.

— Mas meu pai não cederia.

Eduardo sorriu.

— É claro que não. Lorde Valmeron não conhecia seu pai. Não ainda, mas em breve o faria.

— Então foi um pouco das duas coisas.

Eduardo assentiu.

— Lorde Valmeron foi humilhado em Altomonte. Todos esperavam que tivesse voltado para Tássia com a Rota da Seda, mas, em vez disso, voltou com outra guerra. Não que os tassianos não gostem de guerrear, é claro que gostam, mas o conflito com o Oriente foi duro para todos os lados. Não pense que ganhamos Astan de graça.

— Quando a guerra com Sobrecéu terminou, ele foi humilhado de novo, no mesmo lugar — observou Anabela.

— Seu pai era um homem elegante, mas tinha o sangue quente e não perdoava um insulto. Antes da guerra, durante as negociações, Dino Dragoni irritou-se com a postura do seu pai e prometeu invadir Sobrecéu e violar a sua mãe.

— Vencido o conflito, foi por isso que meu pai decidiu que a rendição de Tássia seria assinada em Altomonte, o mesmo lugar onde a guerra tivera início.

Eduardo abriu as mãos, como se fosse óbvio.

— Foi um tapa na cara de Dino Dragoni e a humilhação suprema para Valmeron.

Anabela mergulhou no silêncio. Quanto mais ponderava, mais se enchia de pressentimentos sombrios.

— Esse homem nos odeia mais do que tudo — compreendeu Anabela. — Se ele puder, tentará nos destruir. Pensando bem, é bastante óbvio.

— É, sim. Só porque um inimigo está lá, em silêncio, não quer dizer que ele não seja mais seu inimigo. Podemos ter nos esquecido de lorde Valmeron, mas ele não se esqueceu de nós. Isso eu garanto.

Que tipo de homem passa duas décadas planejando uma vingança? E que tipo de ódio é gestado de tal maneira?

— E quanto a Dino Dragoni? Todos afirmam que é um louco incontrolável.

Eduardo fez que sim.

— Certa vez, no estrangeiro, conheci uma das Formigas do seu pai. Esse homem, que também era um Jardineiro, havia sido criado como um serviçal na residência dos Dragoni.

— Uma Formiga e um Jardineiro? Uma combinação e tanto — espantou-se Anabela.

— Sim. Um homem com uma história interessante, com a vida mais cheia de reviravoltas que eu já vi. Nasceu filho de um mercador em Rafela, foi entregue pelo pai falido para traficantes, que o venderam para a família Dragoni. Enfrentou uma infância difícil por lá, cresceu para se envolver com os negócios escusos que pertencem aos Dragoni e então cansou-se de tudo e fugiu. Ainda era jovem quando passou a fazer parte de uma Irmandade de assassinos. Mas a história não para por aí. Quando estava em uma missão em algum lugar distante no Oriente, passou por uma experiência espiritual que o transformou por completo.

— O que foi?

— Ele nunca me disse. Em questão de poucos meses, ele desertou da Irmandade da qual fazia parte, o que é um crime terrível no código dessa gente, e trancou-se na fortaleza da congregação dos Literasi, em Navona. Um ano depois, deixou o retiro como Jardineiro ordenado — respondeu Eduardo. — Não me pergunte como Alexander o recrutou para ser um espião, porque isso a Formiga também nunca me contou.

Uma vida cheia... Em algum momento terei a chance de viver coisas assim, ou o meu dever com a Fortaleza Celeste será a minha sina e deverei me contentar para sempre apenas com a visão do horizonte, sem nunca saber o que existe além?

— E o que ele conta de Dino Dragoni?

— Eram ambos crianças na época em que ele servia na residência. Segundo dizia, não era o patriarca, Don Dragoni, o culpado pela loucura do filho único. Don era conhecido por ser um homem passivo, sempre adoentado, que se sujeitava às ordens de Dafna Dragoni, a mãe de Dino e a verdadeira tirana. Olhando para trás, esse Jardineiro atribui à figura materna toda a loucura do filho.

— Por quê?

— Fosse por crueldade, ou mesmo por pura loucura, Dafna criava Dino em um ambiente de ambiguidade moral — respondeu Eduardo. — O Jardineiro se lembrava de uma ocasião na qual o garoto Dino, na época com apenas seis anos, afirmou que queria visitar as cozinhas da casa, para ver como as suas refeições eram preparadas. Não havia nada de mais naquilo; era apenas uma curiosidade pueril. Dafna autorizou e Dino passou a manhã acompanhando os cozinheiros. Ao meio-dia, o menino foi espancado pela mãe com tanta brutalidade que quebrou um punho. Depois ficou três dias trancado em um porão sem ver a luz do dia. Dino indagava por que havia sido punido, afinal, a mãe dera a sua autorização para a visita às cozinhas. Dafna respondera: "Vou ensinar para você uma lição: a vida é uma grande loucura e não faz o menor sentido".

Anabela estava chocada. Que tipo de monstro faria aquilo a uma criança?

— Semanas mais tarde, Dino pediu à mãe para ficar com um gatinho que pertencia a um serviçal da casa. Dafna negou. O filho arrancou a cabeça do gato com um cutelo. A mãe, quando ficou sabendo, deu uma gargalhada e presenteou Dino com uma dezena de brinquedos caros.

— Ele teve embaralhados, desde muito cedo, os conceitos de certo e errado — concluiu Anabela.

— Sim, e com o passar dos anos essa confusão tomou a forma de uma voz que Dino escuta dentro da própria cabeça.

— Groncho — Anabela já tinha ouvido falar naquilo.

— Groncho ordena que ele faça coisas horríveis. No fundo, creio que essa voz apenas surge quando a mente de Dino se torna incapaz de fazer uma distinção moral entre o certo e o errado que para nós é automática. Mas as pessoas sempre se lembram da astúcia de lorde Valmeron e da loucura desmedida de Dino Dragoni e se esquecem do outro mercador importante de Tássia: Nero Martone.

— Lembro do quanto o meu pai o respeitava.

Eduardo franziu a testa e assentiu.

— Nero é um perigoso meio-termo entre a razão de Valmeron e a insanidade de Dino Dragoni.

Anabela pensou por um longo momento.

— Esses são os nossos inimigos.

— E quais são os nossos meios, os meios das pessoas honestas, contra gente assim? — completou Eduardo.

— Se tudo o que estamos imaginando for verdadeiro, o senhor não acha que seria prudente tirar Lucila e o bebê da cidade?

Eduardo assentiu.

— Venho pensando nisso há alguns dias. Como você sabe, Lucila é irmã de Aroldo Nevio, duque de Rafela. Temos uma residência na Cidade Branca, e a companhia de comércio dos Carissimi mantém uma filial importante lá.

— Talvez seja uma boa ideia. O senhor poderia levar a minha irmã Júnia com eles?

— Será uma honra, Anabela. Vou tratar disso, mas imagino que você terá de convencer a sua mãe, antes.

Anabela perdeu o olhar no pátio por um momento, depois tornou a encarar o mercador.

— Minha mãe está perdida. Não compreende a maneira como as coisas fugiram do seu controle.

— Mas ela é a duquesa e as pessoas irão obedecê-la, para o bem ou para o mal.

Anabela sacudiu a cabeça.

— Nada disso precisava estar acontecendo. Sinto-me um pouco como uma conspiradora.

— Você está fazendo o que é certo. A sua é a voz da razão no meio dessa tormenta de egos e jogos de interesse que se tornou a Cidade Celeste.

— Espero que o senhor tenha razão.

— Tem mais uma coisa — disse ele.

— O que é?

— Aquela sua amiga de Astan, Lyriss Eser, me procurou.

Anabela ergueu uma sobrancelha.

— O que ela queria?

— Não me pergunte como, mas ela sabe que nos aproximamos — respondeu ele. — Ela pediu para que eu tentasse interceder em um assunto de vocês. Quer que eu a convença a partir com ela para Astan. Ela afirma que o navio que a levaria de volta para a Cidade Sagrada já chegou a Sobrecéu. Ela diz que não consegue adiar a partida da embarcação por mais do que alguns dias. Você pretende ir com ela?

Entendia que Lyriss pudesse ter feito uma promessa para o pai, mas a maneira obstinada com que ela tentava cumpri-la deixava Anabela confusa.

— Eu gostaria muito de ver Astan e, mais ainda, a universidade. Sonhei em estudar lá, conhecer pessoas novas e viver uma vida diferente — respondeu ela. — Mas isso foi antes de Ricardo... antes de tanta coisa acontecer. Agora sinto que meu lugar é aqui.

Anabela levantou-se. O corpo estava cansado e as juntas estalaram com o gesto.

Despediu-se de Eduardo Carissimi e partiu para a noite de Céu. Já era tarde e as alamedas ajardinadas estavam silenciosas. Um pouco mais adiante, porém, percebeu uma movimentação em frente a uma das grandes mansões muradas. Era a casa de Carlos Carolei.

Na entrada da residência do mercador enfileiravam-se seis carroças repletas de bagagens. Entre elas havia um tumulto de serviçais e guardas com o emblema dos Carolei, correndo de um lado para o outro. Reconheceu Fiona Carolei prestes a embarcar em uma liteira. A amiga usava grossas roupas de lã e um pesado sobretudo.

— Fiona — chamou Anabela, aproximando-se.

— Oi, Anabela. — A amiga torceu o rosto em uma careta de desgosto. — Você acredita nisso? Meu pai nos obrigou a tirar férias.

— Férias? Para onde vocês vão?

— "Vocês" significa eu e minha mãe. Meu pai ficará na cidade. Tem muito trabalho a fazer — respondeu Fiona. — Nem ao menos sei para onde vou; nem isso o idiota foi capaz de me dizer.

— Não fale assim do seu pai — irrompeu uma voz de dentro da liteira. Era Una Carolei.

A mãe de Fiona colocou a cabeça para fora das cortinas que fechavam o veículo e disse para Anabela:

— Como vai, querida? Desculpe-nos pela pressa. Nos atrasamos muito arrumando nossas roupas e fui informada de que corremos o risco de perder nosso navio.

— Por favor, não quero atrasá-las ainda mais — disse Anabela, ajudando Fiona a vencer o degrau da liteira. — Boa viagem, Fiona. Senhora Una, até mais.

— Adeus, amiga. Nos vemos daqui a algumas semanas, imagino eu — disse Fiona e deixou a cortina cair.

Anabela afastou-se e assistiu à comitiva partir apressada em direção ao Caminho do Céu.

Uma partida a essa hora da noite e com esse tempo. Carlos Carolei deve querer muito se ver livre das duas...

Em instantes a alameda ficara silenciosa outra vez. O olhar de Anabela se desviou para os muros da mansão dos Carolei. Penduradas a partir das ameias repousavam, sobre a superfície da muralha, inúmeras peças de tapeçaria, longos mantos e cortinas. Todas tinham estampadas o emblema dos Carolei. Não conseguia imaginar por qual motivo alguém colocaria tapeçarias para secar em um local como aquele e numa noite como aquela. Estudou a cena por mais um momento, mas o sentimento de estranheza em nada se reduziu.

Cansada, decidiu que era hora de partir. Enquanto percorria o caminho de volta à Fortaleza Celeste, porém, viu-se acompanhada pela imagem insistente que se recusava a deixá-la: o emblema dos Carolei tremulando nas longas faixas de tecido penduradas.

Assim que deixou a Fortaleza de Aço, Asil já sabia exatamente o que fazer.

Voltou para casa e foi até o quarto de dormir. Com uma adaga, abriu um compartimento secreto no interior de um dos pés da cama e retirou de dentro uma bolsa de tecido desbotado. Escondeu-a na cintura e partiu em direção ao porto.

Asil levou algumas horas vasculhando os atracadouros em busca do que procurava. Por fim, identificou o mercenário Hasad dando ordens no convés de uma galé mercantil que acabara de aportar. Hasad não disfarçou a surpresa em vê-lo.

— Comandante Asil. Mudou de ideia?

— Não. Posso subir a bordo?

Hasad fez que sim. Asil subiu pela prancha de embarque.

— O que posso fazer por você, comandante?

Asil olhou em volta. O convés estava repleto de marinheiros que limpavam e arrumavam apetrechos náuticos. Ao que parecia, não havia nenhuma mercadoria para ser desembarcada.

— Podemos conversar na cabine?

Hasad lançou um olhar desconfiado, mas concordou. Asil seguiu-o até a coberta na popa. No interior da apertada cabine, o mercenário sinalizou para que Asil se sentasse junto de uma mesa de madeira mofada que era usada para navegação. O lugar fedia a suor e a comida estragada.

— Quero contratá-lo.

Hasad sentou à cabeceira da mesa.

— Preciso de uma passagem — prosseguiu Asil. — Aqui estão todas as minhas economias. — Apanhou a bolsa de tecido e despejou as moedas sobre a mesa. — Dezessete luas de prata.

Hasad assobiou.

— Mais o meu barco, o *Esil* — completou. — É seu, assim que me trouxer de volta a Tássia.

Hasad o observou por um longo momento.

— Isso quer dizer que vou pegá-lo em outro lugar que não Tássia. Um lugar perigoso, creio eu. Além disso, se foi até lá, mas precisa de alguém para trazê-lo de volta, isso também deve significar que vai fazer algo de errado.

Isso nunca vai funcionar... Esse tipo de gente não é de confiança.

— Estou pagando para viajar no seu barco, não para responder a perguntas.

Hasad tamborilou os dedos sobre a madeira.

— Supondo que eu aceitasse, de que lugar estamos falando?

Asil recolocou as moedas na bolsa.

— Você já deve ter ouvido falar de Porto Escondido.

Hasad levou um instante para responder.

— Porto Escondido é um vilarejo de pescadores a meio dia ao norte de Sobrecéu. Eu estava certo: é perigoso e você vai se meter em merda.

— O trabalho não será muito perigoso para você ou para seus homens. A vila tem um pequeno porto pesqueiro. Apenas atraque lá e espere por mim.

— Porto Escondido está dentro dos domínios de Sobrecéu. E se os celestinos começarem a fazer perguntas?

— Seu barco não usa bandeiras, não chamará atenção. Se for obrigado a falar com alguém, diga que precisou de abrigo por causa de alguma tempestade em alto-mar.

— E quanto a você?

— Eu o encontrarei. Depois, velejamos de volta para Tássia e você ganha o dinheiro e o meu barco.

Hasad sacudiu a cabeça.

— Isso não me cheira bem.

Asil esperou um momento, então se levantou e foi em direção à porta.

— Fechado — anunciou Hasad às suas costas. — Quando?

Asil se virou.

— Agora. Também estou de partida e preciso ter certeza de que você estará lá.

Hasad torceu a boca.

— Os rapazes não vão gostar. Acabaram de chegar de uma longa viagem.

Asil arremessou a bolsa com o dinheiro. Hasad a apanhou no ar.

— Pague-os.

Hasad assentiu.

— Vejo você em Porto Escondido, comandante.

Asil não respondeu e foi embora.

Assim que o dia amanheceu, Anabela deixou o quarto para procurar pela mãe.

Estava decidida a ter uma conversa firme, expor tudo o que pensava e explicar por que considerava que uma ameaça pairava sobre a Cidade Celeste.

Mas não foi preciso.

Em um corredor que levava até o Salão Celeste, Anabela encontrou a mãe acompanhada pelo subcomandante Lúcio Sefrin, Carlos Carolei e seis homens da Guarda Celeste. Assim que os viu, compreendeu o que se passava.

— Bom dia, minha filha.

— Mãe, precisamos conversar — disse Anabela com os olhos postos em Lúcio Sefrin.

— Perdoe-me, senhora. Achei a nossa conversa ontem à noite inapropriada. Por isso, fui obrigado a procurar a duquesa.

— Mãe, você tem que compreender: tenho informações de uma Formiga que veio de Valporto. O rapaz traz notícias...

— Escute o que você está dizendo, filha — interrompeu a mãe, pousando brevemente as mãos em seu rosto. — Sei que você quer me ajudar fazendo essas coisas, mas você passou dos limites. Queria que estivesse preocupada com outras coisas. Você já é uma mulher, por que não começamos a pensar no seu casamento?

Anabela sentiu o sangue ferver.

— Mãe! Tenho coisas seríssimas a dizer, coisas que dizem respeito à morte de Ricardo, e você vem me falar de casamento!

O rosto da mãe enrijeceu-se.

— Pare de evocar o nome de seu irmão. Tenho homens competentes tratando da busca dos assassinos. *Homens*. Não meninas inexperientes.

O que aconteceu com a mulher de um segundo atrás?

— Não quero mais ouvir você falando desses assuntos — prosseguiu a mãe. — A Frota Celeste partiu para a guerra e não retornará até que a ameaça de Usan Qsay seja destruída. Não perderemos Astan. Surpreenderei aquele bárbaro com ousadia. Todos verão que não sou assim tão diferente do meu marido. Você, minha filha, irá para Myrna. Sei que gosta do clima da montanha. Fique lá, descanse e esfrie a cabeça.

Anabela deu um passo para trás, estupefata.

— Estou sendo *presa*?

— É claro que não — disse a mãe, sacudindo a cabeça. — Apenas estou forçando você a repousar e colocar os pensamentos em ordem. Apanhe suas coisas. Estes rapazes da Guarda Celeste a acompanharão até Myrna.

Os seis soldados se interpuseram entre ela e a mãe.

— Mãe, por favor, alguém tem que cuidar da defesa da cidade.

A mãe tencionou falar, mas Carlos Carolei a interrompeu:

— Entendo a sua preocupação, Anabela, mas fique tranquila. A Cidade Celeste estará segura.

— Mãe, interrogue essa Formiga de Valporto. Por favor, faça isso por mim.

— Não podemos tomar o tempo da duquesa com isso — insistiu Carlos Carolei. — Você é como uma filha para mim, Anabela. Digo o seguinte: com a anuência da duquesa, deixarei a frota dos Carolei em Sobrecéu.

Elena Terrasini olhou para o mercador, surpresa.

— É uma força a menos a partir para o Oriente... mas não vejo por que não.

— Então está combinado — completou Carlos Carolei. — Anabela partirá para o seu descanso, sossegada. Os Carolei guardarão a Cidade Celeste.

Os Carolei têm uma força naval considerável. Agora que os navios da Frota Celeste não retornarão, esta é uma boa notícia.

Por que, então, estou tão inquieta, com o coração aos pulos e um aperto na garganta?

Todas as melhores recordações da infância de Anabela estavam em Myrna. Junto com os Jardins do Céu, a pequena vila de montanha era o local de que mais gostava.

Refúgio da elite celestina, Myrna ficava incrustada nas encostas da cordilheira de Thalia, guardada pelos altos picos nevados que assomavam sobre a cidade. As pequenas casas dos montanheses dividiam espaço com charmosas mansões invernais com águas-furtadas encimadas por telhados pontiagudos. As ruas calmas e bem cuidadas tinham seu percurso delimitado por bancos de hortênsias e outras flores que gostavam da altitude.

O trajeto de Sobrecéu até Myrna levava quatro horas por uma estrada que primeiro serpenteava por campos de cevada e depois seguia por colinas enfeitadas por vinhedos, sem nunca deixar de subir. A maior parte das cidades-estado do Mar Interno dependia do comércio para se abastecer de alimentos. Sobrecéu, porém, tinha os Campos de Ouro, como era conhecida a extensão de terra que ondulava até Myrna. Daqueles vinhedos saía o mais caro e apreciado vinho do mundo ocidental.

Anabela encontrou o chalé dos Terrasini silencioso e vazio, mas preparado para a sua chegada. Serviçais tinham aberto as janelas para espantar o cheiro de pó, e ervas aromáticas perfumavam o ar. Um fogo ardia na lareira da sala de estar, embora a temperatura estivesse mais amena nos últimos dias.

Anabela foi até a sacada, que oferecia uma vista panorâmica da cidade. O vento passara a soprar do sul, afastando as nuvens carregadas e trazendo a brisa amena e impregnada com a maresia do Mar Interno. O céu resplandecia com um azul-escuro profundo, cujo tom Anabela sempre considerara só existir ali. A mais tênue das névoas permeava Myrna, desfocando seus contornos, como se as montanhas acima tivessem lançado alguma espécie de encanto, suave e elusivo, sobre a cidade.

Apesar da beleza da cena, sentia-se inquieta e insegura. O sentimento de que era, de certa forma, uma prisioneira, pairava sobre a sua cabeça como uma sombra. Além disso, pensava sem parar na conversa com a mãe. Aquilo fora uma ruptura; nada entre elas poderia ser como antes depois que a mãe designara soldados para conduzi-la a um local contra a sua vontade. Dividindo espaço com tudo aquilo, as palavras de Próximo a assombravam aonde quer que fosse: "Tássia. São tassianos, minha senhora."

Para piorar a situação, estava completamente sozinha. O chalé não tinha um décimo do tamanho da Fortaleza Celeste, mas ainda assim era grande demais para um único ocupante. Anabela lia, contemplava a paisagem, dormia e perambulava por corredores vazios. Passados alguns dias, o silêncio que pairava no ar começou a incomodá-la.

Havia três serviçais cuidando da casa e mais seis soldados da Guarda Celeste vigiando a residência desde os jardins. Anabela puxou conversa com todos eles, mas nada soube se algo de importante acontecera em Sobrecéu. Mas uma coisa ela conseguiu descobrir: visitantes não eram permitidos no chalé.

Além de me tirar de cena, a mãe quer se assegurar de que eu não fale com ninguém... Ela me trata como uma conspiradora.

Antes que pudesse perceber, Anabela começou a perder a noção de tempo: as manhãs ensolaradas de Myrna pareciam idênticas umas às outras.

Nesse dia, caminhava pelos jardins da residência de forma despreocupada quando escutou um sussurro:

— Senhora Anabela.

Virou-se e viu um rapaz com roupas simples de montanhês. Reconheceu o disfarce na hora:

— Próximo!

— Por favor, senhora, fale baixo — sussurrou ele, o corpo oculto por um arbusto.

— Como você me encontrou?

Ele permaneceu impassível e Anabela percebeu a tolice da pergunta. *É o trabalho dele... estúpida.*

— Senhora, precisamos fazer alguma coisa. Tudo aquilo que lhe contei... a duquesa não quer me ouvir — disse ele, o rosto tenso de preocupação. — O homem talentoso me enviou.

Parece que ganhei um aliado inesperado.

— Ele me pediu para dizer que está com a senhora. Também temos o senhor Eduardo Carissimi conosco. Aguardamos as suas ordens. Algo aconteceu.

— O que houve? — perguntou Anabela com uma pontada no peito.

— Há quase vinte e quatro horas nenhum navio chega à baía de Sobrecéu, e os que partem não retornam.

Quando escutou isso, Anabela sentiu a visão se embaralhar e as pernas perderem a firmeza. Buscou equilíbrio em um galho, mas ele era frágil e ela quase caiu. Recuperando o equilíbrio, perguntou exasperada:

— A duquesa sabe disso?

— Lúcio Sefrin contou a ela, mas nenhum dos dois tomou qualquer ação. O subcomandante é incapaz.

— Meu Deus, Próximo. Você sabe o que isso significa?

Ele assentiu. Anabela também sabia, e a resposta roubava seu fôlego: *Um bloqueio naval. O inimigo se posiciona.*

— A Frota dos Carolei e as forças que sobraram na cidade devem ser postas de prontidão — disse Anabela.

Próximo vacilou.

— Senhora... A frota dos Carolei deixou Sobrecéu ontem pela manhã.

Anabela levou as mãos à cabeça.

— *Toda?*

Próximo fez que sim. Anabela caminhou a esmo por um momento; depois, retornou para perto do espião e disse:

— Quero que traga até mim o senhor Eduardo Carissimi e Rafael de Trevi.

— Sim, senhora.

— Você conhece Rafael de Trevi?

Próximo fez que não.

— Como você o encontrará? E como fará para trazer a ambos sem chamar a atenção dos guardas?

Ele deu um sorriso triste.

— É o meu trabalho, senhora — respondeu e sumiu em meio à vegetação.

Eduardo Carissimi foi o primeiro a aparecer.

O mercador veio no fim da tarde, disfarçado de entregador de lenha, e entrou na casa sem ser perturbado. Anabela estava na sala de estar e o observou depositar um fardo de lenha ao lado da lareira.

— Desculpe-me por fazê-lo usar este disfarce.

— Isso não é importante — disse ele, colocando os nós de pinho em uma cesta. — Confirmo a existência de um bloqueio naval à baía de Sobrecéu.

— Quem está lá fora?

— Não sabemos. A duquesa enfim compreendeu a gravidade da situação, mas desesperou-se com a partida das galés dos Carolei. Não há nada que possa fazer, agora.

Anabela parou ao lado do mercador.

— Não compreendo por que Carolei partiu. Ele pretende enfrentar sozinho quem quer que esteja lá fora? Não faz sentido.

— Carlos Carolei é um homem orgulhoso. Talvez pretenda derrotar essa ameaça sozinho e, com isso, ganhar ainda mais o favor da duquesa — ponderou Eduardo. — Como se não bastassem as reuniões diárias, talvez ele queira mais.

— Reuniões diárias? O que o senhor está dizendo?

— Como é possível que não saiba, Anabela? Quando Carlos Carolei não está viajando, ele e a duquesa se encontram, todo fim de tarde, a portas fechadas no Salão Celeste. Dispensam até mesmo os guardas, que deveriam permanecer lá pela lei de Sobrecéu.

— Se isso for verdade, é Carlos Carolei quem tem governado de fato. Por que então ele deixaria a situação chegar a esse ponto?

Eduardo estreitou os olhos.

— A não ser que...

Anabela afastou-se por um momento e perdeu o olhar na lareira apagada.

— Poderia Carlos Carolei, o melhor amigo do meu pai, estar tramando contra a própria cidade? Ele lutou na guerra contra Tássia. Não posso acreditar que tenha se associado a Valmeron.

— Se Carlos Carolei está ou não envolvido em alguma conspiração, a essas alturas não faz diferença — disse Eduardo. — Nossa prioridade agora é defender Sobrecéu.

Anabela tornou a fitar o mercador.

— Quantos navios dos Carissimi estão na cidade?

— Vinte e dois.

Anabela pensou por um longo momento. Era um movimento ousado, mas parecia a única opção.

— Ordene que partam imediatamente para Rafela.

Eduardo Carissimi deixou cair um nó de pinho no chão. O mercador a encarou com os olhos bem abertos.

— A senhora tem certeza? A premissa por trás deste movimento só pode significar que parte do pressuposto de que...

— A cidade já caiu — completou Anabela. O significado dessas palavras desabou sobre ela como uma maldição. Se estivesse certa, tudo estaria mudado. Para sempre.

— Vinte e dois navios partindo de surpresa devem ser capazes de furar um bloqueio, mas apenas se zarparem agora — prosseguiu Anabela. — Não posso ordenar que faça isso, contudo.

Anabela sabia que aquela força seria a escolta que Eduardo usaria para tirar a sua família da cidade em caso de necessidade.

— Será feito — disse ele, e partiu.

Rafael de Trevi a encontrou na mesma noite de modo muito mais furtivo do que Eduardo Carissimi.

Anabela acordou no meio da madrugada com um barulho e encontrou o mestre de armas em pé junto da porta do quarto. Não usava disfarce de nenhum tipo. Estava apenas lá, parado. Ela não fazia ideia de como ele chegara até ali.

A noção de segurança que todos temos não existe; não passa de um sonho pueril que nos permite fechar os olhos à noite. Ninguém está a salvo.

— Desculpe-me, senhora. Sei que é uma intrusão imperdoável.

Anabela esfregou os olhos, levantou-se e vestiu um manto de lã.

— Como está a cidade?

— Silenciosa — respondeu ele. — Algumas pessoas, nem todas, perceberam que há algo de errado. A duquesa está perdida, enviou barcos mensageiros para reconvocar a Frota.

— É tarde demais. Se existe um bloqueio, jamais passarão.

— Estou às suas ordens.

Anabela já tinha a resposta pronta.

— Quantas galés de guerra dos Terrasini permanecem em Sobrecéu?

— Apenas dezessete. Não partiram com os outros porque eram tripulações jovens e inexperientes. Mas eu garanto a sua lealdade.

— Mande-os para o mar imediatamente.

Rafael tencionou falar, mas Anabela o interrompeu:

— Os Carissimi devem partir, ou estão partindo, com seus navios em direção a Rafela. Faça o mesmo. Se puderem navegar juntos, tanto melhor. Eduardo Carissimi é de confiança.

— E quanto à senhora? Por que não parte junto?

— Não deixarei Sobrecéu sem a minha irmã. Você tem notícias de Lyriss Eser e do grupo de Astan?

— Eles deixaram Sobrecéu um dia antes do início do bloqueio. Foram expulsos por sua mãe.

Anabela ergueu as sobrancelhas.

— Como disse?

— Essa Lyriss tentou visitá-la, aqui em Myrna. A duquesa descobriu a tentativa e expulsou a ela e seu grupo da cidade.

Minha mãe enlouqueceu...

— Temos pouco tempo, senhor Rafael.

Ele compreendeu.

— Os navios partirão antes da alvorada. Se pudermos, nos uniremos aos Carissimi.

Anabela assentiu.

— Vou voltar para buscar a senhora.

— Não. O senhor deve ir junto e comandar essas galés.

— E se o pior acontecer? O que devo fazer pela senhora?

Anabela o fitou com olhos desesperados e disse as palavras:

— Vingança. Quero que o senhor trate da vingança em meu nome.

Rafael de Trevi assentiu solene e deixou o quarto.

A velejada até o ponto onde as forças tassianas se reuniriam transcorreu quase sem incidentes. O tempo permaneceu fechado e cinzento, mas o vento frio que soprava, ora do norte, ora do leste, os impulsionou de forma segura até o destino.

O ponto de reunião, como Asil logo descobriu, era um pedaço de mar aberto onde aguardava um grande número de embarcações. Ao que parecia, estavam ali já há algum tempo, à deriva e aguardando.

Os homens que Valmeron usou para emboscar o filho de Alexander Terrasini.

Depois da chegada do grupo, a frota, antes espalhada por uma grande área, foi organizada de modo que a vanguarda formasse algo semelhante a um grande semicírculo. Asil velejava na retaguarda, mas sabia bem o que estava acontecendo: as galés de guerra montavam um bloqueio naval à entrada da baía da Cidade Celeste.

Por isso, segundo seus cálculos, a flotilha não podia estar distante de Sobrecéu. Seja lá o que Valmeron tivesse tramado, funcionava com perfeição: não havia sinal da Frota Celeste em parte alguma. Uma força de tamanho considerável era agrupada debaixo do nariz dos celestinos e não se via nenhum esboço de reação. Asil não fazia ideia do que aconteceria; nenhum dos oficiais a bordo se mostrara disposto a dividir detalhes do plano com ele. Mesmo assim, sabia algo que os celestinos não sabiam: haviam perdido aquela batalha antes mesmo de ela começar.

Os caminhos da guerra eram seus velhos conhecidos. Vencer ou perder raramente tinha a ver com força ou fraqueza. Triunfava aquele que estivesse disposto a fazer aquilo que o inimigo não seria capaz de fazer. Valmeron armara um estratagema que era mais ousado do que o inimigo jamais conceberia.

Quando recebera a ordem de partir, Asil decidiu que não imporia outra despedida a Mona. Por isso, apenas passou em casa, abriu o baú no seu quarto de dormir, apanhou o machado e partiu. Antes que pudesse pensar no que estava fazendo já se achava em alto-mar, as luzes de Tássia sendo engolidas pela escuridão da noite.

Durante o trajeto, a visão da menina e do salão em chamas tinha sumido por completo. Asil tirava uma estranha conclusão disso. Primeiro, considerava que ela sumira porque ele agora rumava em sua direção; estava em paz com seu destino. Depois enfrentaria a visão e o seu significado, provando para si mesmo que não estava louco.

Asil navegava a bordo do navio almirante de Dino Dragoni, *Menina Oferecida*, uma enorme galé de duzentos remos. Graças ao tamanho da embarcação, conseguiu evitar a companhia do Empalador na maior parte da viagem. Naquele fim de tarde, depois de mais dias de céu encoberto do que podia contar, o sol subitamente apareceu e, com ele, Dino, que resolveu aproveitar o tempo bom no convés. Asil estava no castelo de proa e, quando o avistou, já era tarde demais para se esquivar. O Empalador parecia sempre sentir mais frio do que os outros e naquela hora não foi diferente: usava sobre as vestes um pesado manto de lã tingida de preto.

— Asil Arcan. Disseram-me que você foi criado em uma dessas caravanas que vêm de Yan.

Asil fez uma mesura.

— Sim, meu senhor. É verdade.

— Ouvi dizer que nessas caravanas os homens fodem com animais.

O tempo nada fez para amainar a sua loucura.

— Não gosto de você. Groncho me diz que um homem que fode animais não é de confiança.

Asil sabia que só havia uma resposta correta frente a isso:

— Sim, meu senhor.

Para sua sorte, um pequeno bote aproximou-se do *Menina Oferecida.* Um mensageiro subiu a bordo, apressado, e correu até Dino Dragoni.

— Meu senhor — disse ele, curvando-se. — O senhor Nero Martone ordena que todos avancem. Atacaremos ao amanhecer.

— Nero está um dia adiantado.

— O senhor Nero Martone afirma que, com esse sol, teremos uma neblina espessa no início do dia de amanhã.

Dino Dragoni pensou por um momento e disse:

— É claro. Rufus! — berrou ele para o seu braço direito. — Nero quer atacar. Dê o sinal. — E com isso partiu em direção à cabine.

Asil suspirou aliviado com a partida de Dino, mas então se deu conta:

Vai começar...

O dia seguinte não amanheceu.
 Myrna despertou envolta em uma espessa névoa úmida que roubou as formas da cidade, escondendo a sua beleza com um véu prateado. Lá fora, um pesado silêncio reinava sobre todas as coisas, como se o mundo tivesse parado. Ou acabado de vez.
 Anabela não dormiu. Passou a noite percorrendo as peças da casa como um espírito perdido e sem propósito. Sentia-se à beira da loucura com a antecipação do que estava para acontecer.
 Se estivermos certos...
 Por mais que tentasse manter a calma, pensava obsessivamente

em como fugir do chalé e retornar a Sobrecéu. Queria ficar com Júnia a qualquer custo. A irmã devia estar desamparada com a sua ausência. Além disso, precisava saber se os grupos dos Terrasini e dos Carissimi tinham conseguido deixar a cidade. Se tudo desse certo, pretendia defender Sobrecéu com as forças das outras famílias mercadoras e então, afastada a ameaça, usaria o grupo de Rafela para armar um contra-ataque surpresa.

Mas para fazer o que quer que fosse, precisava deixar Myrna.

Anabela irrompeu pela porta da frente e avançou pelo jardim. Estava decidida a explicar aos guardas a situação e convencê-los a deixá-la partir. Na rua, o ar estava carregado de umidade e a cerração permanecia espessa. Olhou para os lados à procura dos soldados que sempre estavam ali, mas não os encontrou. Chamou por eles, mas também não obteve resposta.

Instintivamente soube que havia algo de errado.

Anabela voltou correndo para dentro da casa e gritou por uma das serviçais. A governanta apareceu no vestíbulo com um aspecto amedrontado.

— O que houve? — quis saber Anabela. — Onde estão os guardas?

— Senhora, aconteceu algum tipo de problema na cidade. Foram todos convocados e partiram.

Anabela sentiu o coração acelerar.

— Quando?

— Faz meia hora.

Anabela correu para o quarto, colocou um vestido leve e calçou botas de montaria. Como um relâmpago retornou ao jardim e atravessou o portão da propriedade. Na rua não viu nenhum sinal de vida. Continuou a disparada em direção ao pórtico de entrada da cidade, onde tinha início a estrada que levava até Sobrecéu. Embaixo do antigo arco de pedra que dava boas-vindas a Myrna, avistou uma dúzia de soldados montados com o uniforme da Guarda Celeste. Anabela identificou um oficial e foi em sua direção.

— O que está acontecendo?

O homem a encarou com olhos distantes, como alguém que desperta de um sonho vívido.

— Senhora Anabela... deve retornar à sua residência imediatamente, parece que...

— Quais são as notícias da cidade? — interrompeu Anabela.

— Senhora, parece que há algum tipo de problema em Sobrecéu. Recebemos informações desencontradas: alguns dizem que está ocorrendo um incêndio nas docas; outros, que Guerra e Mancuso lutam nos cais; e ainda existem alguns que afirmam que um bando de piratas tentou assaltar Terra — respondeu ele. — Fomos todos convocados a nos apresentar.

— Vou com vocês. Quero um cavalo — ordenou Anabela.

O oficial titubeou, mas acabou cedendo.

— Não se preocupe. Ficarei na Fortaleza Celeste.

Aquilo pareceu acalmá-lo.

— Creio que está bem, assim. A senhora certamente estará segura na Fortaleza.

Em questão de mais um minuto outra montaria foi trazida. Anabela saltou no cavalo e o esporeou com violência em direção à estrada oculta pela neblina. Escutou os soldados tentando acompanhá-la, mas logo as passadas de suas montarias se perderam no ar. Se havia uma coisa que sabia fazer, era montar. Além disso, com ou sem neblina, conhecia cada curva e cada volta da estrada que a levaria direto para Sobrecéu, terminando aos pés dos portões externos da Fortaleza Celeste.

Galopando em meio ao éter da névoa, Anabela teve a sensação de flutuar em meio a um sonho. O vento agitava seus cabelos, o cavalo ofegava e o pouco do terreno que via voava diante dela. Quando a descida ficou mais suave, anunciando o fim do caminho, porém, o sonho acabou.

Primeiro sentiu o cheiro de coisas queimadas: madeira, palha e vegetação. Mas havia algo mais; algum outro material ardia, impregnando a névoa com um cheiro rançoso e viciado.

Depois, ainda sem poder ver nada, escutou: gritos, urros e palavras ríspidas, entremeados pelo clangor agudo de metal contra metal e pelo silvo das flechas incendiárias. Em intervalos irregulares toda sinfonia era rompida pelo soar ensurdecedor de um corno de guerra. Os sons da batalha.

Há luta... no platô de Sobrecéu? Isso não é possível... Teriam que ter tomado toda a cidade para chegar até aqui!

Instou o cavalo com ainda mais violência e sentiu as esporas rasgarem a pele espessa. O animal resfolegou, agonizante, e precipitou-se ainda mais veloz.

No percurso final, a neblina tornou-se menos espessa e, antes que se desse conta, os portões da Fortaleza se materializaram diante dela, as duas grandes peças de ferro fundido agigantando-se de cada lado.

Ainda estão abertos... A luta não chegou aqui.

Mas estava próxima. Os gritos e gemidos cortados pelas explosões de metal contra metal eram agora ensurdecedoras.

Estão abrindo caminho até a Fortaleza!

Com uma pontada de alívio identificou junto dos portões duas dúzias de homens da Guarda Celeste. Anabela desmontou e correu até eles.

— Senhora, Anabela! — gritou uma voz grave. — Aqui!

Em meio a outra onda de alívio, Anabela identificou Flávio Rossi, o experiente chefe da segurança da Fortaleza Celeste.

Este homem é um comandante tarimbado... se está aqui nos portões, é porque tem tudo sob controle.

— Senhor, Flávio. O que está acontecendo? Ouço sons de luta.

— Por favor, senhora, passe para dentro dos portões.

Anabela atravessou a linha de homens e entrou no pátio interno da Fortaleza. Flávio Rossi a seguiu.

— A cidade foi atacada de surpresa. Uma grande frota de galés de guerra avançou pela baía usando a cobertura da neblina. São guerreiros selvagens, liquidaram os homens da Guarda Celeste que estavam de plantão na orla. Depois, incendiaram as galés de guerra dos Guerra, Mancuso, Rossini e boa parte da força dos Orsini com os navios ainda atracados. Agora avançam rapidamente em direção ao platô de Sobrecéu.

— Meu Deus — Anabela cobriu a boca com as mãos.

Nenhum navio foi lançado ao mar...

Seu plano de defesa estava despedaçado.

— E os Carissimi?

— Parece que seus navios partiram durante a noite — respondeu Flávio Rossi. — Não se preocupe, senhora, temos um bom número de homens aqui na Fortaleza, vamos montar um contra...

O som da voz do comandante foi interrompido por um gemido gutural. Uma ponta de flecha emergiu da parte da frente de seu pescoço. Anabela deu um passo instintivo para trás, bem na hora em que gritos ferozes de batalha irromperam da linha de soldados que se perfilavam junto dos portões abertos. Com uma rapidez que não parecia ser real, uma enxurrada de homens brotou do lado de fora e atravessou a linha de defesa como se ela não existisse.

Flávio Rossi ainda estava em pé, cambaleante, a flecha transfixando seu pescoço. Anabela não viu a lâmina, apenas escutou um baque surdo e foi cegada por um jorro de sangue e miolos que lavaram seu rosto. Um machado de batalha dividira o crânio do comandante em dois.

Anabela deu meia-volta e correu aos tropeções na direção oposta, para uma das entradas da Fortaleza. Com o coração trovejando no peito, sentiu um arrepio nas costas à espera do golpe do mesmo machado, mas ele não veio. Do alto das muralhas, arqueiros celestinos disparavam contra os invasores. No mesmo momento, mais homens da Guarda Celeste deixavam seus postos para enfrentar os invasores.

Com o canto dos olhos, viu o pátio interno transformado em um campo conflagrado. A matança se alastrava e, para onde quer que olhasse, havia homens lutando, caindo e morrendo. Não se deteve. Entrou por uma porta secundária e disparou pelos corredores que conhecia tão bem. Precisava buscar Júnia. Depois, procuraria pela mãe, e então...

Cruzou com seis homens da Guarda Celeste, que se ofereceram para escoltá-la até os níveis superiores, onde ficava o Salão Celeste. Os soldados se posicionaram na retaguarda e, juntos, avançaram como um grupo, vencendo corredores e lances de escada.

Os sons da luta ecoavam atrás deles, selvagens e aterradores. Enquanto corria, Anabela percebeu os sentidos amortecidos. Era como se outra pessoa estivesse percorrendo aquele caminho. Estavam no coração de Sobrecéu; nada daquilo podia estar acontecendo. Não podia ser real. Mesmo assim, os ricos caminhos da fortaleza se enchiam com fumaça e fuligem, e a cacofonia da batalha se alastrava. Os invasores estavam no interior do castelo.

— Mais rápido! — gritou Anabela, precipitando-se na frente da sua escolta.

Em mais um minuto, deparou-se com a entrada do Salão Celeste. Entorpecida, sem pensar no que estava fazendo ou dar voz à prudência, deu um pontapé na porta de carvalho. A abertura escancarou-se e Anabela sorveu o ar impregnado de fumaça. Seu corpo retesou-se e o ar fugiu de seus pulmões.

As extremidades do Salão Celeste ardiam em chamas, as labaredas lambendo o teto e as colunas de mármore. Uma fumaça negra irrompia de todos os cantos, obliterando janelas e aberturas para o exterior e tornando o ar espesso e viciado.

E o que não queimava se tornara um campo de batalha.

A carnificina explodia por toda parte. Havia homens lutando entre as chamas e até mesmo sobre a mesa usada nas reuniões da Junta Comercial. Duas aglomerações de combatentes, porém, dominavam a cena: no canto do recinto que se abria para as sacadas, cerca de trinta homens da Guarda Celeste formavam uma parede de escudos e lanças. Na extremidade oposta, talvez o dobro desse número de invasores se preparava para uma investida, as lâminas de suas espadas e machados cintilando à luz dos incêndios.

Na loucura do momento, parou por um instante e observou o inimigo: os agressores vestiam aço da cabeça aos pés. As peças das armaduras eram prateadas e brilhantes. Polidas à perfeição, refletiam as labaredas como se os próprios homens que as vestiam fossem o fogo. Não traziam inscrições ou símbolos de nenhum tipo.

Aí estão os fantasmas que assassinaram meu irmão...

Alucinada, fora de si, Anabela correu os olhos pelo resto do ambiente. Então a encontrou. A pequena forma estava parada, em pé, bem no centro do Salão, em um ponto que ficava a igual distância das duas linhas de guerreiros prestes a se enfrentar. Mantinha a cabeça baixa, fitando o chão. Seus ombros se elevavam em espasmos. Parecia chorar.

Era Júnia.

Anabela emitiu um grito de terror e avançou em direção ao centro do Salão. Mas o fez no mesmo momento em que os dois lados, soltando seus gritos de batalha, precipitavam-se um contra o outro. Acabariam por se encontrar na altura em que Júnia estava parada.

Não conseguiu avançar mais do que dois ou três metros antes de ser atropelada por homens que ganhavam o Salão pela mesma porta que ela usara. Talvez fosse o grupo que a escoltara; não saberia dizer. Seus olhos mantinham-se fixos na irmã. Foi atingida pelo que parecia ser um bólido feito de aço. Anabela gemeu com o impacto e foi arremessada ao chão. Colidiu contra o mármore do piso e deslizou por alguns metros tamanha a força da batida. Estava esparramada no chão quando celestinos e invasores se entrechocaram.

De um lado, do outro e acima, homens lutavam, gritavam e se golpeavam. Rastejando, Anabela via apenas a dança de pernas e pés cobertos de aço indo e vindo. Tentou se afastar do calor da batalha, seus olhos vasculhando o tumulto em busca da irmã, mas não a viu mais.

A lâmina de uma espada desceu na vertical, atingindo o piso com um baque metálico. No segundo seguinte, um braço decepado tombou no chão, ainda coberto pela armadura, o coto tinto de sangue. A lâmina subiu mais uma vez e tornou a descer, mas dessa vez encontrou a sua perna. Anabela sentiu o fio afiado da arma cravar fundo na pele. Gemeu e recolheu a perna bem a tempo de se esquivar de um terceiro golpe que a teria arrancado. Não sabia se os golpes eram dirigidos a ela ou se o agressor lutava com um homem em pé diante de si. Não importava.

Se eu não sair daqui, no próximo minuto estarei morta.

Anabela engatinhou a esmo em meio a chutes e a homens que tropeçavam nela. Foi cortada e pisada mais uma dezena de vezes até que um rosto emoldurado por um meio-elmo tombou bem diante dela. Era jovem, quase uma criança, não podia ter mais do que dezoito anos. Os olhos bem abertos, tão sem vida quanto poderiam ficar. As feições achavam-se cobertas de sangue, e na testa trazia uma tira de tecido com o símbolo da âncora entrecruzada com a espada.

Falhei... falhei com este garoto, falhei com a minha família e falhei com Sobrecéu...

Mesmo com a visão enuviada pelas lágrimas e irritada pela fumaça dos incêndios, Anabela identificou a claridade da iluminação natural que provinha das sacadas. Fechou os olhos, respirou fundo e tornou a abri-los. Reuniu forças para um último esforço e rastejou até a parte externa do Salão.

Encontrou a sacada ainda livre da luta, mas sabia que aquilo pouco duraria. Os celestinos, em menor número, aos poucos eram dizimados. O inimigo em breve avançaria pela sacada para tomar o que restava da Fortaleza e até mesmo os Jardins do Céu.

Movida apenas por instinto, Anabela cambaleou pela área externa até uma porta secundária que dava para uma peça contígua ao Salão Celeste. Era o mesmo caminho que fizera com Lyriss na noite do jantar em homenagem ao pai. A ocasião parecia ter ocorrido mil anos antes; parecia pertencer a outra vida. O destino também era o mesmo. Decidiu que morreria no gabinete do pai.

Encontrou o gabinete silencioso e tranquilo. Fechou os olhos mais uma vez e sorveu a quietude. O ritmo alucinado do coração batendo no peito e as inspirações famintas por ar eram os únicos sons que ouvia. Sentou-se em uma das poltronas, próxima da Sentinela, e começou a chorar.

O ranger da porta do gabinete a trouxe de volta à realidade. Anabela não teve tempo ou forças para reagir; quando percebeu, o vulto de um homem já estava parado diante dela. Mas o estranho não a atacou, tampouco parecia armado. Ele a observou por um momento e disse:

— Ei, você. Teve sorte de achar este lugar. Todos os outros lá embaixo estão...

Anabela esfregou as lágrimas e ergueu o olhar. Surpreendeu-se com o que viu. Diante de si tinha um rapaz de rosto bonito, no qual despontavam grandes olhos azuis. Era alto e muito forte. Vestia-se como um soldado, mas obviamente não era um guerreiro.

— Precisamos sair daqui — prosseguiu ele.

Entorpecida, Anabela não respondeu.

— Sei que você está em choque, mas temos que achar uma saída. Você pode vir comigo, se quiser — insistiu o rapaz. — Qual é o seu nome?

Anabela voltou a si aos poucos.

— Sou Anabela Terrasini...

O rapaz abriu os olhos em espanto e suspirou, como se estivesse aliviado.

— Encontrei você.

Anabela não compreendeu.

— Quem é você?

O rapaz ofereceu uma mão, tanto em cumprimento quanto para ajudá-la a se levantar.

— Sou Theo — respondeu ele e, como que mais para si mesmo, completou: — Se não fosse pelo rastro de sangue desse seu ferimento... acho que eu nunca teria conseguido segui-la até aqui.

— Se você não me matou, é porque não está com o inimigo. Então o que faz aqui, Theo?

— É uma longa história. Vamos andando. Não temos muito tempo.

— Eu preciso encontrar a minha irmã — Anabela lembrou-se de Júnia, desamparada no meio da batalha. A dor de uma centena de agulhas perfurou seu peito. As lágrimas voltaram a brotar de seus olhos e Anabela deixou-se cair na cadeira mais uma vez. — Ela tem apenas cinco anos... é indefesa. Nem ao menos fala por si.

O rapaz endireitou o corpo. Encarando-a intensamente, perguntou:

— O que disse?

— Como assim?

— Você disse que ela não fala. O que quer dizer?

— Ela é muda.

Theo deu um passo para trás e afagou o queixo com uma das mãos. Pensou por um longo tempo e disse:

— Ela é pequena para a idade.

Anabela estreitou o olhar.

— Como sabe disso?

Ele aproximou-se um passo.

— Ela nunca disse nenhuma palavra, mas você a compreende.

Anabela se pôs em pé, sobressaltada.

— Como é possível que saiba disso?

Theo a ignorou.

— Sua irmã é a *fahir* que estava em Sobrecéu — disse ele. — Precisamos buscá-la. Temos que salvá-la.

— Ela... se foi. Foi pega no meio da batalha.

Aquilo o abalou. Ele afastou-se em um silêncio impenetrável.

— O que é uma *fahir*? — perguntou Anabela.

Ele suspirou. Não era mais o mesmo, uma sombra tomara conta de suas feições.

— É outra longa história. Você não iria acreditar. Nem mesmo eu acredito — respondeu ele. — Agora precisamos ir embora. Você vem comigo?

— Como pretende sair daqui? Seja qual for o caminho, morreremos de qualquer maneira.

Ele ofereceu outra vez a mão para ela se levantar.

— Venho tentando não morrer desde o dia em que nasci. Vamos logo.

Anabela se levantou e o seguiu em direção à porta. Não tinha a menor ideia de como ele pretendia encontrar uma saída da Fortaleza Celeste. Estava quase na porta do gabinete quando escutou.

A voz era baixa e suave. Falava em uma língua estranha, com uma entonação diferente de tudo que já ouvira. A sonoridade a lembrou um pouco de uma canção; as palavras mais cantadas do que ditas. Anabela sabia quem as dizia, por isso não ficou totalmente surpresa quando se virou e viu que a Sentinela criara vida. O menino não estava mais sentado. Em pé, apontava com um braço em direção nordeste. Seus lábios diziam as palavras que não ecoavam naquele mundo há muitas eras:

"Alam an Alam doná
Fahir ast elli
Alam an Alam tah in zorah
Asr in san"

Theo tinha as mãos na cabeça e a boca bem aberta. Apenas naquele instante percebera a Sentinela.

— O que é isso? Que diabos é isso?

— É a Sentinela. Serve para avisar sobre a presença de coisas de outros mundos neste.

Theo aproximou-se da Sentinela, sacudindo a cabeça em um gesto de profundo espanto.

— O que ele está dizendo?

Anabela não conseguia tirar os olhos do menino, que não parava de falar.

— Não importa. O que importa mesmo... é que ele nunca deveria ter falado.

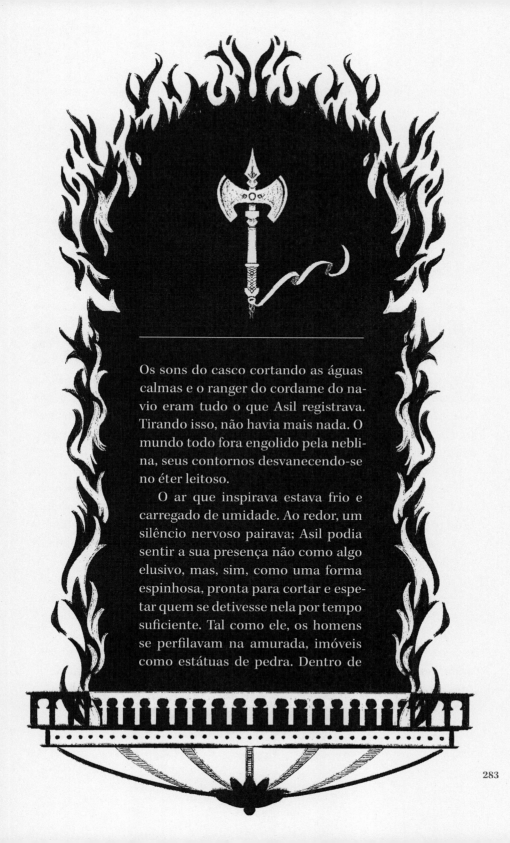

Os sons do casco cortando as águas calmas e o ranger do cordame do navio eram tudo o que Asil registrava. Tirando isso, não havia mais nada. O mundo todo fora engolido pela neblina, seus contornos desvanecendo-se no éter leitoso.

    O ar que inspirava estava frio e carregado de umidade. Ao redor, um silêncio nervoso pairava; Asil podia sentir a sua presença não como algo elusivo, mas, sim, como uma forma espinhosa, pronta para cortar e espetar quem se detivesse nela por tempo suficiente. Tal como ele, os homens se perfilavam na amurada, imóveis como estátuas de pedra. Dentro de cada um, o velho comandante sabia bem, ebulia a fornalha do medo e a antecipação da batalha.

Veterano de mais de uma centena de confrontos, Asil conhecia bem esse sentimento. Depois de tudo o que vira, nunca compreendera os poemas e canções que exaltavam os feitos dos guerreiros. Versos que falavam do herói inspirado, do júbilo da matança, da honra da conquista. Nada daquilo existia. Assim que um homem olhasse pela primeira vez nos olhos do inimigo e percebesse o seu objetivo, todos os vestígios de humanidade desapareceriam. Sumiriam do mesmo modo como o mundo se desvanecera naquela manhã de cerração. O que restava era um animal selvagem, desprovido de qualquer razão que não fosse usar a sua arma para cortar, ceifar, perfurar e decapitar.

Asil não via beleza em nada daquilo; se passara a vida lutando, fora apenas porque havia sido a forma que encontrara de sobreviver. A vida na caravana era dura; não havia lugar para fracos ou doentes. As bocas inúteis eram deixadas à beira da estrada, em locais remotos e perigosos. Desde muito jovem, Asil compreendeu que precisava se mostrar útil. Os deuses haviam lhe concedido um corpo extraordinariamente forte, por isso, usá-lo para matar foi uma escolha automática. Começou aos doze anos como escudeiro da segurança da caravana e, desde então, nunca conhecera outro ofício.

Os tassianos amavam a guerra. Os mais jovens ali ansiavam pela ação, por atos dos quais se regozijar com os amigos; os mais velhos, veteranos do conflito com Sobrecéu, queriam apenas matar. Desejavam vingança. Viam aquilo tudo como um acerto de contas, como se isso fosse fechar as feridas antigas ou trazer de volta irmãos, pais ou companheiros em armas perdidos na guerra.

Asil olhou para baixo e viu o mar, negro e plácido, deslizar pelo casco do navio. De cada lado, começou a adivinhar as formas das elevações de terra que formavam as pontas que fechavam a enseada de Sobrecéu. A sensação era de viver um sonho. Asil comandara uma grande frota com o único objetivo de tomar aquela cidade. Depois de uma longa e sangrenta campanha, o mais perto que tinham chegado era um pedaço inútil de terra conhecido como Ilhabela. Lá haviam sofrido a primeira de muitas derrotas, e cada uma delas os afastara mais e mais da Cidade Celeste.

Agora, porém, não apenas avançavam com força em direção ao lar dos celestinos, como nada era feito para detê-los.

Valmeron se assegurou de que as portas estivessem abertas...

Não era só isso: poucas coisas eram mais arriscadas do que conduzir uma frota como aquela em meio à neblina. Nero Martone era um comandante experiente; se dera a ordem para avançar, era porque contava com um guia local para orientá-lo. Asil estava quase certo disso.

O ar se tornou impregnado com o cheiro de coisas queimando. Na mesma hora pequenas formas alaranjadas perfuraram a neblina: eram incêndios. Segundos depois, Asil teve o primeiro vislumbre de Sobrecéu: docas, armazéns e prédios portuários ardendo em chamas, as grossas colunas de fumaça negra se fundindo com a cerração. Diante deles as águas da baía se encheram com os esqueletos de embarcações incendiadas, algumas ainda na superfície, outras semissubmersas.

Igor Valmeron liderara a vanguarda no primeiro desembarque cerca de uma hora antes. O *Menina Oferecida* ainda permanecia na retaguarda e, ao que parecia, pouco havia restado para os retardatários fazerem. Os cais e docas estavam repletos de tassianos; onde não havia algo queimando, via-se homens com o símbolo da balança de contar moedas de Tássia. Assim que se aproximaram mais, Asil percebeu que a luta na orla havia terminado. A resistência dos celestinos, se é que houvera alguma, já fora dominada. Também não deixou de perceber as nuances do intrincado plano de Valmeron: galés de guerra pertencentes a companhias de comércio das famílias importantes da cidade estavam sendo passadas pelas tochas.

O *Menina Oferecida* atracou junto de outros cinco navios da guarda pessoal de Dino Dragoni. O Empalador deu a Asil o comando de quinze de seus homens. Eram novatos, sabia bem, e provavelmente pouco teriam a fazer.

Melhor assim... O que eu quero é chegar à Fortaleza Celeste o quanto antes. Sei que é lá que a minha jornada termina.

Asil prendeu o machado nas costas, deu algumas instruções para os rapazes e sinalizou para que desembarcassem. Em instantes, corria por um píer repleto de corpos e entulho em chamas. Aos poucos a neblina se tornava menos densa e os prédios e depósitos de pedra ou madeira das docas ganhavam contornos e nitidez. Quando penetrou nas ruas apertadas de Terra, seguido de perto por seu pequeno grupo, Asil fez um sinal para que parassem. Precisava de um momento para pensar. Durante a guerra, estudara à exaustão mapas da Cidade Celeste. Lembrou-se de que havia um caminho sinuoso, o Caminho do Céu, que levava para a parte alta da cidade. Pensou por mais um momento e então prosseguiu.

As ruelas que percorriam pareciam pertencer a um pesadelo qualquer. Longe da orla, os incêndios não eram tão abundantes. As vias estreitas achavam-se entregues ao caos: abafados pela neblina ressoavam gritos de terror entrecortados por gargalhadas e alguns poucos sons de luta. Nas calçadas, os homens celestinos eram reunidos em grupos à ponta das lanças, como rebanho, enquanto os soldados varriam suas casas, tomando tudo o que lhes era de valor: moedas, bens, além de suas filhas e mulheres. Terra sucumbira e estava entregue ao saque e ao estupro.

Asil encontrou o Caminho do Céu apinhado de soldados tassianos avançando em direção à parte rica da cidade. Nesse ponto, os invasores haviam encontrado a primeira resistência real. Arqueiros em posição elevada haviam tornado a subida pela via sinuosa um exercício mortal. Durante o percurso, teve que desviar das pilhas de cadáveres que acarpetavam o calçamento de pedra.

Nas amplas alamedas de Céu, a confusão era ainda maior. Homens armados, provavelmente guardas domésticos de famílias ricas, compunham uma resistência mais feroz e organizada do que a vista em Terra. Ao mesmo tempo, o empenho dos invasores em tomar as residências mostrava-se muito mais intenso; ali, o saque seria muito mais substancial do que nas pequenas lojas e casas da cidade baixa. O resultado eram sangrentos combates corpo a corpo que explodiam junto da entrada das majestosas mansões muradas, embalados pelos silvos das flechas dos arqueiros que davam suporte a partir das ameias.

O desenrolar da carnificina era parelho: metade das fortalezas permanecia intacta, com a parte externa dos muros acarpetada por tassianos mortos, enquanto a outra metade sucumbira e começava a queimar de dentro para fora. Asil podia ouvir os gritos de terror e o som de coisas sendo quebradas dentro delas à medida que a pilhagem ocorria. Na entrada de uma das mansões, uma mulher jovem e bem-vestida era cercada por uma dezenas de tassianos que começavam a rasgar o seu vestido.

Asil prosseguiu em disparada em direção a outro caminho sinuoso que o levaria ainda mais alto para o platô de Sobrecéu, onde erguia-se a Fortaleza Celeste. Corria tão rápido e seu avanço era tão obstinado que logo deixou o pequeno bando de recrutas para trás. O machado permanecia preso no dorso; ainda não fora obrigado a desembainhá-lo.

A primeira impressão que teve quando entrou na Fortaleza Celeste era que o coração do poder de Sobrecéu já havia caído. Os grandes portões de ferro fundido achavam-se escancarados, o metal enegrecido pelo fogo que já se extinguira. No pátio interno encontrou apenas um mar de homens mortos, pertencentes a ambos os lados. Os vivos se resumiam a uns poucos soldados com o emblema dos Martone, vasculhando os cadáveres.

Sem se deter, Asil escolheu uma das entradas do castelo e prosseguiu. Os longos corredores e escadarias que foi vencendo achavam-se imersos na penumbra e entregues a um silêncio sepulcral. Se houvera luta ali, já terminara havia tempo. Pela primeira vez, o coração acelerou-se de verdade no peito.

Cheguei tarde... estão todos mortos!

Os sons de luta e a voz áspera dos gritos de guerra insinuaram-se em meio à quietude, fracos e distantes. Asil concentrou-se no ruído: vinha de um ponto muito acima de onde estava. Depois disso, tudo o que fez foi subir: toda vez que via escadas, fossem grandes ou pequenas, ele subia. Em pouco tempo a cacofonia da luta tornou-se clara. Estava em um longo corredor com uma decoração muito mais elaborada do que o restante da fortaleza. O chão era coberto por grossas tapeçarias e, as paredes, ornamentadas com pinturas enquadradas por grandes molduras folheadas a ouro.

Estou em uma ala de aposentos privados... não é aqui... Preciso de um salão.

O ruído débil de um choro fez com que parasse. Vinha de trás de uma das portas. Asil sacou o machado, aproximou-se um pouco para confirmar que estava diante da origem do som e então chutou a porta. A madeira quebrou e o que restou da abertura escancarou-se com violência em um baque surdo.

Vasculhou o ambiente, os olhos treinados buscando do inimigo. Estava no aposento privado mais ricamente decorado que já vira, mas nenhum dos detalhes opulentos do recinto conseguiu prender a sua atenção frente ao que tinha diante de si. Alguns metros adiante, a peça se abria para uma sacada onde havia um alto parapeito e, sobre ele, uma mulher estava em pé, o corpo oscilando em um equilíbrio frágil.

A beleza da mulher redefinia tudo o que Asil achava que sabia sobre o assunto. Mesmo que seu rosto estivesse transfigurado pelo pânico, os olhos saltando para fora das órbitas e a boca entreaberta sem nada para dizer, ainda assim sua beleza era avassaladora. Ele aproximou-se com calma, medindo cada passo. Tinha quase certeza de quem ela era.

— Senhora... — chamou ele com a voz mais suave que conseguiu reunir. — É melhor a senhora descer daí. É uma longa queda até lá embaixo.

Ela não pareceu escutá-lo; apenas manteve os olhos fixos no vazio.

— Senhora Elena Terrasini, onde estão os seus guardas?

A menção ao seu nome foi suficiente para arrancar a mulher do transe. Ela o enxergou pela primeira vez com os olhos inchados e vermelhos.

— Estão... estão todos mortos — respondeu ela num sussurro inaudível, que forçou Asil a se aproximar mais um passo. Agora se encontrava próximo da abertura que levava à sacada. — A cidade está cheia de tassianos... Ouvi os homens dizendo que o Empalador veio também.

— Sim, senhora. É verdade.

A mulher começou a tremer.

— Meu marido contava histórias a respeito dele.

Asil não resistiu e lançou a pergunta:

— Minha senhora, onde estão as forças celestes? Por que não havia ninguém para nos combater?

Ela o encarou com olhos desesperados.

— Disseram-me... eles me disseram que eu deveria defender Astan, que eu deveria mostrar força, que tínhamos de caçar os corsários que mataram... — Ela cobriu o rosto com as mãos e começou a chorar.

— Não eram corsários, senhora. Nunca foram.

Elena Terrasini tornou a encará-lo.

— Disseram tantas coisas... oh, Deus, como estou confusa.

— A senhora deve descer daí.

— O senhor me levará a Dino Dragoni. Ele vai me matar, não vai?

Não. O que a aguarda é um tormento muito pior e mais longo do que simplesmente morrer. Dino a aprisionará em algum recanto secreto de sua residência e fará com a senhora coisas que nem a mente mais insana conseguirá imaginar. E não fará isso por um dia ou por uma semana; ele se assegurará de que esteja viva para ver a própria velhice. Quando a morte enfim chegar, será uma benção, um presente.

De algum modo ela entendeu. Seu corpo se retesou e ela deu um passo para trás.

— Como se chama?

— Sou Asil Arcan, senhora.

O olhar que ela lhe lançou era o de alguém que havia perdido a razão.

— Asil... você é muito estranho.

— Senhora, por favor... — Asil começou a dizer, mas interrompeu-se quando ela deu mais um passo para trás. O corpo da duquesa desapareceu além do parapeito.

Asil suspirou, tomado por uma súbita tristeza.

Talvez tenha sido melhor assim. Uma vida como um brinquedo de Groncho. Quem pode imaginar uma coisa dessas?

Por algum motivo, assistir à morte de Elena Terrasini o compelia com ainda mais força para resgatar a menina.

Asil virou-se e deixou o quarto. A partir desse ponto, decidiu que manteria o machado nas mãos.

Os sons da luta o guiaram pelo labirinto da Fortaleza Celeste. Quando deu por si, estava diante de um par de imensas portas duplas abertas. Além delas, um amplo salão se abria, com um alto pé-direito e grossas colunas de mármore verde nos cantos. O símbolo da Cidade Celeste estava em toda parte: no tampo da grande mesa retangular, desenhado no piso, nos escudos e nas tapeçarias nas paredes.

Deve ser o Salão Celeste. É muito grande... não pode ser este.

O lugar fervia com a febre da batalha. Homens lutavam com espadas e machados por toda a extensão do recinto. Duas frentes de guerreiros, porém, dominavam a cena. À esquerda, uma fileira de celestinos formava uma parede de escudos e lanças; no lado oposto, muito mais numerosos, estavam os homens de Nero Martone liderando uma guarnição inteira de soldados tassianos.

Asil parou junto da porta e avaliou o ambiente. Se a menina estava ali, tinha de encontrá-la antes que os dois grupos se entrechocassem, mas não houve tempo: o salão encheu-se de gritos e pragas pontuadas pelo silvo das flechas que riscavam o ar. Houve um ruído surdo de pés revestidos de aço pisando juntos contra o mármore e, então, as duas frentes de guerreiros avançaram uma contra a outra.

Celestinos e tassianos se encontraram bem no meio do salão com um estrondo metálico que parecia o rolar de um trovão. Em instantes, o lugar se transformara em um inferno de gritos, membros decepados, homens agonizantes e mortos, o ritmo marcado pelo subir e descer de lanças, espadas e machados.

Asil aproveitou que a maior parte da luta se concentrava no centro do recinto e deslizou para dentro do salão, mantendo-se sempre junto da parede. Cravou os olhos na carnificina sem saber ao certo o que estava procurando. Seu corpo estava atento, os sentidos aguçados e a mente afiada; tinha uma missão, um propósito ali. Apesar disso e de tudo que se desenrolava ao seu redor, ainda não se sentia pronto para a batalha. A empunhadura que segurava o machado era frouxa e desajeitada.

Não há meio de uma criança sobreviver a uma coisas dessas. Se a menina esteve aqui, já está morta. Cheguei tarde.

Uma onda de tristeza e melancolia pelo fracasso o varreu. A mão que segurava a arma afrouxou-se ainda mais e o machado deslizou, a lâmina tocando o chão. Um manto obscuro deslizou sobre si, apagando, uma a uma, as chamas da esperança que tinha experimentado ao se lançar na perseguição daquela visão insana.

Então a viu.

Rastejando por entre pernas revestidas de metal reluzente, em meio ao cintilar das lâminas, desviando de gente morta. Lá estava ela: uma pequena forma vestida de branco, engatinhando em meio ao caos. Seguia seu rumo até uma porta no lado oposto do recinto, ignorada pelos homens que lutavam.

Asil percebeu uma estranha força permear seu corpo. Cada músculo se retesou e ele avançou, sempre junto da parede para evitar o calor da batalha. A luta seguia feroz, mas aos poucos os celestinos, em menor número, iam cedendo território. Ele cruzou por trás de sua linha e correu em direção à porta. A menina já tinha sumido.

A abertura conduzia a um salão contíguo muito menos espaçoso. E era este que a sua visão retratara; cada mínimo detalhe estava lá. Inclusive o fogo. O lugar ardia em furiosas labaredas, que eram muito mais intensas nos cantos do que no centro, tal como a sua mente já havia lhe mostrado. Asil também sabia onde procurar a menina: em pé no meio da peça, cercada pelo fogo. Chorava baixo, olhando para o chão. De algum modo, conseguira chegar até ali, mas jamais sairia sozinha.

E não estava sozinha.

Cinco soldados tassianos aglomeravam-se junto de outra porta, no lado oposto do salão. Aquilo não aparecera na sua visão, mas não importava. Asil sabia o que fazer.

Caminhou através do fogo diretamente até a menina. As chamas lamberam o aço, e o calor tornou-se insuportável dentro da armadura, mas não parou. No mesmo instante, os soldados também encontraram um caminho seguro e seguiram até onde estava. Asil viu-se de frente para os homens com a menina no centro, todos cercados pelo fogo.

A criança ergueu o olhar pela primeira vez e o observou, os pequeninos olhos postos nele como se nada mais houvesse. O semblante era de desespero, mas havia algo mais. Havia algo de especial naquela criança; algo que Asil sabia que jamais compreenderia. Era chegada a hora de romper com laços de uma vida inteira. Iria salvá-la.

O machado deslizou alguns centímetros pela mão empapada de suor; a arma encontrou a empunhadura certa e os dedos se fecharam como garras de ferro ao redor do cabo. Asil não o erguia havia duas décadas, mas não importava. Uma vez que o corpo aprendesse a matar, a mente não esquecia.

— Comandante Asil? — perguntou um dos homens, reconhecendo-o e estranhando o seu gesto. — O que está fazendo, senhor? Nós somos ta...

Asil projetou o corpo para frente, ergueu o machado alto, acima da cabeça, e o trouxe para baixo com força. A lâmina dividiu em dois elmo e crânio do soldado que o reconhecera. Puxou-a de volta. Com um barulho de sucção, a lâmina se desvencilhou da carne. Desferiu um golpe na horizontal e arrancou a cabeça de outro tassiano.

Como são lentos, esses garotos... e, ainda por cima, estão sem armadura. Quem os deixou sair para a batalha assim?

Dois dos três que haviam restado sacaram espadas e partiram juntos para cima dele. Asil agachou-se para se esquivar de um golpe alto e atingiu as pernas do agressor com o cabo do machado. O soldado caiu. Asil se pôs em pé a tempo de interpor com o machado a espada do segundo, que corria diretamente ao seu pescoço. Girou a lâmina e arrancou a espada das mãos do soldado. Ele apenas o encarou, perplexo com a velocidade do golpe. Foi a última coisa que viu. Com dois movimentos rápidos, Asil decapitou o soldado desarmado e afundou o machado no peito do outro, que terminava de se levantar.

O único sobrevivente fugiu em direção ao salão maior. Antes de desaparecer em meio ao mar de fogo, ele lhe lançou um olhar irado:

— Lorde Valmeron ficará sabendo disso! — berrou, sumindo pela porta.

Asil ajoelhou-se diante da menina. Ela permanecia imóvel, paralisada pelo pavor. Tinha que sair dali. O combate no salão contíguo não demoraria a terminar e a notícia do que fizera logo se espalharia entre os tassianos.

— Não vou machucá-la. Eu vi você nos meus sonhos e sabia que tinha de buscá-la. Vou levar você comigo, agora.

A menina não reagiu, apenas mantinha os olhos fixos no chão. Estava em choque.

Asil não podia tomá-la no colo, pois o metal da armadura se tornara muito quente. Apanhou um manto de um dos homens mortos e enrolou a criança nele. Depois, guardou o machado atrás dos ombros e a pegou no colo. Ela pesava menos do que nada.

Asil olhou as chamas e a porta por onde os soldados tinham vindo, na direção oposta ao Salão Celeste.

A saída é por ali.

Apertou a menina contra o peito e se preparou para a travessia das chamas. Com o espírito estranhamente leve, olhou-a mais uma vez. Escondida no manto, ela parou de chorar e mergulhou no silêncio. Asil tornou a olhar para frente e avançou.

Juntos, atravessaram o inferno e partiram.

Theo acordou com o toque suave do calor do sol que nascia.

Tinha um gosto ruim na boca e o corpo todo doía. Dormira ao relento, escorado na amurada do pequeno barco pesqueiro, ladeado por pilhas de cabos e caixotes que haviam fornecido apenas uma proteção precária contra o vento gelado que os açoitara durante a noite. Bem na sua frente, no lado oposto do convés, a garota Terrasini dormia. Exausta, ela desfalecera de tal forma que seu corpo jazia dolorosamente angulado contra a madeira da amurada. Apesar da posição, ela não se movera durante toda a noite.

Sabia que a garota não estava bem. O ferimento que ela tinha na perna tornara-se maior e agora estava tinto de negro em alguns locais. Para piorar, Theo percebera que o corte começara a cheirar mal assim que embarcaram no pesqueiro. Naquele momento, porém, não havia tempo para nada que não fosse tentar ficar vivo.

Fazia quatro dias que tinham fugido de Sobrecéu. Olhando para trás, o fato de estarem ali, vivos, parecia mais do que um milagre. Não que Theo acreditasse nesse tipo de coisa, não acreditava. Tinham contado com a sorte e com o conhecimento da garota sobre a cidade.

Em um primeiro momento, Anabela não estava tão abatida. Sóbria e resoluta, ela os guiara de forma segura através de corredores e passagens secretas desde o coração da Fortaleza Celeste até uma saída secundária aos pés da muralha externa do castelo.

Depois disso, percorreram a estrada que levava do portão da Fortaleza até a cidade montanhosa que os celestinos conheciam por Myrna. Nesse momento, do ponto de vista elevado, tiveram um vislumbre do inferno que se tornara Sobrecéu. Com as defesas da cidade controladas, os tassianos se lançavam famintos ao saque e ao estupro. Essa também devia ser a razão pela qual os invasores não tinham se preocupado em guarnecer a periferia da Cidade Celeste. Como resultado, a fuga que parecia impossível logo se mostrou perfeitamente viável. Os únicos tipos por quem cruzaram foram celestinos afortunados o suficiente para escapar da matança. Todos os refugiados corriam desesperados em direção aos campos, evidentemente sem um destino certo.

Os dois haviam discutido se deveriam se unir a eles e buscar refúgio nos Campos de Ouro. Podiam escolher um celeiro ou pequena propriedade rural e aguardar alguns dias até que os tassianos deixassem Sobrecéu. Anabela havia aprovado a ideia, pois se recusava a deixar a cidade. Depois de assistir a tudo o que os atacantes haviam feito, porém, Theo a convenceu de que essa opção não era segura. Os homens de Valmeron podiam varrer o lugar em busca da filha de Alexander Terrasini. Ela jamais estaria segura, ali.

Theo levou algum tempo para convencê-la de que precisavam deixar Sobrecéu de uma vez por todas. Quando enfim Anabela aceitou a ideia, seu conhecimento do terreno novamente provou ser crucial. Ela sugeriu que seguissem pela estrada em direção ao norte. A meio dia de viagem naquela direção ficava Porto Escondido, uma pequena vila de pescadores encravada entre as falésias da Costa Celeste. Era quase certo que os atacantes não se dariam ao trabalho de tomar um alvo tão insignificante.

A estratégia provaria estar correta: durante todo o trajeto não foram ameaçados e as únicas pessoas com quem dividiram a estrada foram apenas os refugiados. Porém, o caminho em si logo se tornou o principal desafio. A garota Terrasini foi sendo tomada por uma súbita letargia e, na metade do percurso, já mal podia caminhar. Theo não sabia dizer se isso era efeito do corte profundo que ela tinha na perna ou se era devido ao choque por tudo o que vira. Imaginava que era um pouco de cada. De qualquer modo, fora obrigado a carregá-la no colo ou nas costas na parte final da viagem, que incluía uma descida acidentada até o nível do mar, onde ficava a vila.

No porto pesqueiro, tal como havia esperado, não encontraram sinal dos navios de guerra tassianos. Todos no local já sabiam do ocorrido na vizinha Sobrecéu, cidade que era sua protetora, e muitos capitães estavam mais do que ansiosos para deixar o atracadouro. Em meio ao tumulto, Theo não teve dificuldade em arranjar uma passagem para os dois para Rafela. Seu único receio era de que alguém reconhecesse a garota, mas isso não aconteceu. O lugar estava repleto de gente simples, que nunca passara nem perto da Fortaleza Celeste.

A fuga foi uma provação. Nunca sentira tanto medo antes, nem mesmo quando estivera cara a cara com o demônio *sik*. Theo sentia-se exausto e dolorido, mas sabia que seu desconforto não era nada perto do estado da garota. No intervalo de uma manhã ela assistira ao seu mundo ser feito em pedaços sangrentos; provavelmente perdera toda a sua família e todos que podiam lhe dar algum apoio ou proteção. Como se não bastasse tudo isso, ainda sofrera um ferimento que era muito mais sério do que pareceu a princípio. Theo não fazia ideia do que a aguardava em Rafela. Haveria alguém do seu lado na Cidade Branca?

Vasco tem razão: algumas provações são piores do que as minhas. Eu nunca tive nada para perder. Ela teve tudo e perdeu num piscar de olhos.

No entanto, a garota resistia. Theo viu-se fascinado com a força que ela tinha. Em um primeiro momento, ficara estupefato com a sua beleza.

Mesmo no desespero, Anabela tinha o rosto mais bonito que ele já vira. Mas logo percebeu que havia mais, muito mais do que apenas isso. Anabela demonstrava uma força de espírito surpreendente e seus grandes olhos verdes pareciam sempre saber o que fazer. Não fosse pelo estado febril que se apoderara dela, tinha certeza de que ela estaria em pé, altiva, sobre aquele convés apertado.

Theo levantou-se com dificuldade e foi examiná-la. Ela ardia em febre e não reagiu ao toque. Endireitou seu corpo da melhor forma que pôde e apoiou a cabeça da garota em um saco de tecido para grãos. Ao redor, a tripulação humilde seguia com seus afazeres, ignorando-os sempre que podiam. Todos tinham um aspecto taciturno, abalados pelo ocorrido em Sobrecéu. Um desjejum singelo foi distribuído entre os marujos, mas nada foi oferecido aos passageiros. A lua de prata que Theo oferecera ao capitão incluía apenas uma refeição por dia.

A leste, o sol se erguia sobre os picos da cordilheira de Thalia. À frente, a costa ainda estava negra, intocada pela luminosidade. Essa era a hora em que gente religiosa evocava a existência do seu Deus; se Theo acreditasse em algum, teria pensado o mesmo. Bem na direção da proa, em meio ao terreno às escuras, cintilavam em vermelho vivo as torres e mansões de Rafela. Todas as construções exibiam ângulos arredondados e suaves, características que só podiam ser encontradas ali; à luz da aurora resplandeciam como se tivessem luz própria. A Cidade Branca tinha menos da metade do tamanho de Sobrecéu e era frequentemente considerada a mais bela de todo o Mar Interno. Theo a visitara várias vezes nos seus tempos de *Tsunami*, mas havia se esquecido de como era bonita.

O pesqueiro avançava com o vento suave da manhã, deslizando sobre o mar calmo que aos poucos ia se pintando de azul. Algumas horas depois, com o sol alto sobre suas cabeças, contornaram os grandes molhes de Rafela. A Cidade Branca era o único porto do Mar Interno que não contava com o abrigo de uma enseada. Na ausência da cobertura natural, fora necessário erguer uma grande barreira de pedras. Os molhes corriam paralelos à costa diante da cidade, mas curvavam-se nas extremidades, formando uma proteção contra tempestades vindas de três direções. A estrutura era impressionante: erguia-se quase três metros acima da linha d'água, tendo sido construída na época da república de Thalia.

Quando o pesqueiro foi amarrado ao cais, o capitão da embarcação insistiu para que Theo desembarcasse logo e levasse a garota consigo. Era evidente que estava ansioso para se ver livre deles.

O movimento no atracadouro era tranquilo e organizado. De cada lado, duas grandes galés mercantis de Sobrecéu estavam atracadas; ambas traziam um emblema que Theo não conhecia, sob o qual estava escrito "Companhia de comércio Carissimi".

Rafela tinha a fama de ser um lugar pequeno e organizado. Até mesmo a área portuária era relativamente pouco bagunçada, comparada com os muitos outros portos que Theo conhecia. Para além da orla, abriam-se ruas limpas e seguras. Rafela era uma cidade intocada pela Nuvem.

Theo olhou para a cidade mais uma vez e suspirou.

O que eu faço agora? Para onde a levo?

Theo dirigiu-se para onde a garota Terrasini ainda estava adormecida. Agachou-se ao lado dela e tocou seu ombro. Ela não reagiu. Sacudiu-a com força; Anabela apenas deslizou para o lado e tombou inerte sobre a madeira do convés. Um lampejo de pânico correu por sua espinha.

Não... não pode ser! Não depois de tudo o que passamos!

— Ei, Anabela, acorde. Se não puder caminhar, eu a carrego de novo. Não tem problema.

Ela permaneceu imóvel, braços e pernas pendendo flácidos e sem vida ao longo do corpo.

— Não faça isso comigo. Acorde! — insistiu Theo, tentando endireitá-la.

Ergueu a barra do vestido para examinar a perna ferida. O corte abria-se profundo e cruento. Toda a pele ao redor estava inchada e enegrecida. O cheiro era nauseante. Theo desesperou-se.

A ferida vai matá-la...

Levantou-se e olhou ao redor. Precisava encontrar uma solução, e tinha que ser rápido.

O esforço para abrir os olhos era exaustivo, mas Anabela os abriu assim mesmo.

    Passeou com o olhar, sem mover a cabeça, e examinou o máximo que pôde ao redor. As paredes brancas do quarto reluziam à luz do sol que entrava por uma grande janela retangular; a iluminação vinha na diagonal, desenhando um longo tapete de luz no piso.

    Será o início de uma manhã ou o fim de uma tarde?

    Perdera por completo a noção de tempo, tampouco sabia onde estava. Lembrava-se de que a sua intenção era fugir para Rafela, mas pouco se recordava da viagem. Havia um rapaz; um estranho de rosto bonito. Ele a tinha resgatado.

Theo... ele disse que seu nome era Theo.

Pensou por um momento e, então, a voz dele soou em seus ouvidos; um fragmento desajeitado de uma memória:

— *Se não puder caminhar, eu a carrego...*

Lembrou-se de que ele a tinha carregado em algum ponto da estrada, mas onde? E que local era aquele? Sabia que não estava em Sobrecéu, mas também não se tratava de alguma estalagem simples para viajantes. O aposento era confortável e finamente decorado, e a cama sobre a qual repousava era abençoadamente macia. Além disso... aquela luz, o ar ameno carregado com o cheiro do mar e aquelas paredes brancas... só podia ser Rafela. Como havia chegado até ali?

Deu-se conta de que havia algo de errado com a sua mente. Os pensamentos iam e vinham, mas não tomavam forma. Quando tentava falar, sua boca se recusava a dar vida às palavras. Apesar disso, aos poucos sentia que ia acordando. Respirou fundo, sorvendo o ar perfumado da beira-mar e percebeu que não sentia o cheiro ruim que vinha da perna ferida.

Esforçou-se para erguer um pouco o tronco. Debruçado sobre o corte na sua perna estava um homem jovem, de pele morena. Usava vestes de um tecido leve que lhe caíam frouxas, revelando o torso e parte de um ombro musculosos. Os cabelos negros pendiam para frente junto com a cabeça inclinada, os caracóis se inclinando como se estivessem tão concentrados quanto os olhos castanhos que se mantinham fixos, imersos no trabalho. O estranho costurava o ferimento com uma grande agulha curva. Seus movimentos eram ritmados e precisos; o quebrar que o punho fazia cada vez que a agulha saía da pele, quase casual.

Não sinto dor... fui drogada.

Ele concluiu a tarefa e ergueu os olhos. Ficou surpreso ao constatar que ela estava acordada e o observava. Anabela surpreendeu-se com o rosto que viu: os traços eram fortes e as sobrancelhas espessas guardavam os olhos bem atentos.

Um homem obstinado. De onde ele vem?

Mas o sorriso era simples e verdadeiro. Talvez fosse o rosto mais bonito que já vira e estava feliz em vê-la desperta. O estranho se aproximou da cabeceira e tomou a sua mão.

Este é o rapaz que me tirou de Sobrecéu... pensou, confusa. Então deu-se conta: não era Theo.

Theo era um tipo bem diferente. Cabelos loiros curtos, olhos azuis e um jeito despreocupado de quem não tinha nada a perder. Um pouco como um menino em um corpo de homem.

— Como se sente, senhora Anabela?

Anabela ergueu um pouco mais o tronco até se escorar na guarda da cama.

— Por favor, tenha cuidado. Seu ferimento foi uma coisa séria. Mais alguns dias e eu não gostaria de pensar no que poderia ter acontecido.

Anabela examinou o ferimento. Agora tinha um aspecto limpo e estava fechado por pontos colocados com uma precisão impressionante, todos igualmente espaçados uns dos outros.

— Onde estou?

— Na Torre Branca, em Rafela, sob a proteção do duque Aroldo Nevio.

— Quem é você?

— Sou Tariq. Eu e uma colega cuidamos de você desde a sua chegada — respondeu ele. — É a quarta tentativa que faço de costurar esse seu corte. Os tecidos estavam em muito mau estado e os pontos não se fixavam. Agora finalmente consegui.

Anabela pensou por um momento, a mente aos poucos voltando a si.

— Lyriss... você também é médico, de Astan?

— Lyriss é a minha colega e, sim, sou médico e venho de Astan.

— Sou... Anabela. Anabela Terrasini.

Ele assentiu, sorrindo.

— Eu sei.

— Como vim parar aqui? — quis saber Anabela. As lembranças iam retornando, mas ainda desconexas e sem sentido.

— Theo a trouxe em um barco pesqueiro que zarpou de Porto Escondido, ao norte de Sobrecéu. Quando a embarcação aportou em Rafela, você estava inconsciente. Theo se desesperou, pois achou que você tinha morrido. Tomou você no colo e correu pelos cais até topar com um guarda da cidade. Assim que encontrou um homem com o emblema da Cidade Branca, explicou quem estava carregando. Por sorte, tratava-se de um oficial graduado. Ele imediatamente avisou o duque e você foi trazida para cá.

Anabela sentiu a cabeça girar. Não se lembrava de nada daquilo. Se vasculhasse as recordações dos dias anteriores, encontrava apenas recortes de uma viagem desconfortável em um navio sujo e apertado.

Theo salvou a minha vida na Fortaleza Celeste... e quantas vezes mais depois?

— Isso foi há uma semana — completou Tariq.

Anabela recebeu a frase como um soco no rosto. De uma só vez, recordou-se de tudo o que havia acontecido em Sobrecéu. Lembrou-se da carnificina no Salão Celeste, da confusão de espadas e de membros decepados que insistiam em se interpor entre ela e o pequeno vulto aterrorizado de Júnia. A imagem da irmã se afastando, rastejando pelo chão, a camisola branca oscilando sobre o piso de mármore verde, pairava bem na sua frente.

Anabela sabia que tudo aquilo havia sido real; não se tratava de nenhum pesadelo vívido. A intensidade da dor, porém, era tamanha que parecia ter sido outra garota, e não ela, quem sofrera todas aquelas perdas.

— Preciso... preciso falar com o duque — Anabela lutou para arrastar as pernas dormentes para fora da cama. — O senhor Eduardo Carissimi está aqui também?

Tariq se colocou em pé e tencionou impedi-la de se levantar.

— Senhora Anabela, por favor, não se levante.

Anabela pousou os dois pés no chão.

— Eu preciso. Tenho que saber o que houve, preciso falar com o duque.

— A senhora tem certeza?

Anabela assentiu.

— Por favor, me ajude.

Tariq ofereceu um braço. O apoio era forte e ela logo estava em pé. Deu-se conta de que vestia apenas uma camisola fina. O oriental não se abalou à visão de seu corpo seminu.

— O duque deixou roupas para a senhora. Pertenciam a uma de suas filhas, e ele acredita que servirão em você — disse Tariq, apontando para um vestido colocado sobre uma cômoda. — Vou deixá-la à vontade para se vestir, aguardarei lá fora. Faço questão de levá-la até o Salão Branco.

— Obrigado.

Assim que Tariq saiu, ela se apressou até a cômoda. Anabela nunca chegara a conhecer as filhas do duque de Rafela, ambas mais velhas do que ela e casadas com nobres de Fran, mas era certo que compartilhavam um porte físico quase idêntico: o vestido lhe serviu como se fosse seu.

Do lado de fora, reencontrou-se com Tariq. Juntos percorreram os longos corredores iluminados da Fortaleza Branca. Anabela logo percebeu que cabia a ela escolher o caminho a tomar; era evidente que conhecia o lugar muito melhor do que ele. Rafela era aliada histórica de Sobrecéu e, durante a sua infância, ela acompanhara o pai em algumas visitas à corte de Aroldo Nevio.

Quando chegaram às portas do grande Salão Branco, Tariq falou:

— Aqui eu me despeço. É melhor deixar a senhora conversar com os senhores sozinha. Creio que a minha presença não será necessária, para dizer o mínimo.

Anabela não compreendeu. Diferenças religiosas à parte, a grande universidade de Astan gozava de muito prestígio mundo afora e era sempre uma honra alguém ter como hóspede um egresso da instituição, especialmente se fosse um médico treinado.

— Eu agradeço por ter tratado dos meus ferimentos, senhor.

Tariq fez uma mesura e a encarou com um brilho no olhar.

— Além de ser o meu dever como médico, foi uma honra, minha senhora — disse ele. — Sei que a hora é de grande pesar, mas espero que em breve possamos conversar também como amigos.

— Assim também espero — completou Anabela. — Até mais.

Tariq fez outra mesura e se despediu. Anabela não pôde evitar observá-lo se afastar. O porte do oriental a impressionara. Era um homem autoconfiante, mas que não se perdera na arrogância do muito saber.

Anabela dirigiu-se a um dos soldados que montava guarda na entrada do salão. O homem usava armadura completa, toda pintada de branco, mas estava sem o elmo. No peito, trazia em relevo as armas de Rafela: a meia lua branca no céu estrelado. No mesmo momento em que Anabela se aproximou para falar com ele, o guarda deu um passo para o lado e, com a ajuda do colega, empurrou a maciça porta de carvalho.

Não podem fazer ideia de quando eu iria acordar. Mesmo assim, estão me esperando...

Embora fosse muito menor, o salão de Aroldo Nevio guardava muitas semelhanças com o seu equivalente na Fortaleza Celeste. Tratava-se de um espaço retangular com um dos lados se abrindo para uma sacada. Como a Torre Branca fora erguida sobre um pequena elevação, a abertura revelava uma majestosa vista do mar azul que se espalhava em direção ao sul. O ambiente resplandecia com abundância de iluminação natural e a brisa suave que corria pelo ar vinha perfumada de maresia. A grande diferença ficava por conta do material usado no piso, nas grossas colunas e nas paredes: o mármore branco dali era bem diferente da pedra verde--escura de Sobrecéu.

No centro havia uma mesa comprida cercada por cadeiras desarrumadas. Sobre o tampo estava aberto um grande mapa de tecido, com várias peças de madeira organizadas sobre ele. Na cabeceira, no lugar de honra, o duque Aroldo Nevio estava em pé, debruçado sobre o mapa. Pelas lembranças que tinha, o senhor de Rafela havia envelhecido mal. Agora era um homem beirando a obesidade, com um rosto redondo, ostentando longas olheiras. A papada pendendo do queixo completava o quadro de alguém exaurido e tomado por preocupações. A única característica que retinha de anos anteriores eram os cabelos prateados, bem penteados sobre a testa bronzeada.

O aspecto do homem esparramado na cadeira ao lado do duque era menos do que um vestígio da figura altiva e orgulhosa que a convidara para jantar em sua residência em Sobrecéu. Eduardo Carissimi vestia-se com uma túnica com manchas de suor, que lhe pendia desajeitada para um dos lados, revelando parte de um ombro e do peito; o rosto estava inchado e os olhos, desprovidos de qualquer brilho, jaziam fixos num ponto aleatório do mapa sobre a mesa. O quadro chocou Anabela.

Céus... o que houve!

Enquanto se aproximava dos dois únicos ocupantes do salão, a resposta se insinuou em sua mente. Anabela fraquejou e reduziu o passo. Seus joelhos arquearam um pouco e o ar fugiu de seus pulmões. O sentimento que veio a seguir era como uma navalha cortando suas entranhas de dentro para fora. Ela sentiu vontade de gritar.

Não... por favor, Deus... não deixe que seja isso. Por favor, isso não!

Com os olhos inundados de lágrimas, Anabela postou-se diante de Eduardo Carissimi. Esquecendo-se por completo de suas próprias perdas, perguntou, como se isso fosse tudo que importava:

— Senhor Carissimi... por favor, diga-me que Lucila e Pietro estão aqui, em segurança.

Eduardo Carissimi sofreu um espasmo quase imperceptível. Seu cenho se franziu e o maxilar contraiu-se com força. Era como se alguma dor insuportável o consumisse em silêncio. Ele não desviava o olhar da mapa.

Foi Aroldo Nevio quem respondeu, com a voz embargada:

— Minha irmã e meu sobrinho foram assassinados em Sobrecéu.

Anabela levou as mãos à cabeça e desabou em uma cadeira.

A culpa é minha... eu ordenei que Eduardo Carissimi levasse seus homens para longe de Sobrecéu. Eu fui responsável por deixar sua mulher e bebê indefesos em meio àquele inferno...

Encarou Eduardo Carissimi com a pouca força que lhe restava.

— Senhor... Não tenho como expressar o que sinto... — Anabela vacilou. — A culpa é toda minha. Eu ordenei que...

Eduardo Carissimi a olhou pela primeira vez.

— A senhora não os matou — disse ele, com a voz baixa. — Os homens que fizeram isso usavam o emblema da balança de contar moedas de Tássia.

Eduardo Carissimi estendeu uma mão sobre a mesa, e Anabela a apertou com força. Sentiu vontade de abraçá-lo, mas refreou o gesto por medo de perder por completo o pouco de firmeza que lutava para manter. Ele completou com a voz um pouco mais firme:

— Estou contente em vê-la em pé, Anabela.

Aroldo Nevio finalmente se sentou.

— Já a tínhamos dado como perdida também. Quando o rapaz a trouxe a bordo de um pesqueiro... foi uma surpresa. Um verdadeiro milagre.

— Sua amiga Lyriss e seus amigos de Astan articularam seu resgate — completou Eduardo. — Esse rapaz que a trouxe, Theo... eu não o conheço, mas parece que ele pertence a esse grupo.

Theo parecia do tipo que não pertencia a grupo nenhum, ponderou Anabela, mas decidiu ficar em silêncio.

— Senhores, vocês têm notícias de minha mãe?

Dessa vez, foi Eduardo quem a olhou com compaixão:

— Eu sinto muito, Anabela. O corpo da duquesa foi encontrado aos pés da muralha externa da Fortaleza Celeste. Ao que parece, ela caiu, ou foi atirada, do seu próprio aposento privado.

— Sua irmã continua desaparecida — completou Aroldo Nevio na mesma hora, como se a ideia fosse dar todas as notícias ruins de uma única vez.

Quando se lembrou do rosto da irmã, Anabela foi atingida por um violento golpe de dor. Todo o corpo doía. Imaginou que, para dar vazão a tanto pesar, a mente houvesse decidido transbordá-lo também para o corpo.

— O que sabemos do que aconteceu?

— Os tassianos atacaram com força; a frota era de tamanho considerável e com astúcia, pois usaram o abrigo da neblina para encobrir seu avanço — respondeu Eduardo. — Encontraram o porto e a orla de Terra praticamente desguarnecidos. Os homens da Guarda Celeste que ainda estavam na cidade eram novatos inexperientes e foram pegos de surpresa. O mesmo aconteceu com as casernas das famílias mercadoras nos cais. Com isso, os invasores tomaram Terra com facilidade impressionante. Avançaram desimpedidos até o Caminho do Céu, onde enfrentaram a primeira resistência verdadeira. Soldados da Guarda e das famílias mercadoras montaram um bloqueio na via enquanto arqueiros atiravam do ponto de vista elevado de Céu.

— Mesmo assim, isso não os impediu — observou Anabela.

— Não. Àquela altura já havia desembarcado um grande número de tassianos. Não preciso lembrar que são soldados treinados e metódicos. Eventualmente, a um grande custo, conseguiram romper a resistência e prosseguir com o avanço. Em Céu, o caos foi completo. Homens leais às grandes famílias se entrincheiraram nas mansões e as defenderam em meio a uma luta sangrenta. Algumas foram tomadas, outras resistiram.

Anabela espantou-se com a serenidade com que Eduardo descreveu os acontecimentos que tinham provocado a morte de sua família.

— Pouco guarnecida, a minha casa foi a primeira a cair. Logo depois, foram vencidas as mansões de Guerra, Mancuso, Silvestri e Grimaldi. Os Carolei, Orsini e Rossini resistiram acuados atrás de seus muros. Depois de saquear Céu, o inimigo se reagrupou e montou um ataque organizado ao platô de Sobrecéu. A guarnição que estava na Fortaleza Celeste não teve a menor chance, como a senhora testemunhou com seus próprios olhos.

— E meu tio Andrea?

Eduardo sacudiu a cabeça de modo quase imperceptível.

— O corpo de Andrea Terrasini foi encontrado em um dos armazéns pertencentes aos Terrasini no porto de Sobrecéu. As instalações das grandes companhias de comércio, em especial a da sua família e a dos Carissimi, foram extensamente saqueadas. Creio que a maior parte dos tesouros que estavam guardados nos escritórios portuários se foi. Além disso, depois do saque, os tassianos atearam fogo em depósitos e em galés mercantis.

— Um prejuízo incalculável — completou Aroldo Nevio com desgosto. Anabela sabia que ele tinha uma participação importante na companhia de comércio de Eduardo Carissimi.

Eduardo prosseguiu:

— Aleijaram o poder militar e econômico da Cidade Celeste no mesmo golpe.

Anabela estava em choque. Suas suspeitas haviam se confirmado: era a última Terrasini viva.

— Meu tio nunca fez mal a ninguém.

— Andrea Terrasini era um bom homem — concordou Eduardo. — E infelizmente não foi o único a morrer naquele dia.

— Como vocês sabem de tudo isso? — perguntou Anabela.

Eduardo ajeitou-se na cadeira e respondeu:

— Muitos celestinos, incluindo homens leais aos Carissimi, têm vindo para Rafela, em fuga de Sobrecéu.

— Os tassianos têm a cidade. Por que permitiram que essas pessoas escapassem?

— A força de Valmeron se retirou de Sobrecéu no mesmo dia.

Anabela ficou pasma com o que ouviu.

— Depois de todo esse esforço, eles simplesmente foram embora?

Eduardo assentiu, mas foi Aroldo Nevio quem falou:

— Não se engane, minha cara. Se Valmeron retirou suas forças após uma conquista como essa, é apenas porque isso faz parte de algum grande plano que ele tem em mente. Nós, com as nossas cabeças comuns, podemos não enxergar o estratagema, mas, acredite, ele está lá.

— O caos impera na cidade. Um grande vazio de poder se instalou com a morte da duquesa — disse Eduardo. — As pessoas também acham que você morreu, Anabela.

— Eu preciso voltar.

Eduardo sacudiu a cabeça.

— Não acho que seja prudente, não enquanto não tivermos certeza de que a cidade está de fato segura e de que não há algo mais acontecendo nos bastidores.

Anabela não conseguia parar de pensar nisso. O traidor de quem o bilhete falava...

— O senhor acha que há um celestino por trás disso tudo?

Eduardo assentiu mais uma vez.

— Temos cada vez mais motivos para considerar essa possibilidade. Pense, por exemplo, na dificuldade de se conduzir uma armada de guerra pela baía de Sobrecéu em meio a uma neblina espessa.

Anabela sabia que ele tinha razão. A enseada era traiçoeira, cheia de rochas semissubmersas. As pedras afiadas ficavam a menos de um metro de profundidade, apenas esperando um casco de madeira para cortar.

— Quem poderia ser? — ponderou Anabela. — Dario Orsini foi um dos que usou argumentos mais enérgicos para convencer a minha mãe a despachar a Frota Celeste para o Oriente, mas também sei que ele é um covarde, um homem acomodado atrás de uma grande fortuna que a sua família sempre teve.

— Como todos os Orsini — concordou Aroldo Nevio.

— Guerra e Mancuso são estúpidos e não conseguem enxergar nada que não seja o próprio umbigo — prosseguiu Anabela. — Ou o umbigo do outro, melhor dizendo. Os demais o senhor conhece, senhor Eduardo. Sei que são homens leais.

Eduardo Carissimi cruzou os braços e assentiu com o rosto severo.

— Nenhum dos operadores da Rota do Mar Externo seria capaz de se envolver em uma coisa dessas. Podem não ser homens brilhantes ou ousados, mas não são desonestos.

Um longo silêncio caiu sobre o salão. Quando a quietude foi quebrada, as palavras eram de Eduardo:

— Carlos Carolei conduziu a sua frota para mar aberto antes do ataque. Esteve em posição de travar batalha com os invasores antes que eles se lançassem contra a cidade.

— Mais uma vez, esteve em posição de fazer uma coisa importante e não fez — concordou Anabela, a lembrança do episódio que custara a vida do irmão retornando com força para assombrá-la.

Carlos Carolei podia tê-los perseguido... os assassinos de Ricardo!

Anabela prosseguiu:

— Além disso, sua esposa e filha deixaram a cidade dias antes.

— Sua casa estava vazia — completou Eduardo. — E tenho alguns relatos de gente comum que afirma que os armazéns dos Carolei no porto nada sofreram em meio a tanta destruição.

Anabela pensou por um momento. A imagem das tapeçarias com o emblema dos Carolei pendendo das muralhas da mansão do mercador retornou à sua mente. No mesmo instante, a estranheza da cena desapareceu.

Carolei sinalizava para os atacantes qual era a sua residência...

Quando tornou a falar, via as coisas com clareza, como se estivesse vislumbrando um pedaço da mente de Lorde Valmeron.

— Lorde Valmeron armou uma grande cilada, uma intrincada armadilha com duas partes: na primeira, planejou a emboscada que resultaria na morte de Ricardo. Depois que essa parte foi bem-sucedida, começou a juntar a sua frota de ataque pedaço por pedaço debaixo do nosso nariz.

Eduardo prosseguiu com o raciocínio:

— Mas nada teria funcionado sem as intervenções de Carlos Carolei na Junta Comercial. Ele plantou o medo da frota fantasma de corsários e instou Ricardo a rumar para a cilada. Depois disso, como amante da duquesa, deve ter fomentado o medo de sua mãe o máximo que pôde em várias ocasiões.

A observação era dolorosa, mas Anabela a fez mesmo assim:

— E ele encontrou terreno fértil para isso na fraqueza e insegurança de minha mãe.

— Eu sinto muito, Anabela — disse Eduardo.

Ela tentou sorrir em resposta, mas não conseguiu. Era verdade: a fraqueza de sua mãe os havia levado a trilhar aquele caminho. Não era fácil de admitir, mas era como as coisas tinham acontecido.

— Na hora certa, quando estava tudo pronto, aterrorizou a todos com a notícia sobre Usan Qsay marchando em direção a Astan — completou ela.

— Por mais que agora pareça lógico, é difícil de aceitar. Carlos Carolei é um homem que deve tudo ao seu pai. Ele não passava de um mercador menor, um desconhecido, quando Alexander Terrasini o encheu de oportunidades.

Anabela sabia que havia ressentimento nessa observação. Quando jovens, o pai e Eduardo Carissimi tinham sido melhores amigos. Com o tempo, porém, Carlos Carolei assumiu o posto de homem mais próximo do duque, enquanto Eduardo se afastava, tentando resolver os problemas financeiros que afligiam a companhia de comércio dos Carissimi.

— Traições assim não são algo sem precedentes — observou Aroldo Nevio. — A sede de poder pode cegar a razão e entorpecer o juízo de certo e errado de alguns homens.

— Não sei o que me surpreende mais: admitir que Carlos Carolei se associou aos tassianos ou o fato de ele achar que Valmeron não tratará dele também, quando a hora chegar — disse Eduardo.

— Se isso tudo for verdade — observou Aroldo Nevio. —, Carlos Carolei tomará o poder em Sobrecéu e virá com os tassianos à sua procura.

Anabela recebeu essas palavras como mais um golpe.

— Se descobrirem que estou viva, atacarão a Cidade Branca com toda força.

Aroldo Nevio apontou para o mapa sobre a mesa.

— Sabemos disso.

Anabela perdeu o olhar no mapa por um instante e então fitou Eduardo:

— Rafael de Trevi está em Rafela?

— Sim. Eu e ele conduzimos juntos as nossas galés através do extremo norte do bloqueio naval. Houve um enfrentamento, mas foi rápido, pois escolhemos um ponto na extremidade da linha de cerco, onde o inimigo era mais fraco. Mas chegamos a afundar uma nau tassiana. Todos os homens que matamos usavam o emblema de Tássia.

— Onde ele está agora?

— Ele está no porto, organizando seus homens e ajudando os meus a se prepararem para a guerra — respondeu Aroldo Nevio.

Em meio a tantas notícias sombrias, Anabela permitiu-se uma pontada de esperança. Ao menos o fiel mestre de armas dos Terrasini havia sobrevivido. Voltou-se para o duque e indagou:

— Se o senhor me permite a pergunta, como são as defesas da Cidade Branca?

O duque de Rafela lhe lançou um olhar carregado de impotência.

— Rafela é uma cidade pequena e sem tradição militar. Na época da república de Thalia, não passávamos de um entreposto comercial distante e de importância secundária. O grande exército republicano nunca criou raízes aqui, como fez em Tássia, por exemplo. Graças a alianças que meu pai iniciou e que eu consolidei com o casamento de minhas duas filhas, a cidade hoje conta com a amizade do reino de Fran, um poderoso aliado. Além disso, não temos inimigos declarados. Nossas forças são compostas por voluntários que têm a tarefa da afugentar eventuais grupos de corsários que decidam atuar em nossas águas.

Antes que Anabela pudesse perguntar, Eduardo esclareceu:

— As famílias mercadoras daqui não possuem uma força armada, como ocorre em Sobrecéu ou em Tássia.

— Qual é o tamanho dessa força de voluntários? — perguntou Anabela.

— Em caso de necessidade, creio que possamos convocar cerca de quinze galés de guerra — respondeu Aroldo Nevio.

Anabela voltou-se para Eduardo Carissimi.

— Quantos navios temos, combinando os que o senhor trouxe e os dos Terrasini, que Rafael de Trevi liderou?

Eduardo fez as contas e respondeu:

— Trinta.

— Quarenta e cinco, no total — completou Anabela.

Era muito pouco. Se atacada, a Cidade Branca cairia na mesma hora.

— Se houver uma guerra no Mar Interno, seus aliados em Fran virão em socorro de Rafela? — perguntou Eduardo Carissimi para o duque.

Aroldo Nevio pareceu confuso, e Anabela percebeu que a pergunta não tinha resposta fácil.

— Honestamente, não sei. Rafela e Fran são parceiros comerciais. É por meio do nosso porto que eles obtêm as mercadorias vindas das rotas marítimas do Mar Interno. Agora, se entrariam em um conflito armado por nossa causa... é outra história.

— Não podemos contar com esse tipo de ajuda — disse Eduardo. — Senhora Anabela, a nossa situação é grave. Creio que o que assistimos foi apenas um primeiro movimento. Estou convicto de que o Mar Interno se encaminha para a guerra. Desta vez, Rafela não será poupada.

— Precisamos de notícias mais recentes de Sobrecéu.

— Rafael de Trevi e seus homens têm entrevistado de forma sistemática os recém-chegados a Rafela — disse Eduardo.

— Eu preciso falar com ele o quanto antes.

Eduardo assentiu.

— Antes, a senhora precisa descansar. Seu ferimento e o estado febril em que a encontramos... foi algo muito feio de se ver. Tivemos muita sorte de ter médicos de Astan na cidade.

— Onde estão os orientais?

Aroldo Nevio ajeitou-se desconfortável em sua cadeira.

— O meu povo não é especialmente religioso, mas, como medida de prudência, recomendei que passassem as noites a bordo das duas embarcações nas quais estão viajando. Eu sinto muito, sei que são seus amigos.

Anabela achou exagerado, mas teve de admitir que não era de todo um disparate. Já tinham problemas suficientes para ainda correr o risco de que algum dos orientais fosse hostilizado ou agredido nas ruas de Rafela.

— Você precisa descansar mais um pouco — disse Eduardo. — Mais tarde poderemos conversar com Rafael de Trevi e você poderá procurar por Lyriss. Ela ficará satisfeita em vê-la recuperada. Aquela mulher esteve do seu lado o tempo todo.

— Temos um pequeno Quintal na Torre Branca — completou Aroldo Nevio.

Depois de tudo o que ouvira, Anabela não tinha mesmo ânimo para mais nada.

— Obrigado, senhor. Para mim já chega de descanso. Preciso rezar pela minha família e também pelos celestinos inocentes que perderam as vidas.

Anabela levantou-se, a mente entorpecida. Sabia que ainda não havia aceitado por completo tudo o que acontecera e tinha medo de como reagiria quando fosse confrontada com o peso da realidade das coisas.

Júnia se foi... a criança mais doce do mundo e que eu jurei proteger. Se eu me lembrar dela, a dor me matará na mesma hora. Mas como farei para que isso não aconteça?

Anabela começou pedindo desculpas para quem mais importava.

Júnia, meu amor, sei que agora você está em boa companhia. Cercada por anjos; não os dos Jardineiros, aqueles que seguram regadores ou arcos e flechas, mas criaturinhas como você, luminosas e cheias de alegria. Torço para que você brinque para sempre no Jardim da Criação, que corra, se suje e nunca esteja sozinha...

Não percebeu quando as lágrimas começaram, mas, ao se dar conta, tinha o rosto inundado por elas.

...torço para que você nunca mais sinta frio, fique sozinha ou

tenha medo. Desejo isso porque todas essas coisas aconteceram com você em vida, pois eu não a protegi. Desculpe por ter sido fraca. Espero que você me perdoe.

Ricardo, desculpe-me por não ter sido forte como você. Onde quer que esteja, cuide bem da nossa irmã.

Mãe, desculpe por não ter estado mais presente, por não ter conseguido ver o quanto você precisava de mim. Descanse em paz.

Anabela se levantou e olhou em volta para o ambiente vazio. Todos os Quintais se pareciam e o que ficava na Torre Branca não era diferente. No centro da nave havia um altar diante da figura de Deus, o Primeiro Jardineiro. As paredes e o teto estavam repletos com esculturas e pinturas que retravam a iconografia dos Jardineiros: os anjos-nutridores e os anjos-guerreiros em paisagens do Jardim da Criação. O restante do espaço era ocupado por fileiras paralelas de bancos para os fiéis.

Anabela se preparava para partir quando uma figura entrou pela porta da frente. O som de seus passos despreocupados quebrou a quietude do lugar: era Theo. O rapaz usava roupas limpas e leves com as cores de Rafela. Em uma das mãos tinha um grande pedaço de pão.

— Ouvi dizer que você estava em pé, mas não acreditei — disse ele, aproximando-se. — O Tariq é muito bom em consertar as pessoas — completou, afastando as vestes e revelando cicatrizes de cortes no peito.

— Foi ele quem cuidou disso?

Theo assentiu.

— Onde você as conseguiu?

— Podemos sentar?

Anabela fez que sim e se acomodou em um dos bancos para os fiéis. Theo foi até a fileira da frente e se sentou, as pernas repousando sobre o assento. Antes de responder, deu uma grande dentada no pão.

— Em Ilhabela.

Anabela controlou uma exclamação de espanto. Sem que precisasse pedir, o rapaz contou toda a história, desde a contratação nas ruas de Valporto até os acontecimentos em Ilhabela.

— Você testemunhou a morte de meu irmão.

Ele fez que sim.

— Eu sinto muito. Eu vi tudo, foi uma covardia.

— Como você saiu de lá?

— Tariq e um bando de orientais me salvaram, junto com outro rapaz que estava comigo — respondeu ele. Depois de uma pausa, com o rosto pela primeira vez perdendo um pouco da alegria, completou: — Antes disso, porém, eles levaram a menina.

Anabela estreitou o olhar.

— A menina?

— Seu nome era Raíssa. Ela tinha uns cinco anos, mais ou menos.

— Mais ou menos?

— Sim, mais ou menos. Ela era muda, mas eu sempre entendia o que ela queria.

Anabela endireitou o corpo, estupefata.

— Como a minha irmã... — sussurrou para si mesma.

Theo anuiu.

— Esses orientais fazem parte de uma ordem secreta que caça demônios que entram em nosso mundo pela Terra Perdida. Ou pelo menos é nisso que eles acreditam.

Anabela quase riu.

— Quando eu era criança, meu irmão contava essas histórias para me assustar. Você não está falando sério.

O rosto do rapaz sofreu uma transformação. Ele colocou o pão de lado e fez uma careta. Anabela percebeu que ele não sabia ao certo que resposta dar. Estava em dúvida.

— Eu também achava que era loucura e que esses homens que me resgataram eram um bando de lunáticos, mas então...

Anabela o instou a continuar, encarando-o bem nos olhos.

— Então um desses demônios tentou me atacar.

— Theo, essas coisas não existem.

— Olha, eu sou jovem, mas já vi bastante coisa e... aqueles olhos brancos, aquelas garras... aquela coisa não era humana.

Theo encolheu-se por um momento. Anabela surpreendeu-se ao perceber que o medo dele era real.

— Essa menina, Raíssa, era sua amiga?

— Sim. Eu a conheci nas ruas de Valporto.

— O que esses orientais dizem a respeito dela... e da minha irmã?

— Eles as conhecem como *fahir* e afirmam que são crianças especiais. As pessoas que as protegem e conseguem compreendê-las são chamadas de *val-fahir*.

— Você parece ser do tipo prático. Você realmente acredita nisso tudo?

Ele pensou por um longo tempo antes de responder.

— Depois de tudo que vi... sim. Eu acredito — respondeu ele. — Você viu a Sentinela dando o seu anúncio. Que explicação você tem para aquilo?

A verdade era que testemunhar a Sentinela criar vida tinha sido mais do que extraordinário. Talvez o rapaz tivesse razão, talvez houvesse coisas na Terra Perdida que a ciência não conseguisse explicar. Teria sido essa a razão que levara seu pai a empreender a perigosa jornada que resultara em sua morte?

— É difícil de explicar, eu admito.

— Seu pai também devia acreditar. Não o conheci, mas, pelo que sei, acho que ele não era do tipo de manter algo como uma Sentinela em seu gabinete apenas como uma peça de decoração. Se ela estava lá, era porque ele acreditava.

— Meu pai morreu a caminho da Terra Perdida.

Theo franziu o cenho.

— Aposto outro desses — disse ele, apontando para o pedaço de pão — que seu pai era um caçador de demônios.

Anabela parou para pensar: seria aquilo possível?

— Então Júnia também era uma dessas crianças especiais. Quantas mais existem?

— Originalmente, eram para ser três. Sua irmã perdemos em Sobrecéu, Raíssa continua desaparecida e a terceira ninguém sabe onde está.

— Se precisam das três, como farão para lutar contra esses espíritos de outros mundos?

Theo sacudiu a cabeça.

— Não sei.

Antes que pudesse perceber, Anabela juntou as peças.

— Lyriss faz parte dessa ordem. Era por isso que ela queria tanto tirar a mim e a Júnia de Sobrecéu.

Theo fez que sim.

— Eu a conheci faz poucos dias, mas, sim, ela faz parte do grupo. Tariq, Vasco e ela me pareceram ser velhos conhecidos.

— Vasco?

— Outro membro do grupo. Um Jardineiro que já viajou até a Absíria e luta com uma espada como ninguém. Uma figura e tanto.

Anabela abriu um sorriso tímido.

— Nossa, eu gostaria de conhecê-lo.

— Eles também querem conhecê-la.

Anabela entendeu na mesma hora.

— Você veio me buscar.

— Está acontecendo uma espécie de encontro aqui em Rafela. Eles estão todos reunidos e querem muito falar com nós dois juntos.

— Somos os... como é mesmo?

— *Val-fahir*.

— Sem as nossas crianças.

— O que, pelo que entendi, nos torna bastante inúteis contra esses demônios — completou Theo.

Anabela suspirou. A perspectiva de rever Lyriss a animou.

— Quero conhecer essas pessoas.

— Ainda temos algumas horas. A reunião é no fim da tarde, a bordo de um dos navios dos orientais que está no porto de Rafela.

Anabela pensou por um momento.

— O que você está comendo? — perguntou, percebendo que estava faminta.

— Pão com peixe frito desfiado. O pessoal daqui adora — respondeu ele, partindo-o em dois pedaços iguais e entregando um deles para Anabela.

— Você parece ser do tipo que se vira em qualquer lugar.

Ele deu de ombros.

— Já viajei por quase todo o Mar Interno.

— Como você chegou até a Fortaleza Celeste?

— Tariq e Vasco arranjaram transporte para mim em um navio mercante que rumava para Sobrecéu. Eu deveria procurar você para tentar convencê-la a deixar a cidade.

— Você chegou no meio da invasão. Era para ter morrido.

— Nem me fale. Atracamos um bom tempo depois do desembarque dos tassianos, mas como a tripulação era da cidade, souberam escolher um ancoradouro bem afastado, na periferia da área portuária. Quando pisei em terra firme, a luta já tinha acabado em Terra e em Céu. Roubei o uniforme de um soldado tassiano morto e avancei misturado aos invasores em direção à Fortaleza. Tive sorte, ninguém falou comigo.

— Se tivessem falado, teriam percebido que você não tem o sotaque dos tassianos — observou Anabela. — Foi muito arriscado o que você fez.

Ele assentiu, sorrindo.

— Era para eu ter morrido meia dúzia de vezes. Mas, de algum modo, não morri de novo.

Anabela riu de volta, contagiada pela simplicidade do sorriso dele.

— Nunca conheci ninguém que leva as coisas de modo tão despreocupado.

— As pessoas gastam muito tempo e energia tentando imaginar por que suas vidas não são diferentes, em vez de simplesmente enfrentá-las como são.

Anabela sentiu uma sombra encobri-la como uma nuvem desavisada que obscurece a luz do sol. Lembrou-se de quem era e por que estava ali, naquele lugar estranho. Seu espírito afundou.

Vida? Que vida? Tudo que eu tinha, perdi. É por isso que estou neste lugar...

Caminhar pelas ruas de Rafela era como percorrer um labirinto pintado de branco.

As vias nunca eram amplas demais. Em vez disso, corriam estreitas e aconchegantes, ladeadas por pequenas sacadas enfeitadas com flores, sob a cobertura multicolorida das roupas que secavam em varais que ligavam uma casa à da frente na altura do segundo pavimento. Seus traçados também nunca eram retos. O serpentear suave que faziam parecia proposital, como se quisessem levar as pessoas em um passeio que, de algum modo, sempre terminava na orla, aos pés do mar azul que reverenciava a cidade.

As casas de Rafela eram revestidas por um reboco branco que, sem ser liso, exibia um suave ondular. O efeito criava o mais sutil dos jogos de luz, por vezes mudando a tonalidade do branco que estava por toda parte. Fosse nos cantos de uma propriedade ou no topo de um muro, os ângulos das construções eram sempre arredondados. E todas as residências contavam com pequenos muros que delimitavam uma varanda. Na maior parte das vezes, o espaço era minúsculo e abrigava apenas uma mesa e uma cadeira de ferro trançado, mas as pessoas pouco se importavam se o recanto era exíguo ou não: o povo de Rafela adorava estar ao ar livre.

Anabela percorreu o caminho até o porto na companhia de Theo. Em silêncio, passaram por vizinhanças residenciais e depois por uma rua simpática com lojas simples enfileiras de cada lado. O povo era alegre e cortês. Se alguém a reconheceu, não deu sinais disso, e Anabela não foi importunada em nenhum momento. Theo assobiava despreocupado enquanto seus olhos colhiam cada detalhe. Era óbvio que gostava do lugar.

É impossível alguém não gostar de Rafela...

A tarde seguia preguiçosa, embalada por uma brisa suave e uma temperatura amena. O céu estava azul e o dia dificilmente podia ser mais bonito.

Um dia luminoso, feito para curar feridas.

A cada passo que dava, entretanto, Anabela sentia-se mais angustiada. Cada rosto sorridente e cada criança por quem passava eram como uma faca enfiada mais e mais fundo em seu peito. Nada disso tinha a ver com o próprio sofrimento, mas com o que a sua presença ali significava: cedo ou tarde, traria guerra e devastação àquela gente inocente.

Aroldo Nevio não dirá não ao cunhado, e arrastará seu povo para a guerra. Tenho o direito da fazê-los sangrar por mim? Que espécie de monstro egoísta impõe isso a gente inocente?

Rafela era uma cidade pequena e logo chegaram a um mercado a céu aberto que separava a orla dos atracadouros. No mesmo instante, Anabela percebeu os preparativos para o confronto: parte da extensão das barracas do mercado fora removida para dar espaço às tendas dos homens de Eduardo Carissimi. Bem na frente de tudo isso, no cais central, que tinha a melhor posição de atracagem, estavam amarradas as galés de guerra com o brasão dos Carissimi.

Anabela vasculhou a cena, examinando mastros e cordames até localizar o emblema dos Terrasini em embarcações amarradas mais ao longe. Rafael de Trevi e seus homens deviam estar ali. Precisava encontrá-lo.

Theo insistia que não podiam se atrasar para o encontro e Anabela tinha perguntas a fazer para Lyriss, por isso acabou cedendo e eles prosseguiram a caminhada. Theo a levou para uma parte menos movimentada do porto, quase fora dos limites da cidade. Aquele local, como a miríade de diferentes símbolos nos mastros indicava, era destinado à atracagem de embarcações estrangeiras em passagem por Rafela. Ela seguiu Theo até a prancha de embarque de uma galé batizada de *Samira*.

No convés da embarcação havia um grande aglomerado de gente, em sua maior parte orientais. Anabela percebeu que muitos traziam espadas na cintura; eram evidentemente soldados. Na mesma hora entendeu a escolha do grupo de atracar em um local menos movimentado: com uma guerra santa prestes a eclodir no Oriente, as terras ocidentais do Mar Interno em breve se tornariam proscritas para eles.

Theo se afastou e começou a conversar com um homem mais velho. Na mesma hora, Anabela viu Tariq vindo na direção dela. Ele vestia uma longa túnica branca. A veste trazia, na lapela, a pequena figura de uma flor violeta bordada. O médico não estava armado, mas havia dois homens ao seu lado que, diferentemente dos outros, faziam questão de mostrar as cimitarras que portavam nas cinturas. Quando ele se adiantou para cumprimentá-la, os dois soldados avançaram juntos, nunca saindo de perto dele.

No seu primeiro encontro, Anabela tinha os sentidos entorpecidos e não percebera o óbvio, mas agora, observando seus modos e a maneira como os outros homens falavam com ele, era claro que Tariq era alguém importante. A flor roxa também não lhe era de todo estranha, mas Anabela não conseguiu se recordar qual nação ela representava.

— Senhora — disse Tariq oferecendo uma mão a ela —, bem-vinda a bordo do *Samira*. Fico muito feliz em vê-la recuperada.

Garota estúpida... é óbvio. O nome do navio: a violeta roxa é o símbolo do reino de Samira, uma das cinco nações orientais que formaram o império Tersa. Descobri o lugar, mas, agora, quem é este rapaz?

— Graças aos seus cuidados — respondeu ela. Anabela achou que Tariq fosse apertar a sua mão, mas, em vez disso, a beijou suavemente.

Uma voz feminina insinuou-se entre o burburinho das conversas:

— E aos meus. Não se esqueça de mim.

Anabela virou-se. Era Lyriss.

— Você não se lembra, mas eu estive lá.

Anabela adiantou-se para abraçar a amiga.

— Eu sei que sim.

Lyriss a estudou por um momento, os braços sobre seus ombros, e então falou:

— Admiro a sua força... Depois de tudo o que passou, você está aqui, firme e forte.

Nem um pouco firme, menos ainda forte.

— Sinto muito por suas perdas — completou ela.

Tariq sinalizou para que se encaminhassem à cabine de popa. No instante seguinte, porém, uma voz grave o chamou desde o cais. Anabela identificou quem chamava: era Oreo, o mestre de armas da universidade, que ela vira à distância no jantar em homenagem ao pai na Fortaleza Celeste.

O mestre de armas subiu correndo pela prancha de embarque e Tariq foi ao seu encontro. Os dois falaram em voz baixa por mais de um minuto. Quando terminaram, Tariq deu uma série de ordens. Instantes depois, o homem com quem Theo falava uniu-se a Tariq e a Oreo.

Tariq retornou apressado até elas e disse para Lyriss:

— Preciso sair. Sei que tínhamos combinado de fazer isso todos juntos, mas algo aconteceu. — Voltando-se para Anabela, completou: — Sinto muito, senhora. Eu gostaria de participar desta reunião. Peço, por favor, que escute o que os meus amigos têm a dizer com a mente aberta e o coração leve.

— Eu prometo que o farei.

Ele assentiu e partiu na companhia de Oreo e do outro homem. Em segundos os três desapareceram no cais, indo em direção à parte central da cidade.

— Foi você quem deixou aquele bilhete no meu quarto — disse Anabela para Lyriss.

— Vamos conversar na cabine — respondeu ela apenas.

A cabine de popa do *Samira* estava limpa e muito bem arrumada. O recinto era bem arejado e iluminado pela luminosidade que entrava pelas grandes janelas retangulares que revestiam o espelho de popa da embarcação. No centro havia uma mesa de madeira. Lyriss sentou-se à mesa e Anabela acomodou-se de frente para ela.

— Sim, Anabela, eu escrevi aquele bilhete. Eu estava desesperada e não sabia mais o que fazer. O tempo se esgotava e eu precisava tirar você e Júnia da cidade.

— Por que não me contou a verdade?

— Eu pretendia. No nosso primeiro encontro, no jantar em homenagem ao seu pai, eu já havia preparado o terreno para isso. Não pedi para ver a Sentinela apenas por curiosidade; foi uma forma de começar a abordar o assunto.

— Mas então...

— Então tudo começou a acontecer muito depressa. A morte do seu irmão, as intrigas, o seu envolvimento cada vez maior na política. Embora tenhamos nos tornado amigas, eu ainda não deixava de ser uma estranha vinda de algum lugar distante no estrangeiro. Se eu contasse uma história tão fantástica naquele momento, eu apenas a afastaria. Era preciso ganhar a sua confiança antes de explicar a importância que você e Júnia tinham.

— Porque você me pediria para partir.

Lyriss concordou. Nesse instante, um homem entrou na cabine. Anabela o reconheceu na mesma hora: era Samat Safin. O estudioso aproximou-se em silêncio; seus passos não faziam nenhum som na madeira do piso.

— Senhora Anabela Terrasini, boa tarde. Meu nome é Samat Safin — saudou ele, sentando-se à cabeceira da mesa. — Onde está o rapaz? — perguntou, dirigindo-se à Lyriss.

Ela se preparava para responder quando a porta rangeu e Theo entrou apressado. Ele foi até a mesa e sentou-se ao lado de Anabela.

— Cheguei — disse ele em tom despreocupado. — O Vasco não vem. Muitos navios chegaram com a maré do início da tarde e as notícias que os marinheiros trazem parece que não são boas — completou, erguendo uma sobrancelha para Anabela.

Anabela viu-se ansiosa por sair dali. Se havia novidades de Sobrecéu, ela precisava saber o quanto antes.

— Mais um motivo para termos pressa — disse Safin. Suas palavras eram pausadas e a entonação sempre igual; havia pouco ou quase nada de emoção na voz. — Anabela e Theo — prosseguiu ele com os olhos fixos nos dois —, foi designada a mim a tarefa de explicar o que é e qual o propósito da nossa ordem.

Anabela trocou um olhar rápido com Theo, fitando Lyriss em seguida, mas ela permanecia impassível, apenas escutando.

— Antes, porém, vou falar um pouco a respeito do meu trabalho — prosseguiu o estudioso. — Entrei para a Universidade de Astan, como aluno, aos quatorze anos. Passei anos sem deixar o campus, imerso em livros raros e confinado em bibliotecas empoeiradas e esquecidas. Aos vinte e três fui nomeado chefe catedrático da divisão de linguística. Durante meus estudos, apaixonei-me por línguas antigas. Como logo descobri, havia uma que estava envolta em uma extraordinária aura de mistério. Era ao mesmo tempo a mais antiga e a menos conhecida de todas as línguas mortas: o absírio, idioma da civilização que viveu na Terra Perdida. Quando soube da quase inexistência de livros e documentos referentes àquela cultura, fiquei obcecado com o assunto. Estava decidido a ser o primeiro estudioso a conhecer a cultura da Absíria a fundo.

Ele fez uma breve pausa e continuou:

— A biblioteca da Universidade é impressionante e abriga milhões de títulos. Entretanto, em todo esse acervo existem menos de doze volumes cuja origem pode ser traçada, sem sombra de dúvidas, à Absíria. Quando soube disso, tive certeza de que teria de fazer algo que nunca havia feito: viajar. Decidi tentar obter o apoio do reitor para organizar uma expedição de pesquisa para a Terra Perdida. Achei que a ideia seria mal recebida, mas fui surpreendido com a carta branca de Rasan Qsay. O reitor disse que havia um homem muito importante e influente que também estava interessado no folclore da Terra Perdida. Vinha do Ocidente e seu nome era Alexander Terrasini, o duque de Sobrecéu.

Anabela conteve uma exclamação de espanto.

— Quando foi isso? — perguntou, atônita.

— Pouco depois do fim da guerra entre Tássia e Sobrecéu. Calculo que você devia ser um bebê, na época — respondeu Lyriss.

— O senhor se reuniu com meu pai?

Safin assentiu.

— O duque financiou uma grande expedição que contava com cientistas, caçadores e soldados treinados para a nossa proteção. Ele mesmo nos liderou até a Absíria.

Anabela preparava-se para perguntar, mas Theo lançou a pergunta um segundo antes:

— E qual era o interesse dele nisso?

— Foi a primeira coisa que perguntei a Alexander Terrasini quando nos encontramos na universidade. O duque tinha ganhado recentemente a guerra e havia todo um Oriente e a grande cidade de Astan para pôr nos eixos. Uma tarefa e tanto. Mesmo assim, ele desejava se aventurar numa trilha perigosa em direção a um local remoto, e pagaria muito bem por isso. Por quê? — disse Safin. — O duque era um homem franco e me deu uma resposta direta. Ele me contou que enquanto estava em campanha no litoral do Oriente, encontrou as ruínas de uma antiga cidade. Nela havia os escombros do que parecia ser uma espécie de templo e, em seu interior, um grande número de artefatos foi recuperado. Entre eles, chamou a sua atenção um livro em particular.

— Nunca ouvi dizer que os absírios tivessem se fixado longe da Terra Perdida — observou Anabela.

— Está em todos os livros de história, mas é um erro grosseiro — respondeu Safin. — Nos dias derradeiros da Absíria houve um assentamento perto do mar, distante da Terra Perdida. Foi uma espécie de êxodo, uma tentativa de salvar vidas e o conhecimento da civilização que estava prestes a ser exterminada.

— O que provocou o fim dos absírios? — perguntou Theo.

— O que os exterminou foi algo que não pertence a este mundo.

Theo franziu o cenho.

— Os absírios perderam a guerra contra os demônios.

— Não, eles venceram. Caso contrário, não estaríamos aqui agora — respondeu Safin. — Mas a vitória lhes custou tudo o que tinham e a sua civilização se extinguiu.

— Que livro era esse que os homens de meu pai encontraram?

— O texto mais importante da cultura absíria: o Livro de Taoh.

— O livro estava certamente escrito na língua deles. Como o duque se interessou por ele sem saber do que se tratava? — quis saber Theo.

— É uma boa pergunta — completou Anabela.

O rosto de Safin tornou-se ainda mais sério.

— Porque nesse livro havia uma ilustração que perturbou profundamente Alexander Terrasini.

Anabela sentiu uma súbita onda de frio.

— O que era?

— A ilustração mostrava um homem, um guerreiro, erguendo a sua espada para enfrentar uma hoste de demônios. Cabia ao guerreiro solitário barrar o seu avanço.

— E daí? — observou Theo.

— O rosto do guerreiro fora pintado com grande riqueza de detalhes.

Anabela compreendeu o que ele iria dizer.

— Oh... céus...

— Sim, senhora, o rosto do guerreiro era o do seu pai. Era ele erguendo a espada contra os demônios — disse o estudioso. — Depois disso, o duque se tornou um homem obstinado. Queria aprender tudo o que podia a respeito da Terra Perdida e estava disposto a usar todo o seu poder e dinheiro para isso.

— Então meu pai viria a fazer parte da sua ordem.

— Seu pai logo se tornaria o líder da nossa Ordem, um grande líder. Antes de Alexander Terrasini, os membros da Ordem de Taoh não passavam de uns poucos sonhadores. Estavam espalhados por toda parte, muitos acuados e perseguidos em suas próprias nações, e, ainda pior, poucos trocavam ideias entre si. O duque usou a rede de espiões a serviço da Cidade Celeste para organizar as atividades da Ordem e recrutar novos guerreiros leais, homens e mulheres com índole e caráter certos.

— E o que vocês encontraram na expedição para a Terra Perdida? — perguntou Theo.

— A viagem foi um sucesso. Recuperamos um valor incalculável de livros e pergaminhos datados da antiga Absíria. Essas descobertas acabariam se tornando o meu material de pesquisa na década seguinte. Foi dessa forma que eu aprendi o idioma absírio.

— O que é a Ordem de Taoh, afinal? — quis saber Theo.

Safin fez uma pausa antes de responder:

— Neste momento, esta é a pergunta que mais importa. Para responndê-la, vou precisar falar um pouco da história da religião Absíria: a divindade mais próxima do homem para os absírios era conhecida como Taoh. Taoh era um homem, o líder de uma tribo absíria, que governou por muitos anos com justiça e sabedoria. Apesar de toda a sua grandeza, era um homem simples e de poucas palavras. Apreciava mais o silêncio, mais o escutar do que o falar. Além disso, na maior parte de suas conquistas esteve alheio à sua condição: ele não sabia que era um ser divino. Em determinado momento, porém, Taoh foi agraciado com uma revelação: durante uma viagem, estava acampado com seus homens em um local remoto. Era uma noite muito escura e sem lua. O líder dormia sozinho em sua tenda quando foi acordado pela voz e pela visão de Visna.

— Visna? — indagou Theo.

— O espírito da Terra. Visna é a deusa física que representa o nosso mundo. Foi por meio de seu poder que o mundo, com todas as criaturas que nele habitam, foi criado.

— E de onde veio essa Visna?

— Visna é uma emanação de Maha.

Theo fez uma careta. Safin explicou:

— Maha está no topo da hierarquia. Ela é a força que permeia todas as coisas que existem. Maha moldou a energia do universo para dar origem não apenas a este mundo, mas também a todos os outros que existem.

— Maha é como Deus para outras religiões? — indagou Anabela.

Safin fez que não.

— Maha não é a criadora do universo. O conceito é um pouco mais complexo do que isso. O universo é essencial, sempre existiu. Maha teceu e deu forma à energia do universo primordial, moldando-o naquilo que hoje conhecemos. O universo depende de Maha, foi ela que o lapidou, e a energia das coisas vivas dá sentido à Maha. Mas Maha não é a criadora de tudo, tal como simboliza o Deus Primeiro Jardineiro ou Ellam. Maha é mais um instrumento, tanto que a tradução da palavra absíria para Maha seria "energia mãe". Maha, por meio dessa energia, deu forma às divindades superiores, cuja tarefa foi criar toda a infinidade de mundos que existem. À Visna ficou a incumbência de criar o nosso.

— Por isso existem muitos outros mundos — disse Theo.

— Sim, muitos mundos ou planos, como os absírios os chamavam. Cada mundo é uma dobradura no grande tecido de Maha, e cada mundo tem a sua divindade superior, o deus que lhe deu uma forma física.

— E os mundos não devem se conectar — completou Lyriss.

Safin prosseguiu:

— Estamos todos interligados, embora não fisicamente. Tudo que uma pessoa faz em vida interfere em Maha, causando reflexões em mundos próximos ao nosso. O que muitos chamam de destino nada mais é do que fios de energia riscando o tecido de Maha. Se essas conexões irão encontrar seus pares complementares em mundos de paz ou de ódio dependerá apenas do que se fizer durante aquela vida em particular. Plante rancor e violência, por exemplo, e isso ecoará neste e em outros mundos, podendo até mesmo tomar uma forma física em outro plano.

— Este é o motivo pelo qual os absírios cultuavam a paz e o altruísmo — observou Anabela.

— Sim. O povo da Terra Perdida acreditava que a existência deveria ser uma jornada de crescimento espiritual, objetivo que era atingido com uma vida dedicada à meditação. Uma vida vivida assim deixaria uma impressão de energias positivas em Maha, que por sua vez ecoariam em outros mundos, causando uma ressonância de outras energias positivas. Foi isso que Taoh aprendeu naquela noite em sua tenda, quando viu Visna. A deusa explicou que ele próprio era um deus, forjado com a união dos espíritos de muitos heróis de eras passadas. Depois, Visna falou a respeito das marcas que as pessoas podiam deixar em Maha após a morte. Explicou que muitos atos condenáveis vinham acontecendo naquele e em outros mundos, e que o legado daquelas ações era a proliferação do que ela chamou simplesmente de demônios. Estes nada mais são do que emanações de um mundo forjado com ódio, terror e desesperança. Todas as culturas, por mais primitivas que sejam, têm uma descrição para este plano.

— O inferno — disse Anabela.

— O inferno do Ceifador para os Jardineiros, o inferno de Hama, o deus da Morte para o Ellam, e assim por diante — concordou Safin.

— Esses espíritos são os *siks*? — perguntou Theo.

— Sim, essa é uma de suas muitas formas possíveis — respondeu o estudioso. — Enfim, Visna alertou Taoh de que esses espíritos não poderiam penetrar no nosso plano. Se o fizessem, toda a ordem de Maha poderia ser afetada e corria-se o risco de o próprio equilíbrio do universo ser perdido. Taoh perguntou o que ele deveria fazer. Visna respondeu que recaía sobre seus ombros a tarefa de reunir um exército e vigiar a Terra Perdida, que é o local por onde esses espíritos de outros planos podem entrar em nosso mundo. Mas Visna também explicou a Taoh que o exército não deveria ser constituído por guerreiros comuns. Os homens sob seu estandarte precisavam ter, além de habilidade com as armas, um espírito evoluído; deveriam possuir uma trajetória marcada pela busca do crescimento espiritual. Além disso, era exigido deles sigilo absoluto a respeito de sua missão; a noção da existência de criaturas de outros mundos poderia espalhar o pânico e disseminar o caos.

— E o que Taoh disse? — perguntou Theo.

— Depois que a deusa se foi, Taoh viu-se perplexo e perdido. Era o líder de uma única tribo, nunca teria recursos para reunir um exército de verdade. Desesperado, foi até Lukla falar com Aphrane, a rainha dos absírios.

Anabela lembrava-se vagamente de ter estudado a respeito da rainha-guerreira da Terra Perdida.

— E o que a rainha disse?

— Taoh temeu que a rainha achasse que ele tinha ficado louco.

Theo sorriu.

— E ela achou?

Safin fez que não.

— Para surpresa de Taoh, a rainha tivera a mesma visão de Visna. Quando ele começou a contar a sua história, Aphrane disse que precisavam reunir o exército de que a deusa falava o quanto antes. Para tanto, concedeu a Taoh todos os recursos de que ele precisava para começar o recrutamento. Mesmo com a ajuda da rainha, porém, Taoh levou mais de um ano e precisou avançar além das fronteiras da Absíria para reunir um número suficiente de pessoas de sua confiança. No fim, tinha cem guerreiros, homens e mulheres, de várias nacionalidades e credos. Juntos, juraram lealdade à causa diante de si e naquele momento a Ordem de Taoh foi criada.

— E depois disso houve uma guerra — disse Theo.

— Sim, mas a demora para recrutar os guerreiros significou que os demônios haviam se espalhado para muito além das fronteiras da Terra Perdida. Os membros da Ordem atuaram em segredo, caçando os espíritos em muitas cidades do Mar Interno.

— Em segredo? — indagou Anabela.

— As atividades da Ordem devem ser sempre mantidas no mais absoluto sigilo. Essa é a nossa tradição mais antiga. O cidadão comum não precisa saber o que fazemos para manter o seu mundo como está.

— No fim das contas, os demônios foram expulsos — disse Theo.

— Sim, mas isso teve um grande custo. Dois terços dos guerreiros da Ordem tombaram na luta, incluindo o próprio Taoh e a rainha.

Theo levantou-se e ficou em pé ao lado da cadeira. Estava visivelmente inquieto.

— Taoh e Aphrane eram guerreiros tocados por uma deusa. Como vocês farão para lutar sem alguém assim?

— Isso foi a última coisa que Visna explicou para Taoh, e ele documentou tudo isso nos anais de fundação da Ordem. No futuro, sentenciou a deusa, a missão de lutar recairia sobre os ombros de pessoas comuns, mas elas teriam ajuda. Em primeiro lugar, profetizou que Taoh e a rainha renasceriam; em segundo lugar, teriam a ajuda de alguém que os tornaria poderosos: crianças inocentes cujo nascimento seria tocado pela própria deusa Visna: os *fahir*.

— Os *fahir* são uma intervenção direta de Visna — completou Lyriss.

— E quem seriam as reencarnações de Taoh e Aphrane?

Safin recostou-se na cadeira e os estudou por um longo momento.

— Você está brincando — exclamou Theo.

— Vocês acreditam mesmo nisso? — perguntou Anabela.

Safin assentiu, solene.

— Vocês são os *val-fahir*; estão ligados às crianças de um modo que nenhum de nós compreende. A sua existência está descrita nos anais escritos pelas mãos do próprio Taoh na fundação da Ordem. Vocês têm que ser Taoh e Aphrane renascidos.

— Isso é uma loucura — disse Anabela.

Lyriss a encarou com o olhar sereno de sempre.

— Seu pai acreditava na Ordem, Anabela. Depois de se ver naquele livro, ele passou a acreditar com toda a força e convicção que seu propósito neste mundo, a razão para a sua existência, era combater os demônios.

Naquele momento, compreendeu por inteiro uma das maneiras de ser do pai. Alexander Terrasini sabia quem eram e que importância tinham as filhas. Por isso sua obsessão com a segurança dos filhos ia além do zelo de um pai comum.

— Quem era o homem que se parecia com meu pai, naquele livro?

— Aquele era Vamim — respondeu Lyriss —, um rapaz jovem que se tornaria um grande guerreiro e braço direito de Taoh durante a guerra. Ele foi o responsável pela continuidade da Ordem depois da morte de Taoh e Aphrane. E, sim, os arquivos dizem que ele de fato enfrentou sozinho uma hoste de demônios e venceu.

Por um instante, Anabela achou que Safin chegara muito perto de sorrir.

— Alexander Terrasini era o valente Vamim renascido.

— O que meu pai foi buscar na Terra Perdida? — perguntou Anabela.

— Em expedições passadas para a Absíria, Alexander Terrasini encontrou algo que chamamos de Disco de Taoh — respondeu Safin.

Anabela sentiu a ferida na perna latejar.

— Para que serve?

— Não sabemos — respondeu ele. — Vasculhei e reli muitos dos arquivos antigos, aqueles escritos pelo próprio Taoh, e não compreendi o seu propósito. Este era o objetivo da última expedição de Alexander Terrasini: descobrir para que serve e como deve ser usado o Disco de Taoh.

— Esse disco é uma espécie de arma? — arriscou Anabela.

— Acreditamos que sim, Anabela — respondeu Lyriss.

— Talvez seja algo que devamos ensinar as crianças a usar. Ou talvez sejam vocês quem devam empunhá-los. Honestamente, não sabemos — completou Safin.

— Onde ele está? — perguntou Anabela.

Um sombra encobriu o rosto de Lyriss. Pela primeira vez, Safin desviou o olhar. Ele abriu as mãos em um gesto de impotência, mas não respondeu.

— Ah, que merda — disse Theo, coçando o queixo com uma das mãos enquanto perambulava pela cabine. — Vasco disse que os Servos Devotos tinham mais de um propósito ao atacar os Literasi em Navona. Era isso, não foi? Os desgraçados estavam procurando o disco.

Safin assentiu.

— É uma de muitas possibilidades.

— Navona? — indagou Anabela, confusa.

Theo descreveu os acontecimentos em Navona com tamanha velocidade que Anabela quase ficou tonta com a cadência de suas palavras. Ele quase não parou para respirar e não deixou de andar por um instante sequer. Assim que terminou, Anabela perguntou:

— Céus! O que os Servos Devotos têm a ver com tudo isso? — perguntou ela para os três ao mesmo tempo.

Theo sentou-se, irritado. Anabela imaginou se algum de seus amigos se ferira nesse ataque.

— Ninguém sabe — respondeu ele. — Assim como não fazem ideia de por que levaram a Raíssa em Ilhabela.

Anabela pensou por um momento.

— Se a menina foi levada em Ilhabela, é óbvio que os tassianos também estão metidos na história.

Theo jogou os braços para o alto:

— Os tassianos e os Servos Devotos juntos... Isso é ótimo.

Anabela fitou Lyriss e Safin, mas compreendeu que nenhum dos dois tinha mais respostas para lhe dar. Estavam perdidos.

— O que vocês farão agora?

Lyriss suspirou.

— O que juramos fazer: rumaremos para a Terra Perdida e lutaremos.

— Mas vocês não têm os *fahir*.

— Sim — concordou Safin. — O que significa que não há esperança, mas iremos assim mesmo. Neste exato momento, membros da Ordem de Taoh em todo o Mar Interno e no Oriente estão se preparando para rumar para a Absíria.

Um longo silêncio pousou no recinto. Anabela entreouvia as conversas dos homens no convés. Lyriss quebrou a quietude:

— Anabela e Theo, gostaríamos que vocês se unissem a nós e embarcassem conosco para a Terra Perdida.

Os dois se entreolharam. A mente dava voltas e ela não fazia ideia do que responder. A verdade era que não tinha mais nada a perder e rumar para um lugar distante envolto em uma aura de mistério como a Terra Perdida parecia tentador. Era o tipo de viagem que ela passara a vida toda sonhando em fazer.

Por outro lado, tinha obrigações a cumprir. Eduardo Carissimi e Rafael de Trevi eram homens leais que haviam arriscado tudo para se colocar ao lado dela. E o mercador perdera tudo o que lhe era mais caro com aquela aposta. Anabela precisava ajudar a recuperar a Cidade Celeste e desejava, mais do que tudo isso, fazer justiça pela sua família.

Theo a salvou, quebrando o silêncio:

— Vocês prometeram que encontrariam a Raíssa — disse ele. — Fico com vocês desde que isso continue valendo.

Safin respondeu na mesma hora:

— Encontrar a *fahir* sempre foi nossa prioridade, mas agora não é mais a única. O anúncio da Sentinela nos chama para lutar. Viajantes, mercadores e simples pescadores são os portadores da informação no Mar Interno. No porto de Rafela convergem muitas embarcações que transitam entre as partes ocidental e oriental do Mar Interno. Vasco é especialista em coletar informações e, desde que chegamos, ele ficou sabendo de muitas coisas importantes. Ele tem novidades para você.

Theo não respondeu, mas Anabela percebeu que aquilo o satisfizera. Ele devia confiar no homem que chamavam de Vasco.

Lyriss a encarou.

— Anabela? O que me diz?

— Eu não posso abandonar os homens que arriscaram tudo para seguir as minhas ordens — disse ela com a voz firme. — Deixe-me pensar numa solução.

Lyriss assentiu.

— Entendemos que é muita coisa para se ouvir de uma só vez.

Safin se levantou.

— Partiremos no máximo em uma semana.

Anabela também se levantou.

— Eu levo você de volta à Torre Branca — disse Theo para ela.

Os dois se despediram de Lyriss e Safin e partiram.

Theo reduziu o passo para acompanhar Anabela.

No trajeto de ida ela parecia bem, mas, durante o retorno, era evidente que a perna ferida havia começado a incomodá-la. A garota caminhava devagar e deslocava o peso do corpo para a perna boa, o que resultava numa marcha um pouco oscilante. Além disso, de tempos em tempos, seu rosto se torcia numa careta sutil de dor.

Mas ela não se queixava, tampouco seu semblante se abatia.

Theo não gostava de gente rica. Achava-os arrogantes e despreparados para o mundo. Em caso de necessidade, se se vissem sozinhos, não sobreviveriam a um dia sequer nas ruas. Mas a garota Terrasini era diferente. Perdera tudo, fora ferida, e ainda assim lá permanecera ela, serena, escutando gente estranha falar sobre deuses e demônios.

O dia se apressava em acabar. As sombras do fim de tarde se acentuavam, tirando o brilho do branco de Rafela. O céu estava pintado com um azul pálido; o sol devia estar se pondo em algum ponto oculto pelas construções da cidade.

Os dois percorriam em silêncio a via costeira, embalados pelo som do mar. Assim que chegassem ao mercado, dobrariam à direita, penetrando nas ruas apertadas em direção à Torre Branca.

Theo tentou imaginar o que a garota estava pensando.

— Você está pensando na sua família?

Ela assentiu.

— Eu nunca tive ninguém, além da Raíssa... não sei o que é perder tanto em tão pouco tempo.

— Você nunca conheceu a sua família?

— Não.

Ela parou de caminhar.

— Podemos nos sentar? Preciso descansar essa perna.

Theo apontou para um banco de pedra com a pintura branca descascada do outro lado da rua. Os dois foram até lá e se sentaram, um de frente para o outro.

— Fui criado na congregação dos Servos Devotos, em Navona.

Anabela expirou com força.

— Céus... sinto muito. Como você saiu de lá?

Theo resumiu a história da sua fuga e depois contou um pouco de seus dias na rua, incluindo a vida como ajudante no *Tsunami* e as boas lembranças de Valporto.

— Você deve ter sentido falta de ter uma família.

— Não posso sentir falta de algo que nunca tive. Tudo o que sei é que gostava da vida na rua, da liberdade de acordar e não saber aonde aquele dia iria me levar. É assim que eu gosto de viver, sem ter as coisas planejadas. E é por isso que nunca me vi tomando parte em grupos e planos...

— Se eu não tiver as coisas planejadas e sob controle, fico maluca.

Theo sabia que ela era desse jeito desde o primeiro momento em que se encontraram.

— Se você gosta de ficar por conta própria, por que ainda está com os homens da Ordem? Por que se envolver na busca pela menina?

Theo fez uma careta. Não tinha uma resposta clara para isso.

— Não sei.

— Talvez você se conheça menos do que imagina.

Theo suspirou.

— Você é a segunda pessoa a dizer isso.

— Você sente falta dela, da Raíssa?

— Sim.

Anabela insistiu:

— Você sente falta dela porque a companhia e a amizade dela é que faziam seus dias em Valporto bons, e não o fato de você estar "por conta própria".

A garota é esperta. Isso faz sentido...

Theo sorriu para si mesmo ao trazer cenas da sua vida na Cidade do Sol.

— Eu e a Raíssa éramos muito bons. Ninguém nos superava em um certo golpe...

Anabela gargalhou e Theo deu-se conta de que havia acabado de confessar um crime.

— Você era um ladrão!

Ele deu de ombros, sem jeito. Ela continuava a rir.

— Sorte a minha que fiquei pobre — disse ela.

Aquilo o pegou de surpresa.

— Como assim?

— A maior parte dos tesouros da minha família foram roubados pelos tassianos no ataque a Sobrecéu.

— Tudo? — espantou-se Theo.

— Quase tudo, acho eu. Deve existir alguma coisa depositada em bancos no estrangeiro, mas como saber? Os documentos dos negócios dos Terrasini devem ter sido queimados junto com os armazéns da companhia de comércio.

Apesar de suas palavras, o rosto dela permanecia iluminado. De algum modo, rir afastara as sombras que a encobriam até um segundo atrás.

MAR INTERNO | MARÉ DE MENTIRAS

336

— Eu sinto muito. De novo. Não sei bem como consolá-la e não consigo imaginar como você se sente.

Ela suspirou.

— Não sei como, mas você me consola de um modo que eu não compreendo — disse ela. — E quanto a como me sinto... é difícil de explicar.

— Tente.

Ela pensou um pouco.

— É como se tudo isso fosse um sonho ruim. Como se todas essas coisas estivessem acontecendo a outra pessoa e não comigo.

Isso era ruim, pensou Theo. A mente dela ainda não havia aceitado toda a realidade. Por outro lado, era uma maneira de não desmoronar de vez.

— Vamos aos poucos — sugeriu Theo. Não seria ele quem tiraria o tempo que ela precisava para fazer o luto que era dela por direito. Por isso, decidiu mudar de assunto: — O que você achou da história que ouvimos?

— Pessoas não reencarnam depois de mortas, Theo. Há muito folclore misturado na tradição desta Ordem de Taoh.

Theo pensava o mesmo a respeito da existência de demônios, mas então acontecera Navona...

— Mesmo assim, eles acreditam na história e querem que os sigamos para a Terra Perdida.

Ela o encarou por um momento.

— Você é que deve me dizer. Você viu um desses demônios.

As lembranças da criatura com os olhos brancos cheios de ódio cravados nele retornaram, trazendo um arrepio que correu por suas costas.

— Passei a minha vida toda acreditando em nada, fazendo questão de não participar de coisa alguma, de não me unir a nenhum grupo. — Ele fez uma pausa para pensar. — Mas aquela coisa era real, Anabela, e queria me matar a qualquer custo. Acho que eles estão certos pelo menos na maior parte do que acreditam. Demônios existem e talvez sejamos mesmo especiais.

— Você está falando sério?

Estava? Parecia mesmo loucura...

— Sim. E eu quero partir com eles e encontrar a Raíssa — respondeu. — E quero ver a Terra Perdida com meus próprios olhos.

Ela parecia confusa e dividida. Ao lado deles, guardas da cidade começavam a acender os lampiões que iluminavam a rua. A noite caía em Rafela. Theo se levantou e ofereceu a mão para a garota.

— Vamos, Anabela. Você precisa descansar um pouco.

Ela assentiu.

— Você tem razão. Acho que esses demônios podem esperar até amanhã.

A garota pegou a sua mão e ficou em pé. Juntos, prosseguiram a caminhada em silêncio.

Quando Theo começou o caminho de volta para o atracadouro, a noite já havia caído sobre Rafela. O brilho branco, quase ofuscante, que a cidade exibia durante o dia foi substituído por um cintilar amarelado das luzes dos lampiões refletidas nas construções claras. O cheiro que pairava no ar era o de maresia misturada com comida recém-preparada. Perto da Torre Branca, na zona rica da cidade, as ruas estavam quietas e as casas das famílias abastadas, iluminadas.

Assim que Theo aproximou-se do porto, porém, o movimento foi aumentando. O ir e vir de gente enchia o ar com os sons de conversas e risadas. A noite amena convidava marujos e viajantes a beber nas tabernas da área portuária. Além do movimento normal de pessoas, que era intenso como em qualquer cidade portuária, havia os soldados.

Ocupando parte da extensão do mercado a céu aberto, havia fileiras e mais fileiras de barracas. Duas em cada três ostentavam o símbolo do golfinho dos Carissimi; as demais eram dos Terrasini, homens sob o comando de Rafael de Trevi. Os acampamentos eram limpos e organizados, mas, mesmo assim, o cheiro de pessoas aglomeradas e das latrinas misturava-se aos outros odores que permeavam a noite da Cidade Branca.

Eduardo Carissimi e Rafael de Trevi tiveram o bom senso de enviar o grosso de suas tropas para acampamentos logo além dos limites de Rafela. Apesar disso, Theo calculou que havia algo entre trezentos e quatrocentos homens dividindo espaço naquelas tendas bem no meio da cidade. Os rapazes eram barulhentos e dificilmente se contentavam em ficar restritos a suas barracas. Imaginou que Anabela e seus comandantes teriam de fazer alguma coisa. Em breve teriam dificuldade para controlar tantos homens juntos sem nada para fazer, e também seria cada vez mais difícil alimentá-los.

Quando se preparava para contornar o mercado e seguir pela via costeira até o local de atracagem do *Samira*, avistou por pura sorte Vasco vindo na direção oposta. Theo gritou para chamar a sua atenção. O Jardineiro ficou imóvel e vasculhou a multidão até localizá-lo. Ele se aproximou a passos largos.

— Theo! Eu estava à sua procura. Os rapazes no navio me disseram que você tinha ido até a Torre Branca para levar Anabela.

— Onde está Tariq?

— Ele voltou para o navio. Há novidades e eles pretendem partir o quanto antes.

— Vamos voltar também?

Vasco sacudiu a cabeça e riu.

— Nem pensar. Olhe a noite que está fazendo.

— E daí?

— Vamos beber, rapaz.

Theo olhou em volta. Havia ao menos meia dúzia de tabernas apenas naquela quadra, ao alcance do olhar.

— Você está maluco? Esses lugares são imundos. Vou levá-lo a uma taberna decente.

Foi a vez de Theo rir.

— Esqueci que você é daqui.

— Eu deixei a Cidade Branca ainda criança, mas retornei muitas vezes depois, enquanto vivia outras vidas. Acho que Rafela sempre será o meu lugar.

Vasco gesticulou para que Theo o seguisse. Juntos percorreram a via costeira até um ponto dos cais onde o movimento era mais calmo. Logo avistou para onde se dirigiam: uma construção de madeira com dois andares que, diferente das demais, fora erguida do lado da via que dava para o mar. No lado oposto ao da rua havia uma plataforma que avançava alguns metros além da calçada, debruçando-se sobre as águas calmas do porto. A placa pendurada sobre a porta da frente anunciava o nome da taberna: Lua Cheia. Ao redor das letras estavam várias luas pintadas de branco, tanto cheias quanto em quarto crescente, em alusão ao símbolo da Cidade Branca.

O local estava abarrotado de gente gritando e falando alto. Em um dos cantos, uma dupla com um alaúde tocava uma canção, mas o ruído do lugar era tanto que se eles estivessem dormindo ou simplesmente decidissem ir embora, ninguém notaria. Vasco conduziu Theo até a área externa, cuja tranquilidade fazia contraponto com a agitação do interior. Havia várias mesas de madeira desocupadas e o barulho diminuíra tanto que era possível até mesmo escutar o farfalhar das ondas encontrando o anteparo de pedra do cais logo abaixo.

Enquanto se acomodavam em uma mesa bem na beirada da plataforma, Vasco pediu duas cervejas a um atendente. Theo sentou-se em silêncio, admirando a vista. A noite estava escura e apenas ali, à beira-mar, uma brisa fria corria. Os navios eram uma miríade de pontos luminosos que cobriam o manto negro do oceano. Alguns repousavam nos cais logo ao lado, enquanto outros não passavam de silhuetas distantes. Havia mais de uma centena de embarcações à vista, algumas amarradas nos atracadouros, outras fundeadas nas águas protegidas e ainda várias que navegavam em direção ao mar aberto.

O movimento de ir e vir em um porto sempre fascinou Theo. Detinha-se em um navio qualquer e deixava a mente voar, pensando em cada detalhe que cercava aquela embarcação. Imaginava de onde tinha vindo, qual seria o seu próximo destino e o outro depois daquele. Que carga levava? Quem era o seu capitão e que história ele tinha para contar da própria vida? Então fazia o mesmo com cada marujo: quem eram? De onde vinham? Haviam optado pela vida no mar ou a vida é que havia escolhido por eles? Que vicissitudes e alegrias já tinham enfrentado a bordo e que outras os aguardavam na próxima velejada?

Depois de preencher todos os detalhes com a própria imaginação, Theo escolhia outro navio e assim por diante. Quanto maior o porto, mais absorto ficava com o exercício. No fim das contas, acabava sempre por concluir que um porto era um pouco como a vida: cheio de idas e vindas; repleto de histórias, felizes e tristes; tudo embalado pela promessa de um retorno, a esperança de dias melhores e a dura realidade daquilo que se perdia pelo caminho.

Vasco o resgatou de um mergulho nos próprios pensamentos que Theo não sabia ao certo aonde teria dado.

— Você gosta do mar.

Theo voltou-se para o Jardineiro.

— Adoro — respondeu. — E você?

Vasco pensou por um momento.

— Vivi bons e maus momentos com um convés sob os pés. Mas gosto da vida no mar — respondeu ele. — Cheguei em um ponto, porém, em que não consigo ver muito além do meu dever. Se a minha missão me manda para o mar, ótimo; caso contrário, tudo bem, também. Deus está sempre comigo, Theo. Isso é o que importa.

O atendente deixou dois copos repletos com uma cerveja amarelo-escura e partiu apressado.

— Ainda não sei se entendi de onde vem a sua fé.

Vasco tomou um longo gole. Com os lábios perolados pela espuma, respondeu:

— Você não precisa saber de onde vem a fé para aceitá-la. Precisa apenas saber que ela está lá.

— Ainda assim... não encaixo a história que você contou com um homem que decide se tornar um religioso.

Pela história que o Jardineiro já havia contado, Theo depreendeu que devia existir um acontecimento crucial, algo que mudara a vida de Vasco de forma a conduzi-lo ao sacerdócio. A transformação de mercenário em religioso tinha que ter uma explicação.

Vasco tomou outro gole da cerveja, pensou um pouco e falou:

— Safin contou a vocês a história de como o duque Alexander Terrasini descobriu a respeito da Ordem de Taoh?

Theo assentiu.

— Ele nos disse que uma galé de guerra celestina encontrou as ruínas de um assentamento absírio no litoral do Oriente.

— Na verdade, éramos um grupo de cinco galés de guerra.

Theo ergueu uma sobrancelha.

— Éramos?

— Eu navegava a bordo de um dos navios.

Theo estava surpreso.

— Você estava lutando com as forças celestinas?

Vasco fez que não.

— Durante a guerra entre Tássia e Sobrecéu, ambos os lados contrataram mercenários para reforçar as suas fileiras. A irmandade da qual eu fazia parte assinou um contrato com Alexander Terrasini.

— Irmandade?

Vasco suspirou e suas feições se enrugaram. Era óbvio que não gostava de falar no assunto.

— As Folhas de Hamam.

Theo sobressaltou-se. Dificilmente alguém nunca tinha ouvido a respeito da irmandade de mercenários e assassinos mais conhecida e temida que existia. Sua origem exata era um mistério, mas a maior parte das teorias a relacionava às caravanas de comércio do Oriente, nos dias sangrentos do império Tersa sob o comando de Dewal, o Triturador. Desde então, as Folhas de Hamam tinham construído sua reputação com contratos que envolviam assassinatos e participação em guerras e conflitos.

Independentemente da natureza da missão, seus feitos estavam ocultos em uma aura de mistério e chegavam aos ouvidos das pessoas comuns sempre temperados com uma boa dose de exagero e misticismo. Alguns diziam que os assassinos eram, tal como o nome da irmandade sugeria, seres demoníacos vindos da árvore de Hamam, o deus oriental da Guerra. De uma forma ou de outra, tratava-se de uma sociedade secreta que só admitia em suas fileiras os homens de índole mais violenta e cruel. Ninguém sabia ao certo quem era o seu líder ou onde ficava o seu quartel-general. Até mesmo seus números eram desconhecidos e todas as estimativas de seus contingentes não passavam de palpites em conversas de taberna.

— Não sei o que me surpreende mais: você ter sido uma Folha ou o honrado duque de Sobrecéu ter contratado vocês.

Vasco fez uma cara de desdém.

— Não caia nessa, Theo. Alexander Terrasini era um homem honrado e correto, mas também era um governante e, como tal, fez o que devia para proteger seu povo. Palavras bonitas e modos gentis não salvam os inocentes das espadas de seus inimigos. Ele fez o que precisava ser feito. Começou a guerra em desvantagem numérica e logística, mas a venceu mesmo assim — respondeu ele. — Quanto a mim, eu já lhe disse que comecei lutando por coisa nenhuma e, depois, pelas coisas erradas.

— Por que o duque precisava das Folhas?

— Ora, para que mais?

Theo refletiu por um momento.

— Quem ele queria que fosse assassinado?

— Nero Martone e Asil Arcan — respondeu Vasco. — Nero Martone era o comandante supremo da frota tassiana e Arcan era o segundo em comando, o líder militar que tomava as decisões no campo de batalha. Matando um ou outro, ou, melhor ainda, os dois, Alexander Terrasini destruiria o moral e a organização da máquina de guerra tassiana.

Assassinatos, mentiras e traições... Correndo paralela a uma guerra de verdade, sempre existe uma guerra de sombras, ainda mais suja e imoral do que o conflito aberto.

— As pessoas comentam que normalmente as Folhas são recrutadas entre homens que têm família. Não me parece fazer sentido. É verdade?

Vasco assentiu.

— A maior parte dos homens que entram para a irmandade têm família. Isso faz parte do treinamento.

Theo não compreendeu.

— Treinamento?

— Para completar o treinamento e se tornar uma Folha de Hamam, é preciso completar uma tarefa.

— O que é?

— Matar um familiar.

Theo estava esticando o braço para alcançar a cerveja, mas congelou no meio do gesto.

— É uma forma de, ao mesmo tempo, garantir que o recruta perdeu todos os parâmetros de humanidade e que cortou por completo os laços com sua vida anterior.

Theo encolheu-se. Havia perdido o interesse pela bebida.

— Isso é doentio. Quem devem matar?

— A irmandade dá preferência para familiares em primeiro grau. Um pai, uma mãe, um irmão e até... um filho ou uma filha. Um homem que faz isso percorre um caminho sem volta. Não há salvação possível depois, e é exatamente isso que a irmandade deseja.

Theo sentiu um arrepio de frio eriçar os pelos dos braços e pernas. Uma ideia sombria desabou sobre a sua mente. Com a voz reduzida a um sussurro, perguntou:

— Você...

Achou que a pergunta pudesse enfurecer o Jardineiro, mas, quando encontrou o olhar do homem mais velho, viu apenas pesar e muita culpa.

— Sim, Theo — respondeu Vasco com a voz serena. — Eu matei meu pai.

Por mais que estivesse chocado, Theo não conseguia sentir nada além de pena. Na vida, algumas pessoas perdem um pouco mais, enquanto outras têm uma existência um pouco mais fácil. Para a maior parte das pessoas, porém, o destino dá e tira mais ou menos na mesma medida. Mas não para aquele homem: dele, a vida tinha apenas tirado.

— Como pessoa, você já sabe, ele valia menos do que nada. Naquela hora, relembrando tudo o que ele fez a minha família passar, não foi difícil enfiar a faca em seu peito — prosseguiu Vasco. — Mesmo assim, foi errado. Muito errado. Não somos juízes de ninguém e cabe apenas a Deus o fardo de julgar os homens. Depois disso, posso ter encontrado a fé, mas isso jamais irá me absolver do meu crime perante Deus. E, principalmente, não irá me inocentar com a minha própria consciência.

Seguiu-se um longo silêncio. Por fim, Theo perguntou:

— Como você deixou a irmandade? Imaginei que isso não fosse possível.

— A missão no litoral do Oriente era secreta e acabou se tornando um fracasso. Os tassianos também tinham espiões e, por isso, nunca chegamos nem perto dos nosso alvos. Nos deparamos com as ruínas da cidade absíria quando o grupo estava prestes a se dispersar. O navio com os membros da irmandade seguiria seu rumo e as galés celestinas e o duque retornariam para se unir à luta no Ocidente.

— Então vocês acharam a cidade e Alexander Terrasini encontrou o livro de Taoh.

— Você precisava ter visto aqueles templos, Theo. Eram ruínas, e alguns nem isso chegavam a ser, não passavam de escombros... mesmo assim, foram a coisa mais incrível que já vi — disse Vasco. — Era noite fechada quando avancei com o duque e um punhado de homens para dentro da construção principal, no centro do povoado. Alexander Terrasini encontrou o livro repousando sobre um altar de pedra no meio de um amplo espaço, com um alto pé-direito, que se assemelhava à nave de um Quintal. Cercamos o duque e, sob a luz das nossas tochas, observamos seu semblante se transformar à medida que ele folheava o livro. Não sei se os outros entenderam que algo estava acontecendo ali, mas eu compreendi. Quando Alexander chegou na página com a ilustração de Vamim, o Bravo, algo inexplicável aconteceu.

— O que houve? — perguntou Theo. Aquela história estava lhe dando arrepios.

— Naquele momento não era mais o duque de Sobrecéu ali diante daquele livro. Aos meus olhos, sua armadura azul-celeste com o brasão da âncora e espadas entrecruzadas simplesmente havia sumido; a tira de tecido na sua testa, como os celestinos gostam de usar quando vão para a batalha, também não estava mais lá. Na verdade, não era mais Alexander Terrasini que estava ali; havia outro homem em seu lugar. Aquele era, mais tarde eu viria a saber o seu nome, Vamim, o Bravo. Eu vi um homem que estava morto havia muitas eras.

— Alguém mais viu isso?

— Eu creio que não, Theo. Mas, de algum modo, o duque entendeu que, assim como ele, eu também havia experimentado uma sensação extraordinária.

— O que você acha que houve?

— Mais tarde naquela noite, o duque me procurou. Era um homem mudado. Tinha uma obstinação e uma fome de descobrir o que havia acontecido que eram impressionantes. Nunca vi nada mais poderoso. Ele me perguntou o que eu achava que tinha acontecido. Eu respondi que havia sentido a mão de Deus e que ela me tocara e algo havia mudado para sempre. Minha fé despertara.

— E ele?

— Cada um de nós entendeu a coisa de uma forma diferente. Para Alexander Terrasini, a experiência não foi religiosa. Ele era um homem prático, e aquilo para ele era mais uma missão. Alguém ou alguma coisa havia colocado o livro no seu caminho para que ele pudesse ficar sabendo que tinha uma tarefa a cumprir — respondeu Vasco. — Depois disso, ele me perguntou se eu não gostaria de trabalhar para ele.

— O que ele queria que você fizesse?

Vasco não respondeu. Theo levou algum tempo para entender; já tinha aquela ideia em gestação havia algum tempo.

— Você virou um espião.

— Duas coisas resultaram dos eventos daquela noite: decidi que me tornaria um Homem de Deus e arranjei um emprego.

Ele não negou. Estou certo. Jardineiro e espião celestino. Esse homem é uma combinação e tanto...

— Ele pediu para você virar um informante e você simplesmente disse que sim?

O Jardineiro assentiu.

— Você não conheceu o duque. Aquele era um homem que inspirava os outros. Ele me contou uma longa história de como pretendia vencer a guerra para instalar um nova ordem no Mar Interno. Seu plano era criar um mundo de paz e justiça, onde os conflitos entre as nações e reinos seriam decididos em conferências como a de Altomonte, não pelas armas. Ele estava transbordando de entusiasmo, e eu escutei tudo, fascinado. Decidi que o seguiria antes mesmo de ele terminar.

— Mas, para isso, você precisaria abandonar as Folhas de Hamam.

Vasco assentiu.

— Durante aquela mesma madrugada, parti às escondidas com os celestinos, deixando meus antigos irmãos para trás. Nos anos seguintes, fiquei sabendo que despertei a ira das Folhas de uma forma nunca antes vista. Uma sentença de morte foi proferida contra mim e fui caçado por todos os cantos do Mar Interno. Até hoje, segundo consta, existe um prêmio em dinheiro pela minha cabeça. Não existe nada que as Folhas odeiem mais do que desertores.

— Como você conseguiu não ser morto?

— As galés celestinas me deixaram em Navona. Alexander Terrasini insistia que precisava de tantos espiões quantos pudesse arranjar na Cidade de Deus. Navona era crucial para a sua estratégia militar — respondeu Vasco. — Busquei refúgio na congregação dos Literasi. No primeiro dia lá, fiz uma confissão que incluiu cada detalhe, por mais sórdido que fosse, da minha vida. Depois, pedi para ser aceito como noviço; queria me tornar um Jardineiro. Ítalo de Masi me aceitou na congregação e eu iniciei a minha formação.

— Por que o duque se interessava por Navona?

— Na época, os Servos Devotos já controlavam a Cidade de Deus. Os Servos têm ligações históricas com Tássia e, portanto, havia um viés natural a favor de lorde Valmeron. Alexander Terrasini, por outro lado, precisava de Navona do seu lado.

— Por quê?

— Alexander Terrasini pretendia usar Navona como base logística para uma invasão de Tássia da mesma forma que os tassianos planejavam usar Ilhabela para tomar Sobrecéu. Isso tudo foi no início da guerra, antes de Sobrecéu vencer a batalha de Ilhabela em um momento em que a balança pendia a favor dos tassianos. Mas o duque estava enxergando muito mais longe do que os outros. É um bom exemplo do seu talento como estrategista militar.

— Como ele trouxe Navona para o seu lado?

— Os Servos Devotos controlavam a cidade; como se conquistam os Servos?

Theo fez uma careta. A resposta para a pergunta não tinha como ser mais óbvia.

— Dinheiro.

Vasco deu de ombros.

— Os celestinos prometeram muito dinheiro às congregações que dominavam o conselho de Navona. Para selar o acordo, porém, foi preciso uma manobra política. Para tanto, alçaram ao posto de Grão-Jardineiro dos Servos Devotos um jovem e ambicioso Jardineiro recém-ordenado.

— Quem?

— Santo Agostino.

— Céus... — exclamou Theo, recordando-se da sinistra figura do Grão-Jardineiro. — Aquele homem me dá arrepios.

Vasco sorriu.

— A mim também. É até estranho que um homem tão miúdo possa ser tão intimidador.

Theo estranhou a observação. Santo Agostino era um homem idoso e bastante musculoso, aspecto que chamara sua atenção na primeira vez em que o viu.

— No fim das contas, Sobrecéu venceu a guerra e os Servos ficaram ainda mais ricos — observou Theo.

— Fazia parte dos termos do acordo de Altomonte a exigência de que Tássia pagasse uma indenização à Cidade Celeste. O valor estipulado foi de mil sóis de ouro. A princípio, Valmeron não concordou. Se ele retirasse essa quantia diretamente do tesouro tassiano e a colocasse no colo dos celestinos, isso representaria o seu fim político. Por isso, depois de muitos debates, foi decidido que o dinheiro seria pago, mas teria de percorrer um longo caminho até chegar aos cofres de Sobrecéu. Os tassianos capitalizariam o Banco de Tássia, que então transferiria o montante para o Banco de Deus, em Navona. De lá o dinheiro seria mais uma vez transferido, agora para o Banco de Pedra e Sal, o mais poderoso de Sobrecéu.

— Na prática, os Servos ficaram com o dinheiro.

Vasco fez que sim.

— Fazia parte do acordo que, quando o dinheiro passasse por Navona, os Servos ficariam com uma parte.

— Quanto? — quis saber Theo.

Vasco deu de ombros.

— Ninguém sabe. Imagino que eles devam ter ficado com a maior parte. Ou tudo. Você sabe como os Servos são.

Theo pensou por um momento.

— Navona é o seu chão. Você sabe tudo o que se passa lá.

Vasco discordou com a cabeça enquanto esvaziava o copo.

— Ninguém sabe de tudo o que acontece em Navona. Poucos lugares são mais complexos e... cheios de histórias.

— Aquele homem que vi conversando com Santo Agostino na Fortaleza dos Servos Devotos... ele era o capitão das Folhas de Hamam, não era?

— Sim. Estou convencido de que foi a minha antiga irmandade que atacou os Literasi — respondeu Vasco. — Esse homem de quem você fala é conhecido como Isar. Ele é o líder das Folhas.

— Por que os Servos contratariam as Folhas? Eles já têm um braço armado, os Homens de Deus.

— Os Homens de Deus atuam mais na segurança da Fortaleza e na proteção de bens e valores dos Servos em trânsito. Além disso, atacar uma congregação vizinha em plena Navona é imoral até mesmo para os Servos. Eles precisavam manter em segredo a identidade dos atacantes. É exatamente o tipo de serviço que as Folhas fazem.

— Ainda assim, por que se dar ao trabalho?

Vasco levou um tempo para responder.

— Eu, Tariq e Oreo estivemos conversando com o capitão da *Senhora do Oriente*, uma galé mercantil que acabou de aportar em Rafela, procedente de Astan, com uma parada em Navona. O capitão é um homem nosso.

— Da Ordem de Taoh, você quer dizer.

Vasco fez que sim.

— Quais são as notícias do Oriente? — perguntou Theo.

— É interessante como a mentira transformou o boato em fato — respondeu Vasco. — A informação de que Usan Qsay marchava sobre Astan foi uma mentira plantada em Sobrecéu para abrir caminho para a incursão tassiana, tirando a Frota Celeste de cena. Qsay ainda não estava pronto para iniciar a sua guerra, faltava o apoio do rei Anwar de Qom, mas com o avanço intempestivo dos celestinos ele acabou tendo que mobilizar as suas forças antes do previsto.

— Então agora é verdade: a guerra iniciou no Oriente.

— Faz quase um mês que o *Senhora do Oriente* deixou a Cidade Sagrada. No dia da partida, a informação mais recente a circular pelo porto estimava que as forças de Qsay estariam nos limites de Astan em três ou quatro semanas. Isso significa que neste exato momento eles podem estar tomando a parte norte da cidade.

— E os celestinos ainda não chegaram.

— Não. A Frota Celeste ainda está navegando. É uma longa viagem até Astan — concordou Vasco. — Conversei com Eduardo Carissimi e Rafael de Trevi. Ambos acham que a Frota será atacada pela retaguarda por forças tassianas.

— Talvez nunca cheguem lá — ponderou Theo.

— De um modo ou de outro, haverá guerra tanto no Oriente quanto no Mar Interno.

— Imagino que Tariq deva querer partir.

— Sim, Theo. Ele pretende partir assim que possível. Como príncipe de Samira, é seu dever comandar as forças de sua nação que lutarão ao lado do tio.

Theo ficou em silêncio. Já conhecia Vasco o suficiente para entender que algo o havia perturbado.

— O capitão do *Senhora do Oriente* traz outras notícias do Oriente, Theo. Notícias sombrias.

Theo encarou Vasco. O rosto do Jardineiro estava marcado por rugas de preocupação. Com a voz tensa, ele prosseguiu:

— Temos centenas de membros da Ordem de Taoh espalhados por cidades do Oriente, desde Astan até a Terra Perdida. São homens comuns, ricos ou pobres, de todos os ofícios, que mantêm uma vida secreta de dedicação à Ordem. São informantes permanentes e guerreiros treinados em caso de convocatória.

— E o que houve? — perguntou Theo.

— Boa parte dos informantes da Ordem de Taoh se calou. Nos postos de coleta, o volume de informações é cada vez menor. É como se, dia após dia, os membros da Ordem simplesmente estivessem desaparecendo. Tudo isso justo em um momento como este, quando mais precisamos de informações.

Isso é ruim...

Theo lembrou-se do demônio que o atacara em Navona. Com um tom de voz que era menos do que um sussurro, perguntou:

— Se havia um *sik* em Navona, poderiam os demônios estar à solta pelo Oriente, caçando os membros da Ordem?

Vasco recostou-se na cadeira com os olhos fixos em Theo. Depois, ajeitou os cabelos grisalhos para trás e respondeu:

— É o que achamos.

Theo sentiu o coração acelerar no peito.

Aquelas coisas... milhares delas... soltas em uma cidade, disfarçadas de gente comum. O que pode ser pior?

— Tem mais — prosseguiu Vasco —: membros das Folhas de Hamam foram vistos circulando pelas ruas de Astan.

— Vocês acham que os membros da Ordem estão sendo dizimados tanto por demônios quanto pelos mercenários?

Vasco assentiu com um semblante que era um misto de desolação e raiva.

— Mas que diabos as Folhas de Hamam têm a ver com a Ordem?

— Acreditamos que eles ainda estão sob as ordens de Santo Agostino.

Theo tinha a mente confusa, cheia de informações sem sentido algum quando postas lado a lado. Sem perceber, porém, lembranças da praia em Ilhabela encheram seus olhos. Lembrou-se dos homens que haviam levado Raíssa: eram tipos ferozes, obstinados e donos de um olhar que exalava um tipo incomum de crueldade. Na hora, os tinha tomado por tassianos — e alguns provavelmente eram —, mas aqueles que tinham levado a menina eram membros das Folhas de Hamam. Tinham que ser.

— As Folhas estavam com os tassianos em Ilhabela. Foram eles que levaram Raíssa!

— Sim, Theo, e fizeram isso a mando dos Servos Devotos — concordou Vasco. — A pergunta mais importante neste momento é: por qual motivo Santo Agostino quer aniquilar a Ordem de Taoh e o que ele pretende sequestrando a *fahir*?

Theo não queria ouvir mais nada disso.

— Estamos parados, perdendo tempo. Vamos partir para Astan. Rastrearemos as Folhas. Elas nos levarão até Raíssa.

— É isso que eu, Lyriss, Safin e os membros restantes da Ordem faremos.

— E eu?

Estão loucos se acham que vão me tirar disso agora!

Vasco cobriu o rosto com as mãos por um momento, desanimado. Quando encarou Theo outra vez, o olhar veio carregado de dúvidas e temor.

— O destino é cheio de ironias infames... — disse ele. — Safin falou para você a respeito do Disco de Taoh?

Theo fez que sim.

— Pelo capitão do *Senhora do Oriente* recebemos uma mensagem de Ítalo de Masi. O líder dos Literasi sempre foi próximo de Alexander Terrasini — explicou Vasco. — Ele sugere que tentemos localizar o Disco em um local que nunca tínhamos cogitado em procurar. Um local bastante óbvio, na verdade.

Theo ergueu as sobrancelhas.

— Onde?

— No gabinete de Alexander Terrasini, na Fortaleza Celeste — respondeu Vasco.

Theo não podia acreditar na ironia. Sabia que o local onde havia encontrado Anabela devia ser o gabinete do duque. Lembrou-se de como estava repleto de artefatos estranhos protegidos por campânulas de vidro. Talvez, sem saber, pudesse ter passado os olhos pelo próprio Disco de Taoh.

— Eu estive lá!

— Eu sei — disse Vasco. — É por isso que gostaríamos que você não fosse conosco para Astan.

Theo já sabia o que viria.

— Precisamos que você retorne à Fortaleza Celeste e descubra se o Disco está mesmo no gabinete do duque. — Os olhos do Jardineiro faiscaram por um momento. — Se estiver, roube-o para nós.

Theo sentiu uma onda de desânimo. Parecia que, mesmo sabendo cada vez mais a respeito do que se passava, ficava mais longe e não mais perto, de encontrar Raíssa. Apenas suspirou e disse:

— Quando partimos?

Quando os contornos de Tássia se desenharam em meio à bruma da manhã, Asil mal pôde acreditar no que via.

Olhando para trás, tudo o que fizera parecia a mais completa loucura e a chance de que a empreitada desse certo era remota, na melhor das hipóteses. Além disso, ele e a menina estavam ilesos; não tinham sofrido nem um único arranhão, e isso, sem dúvida, tornava a coisa toda ainda mais incrível. E ali se encontravam eles: no fim da jornada, a menos de uma hora de pôr os pés na Cidade de Aço.

Deixar a Fortaleza Celeste com a menina havia sido mais fácil do que imaginara. O lugar estava entregue ao caos e a luta ainda não havia terminado por completo. Asil atravessara os longos corredores e salões sem ser notado. Encontrou o pátio quase vazio; os celestinos ali estavam mortos e os tassianos concentravam o seu contingente remanescente no interior do castelo para dominar os defensores. Exausto, percorreu a estrada até a vila de Porto Escondido seguindo o fluxo de alguns poucos refugiados. No pequeno porto pesqueiro, a confusão de gente tentando escapar dos invasores era maior e uma cena acabou por se fixar em sua mente: um rapaz jovem e forte carregava nos braços uma jovem inconsciente. Asil tinha se acostumado a avaliar a gravidade de um ferimento pelo semblante da pessoa ferida; por isso, sabia que o estado da garota nos braços do jovem era grave. Tratava-se de um ferimento mortal.

Asil parou por um momento e assistiu ao rapaz avançar em direção aos navios atracados. Admirou a sua força: em nenhum momento ele fraquejara ou reduzira o passo. Estava tão determinado a tirar a garota dali que provavelmente não se dera conta de que talvez ela estivesse à beira da morte. Imaginou se eram um jovem casal recém-casado, tal como ele e Mona haviam sido um dia. O que teria acontecido? A garota vestia roupas caras; talvez fossem de uma família mercadora importante. Era provável que o resto da família não tivesse sobrevivido. Estariam sozinhos no mundo, então?

Voltando a si, Asil passou a vasculhar as embarcações amarradas ao cais. Tinha certeza de que o mercenário não cumpriria com a palavra, mesmo com a promessa de tanto dinheiro em jogo. Estava preparado para aquela possibilidade e trataria de fazer o mesmo que o rapaz que carregava a garota: compraria uma passagem em algum pesqueiro. Ninguém o levaria até Tássia, mas ao menos tiraria a menina dali. Nada disso acabou sendo necessário. Para sua surpresa, Hasad o aguardava conforme combinado a bordo da galé *Ira*. O navio estava pronto para a partida; seus marinheiros mal-encarados, visivelmente descontentes com a viagem e loucos para sair dali.

A viagem a bordo do *Ira* foi desconfortável nos melhores momentos — que haviam sido poucos — e quase insuportável no resto do tempo. A embarcação era pequena, suja e malconservada. A cabine que lhe fora dada para dividir com a menina não passava de um porão úmido, porcamente adaptado para recebê-los. Tinha um colchão cheio de pulgas no chão, um armário velho com os pés roídos por ratos e um pequeno sofá cheio de buracos. Com receio dos roedores, Asil optara por não acomodar a menina no chão, mas logo descobriu que o sofá era quase tão deplorável quanto o colchão. Não que a menina conseguisse dormir, de qualquer modo. Asil roncava muito alto e, mesmo que ela se acostumasse a isso, estava amedrontada demais para se deixar levar pelo sono.

A cabine era a pior que já vira, mas sabia bem que o restante do navio não ficava muito atrás. Bastava correr os olhos pela embarcação para perceber o óbvio: no lugar de cabines e alojamentos havia porões de carga sem janelas e com correntes nas portas. O navio não estava acostumado a levar passageiros; a carga habitual de Hasad eram pessoas e, a julgar pelo tamanho diminuto de cada divisão, tratavam-se normalmente de crianças.

Se a menina possuía algum sentido extraordinário ou era apenas muito observadora, Asil não saberia dizer. Mas, de um modo ou de outro, tinha certeza de que ela percebia tanto o propósito do navio quanto a natureza dos mercenários. O resultado ficava estampado em seus traços angelicais: o semblante do mais puro terror e desamparo. Nos primeiros dias de viagem, ela se recusava a deixar a cabine e entrava em pânico quando Asil se afastava. Ela não se alimentava e quase não bebia a água que lhe era oferecida; tampouco dormia ou descansava. À noite, em meio ao balanço feroz do alto-mar, Asil podia escutar a sua respiração rápida e superficial, como de alguém que chora lágrimas silenciosas, que, de alguma forma, não conseguem produzir nenhum som.

Depois de contornar a península de Thalia, Asil relaxou um pouco. Afastavam-se de Sobrecéu e a chance de encontrar algum navio de guerra diminuía na mesma proporção que o Mar Interno se expandia diante deles. Aos poucos, convenceu a menina a sair da cabine na primeira hora da manhã. Nessa hora havia poucos tripulantes no convés e o vento costumava ser calmo. Ela apanhava um pouco da luz do sol que nascia e respirava ar puro, mas isso era tudo que fazia. Continuava se recusando a comer. Não podia culpá-la; a comida era intragável. Asil lembrou-se de sua infância na caravana. A vida itinerante era dura e cheia de provações, mas a comida servida a bordo do *Ira* não teria sido oferecida nem mesmo para os animais da caravana.

Asil havia passado toda a sua vida na companhia da morte; não fazia ideia de como consolar uma criança. Por fim, optou pela sinceridade: explicou à menina que era um guerreiro e que entre ela e aqueles homens sempre haveria o seu machado. Por mais estranho que pudesse parecer, aquilo a acalmou e ela prosseguiu o resto da viagem um pouco menos aterrorizada e até começou a provar pequenos pedaços de comida.

Apesar de todo o desconforto, sentia-se invadido por uma estranha sensação de paz e tranquilidade. Resgatara a menina; ela estava viva. Era como se isso por si só tivesse um significado cuja grandiosidade fosse maior do que ele; algo grande demais para que compreendesse. Sentia-se sereno como alguém que cumpriu a missão de sua vida. O sentimento era inebriante. Asil Arcan nunca conhecera nada de paz ou serenidade antes.

Apesar disso, crescia dia após dia a inquietude a respeito da pequena vida que salvara. A menina nunca falava; não fazia ideia de como soaria o som de sua voz. Talvez ela fosse jovem demais para falar, refletiu, mas logo deu-se conta de que isso não fazia sentido. Não sabia que idade ela tinha, mas estava certo de que crianças daquele tamanho supostamente já deveriam saber usar a linguagem falada. Além disso, um certo episódio acabou pondo um fim em suas dúvidas.

Em uma noite de mar agitado, estava trancado na cabine com a menina. Asil estava quase cochilando quando foi posto em alerta pelo toque suave da mão dela. Ela encontrara no armário um pedaço de pergaminho amassado, uma pena velha e um pequeno tinteiro. Antes que pudesse se dar conta, ela estava escrevendo no pergaminho. A caligrafia era titubeante e insegura, quase ininteligível, mas suficiente para que Asil compreendesse: era uma pergunta. Ela queria saber qual era o seu nome.

Asil mal conteve o espanto. Nunca conhecera alguém tão jovem que soubesse escrever. Ele próprio havia aprendido as letras depois de adulto, ao entrar para o exército tassiano. A menina deveria possuir uma inteligência incomum e, ainda assim, isso por si só não bastaria. Apenas a filha de uma família com muito dinheiro poderia ter a oportunidade de ter contato com as letras tão cedo.

Depois de responder escrevendo o seu nome, Asil perguntou em voz alta quem era ela. A criança se debruçou sobre o papel e começou a trabalhar; levou um longo tempo lutando para completar as retas e arcos de cada uma das letras. Assim que terminou, ergueu o pergaminho para que ele pudesse ler a resposta.

O coração de Asil parou. Tinha uma forte suspeita daquilo, mas, mesmo assim, ver isso posto em palavras fez com que um nó de ferro agarrasse a sua garganta. Instintivamente, correu a cabine com os olhos até encontrar o machado, que repousava escorado na porta. Ninguém podia saber disso; ninguém podia sequer imaginar quem ela era. Asil leu de novo, como que para forçar a mente a aceitar que sua teoria quanto à identidade da criança estava certa desde o princípio:

Sou Júnia Terrasini. Onde está a minha irmã?

Asil pensou por um momento e achou por bem não responder. Considerava como certo que a outra filha de Alexander Terrasini tivesse morrido na Fortaleza Celeste. Valmeron não permitiria que os herdeiros do duque sobrevivessem.

Com o passar dos dias, convenceu-se de que a menina era incapaz de falar. E era o que se passava no silêncio dela que mais o surpreendia: tendo como pano de fundo apenas os sons do mar e o vento, as trocas de olhares entre eles eram mais do que suficientes para que os dois se comunicassem. Logo percebeu que não precisavam recorrer à escrita para se fazerem entender. A razão para isso, se é que ela existia, estava muito além da sua compreensão.

A menina era especial. Isso era tudo o que Asil sabia e tudo o que importava.

Por mais que parecesse loucura, Asil não achava que Júnia corresse mais risco em Tássia do que em qualquer outra cidade do Mar Interno. A sua vizinhança era composta por pequenos comerciantes e mercadores e ainda por alguns oficiais do exército tassiano. A chance de que algum deles tivesse passado perto o suficiente da Fortaleza Celeste para reconhecer Júnia era nula. Mas isso não queria dizer que não havia risco.

Lembrou-se do soldado que fugira durante a batalha. Asil guardava o olhar de ódio do rapaz. Não tinha como ter certeza se ele o havia mesmo reconhecido, tampouco podia imaginar quando ele retornaria para Tássia. Talvez permanecesse em campanha e ficasse anos longe de casa, ou talvez transmitisse o que vira aos seus superiores, que por sua vez relatariam o ocorrido para o comandante da operação, Nero Martone. E isso daria no mesmo que falar para o próprio Valmeron.

Quando o *Ira* atracou no cais, Asil já estava pronto para desembarcar com Júnia do seu lado. Não ficaria nem um segundo além do que o necessário na companhia daquela gente. Não precisou mais do que um relance no porto de Tássia para perceber os sinais do conflito. As posições centrais de atracagem, as mais caras e que se abriam diretamente para o mercado na orla, haviam sido todas confiscadas pela armada tassiana. No local, em vez de galés mercantes, enfileiravam-se navios de guerra com a bandeira da Cidade de Aço tremulando nos mastros e cordames.

Asil entregou a Hasad a segunda parte do pagamento junto com um rolo de pergaminho. O documento transmitia a propriedade da galé mercante *Esil* do seu antigo dono para o mercenário Hasad e trazia o selo do oficial de porto de Tássia, o que garantia a sua autenticidade. Abrira mão de tudo o que tinha e havia entregado aquilo que fora o seu sustento por duas décadas. Mesmo assim, Asil pegou Júnia no colo e desceu a prancha de desembarque de cabeça erguida, sem nunca olhar para trás.

Encontraram uma Tássia mudada. Por onde passavam havia agitação no ar. O movimento de soldados prontos para embarcar era grande; os rapazes seguiam animados em direção ao porto, carregando bolsas de tecido por sobre os ombros e espadas nas cinturas. Carroças abarrotadas de suprimentos mesclavam-se ao fluxo dos homens, tornando o simples ato de caminhar pela rua quase impossível. O ar enchia-se com os sons das conversas e das risadas.

Estão todos eufóricos. Já sabem como foi certeiro o golpe de Valmeron, mas isso não é nada. Em pouco tempo chegarão as galés repletas de espólio e aí, sim, ficarão animados de verdade.

Asil conhecia a mente de Valmeron o suficiente para saber o que toda aquela mobilização significava. Uma guerra tivera início com a invasão de Sobrecéu. Mas a campanha tassiana precisava prosseguir, caso contrário, mais cedo ou mais tarde se veriam obrigados a enfrentar a fúria da Frota Celeste. E era exatamente isto que o senhor de Tássia pretendia: atacar o poderio de Sobrecéu pedaço por pedaço, à medida que a frota rumava para o Oriente. Na longa viagem por mar aberto, os navios celestinos sem dúvida estariam ignorantes a respeito de tudo o que havia acontecido.

Apesar de toda a agitação, Asil encontrou a rua em que morava imersa na tranquilidade. A vizinhança era distante o suficiente da área portuária para garantir um pouco de paz e silêncio. Colocou Júnia no chão e a observou por um momento, como que para explicar que esse era o seu destino; era ali que morava. Abriu a porta da frente com cuidado e a deixou entrar primeiro.

No interior do pequeno ambiente que servia de sala e cozinha, Mona secava um prato recém-tirado de uma bacia cheia de louças limpas. Ela o notou e ergueu o olhar, o rosto indiferente como se ele tivesse se ausentado por apenas alguns minutos, em vez de vários dias. Essa era a sua reação habitual para qualquer situação; havia muito que perdera qualquer vestígio de emoção no que fazia. Em meio a isso, ela nem reparou na pequena silhueta postada quase colada às pernas do marido.

— Asil... quando você foi embora, eu sabia que estávamos em guerra outra vez — disse ela, largando o prato limpo sobre a mesa. — É verdade o que todos dizem, atacamos a Cidade Celeste?

Asil tirou o machado das costas e o depositou apoiado na porta de frente. Isso fez Mona perceber a presença da menina.

— Oh, meu Deus! — exclamou, cobrindo a boca com as mãos. — O que é isso? Quem é ela? — perguntou, aproximando-se titubeante deles.

Júnia permanecia imóvel. Asil achou que, naquele ponto, ela estava mais exausta pela viagem do que propriamente assustada.

— Você não iria acreditar — disse ele, cauteloso.

— Diga-me, homem, de onde veio essa criança?

Se iria contar a verdade, que fosse toda de uma só vez.

— Sim, Mona, é tudo verdade. Invadimos Sobrecéu — respondeu. — Esta menina eu resgatei da morte certa na Fortaleza Celeste. Ela é... — Asil fez uma pausa para tomar ar. — Esta é Júnia Terrasini.

Mona arregalou os olhos e deu um passo para trás.

— Isso é loucura... você está louco.

— Não, Mona. É a filha de Alexander Terrasini e eu a salvei da morte. Toda a sua família morreu. Ela não tem mais ninguém.

Mona sacudia a cabeça, incrédula.

— Mas... por quê?

Asil contou a respeito das visões que tivera e de como elas o haviam guiado até a menina em plena batalha.

— Eu a salvei por algum motivo... não sei qual é — respondeu em meio a uma inquietude crescente.

Enfrentei e venci todos os desafios para trazer a menina até aqui... agora vou perder tudo para um obstáculo inesperado?

Não havia considerado o que a esposa pensaria de tudo aquilo. Se Mona não aceitasse a garota, estaria perdido.

— O que lorde Valmeron fará quando descobrir que você está abrigando a filha do seu maior inimigo?

Asil postou-se atrás de Júnia e pousou as mãos sobre seus ombros.

— Ele nunca saberá.

Mona o observou por um longo tempo. O coração de Asil dava marteladas no peito.

O que vou fazer... quem me dará abrigo?

Com o rosto ainda impassível, Mona ajoelhou-se diante da menina. Tomou a pequena mão de Júnia na sua e a estudou atenta, a cabeça levemente inclinada.

E então começou a chorar.

Asil sentiu uma onda de alívio correr pelo corpo e quase se deixou cair no chão. Estava exausto.

— Você está com fome, Júnia? — perguntou Mona.

— Ela é muda — disse Asil. — Chame-a de Anna. Seu nome verdadeiro deve ser esquecido... para sempre.

Mona fez que sim. Depois, levou a menina até a mesa e a acomodou em uma cadeira.

— Você passou por muita coisa — disse, alisando os cabelos da menina —, mas agora é hora de deixar tudo para trás.

Mona a observou mais uma vez, agora visivelmente fascinada, e repetiu:

— Você está com fome, Anna?

Júnia assentiu, sacudindo a cabeça com vigor.

Em instantes, Mona colocou sobre a mesa um pão recém-assado, manteiga e leite. Sentou-se do lado de Júnia e começou a servi-la.

— Não se preocupe, querida — disse, abraçando a menina, mas com os olhos cravados no marido —, Asil vai proteger você. Ninguém vai machucá-la.

Asil estava faminto, mas, por algum motivo, não conseguia sequer pensar em sentar e comer. Voltou os olhos para o machado repousando junto da porta.

Não o guardaria de novo tão cedo, decidiu. Talvez nunca mais o guardasse.

ROBERTO CAMPOS PELLANDA

Anabela encontrou seus aposentos na Torre Branca vazios e às escuras.

Nesse momento, desejava apenas se atirar na cama e deixar o mundo se desvanecer em sonhos, mas nem isso lhe seria permitido. Mal havia chegado e dois guardas com o emblema da Cidade Branca surgiram junto à porta. Os soldados a informaram de que o duque a aguardava com urgência em seu salão.

Ao menos terei as minhas notícias...

Seguiu os guardas e em menos de um minuto estava entrando no Salão Branco. As paredes e o piso resplandeciam à luz avermelhada das velas e dos archotes em arandelas de aço nas colunas. A abertura para a sacada fora fechada, mantendo o local aquecido.

Anabela sentiu o coração se iluminar ao ver a silhueta inconfundível de Rafael de Trevi. O mestre de armas dos Terrasini estava em pé ao lado da mesa central; tinha a postura relaxada e o rosto sereno. Ele abriu um amplo sorriso ao vê-la. Parado ao seu lado, com os braços cruzados e um ar sério, estava um rapaz jovem e muito bonito, de pele morena e olhos azuis. Anabela supôs que se tratasse do filho de quem Rafael falava com tanto orgulho.

Sentados à mesa, nos mesmos lugares da ocasião anterior, estavam Eduardo Carissimi e Aroldo Nevio. Anabela aproximou-se e ofereceu a mão para Rafael de Trevi apertar. Ele, em vez de aceitá-la, adiantou-se e lhe deu um forte abraço, envolvendo-a com o único braço. Depois, afastou-se e disse:

— Senhora, que alegria vê-la inteira.

— Eu digo o mesmo, senhor Rafael — disse ela. — Senhores — completou ela, saudando o duque e Eduardo.

— Por favor, deixe que eu apresente meu filho — prosseguiu Rafael — Senhora, este é Valentino de Trevi.

O rapaz fez uma mesura.

— Senhora, é uma grande honra.

— A honra é toda minha, Valentino. Estou feliz que tenham conseguido deixar a cidade a tempo.

Anabela não pretendia prosseguir e fazer a pergunta na frente de Eduardo, mas Valentino acabou respondendo o que ela queria saber:

— Sim, saímos todos conforme a senhora ordenou e trouxemos minha mãe junto.

— A minha senhora está em segurança aqui em Rafela — completou Rafael.

Eduardo Carissimi voltou-se para eles:

— Por favor, vamos nos sentar. Temos muito a discutir.

Anabela queria escutar as novidades e apressou-se para se acomodar ao lado do mercador. Rafael e Valentino contornaram a mesa e se sentaram de frente para ela e Eduardo. Aroldo Nevio permanecia em silêncio no seu trono à cabeceira.

— Temos notícias de Sobrecéu — disse Eduardo. — Rafael e eu entrevistamos um grande número de pescadores e viajantes recém-chegados da Cidade Celeste.

— E Valentino acaba de retornar de uma patrulha avançada que navegou até além de Sobrecéu — disse Rafael.

— Recém-chegados? Isso significa que o porto de Sobrecéu está aberto? — perguntou Anabela.

Eduardo fez que sim.

— Os tassianos se retiraram por completo. Não deixaram nem ao menos uma guarnição para trás — respondeu ele.

— Como está o clima na cidade? — quis saber Anabela.

— O caos e o medo prevalecem. As pessoas estão traumatizadas e apavoradas, sem saber o que fazer ou pensar — respondeu Eduardo. — Os tassianos se dedicaram com afinco ao saque e os prejuízos materiais são substanciais, tanto para pequenos comerciantes quanto para as grandes famílias mercadoras.

— Como estão os grandes mercadores?

— Confusos e divididos. Dario Orsini está aterrorizado e irá seguir qualquer um que lhe prometa alguma segurança, mesmo que seja apenas ilusória. Guerra e Mancuso são tão mesquinhos que têm passado o tempo tentando calcular quem perdeu mais com a incursão tassiana. Antonio Silvestri está devastado. Sua filha foi estuprada por uma dúzia de tassianos na porta de sua casa. Tanto ele quanto Enzo Grimaldi estão perdidos. São meus subordinados na operação da Rota do Mar Externo; aguardam a minha posição, mas eu não estou lá. Todos os demais encontram-se igualmente desnorteados. Nesse clima de incerteza, o vazio de poder e liderança foi preenchido por Carlos Carolei, que assumiu provisoriamente o cargo de duque de Sobrecéu.

Rafael de Trevi apoiou o braço sobre a mesa:

— A sua presença aqui já é conhecida — disse ele. — Por toda Sobrecéu comenta-se que a senhora e o senhor Eduardo fugiram para cá.

— Eu sinto muito, senhora — disse Aroldo Nevio.

Anabela sorriu para o duque.

— Não há por que se desculpar, senhor.

— A Cidade Celeste mantém Formigas e Borboletas em todas as principais cidades do Mar Interno. Em Rafela não deve ser diferente — observou Eduardo. — No momento em que Anabela desembarcou no cais, sua chegada foi percebida.

Isso era ruim. Tinha esperança de usar a rede de informantes de Emílio Terranova para articular o seu retorno.

— Eu esperava poder contar com Emílio Terranova — lamentou-se ela.

Rafael sacudiu a cabeça.

— O mestre dos espiões serve ao governo de Sobrecéu. Se Carlos Carolei está sentado no Salão Celeste, o pintor deve sua lealdade a ele.

— Não podemos confiar nele — concordou Eduardo. — Por isso, estamos buscando informações nós mesmos.

— Não acredito que Carlos tenha o apoio das grandes famílias — observou Anabela.

— Carolei espalhou pela cidade a história de que a sua frota combateu e afugentou os tassianos. Teria sido por conta de sua intervenção que o inimigo se retirou.

Anabela estava perplexa.

— Isso é verdade?

Rafael de Trevi abriu as mãos, em um gesto de dúvida.

— Nem o relato dos marinheiros com quem conversamos, tampouco os relatórios das patrulhas que lançamos desde o momento em que chegamos a Rafela corroboram a ocorrência de tal batalha.

— Em resumo: não há nenhuma evidência de que isso seja verdade — concluiu Anabela.

— É claro que é uma mentira — disse Eduardo. — Carolei se faz passar por herói para angariar apoio para a sua pretensão de governar Sobrecéu.

Anabela se enfureceu:

— Como é possível que as pessoas não enxerguem que ele esteve por trás disso tudo?

Eduardo respondeu com o rosto sério:

— Apenas aqueles que estiveram mais próximos das decisões da Fortaleza Celeste estariam em posição de juntar essas peças e ligar Carlos Carolei aos tassianos.

— Talvez muitos desconfiem, mas esses, sem dúvida, estarão assustados demais para falar — completou Rafael. — Neste momento, faz pouca diferença prática; alguém precisa governar a cidade, e Carolei moveu as peças no tabuleiro de modo a deixar a sensação em todos de que ele é a única opção existente. O medo é uma poderosa ferramenta de persuasão. É certo que ele será nomeado duque.

— Carlos Carolei é o homem mais estúpido que já viveu — disse Eduardo. — Não sei que acerto ele tramou com lorde Valmeron, mas se acha que pode sair ganhando alguma coisa com ele, está muito enganado.

— No entanto, a armada tassiana deixou a cidade — observou Valentino de Trevi.

— Isso realmente não faz sentido — concordou Aroldo Nevio.

Eduardo Carissimi coçou o queixo e pensou por um instante.

— Admito que isso deixou a cidade nas mãos de Carolei, mas tem que haver mais por trás desse movimento.

Anabela observou o rosto de Rafael de Trevi. O mestre de armas estava imerso nos próprios pensamentos.

— Faz todo sentido — disse Rafael depois de um longo tempo —, se considerarmos que a armada tassiana permanece em campanha.

Anabela ergueu uma sobrancelha.

— Como assim?

Ele pensou por mais um momento.

— Invadir Sobrecéu foi um movimento ousado e muito bem planejado, mas a verdade é que, se olharmos tudo isso não como uma única batalha, mas sim como o início de uma guerra, trata-se de um movimento que não muda tanto assim a ordem das coisas.

Aroldo Nevio franziu a testa.

— Não muda, como assim? A Cidade Celeste foi arrasada e saqueada. Como isso não muda as coisas?

Rafael respondeu em um tom calmo e comedido:

— A Frota Celeste continua sendo a maior força naval do Mar Interno, senhor. De nada adianta a lorde Valmeron tomar a cidade se ele não souber lidar com a nossa frota.

Anabela viu-se maravilhada com o raciocínio.

Este homem é um estrategista nato. Se ele tivesse estado no lugar de Máximo Armento, eu agora estaria em casa, sentada na Fortaleza Celeste, e centenas de vidas teriam sido poupadas... incluindo as da minha família.

— E é isso que ele fará agora — disse Anabela.

Rafael de Trevi assentiu, e deixou o filho falar:

— Liderei uma patrulha avançada composta por três galés dos Carissimi e quatro dos Terrasini. Navegamos até quase o ponto de contornar a península de Thalia.

— O que vocês viram?

— A armada de Tássia rumando para o leste. Uma retirada total.

Rafael de Trevi completou:

— Tinham muita pressa em sair, senhora. Mal passaram doze horas na cidade e no fim daquela mesma tarde já havia galés se retirando.

— Onde estão agora? — perguntou Eduardo.

— Logo depois de partir, contaram com três dias inteiros de vento em popa, soprado do oeste — respondeu Valentino. — Com isso, devem estar bem além da península a essas alturas.

Anabela sabia como o raciocínio do mestre de armas se fechava:

— Irão caçar a Frota Celeste enquanto os nossos navios rumam para Astan.

Eduardo levou as mãos à cabeça e ajeitou com força os cabelos grisalhos.

— A essas alturas, por causa do vento, a Frota deve estar navegando em grupos separados.

— Além disso, a maior parte deve estar em alto-mar, longe de cidades e portos onde poderiam ficar sabendo das notícias de tudo que tem acontecido — completou Anabela. — Valmeron os pegará de surpresa, pela retaguarda e pedaço por pedaço. — Ela fez uma longa pausa e completou, arrasada: — E é assim que ele pretende vencer Sobrecéu.

Um longo silêncio caiu, pesado, sobre o salão. Aroldo Nevio tinha o rosto tenso de preocupação. Eduardo perdeu o olhar no mapa que ainda estava aberto sobre a mesa. Rafael de Trevi tinha os olhos fixos nela, seu olhar não era o de alguém que precisa de uma resposta, era o de alguém que está pronto para qualquer coisa. Valentino de Trevi foi quem teve a coragem de quebrar a quietude:

— O que faremos?

— Temos que fazer com que cada celestino saiba a respeito dessa conspiração. Precisamos que entendam o perigo que correm — respondeu Anabela.

Eduardo ajeitou-se na cadeira de forma a encará-la.

— Para isso, senhora, precisamos de uma declaração sua.

Apenas nesse instante Anabela viu a pena e o papel sobre a mesa.

— O que devo dizer?

— A senhora deve dizer que está viva e alertar os celestinos a respeito do perigo que correm. Precisa deixar claro que está pronta para retornar a Sobrecéu e assumir o lugar que é seu por direito: a cadeira da duquesa.

Anabela suspirou. Não tinha a menor esperança de que aquilo funcionasse, mas era sem dúvida a coisa certa a se fazer.

Debruçou-se sobre a mesa, apanhou a pena e começou a escrever.

— Meu nome é Henrique Ortolani — disse Theo.

Anabela primeiro o observou em silêncio, depois seu rosto se torceu em uma careta até que ela finalmente não se conteve e soltou uma gargalhada.

— O que foi? — perguntou Theo, irritado.

Anabela estava sentada de frente para ele em um banco à beira do cais do porto de Rafela. O movimento do fim da tarde enchera de gente o mercado e as ruas da orla da cidade, mas haviam encontrado um canto sossegado para conversar. O tempo havia mudado: nuvens cinzentas e um ar frio tinham empurrado para longe o clima ameno.

Theo havia contado à Anabela a respeito da conversa que tivera com Vasco na noite anterior. Ela tinha se demonstrado preocupada com a ideia de ele retornar à Fortaleza Celeste. O plano de Vasco e Tariq exigia que Theo se disfarçasse como o filho de um rico colecionador de objetos raros de Altomonte. Anabela de cara sentenciou que seria muito difícil ele se passar por alguém endinheirado sem levantar suspeitas. Para tentar ajuda-lo, a garota se propôs a ensiná-lo os trejeitos que gente rica usava para falar e se movimentar.

— Não se esqueça, Theo, você é dinheiro antigo. Seu sobrenome vale mais do que o dinheiro que tem no banco. Encha a boca para dizer "Ortolani".

— O que é "dinheiro antigo"?

Anabela deixou de lado o pão com peixe desfiado que vinha devorando e respondeu:

— Na maior parte das cidades-estados do Mar Interno, as famílias mais ricas são proprietárias de Companhias de Comércio. Quanto maior a companhia, mais rica a família. Em Altomonte, isso nem sempre é verdade. Lá também existem famílias antigas cujo patrimônio foi erguido nos dias da república de Thalia; são descendentes de senadores, magistrados, ministros de Estado, corruptos de todos os tipos e mais uma grande variedade de gente. Muitos não têm mais muita coisa, mas continuam com a pose, como se tivessem. E esse é o dinheiro antigo: garantia de arrogância, mas não necessariamente de dinheiro.

— Por isso precisam manter a atitude.

Anabela assentiu.

— Acima de tudo.

Theo limpou a garganta e tentou de novo, caprichando no tom de voz:

— Boa tarde, senhora, como vai? Tenho a honra de ser Henrique Ortolani, da Cidade Antiga.

— Muito bom, Theo — disse ela, sorrindo. — O que o traz à Cidade Celeste, senhor Ortolani?

— Represento o senhor meu pai, renomado colecionador de objetos raros de Altomonte. Venho a Sobrecéu a seu pedido para prospectar novos itens para enriquecer a sua coleção. Disponho de uma quantia...

Ela sacudiu a cabeça e o interrompeu com um gesto das mãos.

— Não, Theo. Não diga que tem dinheiro, isso é coisa de quem não tem. Seu pai é colecionador de objetos. Você tem que ter dinheiro para manter um passatempo fútil como esse.

Theo fez uma careta. Aquilo era mais difícil do que parecia.

— Isso nunca vai dar certo.

— Fique calmo. Apenas lembre-se de uma única regra: não importa qual a situação, sempre aja como se fosse melhor do que os outros.

Theo não sabia como prosseguir.

— Vamos, Theo — instou ela. — Eu sou um oficial de alfândega do porto. Sou menos do que nada para você. É possível que em sua bolsa de couro você carregue mais dinheiro do que eu ganho num ano inteiro.

Theo se empertigou.

— Sua inútil, pensa que tenho o dia todo para perder com alguém de sua laia? Suma da minha frente. Vou desembarcar nesta cidade para comprar o que bem entender e não preciso da sua autorização de merda.

Anabela ergueu as sobrancelhas.

— Nossa! Você está mais do que pronto. Use esse tom de voz com uma roupa cara e estará dentro da Fortaleza Celeste sem nenhum esforço. Posso perguntar de onde você tirou isso?

— Fui criado com os Servos Devotos, esqueceu? Você não sabe o que é ser xingado de verdade até enfurecer um deles.

Anabela assentiu, espantada. Apanhou de volta o pedaço de pão que repousava do seu lado e deu uma grande mordida.

— Ei, achei que gente rica não dava mordidas deste tamanho.

Ela deu de ombros.

— Não sou mais rica — disse ela, a voz saindo embaralhada com a boca cheia de comida.

Quando terminou de comer, limpou as mãos uma na outra e disse:

— É engraçado conversar com você, Theo.

— Por quê?

— Gosto da sua simplicidade.

— Quer dizer, acha curioso falar com um sujeito que vive nas ruas.

— Não, não é isso. Quis dizer simplicidade no sentido de sinceridade. Você é autêntico e sincero. Quando fala com os outros, não está levando adiante algum plano próprio ou manipulando as coisas para atingir algum objetivo. Está sempre sendo apenas você mesmo. No lugar onde fui criada, isso é muito raro.

Theo ajeitou as costas no banco e esticou as pernas. Também gostava de Anabela de uma forma que não conseguia explicar. Jamais imaginara que sentiria algo assim por uma garota rica.

— Você me lembra dos momentos que passei com Júnia e Ricardo. Eles também eram assim, sabia?

Theo sacudiu a cabeça. Por que tudo aquilo precisava ter acontecido? Se havia mesmo um Deus, por que ele não fulminara alguém como Nero Martone com um raio ou condenara Dino Dragoni a alguma doença mortal? Por que deixar que uma criança muda com apenas cinco anos fosse morta numa batalha cuja razão ela sequer podia compreender? Lembrou-se de Raíssa e isso, de algum modo, o ligou ainda mais a Anabela.

— Que inferno. Sinto muito por tudo isso.

Ela ajeitou a franja com a mão. Theo adorava quando ela fazia isso.

— Espero que dê tudo certo em Sobrecéu, Theo. Quando estiver lá, não banque o herói. Apenas procure o tal Disco e dê o fora.

— Esse é o plano. Tariq, Vasco e Lyriss já acertaram os detalhes. Parece que eles têm alguém na cidade que vai me ajudar.

— Isso é bom — disse ela —, mas receio que as coisas estejam mudadas com o governo de Carolei. A verdade é que não sei que cidade você encontrará.

Theo concordou. Já havia pensado nisso. O tal Carolei parecia o típico tirano em fase de formação. Muito em breve, assim que tivesse poder suficiente, desabrocharia por completo e revelaria a todos sua verdadeira natureza.

— Não se preocupe, senhora — disse Theo. — Sou Henrique Ortolani e exijo... — as palavras se perderam antes de chegar à boca.

Ela sorriu outra vez.

— Exige o quê, senhor?

Theo sacudiu a cabeça.

— Nossa, esqueci.

Anabela gargalhou. Theo nunca a vira rir desse jeito; o som reverberou no espaço aberto e encheu o ar com algo novo.

Se algum dia eu puder ajudar essa garota a recuperar pelo menos parte do que ela perdeu, eu ajudarei...

— Por favor, Theo... mudança de planos: fale o mínimo possível, combinado?

Ele riu e concordou com um aceno. Era um bom plano.

As más notícias vieram junto com o novo dia.

O céu mal começara a se pintar com a mais tênue luminosidade cinzenta quando Anabela escutou as batidas na porta. Levantou-se dolorida e sonolenta da cama. A noite havia sido ruim, o sono custara a vir, e o pouco repouso obtido fora tão agitado que ela não tinha certeza se havia de fato adormecido.

No lado de fora, encontrou dois guardas de Aroldo Nevio. Os soldados a conduziram em silêncio ao Salão Branco.

Quando chegou ao destino, Anabela surpreendeu-se com o

que encontrou: Aroldo Nevio, Eduardo Carissimi e Rafael de Trevi ocupavam os lugares de sempre na mesa de reuniões, mas em pé, parado junto da cabeceira ao lado do duque, estava um homem vestido com o uniforme completo da Guarda Celeste.

Um mensageiro...

Aproximou-se e viu que Eduardo tinha nas mãos um documento com o selo oficial da cidade-estado de Sobrecéu; ele lia o documento com o semblante muito sério. Anabela via uma veia pulsar em sua têmpora, como se estivesse prestes a explodir de tensão. Sobre a mesa, ao lado do mercador, havia duas correspondências fechadas: uma trazia o brasão de Sobrecéu e, a outra, o símbolo do Banco de Pedra e Sal.

Anabela saudou os presentes.

— Bom dia a todos — disse, sentando-se ao lado de Eduardo.

— Senhora Anabela, bom dia — disse o duque. — Este homem é mensageiro a serviço da Fortaleza Celeste. Ele traz uma mensagem para a senhora.

Ela observou o mensageiro: não era um homem jovem e o rosto transparecia, além do cansaço de uma viagem recém-terminada, algo mais, alguma coisa menos evidente. Anabela achou que poderia ser medo. Ele não aguardou o pedido e começou a falar:

— Senhora Anabela Terrasini, trago duas mensagens do duque interino de Sobrecéu, o senhor Carlos Alberto Carolei, e da Junta Comercial da cidade.

"Em primeiro lugar, todos os membros da Junta transmitem as suas mais profundas e sinceras condolências pela perda dos membros de sua família. Os serviços prestados pelos Terrasini sempre serão lembrados enquanto a cidade de Sobrecéu persistir.

"Assim como a senhora, incontáveis famílias celestinas estão enlutadas, chorando a perda de seus entes queridos, vidas inocentes cuja perda a Fortaleza Celeste irá vingar a preço de sangue.

"O momento, portanto, é de trocar a prosa pelas armas. É hora de agir com firmeza.

"Por esse motivo, para fazer frente aos desafios que se impõem no futuro imediato da cidade, a Junta Comercial decidiu ratificar, nomeando de forma permanente, o senhor Carlos Alberto Carolei como novo duque governante.

"Como membro desta Junta Comercial, a senhora fica convocada a prestar a sua lealdade ao novo duque durante cerimônia de posse a ser realizada na Fortaleza Celeste, com a presença de todos os representantes das famílias mercadoras, como mandam a lei e os costumes de Sobrecéu.

"Além disso, cumprindo com seu dever, a Junta Comercial exige da senhora um relatório das reais capacidades operacionais da companhia de comércio Terrasini. Se a referida companhia não possuir mais condições logísticas de operar a Rota da Seda, a concessão será revogada, sendo dividida em partes iguais entre os dois outros operadores, Carolei e Orsini."

Anabela sentiu uma onda de fúria aquecer o pescoço. Cada músculo do corpo se retesou. Nunca havia experimentado tamanha ira.

— O corpo de minha mãe mal esfriou em seu túmulo e os membros da Junta já nomeiam um novo duque e conspiram para roubar os direitos da companhia de comércio da minha família. Isso é um ultraje, mensageiro.

O homem titubeou e ensaiou um passo para trás, mas Anabela não lhe deu trégua:

— Diga-me, minha mãe e irmã receberam um funeral?

O mensageiro pigarreou e respondeu com a voz trêmula:

— Senhora, receio que o corpo de Júnia Terrasini não tenha sido encontrado. E, sim, a duquesa teve um funeral com honras e seu corpo repousa na Fortaleza, como manda o estatuto.

Anabela sentiu como se tivesse levado uma pancada nas costas. Em meio ao caos, não haviam recuperado o corpo da pequena Júnia; nem ao menos o direito de descansar em paz a irmã teria.

Eduardo Carissimi também se esforçava para controlar a própria fúria. Rafael de Trevi não perdera a calma, mas algo dizia a Anabela que o que ele mais ansiava nesse instante era uma batalha selvagem. Aroldo Nevio era o único em condições de falar.

— Quando será a cerimônia de nomeação do novo duque?

— Na próxima lua cheia, dentro de sete dias — respondeu o mensageiro.

Anabela não podia mais olhar para a figura uniformizada. Voltou-se para as correspondências sobre a mesa; ambas estavam endereçadas a ela. Ela as abriu com raiva, rompendo os lacres e rasgando parte dos documentos.

A carta com o brasão da Cidade Celeste resumia o que o mensageiro havia dito: Anabela estava convocada a prestar lealdade ao novo duque.

No final do texto, havia a assinatura em traços longos, rebuscados e sublinhada duas vezes de Carlos Carolei.

A outra estava assinada pelo próprio Marcus Vezzoni, em nome do Banco de Pedra e Sal. O banco exigia o pagamento imediato de quatrocentos e vinte e nove sóis de ouro referente a Contratos de Troca e parcelas de empréstimos vencidos ou prestes a vencer. Se o pagamento não ocorresse em quarenta e oito horas, a instituição invocaria as devidas cláusulas contratuais e confiscaria os bens remanescentes da companhia de comércio Terrasini até que o valor mencionado fosse atingido. Seriam acrescidos, também, juros e multas de mora sobre o principal da dívida.

Anabela atirou a carta longe. Apoiou a cabeça com as mãos por um momento e então ergueu o olhar.

— Meu tio Andrea havia alertado que a decisão de minha mãe de assumir parte dos seguros das embarcações ameaçaria a saúde financeira da família — disse ela e depois completou: — Em quarenta e oito horas a companhia de comércio dos Terrasini deixará de existir.

Eduardo pousou a mão em seu braço, mas nada disse em resposta.

— O que diz a sua carta, senhor Eduardo? — quis saber Anabela.

— O mesmo que a sua. Estou sendo convocado a prestar um juramento de lealdade a Carlos Carolei.

— E se o senhor não o fizer?

— A companhia de comércio dos Carissimi perderá a concessão da Rota do Mar Externo e eu não farei mais parte da Junta Comercial.

Em seguida, Eduardo Carissimi se levantou e postou-se bem de frente para o mensageiro. Anabela saltou da cadeira e parou ao lado do mercador, os olhos fulminando o mensageiro. Sem se virar, ela disse:

— Senhor Rafael de Trevi, mestre de armas da Companhia de Comércio dos Terrasini, a companhia tem condições de manter a operação da Rota da Seda?

Rafael de Trevi se levantou num ímpeto.

— Vou e volto ao Inferno do Ceifador dez vezes se não tiver, minha senhora.

— Senhor mensageiro, ao que me parece, mais do que vidas e bens foram perdidos na incursão tassiana. Sobrecéu perdeu honra e coragem — disse Eduardo. — Em primeiro lugar, diga aos membros da Junta que eu tenho vergonha de algum dia ter me sentado na mesma mesa que eles. Depois, informe ao senhor Carolei que a duquesa está em Rafela, aguardando uma escolta para levá-la em segurança de volta para casa. Por fim, entregue isto a todos — completou ele, entregando ao mensageiro a carta que Anabela redigira na véspera.

O mensageiro escutou tudo em silêncio, mal ousando respirar. Quando Eduardo terminou, ele tremia, mas conseguiu reunir forças para dizer:

— Meus senhores... eu rezei para não ter que transmitir a última parte da mensagem... Oh, céus...

— Diga o que tem para dizer, homem — irritou-se Anabela.

— O senhor Carlos Carolei alerta que a não obediência a esta convocatória será encarada como ato de insubordinação da parte da senhora Anabela Terrasini e do senhor Eduardo Carissimi. E, também — o mensageiro voltou-se para Aroldo Nevio —, tomará isso como uma declaração de inimizade da cidade-estado de Rafela.

As palavras se espalharam como veneno pelo salão; depois disso, não havia mais nenhum som para ser ouvido.

Aroldo Nevio se levantou de seu trono e aproximou-se do mensageiro.

— Sua mensagem está transmitida. Volte para casa e leve a nossa resposta.

— Mas, senhor... haverá guerra.

— Não, mensageiro — respondeu Eduardo com a voz firme e, dessa vez, calma. — A guerra já começou.

Anabela voltou para junto da mesa e desabou na cadeira. Primeiro sentira raiva, mas outros sentimentos se misturaram à confusão que havia se tornado a sua cabeça. Acima de tudo, percebia, estava com medo.

Carlos Carolei virá com tudo para cima de Rafela e não descansará enquanto eu não estiver morta...

Assim que o visitante partiu, todos retornaram aos seus lugares.

— É hora de pedir ajuda aos seus amigos em Fran — disse Eduardo para Aroldo Nevio.

O duque assentiu.

— E nós — prosseguiu ele, voltando-se para Anabela e Rafael de Trevi —, precisamos preparar a nossa batalha.

A resposta de Sobrecéu veio em quatro dias.

O tempo mínimo que um navio precisa para ir e depois retornar para Rafela, calculou Anabela.

A carta que enviara para os membros da Junta comercial provavelmente nem fora lida e a resposta havia sido despachada na mesma hora. O documento estava escrito em uma caligrafia raivosa de traços fortes e rudes. Imaginou se teria sido o próprio Carlos Carolei quem a redigira. Pela escolha ríspida de palavras, era bem possível que tivesse sido mesmo ele.

No fundo, Carolei é o que sempre foi: um homem tosco e mal-educado.

Sentada na cama do seu aposento na Torre Branca, Anabela releu a carta pela terceira vez. Carolei afirmava que tinha do seu lado todos os membros da Junta Comercial — com a notável exceção do insubordinado Eduardo Carissimi — e que contava com o apoio do povo, que confiava em sua liderança para manter a ameaça tassiana afastada.

Mentiras e ilusões.

Carolei finalizava dizendo que considerava as atitudes dela e de Eduardo Carissimi atos de traição à lei celestina, e que seu cúmplice, o duque Aroldo Nevio de Rafela, seria declarado inimigo de Sobrecéu. A conclusão era uma ameaça aberta: se os dois não estivessem presentes na cerimônia que o oficializaria como duque, não lhe restaria opção senão lançar uma força naval contra Rafela para mostrar como Sobrecéu levava a sério o cumprimento das leis e costumes.

Mais mentiras... O que ele quer é apenas me ver morta. Posso estar longe e viver esquecida na pobreza, mas, se estiver viva, irei sempre assombrar seus sonhos de traidor. Viva, sou um perigo latente.

A carta chegara até suas mãos na Torre Branca por um homem com o brasão dos Carissimi no uniforme, por isso presumia que Eduardo já estivesse a par do seu conteúdo. Precisava falar com ele o quanto antes. Rasgou o papel em tantos pedaços quantos conseguiu e partiu para a rua.

Os invernos em Rafela eram mais rigorosos do que em Sobrecéu e, pela primeira vez desde que chegara, a estação decidira dar as caras. O início da noite veio envolto por um vento gelado que soprava do norte e espantara de vez o ar ameno. A ventania trazia consigo nuvens cinzentas e carregadas. O ar se impregnou de umidade, embora a chuva ainda não caísse sobre a Cidade Branca.

Envolta em uma manta improvisada sobre o vestido de tecido leve, Anabela tiritava de frio pelas ruas de Rafela. Podia pedir mais das roupas esquecidas das filhas de Aroldo Nevio, mas algo dentro dela dizia que o crédito que tinha com o duque estava em seu limite.

Não posso pedir mais nada para ninguém. Preciso resolver tudo isso, e preciso resolver rápido.

Anabela encontrou as tendas dos homens de Eduardo Carissimi na área do mercado, junto do porto de Rafela. Enquanto vasculhava o lugar em busca do mercador, percebeu que o acampamento encolhera significativamente: o número de barracas havia se reduzido à metade, pelo menos.

Interpelou um dos homens e descobriu que o mercador havia se retirado para a sua residência. Anabela pediu instruções de como encontrar o endereço e partiu. Seguiu até o bairro rico de Rafela, cujas mansões se espalhavam em alamedas ajardinadas aos pés das muralhas da Torre Branca. Identificou a casa que procurava pelos dois sentinelas de guarda junto da entrada: ambos traziam o brasão dos Carissimi nos uniformes. Os dois prontamente a reconheceram e abriram os portões.

Anabela não encontrou nenhum serviçal no saguão de entrada. A casa estava pouco iluminada, o que sugeria que Eduardo já dispensara os empregados. Continuou avançando até uma sala de jantar, onde avistou a forma encurvada do mercador sentado sozinho à cabeceira de uma grande mesa. Mais uma vez, o que viu fez o coração de Anabela se partir. A fisionomia era de profundo desânimo, com braços e ombros caídos ao longo do corpo, como se ele não tivesse mais forças para sustentá-los em seus lugares. Tinha os olhos fixos nos quadros que se enfileiravam em ambas as paredes. À sua frente, sobre a mesa, havia um prato intocado de comida.

— Senhora Anabela — disse ele quando, enfim, percebeu a sua aproximação.

— O senhor está bem?

Eduardo se levantou e anuiu.

— Um mensageiro com a resposta de Carolei chegou ao porto de Rafela há algumas horas. Mandei um de meus homens levar a carta até a senhora.

— Eu a recebi.

Anabela percebeu que ele ficou sem ação por um momento, estudando-a com o rosto impassível. Estivera imerso em seus próprios pensamentos e não havia ainda retornado por completo à realidade.

— Por favor, sente-se — disse ele, por fim. — Precisamos conversar. A senhora jantou?

Eduardo tornou a se sentar à cabeceira; Anabela acomodou-se perto dele e respondeu:

— Já, obrigada — mentiu Anabela. Não tinha fome, e a última coisa que queria pensar nesse instante era em comida. — O que aconteceu com seus homens?

Eduardo afastou o prato de comida.

— Quando vieram para cá, a maior parte deixou a família para trás em Sobrecéu. Eles estavam preocupados e sem notícias de casa; não sabiam nem mesmo se seus familiares haviam sobrevivido. Faz alguns dias que pescadores e galés mercantis que passaram pela Cidade Celeste trazem recados que são destinados diretamente para meus homens.

Anabela já sabia do que se tratava.

— Carolei ameaçou as famílias que ficaram.

Eduardo fez que sim.

— Carolei afirmou que não faz distinção entre traidores e familiares de traidores. Todos serão tratados com o rigor da lei. Ele ameaçou prender mulheres, jovens e crianças, além de confiscar os bens das famílias. Aos homens que decidirem largar suas armas e retornar a Sobrecéu, porém, ele prometeu uma anistia.

— Então é esse tipo de governo que Carolei irá instalar.

— O poder é um ótimo meio de deixar transparecer a verdadeira natureza de um homem.

— O que o senhor fez?

— Aprendi que só se ganha a lealdade verdadeira de uma pessoa por meio de relações de respeito mútuo — respondeu ele. — Se alguém ganha a vida trabalhando ou lutando pela Companhia de Comércio dos Carissimi é porque acredita no que está fazendo; é porque se vê fazendo parte de alguma coisa, algo pelo qual vale a pena lutar. Além disso, sabe que na hora da luta não apenas seus companheiros estarão do seu lado, mas eu também estarei. Se eu os condenasse a ficar aqui, colocando suas famílias em risco, teria quebrado essa relação de confiança. Minha autoridade teria sido perdida.

Eduardo não compreendeu como ela havia ficado admirada com o que ouvira; não havia a menor necessidade de ele se desculpar.

— O senhor fez a coisa certa.

Ele suspirou, desanimado. Anabela perguntou-se há quanto tempo ele não dormia.

— Quantos partiram?

— A metade.

— O senhor acha que Carolei honrará a promessa?

O rosto do mercador se tornou sombrio.

— Eu espero que cumpra, mas nunca se sabe. Alertei os rapazes quanto a essa possibilidade, mas eles optaram por correr o risco assim mesmo. Eu não os condeno; eu teria feito o mesmo. Sei que Rafael de Trevi também liberou alguns de seus homens, mas não foram tantos.

— Os rapazes que vieram com ele são jovens, em sua maioria — observou Anabela. — Poucos têm filhos e a maior parte anseia por alguma ação de verdade, já que ficaram para trás e não foram junto com o resto da frota.

Eduardo assentiu, mas permaneceu em silêncio.

— O que faremos? — perguntou Anabela, depois de algum tempo.

— Carolei reunirá uma frota e avançará contra Rafela. O meu palpite é que fará isso imediatamente, talvez logo depois da cerimônia de posse. Eu conheço o tipo, e a senhora também: é um homem arrogante que acha que o mundo lhe pertence por direito. Agora que tomou o poder, não estará disposto a esperar ou ser paciente.

— Carolei será afoito.

— Sim, e essa será a única fraqueza que poderemos tentar explorar, porque de resto...

Anabela sabia bem. Estavam planejando travar uma batalha perdida.

— Com que força ele virá?

— Ele não pode contar com a Frota Celeste, que está no estrangeiro, por isso creio que usará as próprias galés de guerra da família — respondeu Eduardo. — Estimo que enfrentaremos algo entre cinquenta e sessenta navios.

Mais do que o dobro das forças remanescentes dos Terrasini e dos Carissimi em Rafela.

— E quanto a Aroldo Nevio, que tipo de apoio ele pode nos dar?

Eduardo sacudiu a cabeça.

— Aroldo tem enfrentado oposição ferrenha na Junta Comercial de Rafela. As famílias mercadoras da cidade não têm a menor intenção de entrar em conflito com Sobrecéu. A situação chega a ser curiosa: sei que muitas figuras proeminentes daqui foram convidadas, e irão comparecer, à cerimônia de posse de Carlos Carolei — respondeu ele. — Mesmo assim, o duque continua conosco e deve contribuir com a guarda da Torre Branca e algumas galés que patrulham as águas territoriais de Rafela.

— Quantos homens e quantos navios?

Eduardo abriu as mãos em um gesto de quem quase pedia desculpas.

— Duzentos homens e cinco navios.

O mesmo que nada... estamos perdidos.

Eduardo percebeu o seu desânimo.

— Senhora... enfrentaremos uma batalha em que tudo estará contra nós. Temos que nos preparar para o caso de Carolei vencer e... — ele se interrompeu para então prosseguir: — Se Carlos Carolei nos derrotar e pisar em Rafela, a primeira coisa que fará é assassinar a senhora. Os motivos são óbvios.

Anabela sabia disso.

— Depois matará o senhor, Rafael de Trevi e qualquer outro que se oponha a ele.

O mercador assentiu, o rosto muito sério.

— Precisamos nos preparar caso o pior aconteça. Ao menos a senhora deve sobreviver. Sei que os orientais que estão na cidade a convidaram para partir para o Oriente. Acho que a senhora deveria ir.

Anabela franziu o cenho.

— E deixar o senhor e Rafael de Trevi para morrer nas mãos de Carolei?

— A senhora poderia ir para Astan. Haverá guerra por lá, mas acredito que será curta. Nas atuais circunstâncias, Sobrecéu não conseguirá resistir às forças de Usan Qsay. A Cidade Sagrada cairá e voltará ao domínio oriental, mas ao menos estará em paz. A senhora poderia entrar para a universidade; tenho economias que poderiam servir para uma matrícula.

Ela sacudiu a cabeça.

— Eu sempre serei uma Terrasini.

Eduardo a encarou com um olhar triste. Anabela sabia que lhe custaria dizer o que viria a seguir.

— A senhora deve abrir mão do seu nome, começar uma nova vida em Astan, deixando o passado para trás.

Não... jamais farei isso.

— Não — rebateu Anabela com a voz firme. — Não posso virar as costas e ir embora enquanto peço para que outros lutem e morram por mim. Não farei isso, assim como não me esquecerei de quem sou. Enfrentarei o meu destino e não fugirei dele. É só o que tenho; o resto já perdi.

— A senhora entende o risco que corre?

— É claro que sim.

Um longo silêncio se seguiu. Pensou em como seria a batalha e em como seria injusto ver um homem íntegro como Eduardo Carissimi cair pelas mãos de alguém tão infinitamente menor como Carlos Carolei. Depois, pensou no pai: ele a havia preparado para tudo, menos para enfrentar a dor de tantas perdas e o ódio gerado por tanta injustiça.

O que o senhor faria, pai? Por que tinha de morrer? Por quê?

— Há uma coisa que não compreendo: o senhor e Rafael de Trevi acham que Valmeron irá atacar a Frota Celeste pela retaguarda enquanto os navios celestinos avançam em direção a Astan. Como os tassianos os alcançarão se os nossos navios saíram muito antes?

Eduardo se ajeitou na cadeira.

— O lógico seria esperar que Valmeron despachasse uma frota saída de Tássia para atuar em conjunto com aquela que avança pela retaguarda. Em algum momento do trajeto, durante alguma parada para se abastecer com suprimentos, a Frota Celeste se deparará com a notícia do ataque a Sobrecéu. Os comandantes ficarão divididos entre desobedecer às ordens que receberam e retornar para casa ou seguir adiante. Haverá confusão e a Frota, que já viaja em pedaços por causa do mau tempo, será dividida ainda mais. No meio disso, as duas armadas tassianas, mesmo sendo menos numerosas, dizimarão nossos rapazes. Os tassianos terão uma vantagem estratégica imbatível.

— Máximo Armento comanda a Frota — observou Anabela.

— Minha esperança reside nesse fato. Máximo é um homem muito capaz. Se ele for capaz de pressentir o perigo e unir a Frota em algum porto, mesmo que não seja toda ela, aí, sim, poderíamos virar o jogo.

Não. Máximo Armento não era um homem capaz. Tinha a mente obtusa de um soldado. Se recebesse ordens claras, as executaria com uma dedicação obstinada. Se fosse obrigado a pensar e planejar por conta própria, porém, o resultado seria outro.

— Isso não irá acontecer.

Eduardo suspirou.

— Receio que a senhora tenha razão. A armadilha de Valmeron é perfeita demais.

Anabela afundou em pensamentos sombrios. A força naval de Sobrecéu seria destruída e Valmeron arranjaria uma forma de se livrar de Carolei ou de transformá-lo em um fantoche. Depois, uma nova ordem teria início no Mar Interno; uma ordem em que Tássia, e não Sobrecéu, seria a força dominante. Um mundo segundo Valmeron e suas regras; não conseguia sequer começar a imaginar que mundo seria aquele.

Com a mente absorta e o olhar perdido pela sala de jantar, Anabela percebeu por que gostava da casa de Eduardo Carissimi: as pinturas penduradas nas paredes, além de bonitas e de bom gosto, tinham um toque pessoal.

— Esses quadros... eles foram pintados pela senhora Lucila, não foram? — arriscou.

Eduardo se levantou aos poucos, como se o gesto fosse extenuante por si só. Ele foi até uma das paredes e passou a estudar uma das pinturas.

— Sim — respondeu ele em voz baixa. — Foi assim que nos conhecemos.

Anabela se levantou e parou ao lado de Eduardo de frente para uma das pinturas. O quadro retratava a paisagem de uma cidade ensolarada com telhados coloridos em um primeiro plano e um mar azul mais adiante. Mesmo sem nunca ter estado lá, Anabela sabia que se tratava de Valporto. Na mesma hora também compreendeu por que o mercador se detinha com tanta atenção em cada pintura: não apenas os quadros eram obra de sua esposa, mas, mais do que isso, eram retratos de momentos de sua vida em família, lugares que haviam visitado, momentos que tinham vivido. Com a morte da esposa e do filho, as paredes de sua casa haviam se transformado em uma memória viva e dolorosa de tudo que ele tivera e perdera, como uma assombração que está sempre presente, não importando para onde quer que se olhe.

— Nos conhecemos em um *vernissage* aqui em Rafela. Apaixonei-me ao mesmo tempo por ela e por suas pinturas. Como muitas filhas de famílias importantes da Cidade Branca, ela estava com casamento arranjado com um nobre de Fran.

— Eu não fazia ideia — disse Anabela.

Eduardo sorriu.

— Passei bastante trabalho para convencer os Nevio a deixar sua filha se casar comigo. O apoio de Aroldo naquela época foi decisivo — disse ele, passando para a próxima pintura. — Nos casamos um ano depois em plena Torre Branca.

O quadro seguinte era mais simples e menos detalhado. Havia apenas um gramado verdejante que se prolongava com colinas mais ao longe. Perdida no topo de uma delas havia uma pequena casa pintada de branco. Parecia uma paisagem de campo comum e Anabela não fazia ideia de que local poderia ser, se é que se tratava de um lugar real e não de algo imaginário. Mas, por algum motivo, a visão quebrou o que restava da força de Eduardo Carissimi. O mercador perdeu o olhar no vazio e encurvou a postura ainda mais. Seu rosto passou a sofrer pequenos espasmos, como se pontadas de uma dor física o atormentassem.

Anabela afastou-se um passo. Tudo o que queria era poder ajudar ou ter palavras de consolo apropriadas prontas nos lábios, mas não tinha. Cada vez que pensava em Júnia, em Ricardo ou até na mãe, sentia uma dor semelhante.

Para sofrimento daquele tipo não havia consolo verdadeiro, apenas mais dor.

Decidiu se afastar. Quando estava quase saindo da sala de jantar, escutou a voz rouca e pouco firme do anfitrião.

— Senhora Anabela, tenho um pedido a fazer.

Ela se voltou para Eduardo. Ele ainda olhava fixamente a pintura do campo gramado.

— Por favor, diga.

— Eu e Rafael de Trevi gostaríamos que a senhora não andasse mais sozinha por Rafela. Há muito em jogo... — Sua voz se extinguiu sozinha.

Anabela não via sentido nisso; não conseguia enxergar perigo algum nas ruas sossegadas da Cidade Branca. Apesar disso, respondeu:

— Prometo que vou pensar.

Eduardo não respondeu e Anabela partiu, deixando o mercador sozinho com seus próprios fantasmas.

O vento que soprava do norte havia se intensificado, tornando a noite de Rafela ainda mais fria. Anabela começou a tremer de frio assim que deixou a casa de Eduardo Carissimi.

Enquanto refazia o caminho até a Torre Branca, ponderou se havia razão de ser na preocupação de Eduardo e Rafael. Não era mais cedo e, mesmo assim, as ruas estavam cheias de gente. Muitos dos tipos por quem cruzava eram evidentemente estrangeiros, recém-chegados em alguma embarcação.

Poderia Carolei contratar um assassino para me matar?

A ideia não parecia provável. Carolei precisava consolidar a sua liderança perante os celestinos e, para tanto, tinha que mostrar força e vencer os insubordinados em Rafela. Não poderia se livrar dela por um meio furtivo como um matador disfarçado. Isso lhe parecia claro, mas, ainda assim...

Anabela entrou na alameda ajardinada que a levaria em linha reta até os portões da Torre Branca. Mais afastada da área portuária, a via estava deserta; as grandes mansões e o rico comércio, silenciosos e às escuras. O assobio do vento e o latido de um cão ao longe eram os únicos sons que ouvia. Decidiu apertar o passo.

Três figuras corpulentas emergiram das sombras de uma calçada e a cercaram antes que ela tivesse tempo de soltar uma exclamação de espanto.

— Por favor, senhora, nada tema — disse uma voz de barítono com um forte sotaque oriental.

Anabela o reconheceu: era Oreo, o mestre de armas da universidade. Junto dele havia outros dois orientais; ambos eram guerreiros, com as cimitarras parcialmente escondidas nas vestes.

— Desculpe se a assustei, senhora Anabela — prosseguiu Oreo. — Se me permite a observação, a senhora não deveria estar andando desacompanhada. O povo daqui é de boa índole, mas a cidade está cheia de gente estranha vinda de toda a parte. Esse vento norte vai trazer uma tormenta, e muitos navios em rota decidiram parar em Rafela em busca de abrigo.

Anabela relaxou por completo. Sabia que o guerreiro era da confiança de Lyriss.

— O que posso fazer pelo senhor?

— Trago um convite do príncipe Tariq, senhora.

Príncipe? Sabia que o médico era alguém importante, mas não havia imaginado que fosse tanto. Estranhou um detalhe: se Tariq era de uma família importante, então por que Oreo não havia mencionado o seu sobrenome? Ele prosseguiu:

— O príncipe gostaria de saber se a senhora aceitaria se juntar a ele para o jantar a bordo do *Samira*.

Anabela foi pega de surpresa pelo convite, mas ficou curiosa com a situação e, além do mais, Tariq havia tratado do seu ferimento com dedicação e não merecia uma desfeita.

— Será uma honra. Quando?

— Agora mesmo, senhora. Podemos ir?

Anabela assentiu. Oreo indicou o caminho em direção ao porto e os dois outros guerreiros se posicionaram um pouco atrás de ambos os lados dela.

Estou sendo escoltada...

Depois de quase meia hora de caminhada enfrentando o vento que corria mais intenso na orla de Rafela, chegaram ao cais onde estava atracado o *Samira*. Oreo conduziu Anabela para a cabine principal na popa, a mesma onde tivera a reunião com Theo, Lyriss e Safin dias antes. Ao que parecia, o local havia sido preparado para o encontro: velas aromáticas estavam espalhadas sobre os móveis, enchendo o ambiente com uma luminosidade acolhedora. Junto da entrada, um par de lanternas coloridas, do mesmo tipo que Anabela sabia serem comuns em Astan, pendiam penduradas em um fio que corria sobre a soleira da porta. A mesa recebera uma toalha de linho e sobre ela repousavam uma jarra de vinho, outra de água, além de pratos com azeitonas, queijos e damascos.

Tariq era o único ocupante da cabine. Assim que a viu, ele se levantou da cabeceira, onde estivera debruçado sobre um mapa, e apressou-se para cumprimentá-la. O príncipe vestia uma túnica branca limpa enfeitada com detalhes em fios dourados nas mangas e no pescoço. Na lapela estava bordado o símbolo do reino de Samira: uma violeta com as pétalas de um roxo escuro. Mesmo assumindo um aspecto humilde, o príncipe era uma presença marcante, e isso não tinha apenas a ver com o fato de ele ser o homem mais bonito que ela já vira. Havia autoridade e saber em seus modos e palavras; Anabela sabia bem do que se tratava.

Um homem que foi criado para liderar desde o dia em que nasceu...

— Senhora Anabela, obrigado por vir. Por favor, sente-se.

Tariq tomou sua mão e beijou-a brevemente.

— Obrigado, meu amigo — disse ele, dispensando Oreo, que partiu fechando a porta atrás de si.

Ele indicou que Anabela se sentasse, guardou o mapa que consultava em uma estante e, em vez de se sentar à cabeceira, escolheu um lugar de frente para ela.

Um gesto de humildade. Além disso, ele é cortês além da conta. A questão é: o que ele quer?

— Espero que a senhora não tenha considerado o convite inapropriado. Sei que já é tarde — disse ele. — Aceita vinho? É um tinto de Myrna, achei que a senhora iria apreciar.

Anabela sentiu o coração se aquecer ao lembrar da pacata vila de montanha. Algum dia tornaria a vê-la e experimentaria aquele tipo de tranquilidade despreocupada? Algo dentro de si dizia que não. Pensou na frota que Carolei lançaria contra a indefesa Rafela. Não. Olhava para o próprio futuro e nada via além de sangue e mais perdas.

— Aceito — respondeu Anabela. — E devo confessar que o convite me surpreendeu.

Tariq serviu um cálice de vinho para ela e encheu o que ele já estava tomando.

— A senhora tem a minha solidariedade pelo que aconteceu à sua cidade e à sua família — disse ele. — Sei de todos os detalhes, inclusive da traição de seu compatriota, Carlos Carolei.

Anabela não estava convencida; tampouco precisava da compaixão daquele homem.

— Creio que os detalhes de toda a conspiração não estão à disposição de qualquer um. Fico imaginando que o senhor não parece ter dificuldades para conseguir o que quer.

Ele a observou com um olhar intenso, indecifrável, mas ficou em silêncio.

— Quem é o senhor? — perguntou Anabela finalmente.

Ele esperou mais um segundo e então respondeu com a voz calma:

— Sou Tariq Qsay, príncipe herdeiro de Samira — ele fez outra pausa e completou: — E, sim, Usan Qsay é meu tio.

Anabela sentiu uma onda de choque colar suas costas na guarda da cadeira.

Estou diante do meu inimigo.

— Creio que isso faz de nós inimigos.

Tariq sacudiu a cabeça.

— Não vejo por que precise ser assim.

— Não parece óbvio? Os exércitos do seu tio e a Frota Celeste estão indo de encontro um ao outro neste exato momento. Nossos interesses divergem.

— Não precisa ser assim — insistiu Tariq. — Essa guerra é tão desnecessária quanto qualquer outra. Seu pai sonhava com um sistema de conferências e mediadores neutros para resolver os conflitos entre as nações, de modo que elas nunca precisassem recorrer às armas. Tudo poderia ter sido resolvido em um encontro nestes moldes. E a senhora se engana, nossos interesses não são divergentes.

— Como não?

— A Cidade Celeste quer a primazia das rotas de comércio com Astan e meu tio quer paz e prosperidade para todos os reinos do Oriente — respondeu ele. — Não seria loucura imaginar um acordo que envolvesse deixar os filhos de Ellam governarem a si próprios e, ao mesmo tempo, garantir a Sobrecéu a exclusividade das rotas mercantis para o Mar Interno. Afinal, todos ganhamos com esse comércio.

Seu pai nunca teria concordado em abrir mão de Astan. Por outro lado, a ideia era inebriante: seria tal acerto viável? Seria possível um acordo que evitasse o conflito, poupando a vida de milhares de pessoas?

— Não acho que tal acordo seja possível.

Ele a encarou com uma postura ambígua. As mãos se abriram em contrariedade, mas o olhar era sereno, como o de alguém que pede paz.

— Aquele que não quer falar sobre paz fala como um conquistador.

Anabela não conseguia pensar no pai e nos celestinos como conquistadores.

— O domínio de Sobrecéu no Oriente trouxe paz e prosperidade.

Tariq a escutou com atenção e então disse:

— O domínio celestino trouxe paz, é verdade. Mas foi a *sua* paz que os povos do Oriente conheceram. Será que essas pessoas não gostariam de ter tentado conhecer a própria paz? Quanto à prosperidade, apenas Astan a viu. A Cidade Sagrada ficou mais rica, isso é um fato e eu não o negarei. Enquanto isso, porém, outras cidades importantes empobreceram ao terem restringidas a sua participação no comércio regional.

— Meu pai sempre disse que era essencial centralizar as operações comerciais e militares em Astan. Seria impossível gerir os negócios trabalhando com uma dúzia de cidades diferentes, cada uma com a sua classe governante.

Tariq abriu as mãos.

— Como eu disse, foi a *sua* ordem que foi imposta. Não foi para o bem das pessoas.

Se havia uma coisa que Anabela conhecia bem, era história.

— Logo depois do final da Grande Guerra Santa de Astan, muitos lugares nunca deixaram de ser zonas de conflito. No vazio de poder que se instalou após a queda do império Tersa, lideranças locais trucidavam umas às outras em um banho de sangue pior do que a própria guerra. Com a gerência da Cidade Celeste, esses locais, pela primeira vez, conheceram um pouco de estabilidade.

Anabela temeu que sua resposta tivesse sido enfática demais, mas Tariq não deu sinais de ter se aborrecido.

— Imagine que você tenha um filho — disse ele com a voz calma.

Anabela viu-se perdida com a perspectiva. No ponto em que a sua vida estava, nada parecia menos provável do que se casar e ter um filho.

— Você sempre tomaria as decisões por ele? Sempre o conduziria para a sua solução para os problemas que a vida viesse a lhe apresentar? — prosseguiu Tariq. — Eu espero que não. Espero que você o apoie sempre, mas que também o deixe livre para descobrir o próprio caminho. Ele precisa poder conhecer o mundo com seus próprios pés.

— Não estamos falando de crianças. Estamos falando do comando de nações e de como a estupidez dos que governam pode ser trágica para as pessoas comuns.

Tariq suspirou e abriu um sorriso sincero.

— A senhora é um osso duro de roer. Não quero brigar por algo que aconteceu décadas atrás. Ano após ano, nossos conterrâneos têm feito assim e isso de nada lhes adiantou, por isso insisto: essa nova guerra pode e deve ser evitada. Usan Qsay é um homem sábio como nenhum outro. Ele seria o único disposto a ouvir uma proposta de paz feita pelos celestinos.

Anabela sentiu-se envergonhada. Tariq falava sobre paz e sempre a havia tratado com ainda mais cortesia do que seria necessário. Além disso, depois de todas as suas falhas em Sobrecéu, quem era ela para julgar essa ou aquela forma de governar?

— Aconteça o que acontecer, jamais conseguirei vê-la como minha inimiga.

— No entanto, o senhor terá que se unir ao seu tio.

Seu sorriso tornou-se triste.

— Por favor, não me chame de senhor.

— Você me chama de senhora.

— É difícil evitar... a sua presença me inebria, senhora. Jamais conheci uma mulher tão bela e, ao mesmo tempo, com personalidade tão forte.

Anabela sorriu, mas foi ele quem falou:

— Sim. Meu pai é um homem idoso e, como príncipe herdeiro do reino de Samira, é meu dever liderar nosso exército para se unir ao grande Usan Qsay. O império Tersa deve se reerguer e unir os reinos que creem em Ellam. Eu lamento a franqueza.

— Eu gosto da sua franqueza — disse Anabela e, com um sorriso nos lábios, completou: — Diga-me, por favor, além de príncipe herdeiro, médico e guerreiro de uma ordem secreta, que outros trunfos o senhor traz?

Ele abriu outro sorriso e se recostou na cadeira, a postura relaxando bastante.

— Apenas estes e, acredite, eles me custaram bastante.

— Como um príncipe herdeiro acabou estudando em Astan?

Anabela sabia que muitos nobres e ricos mercadores mandavam seus filhos para a universidade. Com herdeiros, porém, a situação era sempre diferente, pois a sucessão lhes impunha obrigações permanentes.

Tariq suspirou, o rosto sério pela primeira vez.

— Eu tive um irmão mais novo: Hamil. Ele era quatro anos mais jovem do que eu. Apesar da diferença de idade, éramos inseparáveis. Ele me considerava o seu herói e eu o amava mais do que tudo.

— O que aconteceu com ele?

— Estávamos na residência de verão à beira do lago de Samira, o lugar mais belo e tranquilo que existe. Torço para que algum dia a senhora tenha a chance de conhecê-lo — respondeu Tariq. — Hamil adoeceu durante aquele verão. Primeiro, perdeu a energia que sempre tinha e passava os dias deitado na cama; depois, pequenos nódulos endurecidos surgiram em seu pescoço e axilas. Ele morreu em menos de um mês. Tinha cinco anos.

A imagem de Júnia se materializou diante dela: o sorriso ingênuo, os olhos brilhantes encobertos pela franja despenteada. Anabela conteve um gemido de dor.

— Fiquei com ele o tempo todo, até o final, quando seus olhos se fecharam e não tornaram a se abrir. Meu pai mandou mensageiros para todos os cantos do Oriente e até para o Mar Interno pedindo ajuda de algum sábio ou curandeiro. Certo dia apareceu no castelo um homem de aspecto severo e com ar de autoridade. Veio sozinho e se apresentou como Dr. Amyr Faisal, médico e professor na Universidade de Astan. O mestre Faisal exigiu ver o paciente imediatamente.

Um sentimento de culpa ácido tomou conta dela.

Este é um homem de bem. Amou seu irmão como eu amei Júnia. Ama seu país assim como eu amo Sobrecéu. Somos feitos do mesmo material. Que direito eu tinha de submetê-lo àquelas palavras ásperas?

— Eu sinto muito.

— Hamil tinha morrido na véspera.

— E o que o médico disse?

— O mestre Faisal ficou arrasado e furioso consigo mesmo. A estrada de Astan até Samira é longa; ele não tinha como ter chegado antes. Mesmo assim, eu podia ver que ele jamais se perdoaria. Percebendo isso, perguntei se ele poderia ter salvado o meu irmão.

— E ele poderia?

— Ele disse que talvez. Pela descrição, sabia exatamente de qual doença se tratava, mesmo sem ter examinado Hamil. Ele explicou que havia um tratamento, mas ele era perigoso e incluía o uso de um veneno muito tóxico.

Anabela ergueu uma sobrancelha.

— Um veneno?

— Sim. Esse medicamento atingiria tanto a doença quanto a corpo de Hamil. Se ele sobrevivesse ao tratamento, porém, estaria curado — completou Tariq. — Quando escutei isso e percebi que a vida de meu irmão poderia ter sido salva, duas coisas aconteceram: primeiro, passei a compartilhar a frustração e a culpa do médico por não ter conseguido chegar a tempo. Em segundo lugar, apaixonei-me pela medicina. Eu não passava de um garoto, mas soube naquele momento que, se existia uma ciência capaz de ajudar as pessoas daquela forma, eu precisava aprendê-la.

— Mas você ainda era o príncipe herdeiro. Como convenceu seu pai?

— Foi difícil — admitiu Tariq —, mas ele acabou cedendo.

— Como?

— Prometi que faria tudo o que tinha de fazer na metade do tempo.

Anabela sorriu.

— E cumpriu a promessa.

— Cumpri, mas, como disse, isso custou minha vida. Nunca tive tempo para viver ou para me divertir. Meus deveres são tudo o que tenho. Completei meu treinamento em armas em Samira com dezoito anos, quatro antes do que é o costume, e então parti para Astan. Formei-me médico no ano passado com vinte e um. E aqui estou eu.

Anabela o encarou por um momento e pela primeira vez os dois ficaram em silêncio. Segundos depois, o barulho da porta sendo escancarada sobressaltou a ambos. A figura corpulenta de Oreo encheu o vão da abertura; seu semblante era tenso e a rigidez de seus traços estampava um tipo de urgência que condizia com a impetuosidade de sua entrada.

— Senhor, perdoe minha interrupção — disse ele sem entrar por completo na cabine, uma das mãos ainda segurando o trinco da porta aberta. — Ficamos sabendo que sentinelas nos molhes avistaram as luzes do que parece ser uma grande frota se aproximando de Rafela. Os soldados acampados na cidade se aglomeram no porto, prontos para um embarque imediato.

Tariq ficou em pé num salto.

— Todos os nossos estão a bordo do *Samira*?

— Sim, menos Vasco e Theo, que devem estar retornando.

— Encontrem os dois. Partiremos em uma hora.

— Mas, senhor, rumaremos direto para a batalha.

Tariq sacudiu a cabeça.

— Não. Velejaremos em direção ao leste, margeando a costa. Quando tivermos contornado a batalha, manobramos em direção ao alto-mar e seguimos viagem.

— Sim, meu senhor — disse Oreo, correndo em direção ao convés para executar as ordens.

Anabela sentia a cabeça girar; quando deu por si estava em pé ao lado de Tariq.

— São os homens de Carlos Carolei.

Tariq virou-se e colocou as mãos sobre seus ombros.

— Eu sei, senhora. Sei de toda a história. Ele vem para matá-la. Não vou permitir que isso aconteça. A senhora vem comigo.

Meu pai nunca me preparou para o quão estranho o mundo pode ser:
um conterrâneo celestino reúne um exército para vir me matar e um inimi-
go do Oriente faz uma oferta sincera e genuína para salvar a minha vida.

Anabela fez que não.

— Não posso, Tariq.

Ele sorriu e apertou seus ombros com mais força.

— Obrigado por ter deixado o "senhor" de lado — disse ele com a voz suave. — Por favor, Anabela, não há nada aqui para você que não seja a garantia de assistir a um banho de sangue seguido pela morte certa.

— Esses homens que partem para enfrentar Carolei, eles estão dispostos a lutar e morrer por mim. São soldados da guarda de Rafela, homens de Eduardo Carissimi e jovens leais aos Terrasini, os últimos a serviço de minha família. Como posso deixá-los para trás?

Tariq a largou, mas manteve os olhos fixos nela.

— Eu entendo. Sei o que é lealdade e admiro a senhora por sua obstinação, mas eu lhe pergunto: se Carolei a matar nesta noite, como vingará a morte de sua família e trará justiça a seu povo?

Anabela ficou paralisada com a colocação. Havia sabedoria naquelas palavras.

Se Carolei tiver sucesso e me encontrar na cidade, estará tudo acabado. Ele terá vencido.

Por outro lado, tinha olhado Eduardo Carissimi nos olhos e sentido a dor que ele sentia. Por mais que desejassem, ele e Rafael de Trevi não mereciam que ela fugisse sorrateiramente.

— Eu sinto muito. É meu dever me unir a meus homens e é isso que pretendo fazer. Por favor, não me prenda aqui.

Tariq levou as mãos ao rosto por um instante.

— Jamais farei algo contra a sua vontade — disse ele com a voz pesada. — Rogo que Hamam, o deus da guerra, dê força aos seus homens; que Amin, o deus da sabedoria ilumine o seu comandante, Eduardo Carissimi, e, acima de tudo, que Ellam a proteja.

— Eu agradeço — disse ela, correndo em direção à porta. Antes de sair para o convés, ela se virou para ele e completou: — Rezarei para que faça uma viagem segura de retorno. Quem sabe algum dia, nem que seja em outra vida, não terminaremos esse jantar?

Ele sorriu.

— Os absírios acreditavam que uma pessoa poderia renascer para completar uma missão inacabada em uma vida passada. Se tudo der errado, quem sabe você não tem razão?

Ela assentiu.

— Adeus, Tariq.

— Adeus.

Anabela atravessou o convés até a prancha de embarque o mais rápido que pôde. Assim que pôs os pés no calçamento de pedra do cais, levantou a saia até os joelhos para correr mais rápido. Virou o rosto por uma fração de segundo e com o canto dos olhos viu o *Samira* se agitando em preparação para a partida.

Na metade do trajeto em direção a área central de Rafela encontrou Theo e um homem mais velho vindo na direção oposta.

— Anabela! — gritou Theo assim que a reconheceu. — Está maluca? O que você está fazendo? Rafela está prestes a ser invadida.

— Você sabe se Eduardo Carissimi já zarpou?

O homem mais velho respondeu:

— Não, senhora. Eduardo e Rafael de Trevi ainda reúnem seus homens nos cais, mas devem partir de encontro aos atacantes a qualquer momento.

— Theo me falou do senhor — disse Anabela, estendendo a mão para um cumprimento.

— Sou Vasco Valvassori. Lamento que seja nestas condições, mas de qualquer modo é um prazer conhecê-la, senhora — disse ele, apertando a mão de Anabela. — Servi seu pai durante muitos anos. Por isso, peço que escute Theo: a senhora deve deixar Rafela conosco. Tariq deve ter ordenado uma partida imediata.

Anabela assentiu.

— Sim, e ele está à procura de vocês. Eu lamento, mas não posso partir. Meu lugar é ao lado de Eduardo Carissimi e Rafael de Trevi.

Theo a puxou pelo braço, afastando-a de Vasco. Com a voz desesperada, ele disse:

— Não seja cabeça-dura, Anabela. Os rapazes no porto estão apavorados, dizendo que Carolei tem mais de setenta navios. Seus homens estarão em desvantagem de um para dois, no mínimo. O que você vai conseguir, além de se matar?

Anabela soltou o braço.

— Eu sei que parece loucura, Theo, mas não posso fugir!

Theo pensou por um momento, sacudindo a cabeça. Seu semblante se suavizou e Anabela percebeu, antes mesmo de ele falar, que ele mudaria de tática.

— Anabela, Vasco me contou uma história de arrepiar. Membros da Ordem de Taoh estão desaparecendo por toda a parte. Eles acham que estão sendo caçados.

Anabela sacudiu a cabeça.

— Eu sinto muito, Theo, mas essa não é a minha luta — disse ela, afastando-se.

Theo lhe lançou um olhar que misturava doses iguais de perplexidade e impotência.

— Jamais vou esquecer o que você fez por mim, Theo.

Anabela se afastou mais um passo.

— Gosto muito de você. Espero que fique a salvo — completou ela, as palavras saindo sinceras no calor do momento. — Adeus.

Theo parecia confuso e não respondeu. Vasco aproximou-se dele e o instou a prosseguir. Anabela não esperou por uma resposta; apenas se virou e retomou a corrida em direção à área central de Rafela. Minutos depois, penetrou na confusão que havia tomado conta da orla da Cidade Branca.

Encontrou as ruas apinhadas de gente correndo de um lado para outro em meio a uma cacofonia ensurdecedora de gritos nervosos e exaltados. Soldados envergando armaduras corriam em direção aos cais em fileiras ordenadas; seguindo na mesma direção, mas em um ritmo mais lento, marujos e ajudantes arrastavam pesadas arcas com armas e outros materiais militares. Pessoas comuns que tinham casas ou negócios junto do porto se apressavam em correr para longe dali, levando sobre os ombros filhos pequenos e os poucos pertences que a pressa lhes permitia. Todos sabiam que assim que as defesas de Rafela caíssem o primeiro lugar a ser tomado seria a área portuária.

Apressada e atordoada com o movimento frenético de gente, Anabela acabou por dar um forte encontrão contra o ombro revestido de aço de um soldado que passava. O impacto foi intenso; ela rodopiou, perdeu o equilíbrio e acabou se estatelando no calçamento. Uma mão surgiu em seu campo de visão, oferecendo ajuda para que ela se levantasse. Era Eduardo Carissimi.

— Senhor Eduardo. Obrigada.

— A senhora não deveria estar aqui. O local mais seguro neste momento é a Torre Branca.

Não há mais lugar seguro em Rafela.

Ela ergueu o olhar para encarar o mercador. Eduardo Carissimi vestia armadura completa, o metal resplandecendo ao refletir a luz dos archotes e lampiões das ruas. Na cintura, trazia uma pesada espada de lâmina longa e, debaixo de um dos braços, um grande elmo de aço. O rosto era sério e determinado, mas Anabela surpreendeu-se ao encontrar um sorriso em seus lábios. Nesse momento compreendeu que, depois de tantas perdas, ele se tornara uma criatura de sombras. Viveria para a guerra, na ponta da espada, e essa seria a única força que o manteria vivo.

— Carolei cometeu um erro típico dele: ele avança de forma precipitada e mal planejada.

Anabela pensou no vento norte que soprava sobre Rafela.

— Ele está vindo com o vento desfavorável.

Eduardo assentiu satisfeito.

— Sua frota está sendo espalhada pela velejada no contravento. Rafael de Trevi já zarpou com seus homens. As galés dos Terrasini farão um semicírculo e atacarão o flanco ocidental dos Carolei.

— Se está chegando agora, deve ter partido quase junto com o mensageiro que enviou com a carta que recebemos — ponderou Anabela.

— Sim, a mensagem foi apenas uma distração. Ele nunca teve a intenção de esperar a sua resposta, senhora — concordou Eduardo. — Faremos o possível para defender Rafela, mas a senhora deve pensar no que fazer se a cidade cair. Carolei não demonstrará misericórdia.

Anabela pensou por um momento, criou coragem e lançou a pergunta:

— Podemos vencer?

O rosto de Eduardo era sombrio.

— Carolei vem com uma força ainda maior do que esperávamos. São ao menos setenta navios de guerra. Por mais que o vento e o clima estejam a nosso favor... — ele fez uma pausa. — Mas hoje Carolei e os seus experimentarão um pouco do próprio remédio. — Eduardo amarrou na testa a tira de tecido com o emblema da Cidade Celeste, como os celestinos faziam quando iam à batalha. — Faremos o possível. Quanto à senhora, por favor, fique em segurança.

Anabela sentiu o ar fugir dos pulmões. Quantos mais rapazes inocentes morreriam naquela noite? E se Eduardo e Rafael de Trevi também perecessem? Aquele era um dos momentos em que a fé de Anabela fraquejava. Se existia um Deus, como poderia permitir que homens justos como aqueles sofressem?

— O senhor também.

Ele começou a se afastar, seguindo o fluxo de uma grande coluna de homens que passava a encher a rua.

Naquele exato instante Anabela compreendeu que estava paralisada de medo. O ar preenchia seus pulmões com dificuldade, e as pernas se recusaram a lhe obedecer. Ela fechou os olhos, respirou fundo e tentou limpar a mente de qualquer pensamento. Precisava recuperar o autocontrole. Quando enfim conseguiu reagir, o fluxo de homens na rua havia diminuído bastante. Já estavam todos sendo embarcados em direção à batalha. Contrariando o bom senso, em vez de retornar à Torre Branca, tomou a direção oposta e decidiu seguir até os cais.

No mercado do porto, encontrou o acampamento dos Carissimi deserto. As ruas ao redor também estavam quase vazias. Olhando para o oceano, viu uma fileira de galés de guerra deixando os atracadouros; estavam ainda tão próximas que era possível ver os vultos dos cascos em meio à escuridão. Mais além, entretanto, tudo que se via da frota que defenderia Rafela era um pontilhado de luzes que rumava para o breu. Mais adiante, os três faróis sinaleiros que marcavam o molhe de Rafela ardiam contra o negrume da noite.

Anabela estudou a posição dos faróis e sorriu.

Eduardo é astuto. Carolei pode até conseguir nos matar a todos, mas pagará por isso.

Sobre o molhe de Rafela havia três torres de madeira encimadas por grandes braseiros para orientar os navios que chegavam ou deixavam o porto durante a noite. Dois ficavam nas extremidades e um terceiro bem no centro.

Avaliando a posição das três luzes, um capitão que se aproximasse no meio da noite sempre poderia saber com precisão a localização do anteparo rochoso de modo a contorná-lo e chegar em segurança ao porto.

Anabela concluiu que um dos faróis — o da extremidade leste — havia sido apagado. O de posição central e o mais ocidental permaneciam, mas havia outra luz brilhando entre os dois. A estratégia era óbvia: o efeito fazia parecer que o molhe era muito mais curto do que realmente era. Se os invasores fossem guiados a investir contra Rafela pelo flanco que tinha o farol apagado, eles se chocariam contra a muralha rochosa.

— Ei, garota! Saia já daqui!

Anabela virou-se e se deparou com meia dúzia de rapazes muito jovens com armaduras que traziam o emblema de Rafela. Eram membros da guarda da cidade e evidentemente não a haviam reconhecido.

— Eu... — ela se preparava para argumentar, mas se interrompeu quando percebeu que, de fato, a sua presença ali não fazia o menor sentido. Sem responder, ela se virou e partiu a passos rápidos em direção à cidade. Enquanto se afastava do mar, ouviu às suas costas o ruído distante da luta que se iniciava em alto-mar. As vanguardas haviam se encontrado. Os sons eram tênues, quase imperceptíveis, mas nem por isso menos aterradores. Acima do assobio do vento, Anabela pensou poder escutar o clangor de aço encontrando aço e os gritos ásperos de guerra. Ela apertou o passo.

Encontrou a alameda que levava até a Torre Branca vazia e às escuras. A iluminação dos lampiões nas ruas e as luzes das casas estavam sendo apagadas para que os atacantes não pudessem usar as luzes da cidade para se orientar. O resultado era um breu sinistro envolto por um silêncio inquieto. Mais longe do mar, os sons da luta haviam se extinguido por completo.

Sem que tivesse uma explicação para isso, Anabela sentiu o coração disparar sem controle no peito. Suor escorreu pela testa e a respiração tornou-se rápida e superficial, um arfar desesperado por ar. Havia um instinto de perigo soando um alarme dentro de si.

Há algo errado...

Parou por um momento. Sem o som das próprias passadas, escutou atrás de si o ruído suave de passos cautelosos sobre o calçamento. Olhou para trás, mas a rua estava entregue à escuridão.

Preciso sair daqui!

Assim que voltou a olhar para frente, viu um par de mãos vindo na direção do rosto; pareciam pertencer a algum gigante. Ela ainda teve tempo de soltar um grito, mas dedos de ferro se fecharam sobre seu pescoço. O ar fugiu dos pulmões e o grito morreu, reduzido a um assobio rouco. No segundo seguinte, um objeto pesado golpeou uma de suas têmporas. Houve um choque de dor lancinante e as pernas perderam a firmeza. Anabela achou que estava caindo. E estava.

Bateu o rosto contra o chão frio com um baque surdo.

Depois disso, houve apenas a escuridão.

PERSONAGENS

SOBRECÉU

TERRASINI (ROTA DA SEDA)
- Alexander, *duque de Sobrecéu. Desaparecido em uma expedição ao oriente*
- Elena, *duquesa de Sobrecéu*
- Ricardo, *herdeiro à Fortaleza Celeste; um rapaz de dezessete anos*
- Anabela, *uma garota de dezesseis anos*
- Júnia, *uma menina de cinco anos*
- Andrea Terrasini, *irmão mais novo de Alexander. Gerente da Companhia de Comércio Terrasini*

CAROLEI (ROTA DA SEDA)
- Carlos Carolei
- Una Carolei, *esposa de Carlos. Uma estrangeira vinda de Svenka*
- Fiona Carolei, *uma garota de dezesseis anos*

ORSINI (ROTA DA SEDA)
- Dario Orsini

CARISSÍMI (ROTA DO MAR EXTERNO)
- Eduardo Carissími, *chefe da rota*
- Lucila Carissími, *esposa*
- Pietro Carissími, *bebê de um ano*

GRIMALDI (ROTA DO MAR EXTERNO)
- Enzo Grimaldi

SILVESTRI (ROTA DO MAR EXTERNO)
- Antonio Silvestri

GUERRA (ROTA DO GELO)
- Marco Guerra

MANCUSO (ROTA DO GELO)
- Lazzaro Mancuso, *chefe da rota*

ROSSINI (ROTA DO GELO)
- Fausto Rossini

OUTROS
- Máximo Armento, *Comandante da Frota Celeste*
- Marcus Vezzoni, *Banco de Pedra e Sal*
- Cornélius Palmi, *Grão-Jardineiro de Sobrecéu*
- Emílio Terranova, *mestre dos espiões*
- Rafael de Trevi, *mestre de armas da Companhia de Comércio Terrasini*
- Próximo, *um rapaz ao redor dos vinte anos; formiga à serviço da Fortaleza Celeste*
- Alfredo, *pai de Próximo. Comandante reformado da Frota Celeste*
- Vitória, *uma menina de seis anos. Filha de Próximo*

TÁSSIA

ROTA DA AREIA
- Titus Valmeron, *senhor de Tássia*
- Dino Dragoni, *O Empalador*
- Nero Martone, *O Carniceiro*

OUTROS
- Igor Valmeron, *filho de lorde Valmeron*
- Hasad, veterano, *mercenário e traficante de crianças*
- Ahmat, *dono da taberna Serpente do Mar*
- Asil Arcan, *comandante reformado*
- Mona Arcan, *esposa de Asil*
- Esil, filho de Asil, *morto no surto de Febre Manchada*

VALPORTO

- Theo, *um garoto de dezessete anos*
- Raíssa, *uma menina ao redor dos cinco anos*
- Valter Ambos, *duque de Valporto*

RAFELA

- Aroldo Nevio, *duque de Rafela*

ALTONA

- Giancarlo Ettore, *duque de Altona*

NAVONA

- Ítalo de Masi, *Grão-Jardineiro da congregação dos Literasi*
- Vasco Valvassori, *Jardineiro ordenado pelos Literasi e membro da Ordem de Taoh*
- Santo Agostino, *Grão-Jardineiro da congregação dos Servos Devotos*
- Elmo Agosti, *Jardineiro - Intendente dos Servos Devotos*

NO ORIENTE

- Rasan Qsay, *Reitor da grande Universidade de Astan*
- Usan Qsay, *líder Oriental*
- Tariq Qsay, *herdeiro do trono de Samira*
- Farid Qsay, *rei de Samira*
- Lyriss Eser, *médica da universidade de Astan e membro da Ordem de Taoh*
- Samat Safin, *linguista da universidade de Astan e membro da Ordem de Taoh*
- Oreo, *mestre de armas da universidade de Astan*
- Pilar, *Jardineira ordenada pela congregação das Filhas do Jardim*
- Hamid Daoud, *médico a serviço do Grande Hospital de Astan*
- Rodolfo Giordani, *astrônomo na grande Universidade de Astan*
- Jaffar, *membro da Ordem de Taoh*
- Leyla, *membro da Ordem de Taoh*
- Guy de Basra, *governador de Astan apontado por Sobrecéu*
- Aid Ceren, *líder religioso em Astan*

Este livro foi composto em Kepler Std (corpo e capitulares), Brother 1816 e Herr Von Muellerhoff (inserções) em Janeiro de 2023 e impresso em Triplex 250 g/m² (capa) e Pólen Soft 80 g/m² (miolo).